中国专业作家作品典藏文库

中国专业作家作品典藏文库
邹静之卷

爱情宝典

邹静之 著

中国文史出版社

目录

救 风 尘

一

说书人：哎！有句话叫作“人分三六九等，木分花梨紫檀”。怎么讲，就是说大千世界中，人和人不一样，有个高下好坏之分。那位说了，这不是废话吗？人不分高下，跟那个大顺斋做的点心一样，模子一磕出来一个。不用挑，找对象容易了，闭着眼睛摸一个回家就能过上顺心的日子。天底下哪儿有这么省心的事啊。那位又讲了，是有好人坏人，但分清却不易。这话说到点上了，这好坏也不是一眼就能看出来的，难分。尤其要是再沾上一个情字，哈，在那些痴男怨女身上，保证瞎了半只眼，看不清了，看清时也晚了。俗话说“男怕选错行，女怕嫁错郎”，可怕也没用，该错的照错，人生就是如此啊。新编《救风尘》说的大概就是这个理。不说了，大家看故事。

河南某镇街上。正逢赶集，人头攒动。富家秀才安秀实从街上过，高兴地看街景，仆人安平拉着马跟着。

好好香包子铺前，正赶上热包子出笼。砰！一大笼包子翻在笸箩里。掌柜冯阿牛的胖手在忙着翻包子。正翻着，一只小脏手从热气中伸了过来，抢过个包子就跑。

小丐边飞跑边往嘴里塞包子，冯阿牛长刀高举大喊让开，撒着两腿飞快地追。路人闪避。

冯阿牛：闪开，闪开！

安秀实正看街景，一下闪避不及，被小丐撞入怀中。半个包子飞起。

小丐利落地滚在那匹白马的肚下钻来躲去。冯阿牛的长刀左捅右砍。

安秀实：慢，慢！这位仁兄，慢，慢！

安秀实左劝右劝劝不住，双手齐下，把冯阿牛的长刀握住了：慢！仁兄，刀枪凶器不可乱动，何况面对一个小孩子。

冯阿牛：你看他是小孩子，我看他是大强盗。松手，没你的事，松手。

安秀实：不松。

冯阿牛：松手。

安秀实：不松。

只见冯阿牛砰地自己把刀松了，安秀实随刀而下，差点儿一个趔趄。

冯阿牛：不松也行，包子钱你付。

仆人安平拉着马冲了过来。

安平：凭什么？小孩子吃了你的包子，凭什么问我们要钱？看我们好欺负啊？

冯阿牛：欺负，谁他妈的爱欺负你们。不是爱管闲事吗？既要管就管到底，刀我松了，人我放了，给钱。

伸手要钱。

安秀实：当……当然要管到底，为人做事岂可半途而废，安平给他拿钱。

安平：少爷。

安秀实：拿。

安平不情愿地掏了半天掏出两大枚，放在冯阿牛伸了半天的那只胖手上。

安平：给你。

冯阿牛：不够。

安平：不够？你的包子是人参燕窝做的？一个包子两大枚还不够。

冯阿牛：不够。一个包子？还有昨天的，还有昨天的昨天的，还有昨天的昨天的昨天的。你不是要管到底吗？这可备不住他还要偷，那就还有明天的，明天明天的，都给了吧。你心善啊，好管闲事不是吗？管啊。给钱！

安秀实抓起掉在地上的刀：这位仁兄，心善有错吗？你这样的闲事，我不当管吗？好，刀给你，你砍吧，为了个包子你把这孩子砍死，然后你去坐班房杀头偿命。为个包子死两个人，他死你也死，这是闲事吗？

冯阿牛：哎，哎！怎么这话一说倒是我不对了，他偷我包子就应该了吗？理不能这么说啊。这话听着怎么错在我了？啊？大家说说……

街边一场赌局，玩得正热火。一英俊男子周舍，听了这边吵骂之声，终于回过头来，不经心眼睛落在白马驮的沉重的行李上。

周舍慢慢站起，向围观的人群走去。

冯阿牛：天底下的苦人、穷人多了，你心疼得过来吗？

安秀实：尽力而为，碰见了总不能躲，总不能视而不见。

冯阿牛：就不怕那些人蒙你、骗你？哎，你看那些蹲着晃钱盒子要饭的，家里比我还富呢！

一堆乞丐在街边晒太阳，晃着钱盒。

安秀实：有十个骗的，一个不骗的，便觉心内安然。再说这么个小孩子，他又饿成这样，怎么是骗人呢？好，不多说了，这儿有二两银子，你做好事，我做好事，以后凡这孩子饿急了吃你一个包子，你不可难为他。钱给你。

冯阿牛欣喜地看着这么多银子说：哎哟！看这话说的。你还真是个好人，瞧，这么多钱，让我接也不是不接也不是。谢了，谢这位先生心疼穷人了，给这么多的钱啊！

冯阿牛边说边向那帮乞丐使眼色。

那边众乞丐一看有银子，哗地都从太阳地里站起，往这边冲来。

这边周舍正走了来，似无意地经过白马。稍一矮身，用肩扛了一下白马上的行李，试试轻重。白马嘶叫。

众乞丐冲了过来问安秀实要钱。

众乞丐：先生，先生，心疼心疼我们吧！心疼心疼吧！

在前边边拉马护着安秀实边轰人的安平说：去，去！没有，没有！少爷，路上跟您说了好人不能当吧。去，滚开！滚，让开！没钱，让开，让开！

众乞丐围着推不开。安秀实、安平拼命往外挤，已是里三层外三层了。

突然身后哗哗的铜钱扔得很高，飞起后，一把一把在天上散开。

众乞丐惊看。安秀实看着。

正是周舍哗哗地撒着钱。众乞丐反应过来，飞过去抢钱，安秀实看着撒钱的周舍，十分感激。

安秀实边走边喊：这位仁兄，如蒙不弃，前边等你啊。碰到好人了，谁说天下没好人了。

安平：少爷，快，快走吧。

一手拉马，一手拉少爷快跑。

安秀实边跑边感激地回头看着撒钱的周舍。

夜深了。万香楼雅室。

一官差模样的嫖客，闭眼，听着香莲边弹琵琶边唱曲。

官差：停。坐近点儿，大爷我耳朵不好，来，坐近点儿。

香莲紧张地说：大爷，小女子把声音放大了就是了。

官差：好啊。嗯，有本事，声音大点儿吧。

香莲放大些声音：梦里不知身是客……

官差：不行，还是听不见，再大声。

香莲咽了咽口水，更大声：一晌……贪……

官差：听不见，再大声。

香莲咽口水，声想大，大不出来了，唱破了：欢……

官差：听不见。怎么着，让你坐过来，能吃了你啊，啊？你要不坐过来，大爷我可要站起来动粗了。

香莲：大爷您别过来，我卖唱不卖笑，您自重。

官差：不卖笑，老子今天就非让你笑笑。

香莲放下琵琶就躲。左躲右躲，待要被抓住时，香莲一把剪刀抽了出来。

官差冲过来。

香莲：大爷，您可别逼我。

官差：嗯，有意思，烈性，火暴，我喜欢。

边说边又扑上。

香莲边喊边叫：盼儿姐，盼儿姐！救我！盼儿姐！

边喊着一剪子扎到官差肩上了。

一声尖叫。哗，各门全打开了。

赵盼儿一身红衣从一屋内冲出，随手甩开拉着她袖子的嫖客。

歌妓甲迎面跑过来：盼儿姐，快，是香莲那屋。

赵盼儿：伤了人吗？谁伤了？

砰，门推开了。赵盼儿掖着衣裳进来了。一眼看见香莲衣裳被扯破，人躲在一边。官差手捂着伤，窝在另一个角落里。

赵盼儿一看官差伤了，香莲没事，马上变了副笑脸：哟，刘爷，您看这是怎么话说的，听曲还听出全武行来了。来，起来吧，不碍的啊。常有的事，打打闹闹的越打越亲，我们万香楼的姐妹们说笑啊，不打出血来不见真情，你们这是有情了啊，有情。

边说边在后边挥手让香莲走。此时众妓挤了一门口。

赵盼儿拉胳膊就要裹伤。啪，官差将她的手打开。

官差：少来这套！臭丫头，以为你是他妈的贞节烈妇呢，竟敢动剪子扎大爷了。去，把门口我那两个兄弟叫过来，快去！

赵盼儿：哟，有我盼儿在，还用叫谁啊。来，我看看，我看看，我们这儿有上好的红花油、云南白药，刘爷我给您包上，给您包上啊。

又挥手想让香莲走。

官差：张龙，赵虎！张龙，赵虎！

话音刚落，张龙、赵虎衣冠不整地往里挤。

张龙：在，在！大哥怎么了？怎么了？啊，伤人了！大哥您伤了，谁？

赵虎：谁他妈的这么大的胆？他妈的这可不是我们找事了，是你们找事了。

赵盼儿：没事，没事啊。姐妹们快让二位兄弟歇着去。没事，没事啊，闹着玩的啊。看我了，快，快呀！

众妓上手拉人。

张龙冲上去扶起大哥：都他妈的走开。有什么话，您吩咐。万香楼的姐儿敢伤咱们爷们了，反了！

官差扶胳膊站起来：把那小丫头片子给我抓起来，带走！

张龙、赵虎上手抓人。

赵盼儿飞快地从怀里掏出一锭银子来：刘爷，刘爷，您大人不计小人过。她不懂事，您看在我的薄面上，饶她这一回吧。刘爷，这点钱您接着，养一养，回头我让香莲再给您赔不是，您看我赵盼儿了，您接着啊！

官差啪地把银子打掉了：赵盼儿，你算什么东西，以为大爷没见过钱是吧？你的薄面，你个臭婊子有什么面，你要再多事，连你一块儿抓了。动手！

赵盼儿一听此话，变色了：好！刘爷，有您这一句话，盼儿我今天是江是海，手拉手地跟你一起跳了！

赵盼儿抄起桌上的那把剪子：人，今天你们不能带走，要走我跟你们一起走，不然，我要让这万香楼处处见了血！

说完，一剪子飞在大门的柱子上。众人惊。

赵盼儿：二位爷，把人放了吧，我跟你们走。

说完，随意地坐在太师椅上，提鞋整衣，全场的人都看呆了。

客店大堂。一桌丰盛菜肴。

安秀实正高兴地请周舍吃饭，已微醉。

安秀实：周兄，来，来，请再饮一杯，人生得意须尽欢，莫使金樽空对月。这得意尚属易事，得一知己太难了，今天真是很高兴碰见你了。来，再饮一杯。

周舍：安贤弟，你太客气了吧。愚兄不胜酒力。

安秀实：多虑，多虑了，哪儿有胜不胜的，只有喝不喝的。来，喝了，干杯。看着你大把撒钱的样子，多么潇洒。夕阳残照之中，哗，一把钱一片金光在空中一闪，而后叮当有声地落地，长街之上，穷苦之人蜂拥而拾，你一把一把地撒是何等壮观。那真应了太白诗仙的一行诗，千金散尽还复来，千金散尽还复来啊，豪壮，豪壮之举。来，喝，一定要喝！

周舍：贤弟，哪儿有你说得那么生动，无非是看你脱不了身的应急之举，不足挂齿。还真让你说得惊天动地了，好，干！

安平在厨房里撩帘子看着，小二又端了几壶酒要上。安平松手放帘子给拦住了。

安平：哥哥哎，还上呢！再喝，我们那憨少爷三天该醒不过来了。端回去，端回去。

小二：哎，大爷，客人让上，我们不敢不给啊。

安秀实：酒，酒来！快来酒！

小二：听见没有？晚了我怕爷砸家伙。

砰，外边真有摔东西的声音。

安平灵机一动：等等，等等，酒倒回去一半，加一半水，快，快！哎，来了，来了！

牢房，夜。穿着大红绸衣的赵盼儿被推进牢中甬道。

赵盼儿：哎，刘乙，就这么粗手重脚的，你姐姐原来对你的好处都忘了？

刘乙：对不起，什么哥哥姐姐的，公事公办。进了这号里，我是六亲不认了，您好自为之。

说着话要开间人多且杂的牢间。一群脏人扑了过来，吓得赵盼儿直躲。

赵盼儿：不行，不行，找间一个人的，找间一个人的……

刘乙开锁的手停了：没有……

说没有但不开锁，等赵盼儿下文。

赵盼儿飞快地退下手指上一枚金戒指：刘乙，姐姐出去再谢你啊，接着。

刘乙接过戒指，飞快地在嘴里咬了一下：哎哟，您看这是怎么话说的，是盼儿姐啊。这大晚上的，我睡得稀里糊涂的，还真没认清。盼儿姐您哪能住这地方啊，来，跟我来，跟我来，有地方，有地方。

囚甲：有钱就有地方，他哪是六亲不认啊，他是认钱祖宗。

众囚大笑：他认钱不认人。

刘乙：来这边，单间给您备好了，您可别多心啊，我可从来没盼着您进来。一人间，您将就。

还是很脏、乱、臭。

赵盼儿捂着鼻子进来：刘乙啊，麻烦你把这马桶倒了刷刷。

刘乙：哎，用不用派个人服侍您？

赵盼儿：不用，这……这坐哪儿啊？

边说边归拢归拢草，一只壁虎蹿出，吓得赵盼儿叫。

赵盼儿：刘乙，刘乙！

刘乙：哎，姐姐您说。

赵盼儿摸身上没钱，忙着把头上的簪子拔了下来：刘乙啊，这是根白金的，你拿着，明天一早去齐尚书府、岳郎中府给我跑跑，报个信，他们平时甜言蜜语地都说过话的，告诉他们我进了监了，让他们快来救我。啊，这儿一天我……我都住不下去。

刘乙接过什么都用牙咬，一咬就高兴：哎，哎，您放心吧，这哪是姐姐您住的地儿啊，明儿我就报信去。得，您歇歇吧，我走了。

刘乙走了。赵盼儿看看破草堆，归置翻出块砖头来，对付着坐下了。赵盼儿呆呆地看着眼前像噩梦的一切。

赵盼儿自语：哼！逞强，逞强！讲义气，讲进来了吧，受苦也只有自己受着了。也对，这要是香莲进来啊，肯定一根绳子吊死了。苦就苦点儿吧，救了人命呢，谁让我是这脾气呢。

叉杆坐在万香楼大门内，腿伸着睡着了。门边香莲先伸出一头，然后全身悄悄出来，身后背了张琵琶，慢慢地从叉杆身上迈过去。一迈琵琶轻响，赶快捂住抱在胸前。叉杆翻个身，又睡。香莲逃出万香楼，在大街上奔起来。

客店大堂内。周舍不语地低着头。

安秀实酒已很高了，还在喊：小二，小二，来，来。

安平撩帘子出：来了，来了。

安秀实：哎，小二，这酒怎么越喝越淡啊。换，换，换好的，安平多给钱，千金散尽还复来。

安平：少爷，差不多了，人家要打烊了，咱也歇歇吧，明儿个再喝。

安秀实：什么打烊了，那酒怎么办？

安平：有的是时间，咱回头再喝。

安秀实：对，对，回……回……回房间去喝，回房喝。仁兄，周兄……哎，咱们回房去喝吧。安平，你取套铺盖到马棚去睡吧，我……我今夜要与周兄抵足而眠，彻夜长谈，彻夜长谈。来，来，拿上酒回房喝。

他站起已不稳了。

周舍上来扶住：贤弟就到此吧，你今天喝多了。

安秀实：怎么会喝多？千金散尽……仁兄，你不能走，我们抵足而眠，抵足而眠，不能走。

周舍：好，好，安平你放心吧，我扶你家少爷上去。

安平无奈地松了手，看着周舍扶着安秀实上楼。

安平：小二，拿床铺盖，厚点儿的。

小二：哎。

宋宅大门外。两盏红灯，写着一个"宋"字。激烈的拍门声，嘭，嘭。

香莲：宋妈妈，引章姐，宋妈妈，引章姐，快开门，快开门！

屋内灯亮。

宋妈：谁啊？谁啊？来了，来了。

宋妈端着灯披衣而出。

宋妈：谁啊？

香莲：宋妈妈，是我香莲，您快开门！

宋妈把门打开。香莲背着琴冲了进来，进来后就把门关上了。

门刚关上，一盏红灯笼出，台阶上宋引章问话：妈，谁啊？

话音落，丫鬟庆儿红灯一挑，美艳无比的宋引章衣冠华美地下了台阶。

宋妈：哟，你怎么也起来了，是香莲。

话刚落，香莲咚地跪下了：引章姐姐，您救我！求您救我！

宋引章：呀，香莲怎么了？你快起来，快起来。妈，扶她起来，咱有话屋里说。庆儿快照着点儿，照着点儿，快屋里说去吧。

牢内。赵盼儿坐着块砖头打瞌睡，一点头，砰，砖头倒了坐在了地上，赶快爬起来，左看右看还是乱草一堆。想想豁出去了，低头捡起砖来往墙根一扔，一屁股坐在草堆上也不管脏，也不管衣服华贵了，倒头就枕上砖头了。

赵盼儿自语：管不了那许多了，走一山唱一山的歌吧。睡吧，不睡天怎么亮啊，就当这是我的雕花大木床了，睡。

宋府堂屋内。香莲边哭边说：谁知他一个为官的，真就动起粗来了，我……我也是被逼无奈把他扎伤了。多亏了盼儿姐姐，要不我现在不知在哪儿呢。引章姐，这京城之中，香莲再无亲人，连夜逃出来就是想求您把盼儿姐救出来，求您了。

说着又要跪。

宋引章：妹妹快起。

宋妈：香莲啊，这事可不是你一跪就能办的，我们也只是个歌舞唱曲的人家，哪儿有那官面上的路子啊。既逃出来了，你在这儿躲几天都成，要说救人，可不敢应你。

宋引章：妈妈，别这么说。香莲妹妹你起来，起来，你这盼儿姐多仁义啊，救得了救不了也要去救她。听说她霓裳舞跳得可好了，我还等着跟她学舞呢。香莲妹放心吧，我一定尽力，放心吧啊……来，把琵琶放下，庆儿带着妹妹去里边歇歇。

宋妈：章儿，这可不是小事，你可不能大包大揽。

宋引章：妈，您放心，这会儿不救，咱不是错过了结识盼儿姐的机会了吗？一定要救。人活一辈子，大事干不了，能救一次人不也很有意思吗？

客店马棚，火光一片，白马惊得乱叫，火焰之声爆起。

小二惊呼：着火了，着火了，快救火啊！

人声嘈杂，哭爹喊娘的，有人逃出。在马棚中睡觉的安平这才惊醒。

安平撩了铺盖冲出马棚：呀，呀！着火了，着火了，着火了！这是哪儿，客店着火了？

看见客店着火，很多人衣冠不整地冲了出来。马棚也着了，白马惊嘶不已。安平冲回马棚把马一拉缰绳放了。放完之后就奔客店冲去。

安平一边推人，一边往火中挤：少爷，少爷！看见我家少爷了吗？我家少爷在哪儿……

安平见谁问谁，一下撞在烧黑了脸的小二身上：小二，哎，小二，看见我家少爷了吗？我家少爷出来了没有？

小二：没看见，还管什么少爷，快跑吧，快跑吧！火着大了，大家快躲啊，快躲！

安平要往火中冲：少爷，少爷，少爷！

小二：你他妈的不要命了，你家少爷必定喝多了酒，没救了。快走吧，这么大火哪儿去找人啊！

安平：少爷！

喊完之后抢过一人拎的水桶，从头往下一冲，把身上浇湿了，咬了个湿毛巾，冲进火里。

小二：你……你不要命了。完了，完了，送死去了。大伙，快啊，快浇，浇！

众人哗哗地拿桶打水，往火上浇水。火越烧越大，并没有看见安平出来。

小二：完了，送死了，算个义仆。

话音刚落，只见安平从火中背着安秀实冲了出来。

小二：快！快往身上浇水，浇水！

众人拿着盆桶，冲上去，稀里哗啦几桶水一起浇向两人身上，两人身上的火骤然熄灭。水哗哗地从他们身上落下，安平还背着人站着，突然扑通瘫在地上。摔在地上的安秀实还在呼呼地睡着，头倒在泥水中。

又一桶水泼在他脸上，安秀实没醒。

第二天烧成废墟的客店，余烟冒着。一些人在废墟上挖着，找着。小二一脸黑灰坐在一个高的地方看着。安秀实、安平满身破烂，黑头黑脸地看着。

安秀实：安平，你把我这块玉佩当了去，再找点儿人过来，帮着找找。

安平：少爷，这您都看见了，咱们一块砖一块砖地翻了两遍了，连个毛毛渣都没有，再找不还是没有吗？

安秀实哭着说：怎么会呢？人死了，总该有个尸首啊！怎么会呢？安平，周兄要是找不着，你救我有什么用？他死了可是我害的。你……你就再听少爷我这一回吧，再找找！

小二：这位爷，听我一句话，不用找了，再找还是这样，我的房子我清楚。

安秀实：都怨我，怨我，人家当街之中好好地把我救了，我又偏偏地约了人家来喝酒，这一喝……倒把一个好人给烧死了。这……这让我于心何忍呢？这是作孽啊！

安平：少爷，您也别这么哭了，怨安平没侍候好您。

小二：这位爷啊，再听我说一句话，别这么大呼小叫的了。说句瞎猜的话啊，您那朋友，着火的时候也许就不在店里。我再问句不当问的啊，您那朋友跟您认识多久了？

安秀实：昨天才认识的，他在街上援手解了我的围，不用看第二眼，他是个好人。

小二：好人不好人的咱也不敢妄断，您再想想除了这朋友外，还丢了什么东西吧。

安秀实：丢……丢了什么？安平，马好像也没了？

安平：马没丢，咱为雇人我把它卖了，可是少爷，咱的所有行李盘缠连您的书都没了。

安秀实：那个自然，人都烧死了，东西怎么会留下，身外之物烧就烧了，这不叫丢。

小二：要是真烧了，自然就不想了。可烧了也该有股灰呀，烧了也该有个烧了的样子啊。这位爷，刚我看了，什么灰也没有。

安平：少爷，我也想过，五百两一封的银子，烧也该烧烂个银疙瘩呀，还有那些笔砚，可翻了两遍，什么也没有。

安秀实：没……没有？没有自然是成了灰了，这……

小二：成灰也该成灰呀，灰也没有。

安秀实：人没有，灰没有……哎，什么意思？你们该不是说那周兄拿了我的行李，放了火跑了吧？

小二：这位爷，人生在世，害人之心不可有，但防人之心不可无啊。话是您说出来的，是不是的咱可不知道。

安秀实：安平，你……你也是这么想的吧？

安平：爷，实话跟您说，想……想过。

安秀实：你……你们怎么能这么想呢？我安秀实与那周兄非亲非故，人家周兄在大街上看我危难，出手相助，大把大把的钱扔向天空，他怎么会是那贪财的人？人……人已经死了，你们还要冤人家图财放火，你们真是小人，天下最小的小人……小人！

安秀实气得站起来走。

安平：少爷，少爷，您等等，等等，我跟您一起走啊。少爷等等。

小二：小人？要真是小人，这世界我倒是看错了呢。哎，别挖了，别挖了，挖什么挖，我才倒霉呢，跟着失了把火。收工。

牢内。赵盼儿睡了一夜便头发全支棱八翘起来，一脸的黑灰，红衣裳已经变得又黑又脏了。赵盼儿从草堆里坐起来，头上沾了些草根，起来就喊：牢头，哎，牢头。

牢头：来了，来了。

赵盼儿：牢头，昨天的刘乙呢？

牢头：一早出去了，赵姑娘您有吩咐？

赵盼儿：哎，有梳子给我找一把，有水打一盆来啊，有粉啊，胭脂啊，都想办法找来啊。本姑娘要梳洗打扮了。

牢头：您要的东西一样都没有，您自便吧。

赵盼儿：哎，回来，梳子也没有啊？

牢头：没有，您凑合着用手挠挠吧。

用手学样挠挠头。

赵盼儿用手抓头，越抓越乱。

牢头：哎，这就对了。

回身要走。

赵盼儿：哎，别走，漱口呢？

牢头：一样，也用手啊，漱口带刷牙。

赵盼儿：还是用手啊？哎，别走别走，别走。

牢头：赵姑娘还有什么事？

赵盼儿：牢头，是不是外边有好多人等着进来看我呢？

牢头：您说有等着看您的人啊？

赵盼儿：对啊，对啊对啊，那么多的朋友，他们得了信儿一准地赶来了呢。

牢头：没人，打早上到这会儿了一个也没见。

赵盼儿：哎，不会啊。不对，平日里他们甜哥哥蜜姐姐地叫得有多亲啊，这会儿，这会儿横是不能把我忘了吧。哎，牢头，有人来，您可不能拦着啊，牢头。

牢头边走边说：拦着？我还等着吃点儿抽头呢，放心，来了人一定让您见着。

赵盼儿赶快用手收拾又乱又脏的自己，越收拾越乱。

赵盼儿：我可不能让他们看着我这副模样。

街上，安平端着盆水，手上搭了件长衫在追安秀实：少爷，少爷您好歹地洗把脸，把这衣裳换了，您骂我打我都成，别折磨自己呀。少爷您停停。

安秀实左躲右躲没躲过：安平，我问你一句话，你现在还疑不疑我周兄了？

安平：少爷，安平我侍候您有十余年了，从来没拂过您的意思，违过您的心，今天，我说句实话，安平疑他。

安秀实：你……你……好，好，你把水盆端好了，我……我洗脸。

在水盆里哗哗洗脸。

安秀实：脸洗过了还要怎样，嗯？

安平：少爷，烦您把长衫脱了，将就换件旧的。

安秀实：好，好，我听你的，本少爷都听你的。

安平：少爷，您要是不高兴，打……打我骂我都行，您千万别跟我怄气啊。

安秀实：我不跟你怄气，我跟你怄什么气呀？说句实话，我犯不上。安平。

安平：在。

安秀实：现在我是脸也洗了，衣也更了，你呢也不用跟着我了，你现在就转身回老家去，我不用你了，本少爷一人往京城去做学问了。

说完身一转，看也不看了。

安秀实：好了，就此别过了，再会。

安平一听大惊，手里的盆也扔了：哎，少爷，少爷，我有错我改，您哪能一人走啊？我……我……

安平边追边拉。

安秀实：放手，我安秀实闻道学理，知道为人当以信义当头，周兄那样的豪爽之人，被你们这帮小人怀疑，我岂能再与你同行！

安平：少爷，盘缠没了，您一个人这是上哪儿去呀？

安秀实：盘缠没了算什么，道义没了才叫可怕呢。我一读书人，一支笔、一方砚浪迹天涯，有何惧哉。安平，你站住，给本少爷磕个头回家去吧，本少爷再不用你了。

安平哭着站住了：少……爷。

牢内。赵盼儿的头发更飞奓起来了，一头的草棍，脸脏无比，红衣快变黑衣了，拿着黑乎乎的硬窝头在喊。

赵盼儿：牢头，牢头！刘乙，刘乙！势利小人，势利小人，居然没有一个人来看本姑娘，这……这世界也太让人心寒了吧。刘乙，刘乙！

刘乙：来了，来了。赵姑娘您都待了几天了，还没把火气待下去啊。您瞧瞧这牢里边谁像您似的天天地怨天尤人啊？进都进来了，不想进来，当初您别那么横啊，对不对……您喊我干吗？

赵盼儿：刘乙，本姑娘的白金簪子可给了你了，尚书家、郎中府你倒是去了没有？

刘乙：没去是小狗，说句话您别急啊，人家根本没拿您当回事儿。

赵盼儿：一个两个不当事，十个八个也不当吗？

刘乙：赵姑娘，您没听说吗，小时是兄弟，长大是乡里。亲兄弟都能疏了，何况您的那些假情假义的孤老。别怨了，好好在里边悟悟吧啊。

赵盼儿伤心，哭：这……这世界，让……让我心寒啊。

刘乙：对，冷，冷得打哆嗦。

说了刚要走，牢头：万香楼的赵盼儿，有人探监啊。

刘乙：哟，还说嘴打嘴了，别寒了，有人看你来了。

赵盼儿一听有人来探，急着抓头发。

赵盼儿：刘乙，等等，拦拦，拦住了，我这样儿不行啊，哪儿能见人啊，行吗？

刘乙：这会儿就别讲样了，有吃的先要口吃吧。

回头一看是宋引章和扮了男装的香莲进来了。

赵盼儿：千万拦一会儿，我把这头梳梳。

说完，急了吐口水捋头发。

刘乙：别梳了，是两位女客。

宋引章：盼儿姐在哪儿？盼儿姐在哪儿？

刘乙：这儿呢。得了，你们姐妹说点儿知己话吧，我走了。

香莲快一步地赶到赵盼儿这儿来，一看狼狈不堪的赵盼儿，扑通跪地哭了。

香莲：盼儿姐，盼儿姐，香莲……香莲把您害苦了盼儿姐。

赵盼儿：没有的事，没事。这里我住得惯，住得惯，妹子起来，起来。还换了男装了，我差点儿没认出来。哎，这位美人是？

香莲：是我干姐姐，宋引章。

赵盼儿：呀，早听说过，曲儿动京城的宋引章，听说过。您瞧我这样，第一回见面，见笑了，见笑了。来，都近点儿，近点儿，也没地方让你们坐下。

宋引章：盼儿姐，真没想到，您……您为了救香莲，宁……宁可自己吃这么大的苦，盼儿姐，引章这儿给您行礼了。

赵盼儿：这……这算什么苦啊，小事一桩，小事。快别跟着流泪了，让姐姐我怪心酸的。

三人一起哭了。

饭馆。安秀实分文没有，在跟店小二和掌柜的谈条件。

安秀实：按理，这幌子、招子该常换才新鲜，好看啊。

掌柜：我们喜欢旧的，旧的让人看着放心。

安秀实：那……那请问柜上可有公子正在求学？

掌柜：有，四个早都该读书了。

安秀实：在下安秀实乃是一进京求学的秀才，方便之下愿意在贵府开一塾馆，教学授业。

掌柜：不劳您费心，孩儿们都在后厨择菜、烧火呢，没工夫读书，也没钱请先生。

安秀实：也……也是一句话。好吧，给我上一碗肉汤来，再拿三两个包子，我为你家店写副对联，权当两不欠吧。肉汤中不要放葱。

说着话找张桌子坐下，要从包袱中拿笔。

掌柜：慢着，出去，请出去，出去。

安秀实：哎，为什么？你……你们觉得亏了吗？我的字……

小二上来拉人，拎了包袱推人。

小二：先生请，我们不缺字，缺钱。你缺钱，我们也缺钱啊，不缺字。请。

砰，安秀实被推了出来，包袱被扔出。

安秀实：岂有此理，岂有此理，我……我安秀实的字竟然不值一碗肉汤吗？狗眼看人，狗眼看人，狗才，蠢材。斯文扫地，真是斯文扫地啊！

牢内。赵盼儿用宋引章、香莲带来的用具把自己梳洗了一遍，正照着镜子。

赵盼儿：几天没见着自己，都觉生分了，人是真的变了。

宋引章：姐姐玩笑了。

赵盼儿：一点儿不玩笑，这回进来，不瞒两位妹妹，苦是吃了一点，其实皮肉之苦吃点儿按理说不算什么，谁不是饿着苦着长到今天的，苦不坏咱，倒让人明白了一些事。浮华就是浮华，天底下一个“义”字太难得了。何况，盼儿我也有风光压群芳的时候，有什么用，真到了危难之时，别说援手了，一口吃的都没人给你送。

香莲跪下：姐姐，香莲害你受苦了。

赵盼儿：妹妹，快别那么说了，没有这回的苦，盼儿我还想不通看不明呢。快起来。

宋引章：姐姐，千万别消沉啊，我和香莲妹使了钱了，过不了两天，您就该出去了。

赵盼儿：引章妹，姐姐我千想万想也没想到会是你们来救我。跟你第一次见面，欠你个人情。

宋引章：是啊，姐姐你欠我个情，我还等着你出来教我跳霓裳舞呢。

赵盼儿：那还算个事啊，等姐姐出去了就教你。妹妹们，姐姐我饿了，我可不客气了。这……这包子看着可真香。

实在忍不住抓起吃。香莲看着流泪。

很小的土地庙，黑得没火。安秀实爬进来左摸右摸，摸着了童小乙的一张脸上，仔细摸着。突然那脸出声。

童小乙：摸什么摸？

安秀实：哎呀，还有人啊！

童小乙：你以为庙里就有神啊！

噗，灯亮了。

童小乙：干什么的？

安秀实：在下进京求学的秀才，洛阳安秀实。

童小乙：你……你会是个秀才？吹吧，秀才会与我这花子童小乙一起住庙？

安秀实万般无奈：世态炎凉，敲了十几家店都被赶出来了。没法子，将就吧。

童小乙：将就，您将就了，我上哪儿将就去？嘿！

说着回头。

安秀实：干什么？

童小乙：请出去。

安秀实无奈地退出。

童小乙：哎，慢着，你真是个秀才啊？会写字吗？

安秀实：不单会写字，还会作诗、作文。

童小乙：你今天算是撞着神了，好吧，来，咱俩出去，我拿着灯，你给我写封信，我给你吃的喝的，好不好？这里边太小，来，咱俩出去。

某酒楼。周舍正在一桌子菜肴前吃喝。酒馆门口，安平头移了出来，惊讶地看着周舍的背影。

周舍：小二，结账。

小二：爷，您吃好了，菜钱三钱，酒钱三钱，加上……

账还没报完，看见桌上放下了一块银子，两眼直了。

周舍：不用找了。马给我找好了？

小二：找好了，行李给您装上了。

周舍这时站起，啪，又是斗笠一扣，起身出门。对面树后，安平躲起。

周舍出得门来，站下。小二从酒楼侧面拉出两匹马来，一匹马驮了行李——正是安秀实的行李，一匹马鞍子备好了。

小二：爷，马、行李给您拉来了。

周舍：谢了，后会有期。

拉过空马，骗腿儿而上。另一匹马跟在空马之后，在黑暗的街上嘚嘚而行。黑暗的街上空无一人。风吹着，街灯被吹得晃来晃去。周舍两匹马从牌楼处拐了过来。人骑在马上，斗笠披风背光剪影，风骤起，两骑越来越近。

周舍见有人拦路，说：好汉，报个万儿。

安平：用不着，你认识我，我也认识你，更认得马上的行李。

周舍：是安平啊，正想找你。

安平：好心领了，该不是良心发现吧。

周舍：说对了。你家少爷可……可好？

安平：你抢我家行李后放火烧店时可想到过我家少爷？狼心狗肺，可怜我家少爷还为你而伤心。

周舍：这么说安少爷还好好的？

安平：你以为怎样，良善之人岂可这么容易被你害死！闲话少说，我劝你下马，跟我见官去。

说书人：好义仆！所谓天下事，乱如麻，有缝针的，有绕线的，有相帮的，有捣乱的，拿眼睛看，看清了就明白了，所谓“劝君莫做亏心事，古往今来放过谁”。欲知如何，明天看戏。

二

说书人：上集说的是好人的下场都不太那什么啊，按现在的话是没有好的回报，坐监的坐监，丢银钱的丢银钱，看着是这样，但别急，急不得，结果还没出来。做好人先有一报是内心坦荡，按养生来说是浩然之气充沛，不亏心，这人做得不就健康吗？你要是一天做一件好事，必定比吃补药强。不信试试。

星野，夜。一盏灯在星空下，安秀实正帮着童小乙写家书。

童小乙：哎，读书人，这灯我给您举着啊。

安秀实：不用，不用，摆在这石狮子上就行，高灯下亮。来，你说吧。

童小乙：行，我说了啊。你……你会写字啊？对，会写，你是个秀才呢，我一辈子就认识你一个秀才。我说了。

安秀实：说吧。

童小乙：行，姐姐大人安好。

安秀实："大人"两个字可以不要。

童小乙：为什么？

安秀实：姐姐安好，不是更亲一些吗？

童小乙：是啊……好，听您的。姐姐安好——是要好一些啊——弟小乙在外一切都好，吃得好，住得好，钱挣得好，也花得好。……写吧。

安秀实看了小乙一眼：看不出来，你这算什么都好吗？

童小乙：弟每日之食物都用猪油过一遍，然后蘸蜜糖吃，又香又脆又甜。弟现有冬衣四套，夏衣八身。有单鞋、棉鞋、各种靴子无数，每出汗时便可换穿，弟的汗脚已不再出汗了。弟不能说日进斗金，但天天有进项，日日有盈余，已有张王李赵刘各家的美丽如花的小姐争相礼聘，不日弟将娶一妻一妾以求早日给您生个外甥接续香火，为我们童家争光、争气。弟现在后院拴了两挂车、八匹马、十二匹骡子、三十二头驴。弟的日子真如炕上的火盆，火上加火。

安秀实听着实在不像话：哎，打住，打住！

童小乙：怎么了？怎么了？我这正说在兴头上呢，你让我接着说。

安秀实：别说了，再说真就做梦了，梦话。

童小乙：梦话？梦话怎么了，说梦话能让人高兴，为什么不说？

安秀实：这可是给你姐姐写信啊，你这成心要骗人的信我不写。

童小乙：求你，写吧。

边说边从怀里掏出一包东西：我这儿有半斤猪头肉，你写完了，咱一块儿把它吃了。

安秀实：君子固穷，不可为利所动，不写。

童小乙：秀才，求你了。

安秀实：不写。我问你，这接信的人是不是你的亲姐姐？

童小乙：亲姐姐，一点儿不假。

安秀实：好，你跟你的亲姐姐说假话于心何忍？

童小乙：正因为是亲姐姐，我……我才只有说假话骗她呢，要不是亲姐姐谁求你写信。

安秀实：为什么？

童小乙：为什么？为了让她放心，为了让她高兴，为了让她不再挂记这世上的唯一的亲人，为了让她有个好弟弟。这你还不懂吗？你读的什么书？当的什么秀才？这你都不懂，不是亲人谁犯得上跟他们说假话，谁犯得上？算了，不写了。

安秀实被童小乙打动了：别，别，写，写，我给你写，这……这个谎，实在不妨撒一撒，当撒当撒。你……你不用说了，我来编，我给你编……往好编。

童小乙：你怎么会编，照谁编啊？

安秀实：照谁啊？好日子我过过，我照自己编。

童小乙：这么说你原来也是个过好日子的人？

安秀实：是，是，也不是原来，就说是三天以前吧，三天前过的还是锦衣玉食的日子，三天前……

童小乙：三天前？这么说你……你还真有些可怜呢，比我可怜。

安秀实：彼此，彼此。好，我写完了。

童小乙：念，念一遍听听。

安秀实：好，念一遍，我念一遍。姐姐安好……

街上，安平拿着棒子押着已下马牵马而行的周舍。

安平：官衙在左边，往左走。

安平错误地把自己拴在一马屁股后。

周舍：去官衙干什么？

安平：少废话，去官衙当然是去告你。告你图财害命、杀人放火！

周舍：安平，既然你家少爷安在，那我们去找他就是了，周舍有做错的时候，也有悔过的时候。你家少爷乃一仁爱之士，他大概不想看到周舍死于市曹。

周舍边走，边已悄悄从衣中抽出一短刀，趁走牌楼要拐弯之时，放慢步子。

周舍：你说如何……你别忘了我也为你家少爷解过围。

说着，猛刺那连着安平的马。马中一刀大惊，狂跑起来，没几步就把安平扯倒了。哗，马在街上狂奔而去。安平被拖在地上，周舍从容地上了那匹驮有行李的马追了下去。

荒野。受伤的马站在草丛中，受伤的伤口流着血哆嗦着。

血肉模糊的安平已被拖昏了过去。周舍过来把面目全非的安平翻过身来，用手探了一下气息，闪出小刀一挥又割了一下安平的脖子，而后上马嘚嘚而去。

星月下，安平已死。

万香楼大堂。灯火通明，人头攒动，人来客往。调笑的、赌钱的、唱曲的、饮酒的、歌舞的……十分热闹。

万香楼大门。红灯高挂，稍显清静。一乘小轿从街边抬到大门口。一个叉杆随着轿子走，到了大门口。

叉杆：正门大堂。

轿子一下抬进正门。

万香楼大堂。人们正热闹无比时，突然一下子静下来了，一个一个的目光往大堂大门看。大门处没什么动静，门帘飘着。一会儿，看那门帘开处，打扮得鲜艳无比、身段妖冶的赵盼儿进来了。众人一看，都不知说什么好。尤其那些嫖客闪过的脸，都尴尬。赵盼儿却是一脸笑容。突然一嫖客反应快，冲出人群，迎了上去。

嫖客甲：哟，这不是盼儿姑娘吗？你可回来了，可想死我了！我这天天惦记着去里边看你呢，哟，快让哥看看，小宝贝可受了罪了。

众嫖客反应过来了，都往前凑。

嫖客乙：是啊，可想死我了。

嫖客丙：想得我两顿没吃饭。

赵盼儿始终笑着：是啊，青哥，亏您惦记，谢谢，盼儿也如是，盼儿谢大家伙惦记了啊。今天我赵盼儿是全须全尾地出来了，你们高兴我也高兴。起个乐吧，我给大伙歌舞一曲助个兴，大家高高兴兴乐乐啊。

哗，人群散开让出地方。乐起。赵盼儿长袖一舞，唱了起来。

赵盼儿：春江潮水连海平，海上明月共潮生。滟滟随波千万里，何处春江无月明……

唱着曲的赵盼儿终于再也忍不住了，眼泪流了出来，半天不唱了。

只见赵盼儿水袖一落，头也不回，飘飘上楼去了。

星野。看来是安秀实把那封信读完了，正折信。灯跳着。

童小乙：写得真好，好听。来，这些猪头肉你都吃了吧，我一块也不吃了，奖你的，你都吃了。

安秀实：要……要吃咱一块儿吃吧，区区小事还说什么奖。来，一起吃。

童小乙：这在我可不是小事，我……我都能想到我姐听这信时的高兴样，只要我姐高兴，这世界就没难事了。你多吃，你多吃。

安秀实：小乙，你……你还真心疼人，你有善心。

童小乙：这点心还叫心啊，待会儿你吃完了，进庙里睡去啊。

安秀实：那你呢？

童小乙：我在风里雨里浪惯了，不像你三天前还是个大公子呢。你去里边睡吧，明天一早，你走你的，我走我的啊。可有一点，咱算认识了，算个朋友吧，以后谁有难了，碰上就相帮着啊。来，来，击个掌，击个掌。

两人在星空下高兴击掌。

庙中大殿，赵盼儿跪着，摇啊摇啊一支签从签筒中飞出了。赵盼儿紧张地捡了起来，更紧张地翻过——上上大吉。

芳儿：呀，小姐。

尼姑：小姐，你抽的可是上上签呢。

赵盼儿：是啊，抽了这么多年，今天是第一回，姑姑帮盼儿解解签吧。

尼姑：请起，后边禅房用茶吧。

赵盼儿起，芳儿起，随尼姑转入殿后。

街上。安秀实背着一个包袱，左胳膊一沓白纸，右胳膊几条红纸，边走边喊：代写书信、状纸、红白喜庆文字啊。代写书信、状纸、红白喜庆文字啊。

正走着，突然街边的茶小二伸手招呼他。

茶小二：哎，哎，写字先生，写字先生，留步，留步，请留步。

安秀实：啊？叫我吗？

茶小二：叫你，叫你，生意来了，请啊。喝口茶，来，喝口茶。请，请。

街边茶馆中已有一个洪先生等在那里。

茶小二引了安秀实来：写字先生，你贵姓？

安秀实：在下姓安，平安的安。

茶小二：得，洪先生，哎，人找来了，这位是安先生，遇着他您就安心吧。安先生，这位是洪先生，要求您一件事。洪先生是您说呀，还是我说呀？

洪先生：你说吧。

茶小二：哎，安先生啊，是这么回事啊，洪先生要结婚，原是好事吧，可他对门的王先生也要结婚。按理说呢，自己结自己的婚谁也不碍着谁，可这王先生啊从小跟洪先生一起长大的，打小就谁也不服谁，比着来，较劲啊，这不结婚都较上劲了。花钱多少不说啊，这王先生家里请了高人写了副对子，贴出来了，大门上边好对子。

安秀实：怎么好法？

边听边放下东西。

茶小二：您听我说啊，王先生姓王是不是，他要娶的夫人娘家正好姓蔡，这对子出来上联“快婿多才王逸少”，多自得啊，跟王逸少比，下联是“中郎有女蔡文姬”。哈，娶个媳妇还跟写《胡笳十八拍》的蔡文姬比，狂不狂啊，好不好？

安秀实：好，好，实在好，王蔡比得好！有茶吗，请赐一口。

茶小二：别急，茶有的是，您别光好好的，您能不能写副对联，跟他比比，最起码不输他啊。这不一早上请了五个秀才了，都写不出来，你看这一地的纸。

洪先生：气死我了，气死我了！

安秀实：这位先生，结婚乃高兴之事，对面人家写出好对联当祝贺，何必惹气生呢？讨一口茶。

茶小二：你倒是写得出写不出啊？写得出有茶，写不出没有。

安秀实想走：这等事，写得出也不想写。

茶小二：写不出就说写不出，走人，走吧。

边说边轰安秀实走，安秀实起身。

洪先生：天下哪还有什么读书人啊，平时都之乎者也的学问高得很，到了关键时分，一句说不出来。哼，读书人都死绝了。

安秀实走了一半，回来。

安秀实：这样的小事，说说也就罢了，怎么倒怨起天下的读书人来了。

不等请自己回到桌前，哗，墨、砚、笔、纸摊开，动作很帅，要写字了。

安秀实：不就是一副对子吗？上茶！

赵盼儿抽了签回来，丫鬟芳儿在轿外跟着。

赵盼儿：芳儿，我怎么跟做梦似的，刘姑姑说今天就能碰上吧，哪儿有这么快的事，怕是什么也碰不上。

芳儿：小姐，可不是该快了，您不都等了那么多年了吗？

赵盼儿：小蹄子，净说疯话。

说完撩帘，看见街上人向街边茶馆跑去，隐约看安秀实风姿清秀地在展纸。大红纸，青衫，十分俊美。

赵盼儿：芳儿，这是干什么呢？

芳儿：不知道。住轿，住轿。等等，我看看去啊，看看去。

赵盼儿想看安秀实，只能隐约看见，被人挡了，心儿跳跳。

街边茶馆，很多人都围过来了。安秀实静心蘸笔。纸已展开了。

安秀实：请问洪先生大名？

洪先生：树奎，树立的树，奎星的奎。

安秀实拿笔在白纸上写了两字“树奎”。

安秀实：再问夫人大名？

洪先生：这也要问吗？

安秀实：要问。

洪先生：朗卿，月朗的朗，公卿的卿。

安秀实又写了“朗卿”两个字放在一边。

安秀实看那两字想了一会儿，便落笔了。

芳儿跑回轿子：小姐别看了，走吧，一个穷秀才写对子呢。走，起轿。

赵盼儿：等等，是……是穷秀才啊？

芳儿：写字卖钱的穷秀才。

赵盼儿：那……那等他写完了再走。

芳儿：小姐，您这会儿倒是不急了啊。

街边茶馆，安秀实两联已写完了，茶小二急不可待地举了起来。

众人争相挤看。洪先生也看。有多事的带头，众人一起读了起来：“朗月庆长圆光照庭前连理树，卿云何灿烂瑞符天上吉星奎。”朗卿，树奎，好啊，好句子！

大家欢呼。

洪先生：头字相连是朗卿，尾字相连是树奎。呀，好，好！文通理顺，嵌名成联，绝了，绝了！

众人欢呼。

洪先生掏出一锭元宝：这位先生，不成敬意，请笑纳。好，太好了！请笑纳，这回把王家比下去了。

安秀实一直在收拾文具：要不了这么多。

话一出，四周安静。

茶小二：什么？你不是嫌少吧？

安秀实：多了，区区一联要不了这么多，管一顿饭即可。

洪先生接过茶小二手里的对联：我不管，钱在这儿，小二给他传一桌好饭吧。

拿起对联，众人欢呼跟着走了。

轿内。人群散开了，赵盼儿看见了安秀实，真是一个堂正俊美的秀才，看着就爱。

芳儿喘着气过来了：小姐走吧，这秀才不单穷还傻。

赵盼儿：怎么讲？

芳儿：据人说他写了副特别绝的对子，人家给他一锭银子，他嫌多，就要一顿饭，一个傻秀才。走吧，起轿。

轿子抬着走了两步。

赵盼儿：停下。芳儿，你们抬轿子回去吧，我……我有点儿事，一会儿就回来。

说完下轿。

芳儿：小姐，我跟着您。

赵盼儿：不必。

荒野，那匹受伤的马奋力地自己爬上山坡。可以看见安平那浑身是血的尸体。马终于把尸体拉上了山路。马的身上也流着血，嘚嘚而行。

万香楼盼儿屋中。宋引章和丫鬟庆儿在等着赵盼儿回来，有点儿急了。

庆儿：小姐，咱走吧。

宋引章：庆儿，不急，再等一会儿。

芳儿开门，庆儿马上高兴。

庆儿：小姐，回来了，回来了。芳儿姐姐你们可回来了，小姐都等了好半天了。

芳儿：再等半天也得等。

庆儿：哎，这话怎么说的？盼儿小姐呢？

芳儿：没回来，我一人回来了，真累死了。

宋引章：盼儿姐姐呢？

芳儿：盼着吧，谁知她干吗去了？宋小姐，您再坐会儿啊，我给您重沏一壶香茶去啊。庆儿你也坐呀。她不在没事，咱们儿人聊天啊。

宋引章：不会出事吧？

芳儿：出不了事。她呀，抽了个好签，就以为天底下一下子都变成了好人了呢，一个穷秀才也放不下了。

街边茶馆。安秀实正收拾包袱，低头看一围罗裙至。抬头再看，美艳无比的赵盼儿高傲地扬着头。

赵盼儿：先生，请问尊姓大名？

安秀实：哎呀，唐突了，不知小姐亲临，有失恭敬，该是在下先问才是。

赵盼儿：你这是怨我一个妇道人先开口说话了是吧？

安秀实：不敢，安某不是那种迂腐之人。在下姓安，名秀实，慧中秀外之秀，忠诚老实之实，安秀实。

赵盼儿：能写个名字我看看吗？

安秀实正好没收起砚台，马上拿笔在一张纸上写了“安秀实”三个字。

赵盼儿：小二呀，有雅间没有，叫一桌子菜。

把名字拿在手里。

茶小二：哟，这不是盼儿姐吗？有，有，菜是现成的，刚这位安先生写对子的笔资。请，请，盼儿姐请。

赵盼儿：安先生，这么说要叨你的扰了，有些莽撞啊。

安秀实：哪里，哪里。突逢桃花喜遮面，知音胜过三月花。姐姐请。

赵盼儿：哟，可别管我叫姐姐，倒是把人叫老了。

说罢管自先走一步。

茶室雅间。两个人坐着，面前一桌菜，安秀实虽饿了，但有美人在旁还是不好意思吃。这时的赵盼儿又有几分妖媚了。

赵盼儿：先生，别这么干坐着，你倒是请啊。

安秀实：小姐先请吧，请。

赵盼儿：你花了心思赢来的酒菜，你是主我是客，主不吃，客怎么好动呢？还是你先请吧。

安秀实：说得有理，小姐，我这里先……先吃了。

大大地夹了块肉飞快吞进嘴里，原本饿了，还做斯文状。

赵盼儿娇羞地夹了一筷子：安先生，听人家说你刚刚写了一副好对子，挣了的笔资不是嫌少，而是嫌多了，问你句话。

安秀实：请讲。

赵盼儿：钱可烫手？

安秀实正吃得畅快，赶快擦嘴：那……那倒也不是。秀实乃一介书生，突然沦落，写字卖文原本为糊口，区区一联便获此大价，实在怕长此下去，以小利而失大志。所谓一瓶一钵足矣，回也不改其乐，所以，多了的不敢拿。

赵盼儿：迂！

安秀实：迂吗？那倒要请教了。

赵盼儿：你要不是装出来的，做给人看的，你必定是迂。听我跟你说啊，今天你多挣了，明天可以不出来呀，在家里读书呀明志呀，谁能管你？等口糊不上了再出来，不是更好吗？干吗给钱不要呢？又要挣钱又嫌挣得多了，这种人不是迂吗？

安秀实：说得倒是也有理，只是咱们说的不是一个理。

赵盼儿：怎么不是一个理呀？

安秀实：小姐说的是常人之理，在下遵的是圣人之理。

赵盼儿：是吗？那你遵的那个就是个迂圣人。

说完把那张写了名字的纸拿出来，放在桌上。

赵盼儿：安先生，我问了你的名字了，你这么半天也不问我叫什么呢，咱们之间可是有一点儿不公平吧。

安秀实：失敬，失敬。小姐，敢问芳名？

赵盼儿：拿笔来，我也写给你看啊。

笔来，赵盼儿哆哆嗦嗦地写了三个字：赵盼儿。就写在安秀实的名字旁边。

安秀实把儿字念重了：赵盼儿。

赵盼儿：错了，不是赵盼儿，是赵盼儿，轻声的“儿”字。像你……像你那么一念……可不把人念成……

安秀实：念成了什么？

赵盼儿：你是个秀才，这还想不出啊？

安秀实接过话：噢，岂不把个小姐念成……夫人了，得罪。

赵盼儿：哎，没看出来，你这人假老实嘛。

安秀实：老实怎可有假，安某实在老实。

赵盼儿：我问你，你这名字一前一后两个字都有宝盖头，听读书人说这宝盖就是家的意思，安先生你可……

安秀实：尚未成家。

赵盼儿小声自语：呀，可真准了。小二拿壶酒来。安先生，你除了会写对子，可会写歌词？

安秀实：学的就是诗词歌赋。

赵盼儿：好了，我给你找着糊口的地方了，可不用这么见天地在外边混了。小二，倒酒。来，安先生我们碰一杯吧。

两人高兴举杯碰饮。

宋家堂屋。两个府的管家在吵，桌上都放着银子。

尚书府拍桌子：跟你说啊，宋妈妈，早来不早来的，我们尚书老爷请京城里的官吃饭，可都是现吃现叫，可没有敢不去的。

将军府：有他妈的什么了不起，我家将军别人请吃从来不去，吃顿饭算什么？哟，尚书不得了啊，有功夫吗？会打仗吗？宋妈妈，话我也不想多说了，叫引章小姐出来，我们宝马香车备好了，她过去唱两支曲就给送回来。我家将军敬重艺人，从不让人家陪宴。哼！

尚书府：宋妈妈，话我也说了，人今天我必须接走，要么你看着办！

宋妈：二位爷，二位爷，这话怎么说的，你们两位我们吃开口饭的谁也不敢得罪啊。要不这么着吧，我做两个阄儿，二位爷抓，谁抓着了跟谁走吧。

尚书府、将军府：不抓。

宋妈：哎呀，这可难死我了！您看看，要不这样，我跟我家小姐商量一下，先去一家，再去一家。我去商量商量……

尚书府：那要看先去谁家了。

庆儿从里屋出来。

庆儿：谁家也不去，二位请吧。我家小姐说了，今天嗓音失润，唱不了了，不能唱了，谁家也不去了。

宋妈：哎，庆儿，这是小姐说的？

尚书府收了桌上的银子走：哼，好，风光！

将军府也收了银子走：有钱都不挣，有种！

宋妈：二位爷，二位爷，实在对不住啊！尚书、将军那儿美言两句吧，就说小姐身子不舒服，改日请二位喝茶。

回屋看宋引章不高兴地出来了。

啪，老太太把手帕拍在桌上。

宋妈：什么叫嗓音失润啊！妈妈我在前边这是左突右挡的，一家都不敢得罪。你胆子可真大，两家一起得罪了！

宋引章：妈妈，与其得罪一家，不如两家都辞了。再说了，官宦人家，气焰嚣张，女儿实在是看不惯，不去也罢。

宋妈看见宋引章换了新衣：从来都是人家官家选咱们的，没听说有咱选人家的，都是我惯的。行了，行了，不去就不去吧。你这穿了衣裳是要到哪儿去呀？

宋引章：去万香楼找盼儿姐。

宋妈：呀，还去啊？哎，你对这赵盼儿怎么这么上赶着啊？你从牢里把她救出来了，她还没来谢你呢，你倒要几次三番地求着见她啊，不能去！

宋引章：妈妈，救人只为讨人谢吗？盼儿姐要不是为了救香莲，她能吃那么大苦吗？再说了，女儿去了只是想跟她学霓裳舞呢。

万香楼二楼的回廊。赵盼儿想是也喝多了些，衣袂飘飘，快步地在各个房间敲打着门窗。

赵盼儿：姐妹们，都出来一下，到我屋里来啊，到我屋里来。

她这一拍打可好，各门都亮了灯了，急急地有衣冠不整就出来的，有出来又进去的，众姐妹忙起来了。

万香楼盼儿屋内。安秀实显然是多喝了几杯，呆呆地看着那红烛光笑。芳儿看着他。

芳儿拿手一晃：到底给弄回来了，看着也不怎么样啊。我这小姐真是上了心了。哎，秀才，秀才，你看什么呢？蜡烛苗有什么看的……喝茶不喝？啊？

安秀实：不……不喝，谢小姐。

芳儿：别谢，别谢。坐下，坐下。喝多了吧？啊？

安秀实：酒到心头，春满人间，小生不胜酒力，多有得罪。

芳儿：这倒好，喝了不闹，满嘴蹦着词，你坐下，坐呀。

安秀实：酒后岂能无乐。小姐，有笙管笛箫的不拘，借一件如何？

芳儿：哟，这是要演奏呢。你……你还会什么？跟你说，这万香楼里可都是高手啊，你可轻易别露。

安秀实：一吐心声，一吐心声而已。

话音落，芳儿已经从里边取出一管曲笛来了。

安秀实接过，轻试一试，闭目，吹起一支极为幽怨的曲子。

安秀实自管吹着，边吹边陶醉。

门开处，众姬全都花红柳绿地堆在门口了，边听边看呆了。

赵盼儿最后过来，看着安秀实动情吹笛，按捺不住。众姬让开条路，赵盼儿轻袖长舞，跳了起来。一人吹一人舞，两人缠来绕去，吹、跳得幽怨无比。两人从屋内跳入大堂。

万香楼大堂。安秀实吹着，赵盼儿舞着。众姬欢乐鼓掌，共舞。

甲姬流泪：呀，吹得可真多情呢。

乙姬：刘姐姐，穿蓝衫的是个穷书生吧？

丙姬：人可不俗，多雅啊。

甲姬：盼儿姐，他是谁啊？大晚上的，你叫我们就为了让听他吹曲呀？书生，你叫什么？

上去调笑。

乙姬：对了，先别吹了，先报个字号啊。

赵盼儿：别问，别问，听他吹啊。

乙姬：哟，还不让问啊，不问我们可走了。

丙姬：留下你们俩一个吹一个舞吧。

众人假作要走，赵盼儿快给拦住了。

赵盼儿：姐妹们别急着走，可别走。

乐停了。

赵盼儿：今儿个我叫大伙儿下来了，有件事，算是帮这位安先生了。

甲姬玩笑：他是谁啊？我们凭什么帮他啊？

众人笑。

赵盼儿：也算……也算给我一个面子啊，谢姐儿几个了，告你们可别拿捏啊……这位是安秀才，沦落京城靠卖字为生，会填词作曲，咱们不是总吵着缺歌儿唱吗？既然他会，咱一是帮帮他，二是让他也帮帮咱们，有定歌词的不妨找他啊。

众姬欢呼向前。

万香楼门口。宋引章与丫鬟庆儿下轿。

叉杆：哟！宋小姐来了，请请，请。

宋引章：盼儿姐姐可在？

叉杆：在，在，都在大堂里热闹着呢。

万香楼大堂。一张桌子前，芳儿在记录。桌上一小块一小块的银子摆了很多。

芳儿：翠云定一首《桂枝儿》。慢点儿，别挤。红玉是《蝶恋花》。芳蕊……

众人正乱，宋引章出现，一声压了百声。

宋引章：姐姐们这么热闹，这是在买什么呀？可不能落下我啊。

众人让开，宋引章美艳无比上前。

安秀实一眼看见，脸无端地红了。

安秀实内心话语：天下居然有这般明艳的女子，清纯、秀丽，恍若梦中。

赵盼儿一眼看出了安秀实的变化，内心话语：脸红了，这一天他脸都没红过，看见引章他……他脸就红了。

宋引章：盼儿姐，你们这是买什么呢？

赵盼儿：呀，引章妹子，我们这是买安秀才的歌儿呢。来得早不如来得巧，你也买一首吧？

宋引章：是吗？有歌卖呀，这位先生，我也买一首吧。

说完掏出银子，手递手地递给安秀实。安秀实双手接住，有些激动，有肌肤之触。

安秀实：谢小姐抬爱……不……不知……小姐要什么曲牌？

宋引章：就作一首《寄生草》吧。

安秀实：《寄生草》，好，小姐略等片刻，秀实这就写……

展纸蘸笔。

赵盼儿：哟，这么急啊，宋小姐可是最后才来的。

众姬：对啊，对啊，你怎么偏心？

甲姬：引章妹子，还是你有面子。

宋引章：是吗？倒是妹妹不知礼了。

赵盼儿：玩笑，安秀才，打住，打住，不用急啊。这些银子呢，你包好了，拿走，我们也不留你了。你什么时候交账得限个日子吧。

安秀实：三……三天。

赵盼儿：好吧，我们呢也不催你，三天之后把歌词都带来啊。钱你拿走吧。

安秀实还在看着宋引章的那块银子，轻轻握着。

安秀实：只……只拿这一块吧，余下的三天之后再拿……

高兴地再看宋引章。

街上。扮了个做小买卖村妇的赵盼儿挎了个筐，和扮了个丫头的芳儿两个人在街上边说边走。

赵盼儿：你问实了吗？

芳儿：那还有错，不单问了，我都听见他吹笛子了。

赵盼儿：那快走吧。

芳儿：姐姐，你这是去会他呢，还是……

赵盼儿：我……我也想不好，到了那儿再说，我这身打扮可不想让他见着了。

街上某小屋后墙。芳儿引着赵盼儿悄悄往窗下来矮着身子，来到窗下。只听见窗内一会儿一句笛音，一会儿一句歌声地唱了出来。芳儿指了指。赵盼儿会意，两人坐在窗下听了起来。

安秀实：芳草思南浦，行云梦楚阳，流水恨潇湘……

赵盼儿听了入迷。芳儿示意筐，赵盼儿拿出笔砚纸本给了芳儿，芳儿咬下笔帽，拿笔记起来了。

笛声响起，安秀实：莺莺燕燕春春，花花柳柳真真，事事风风韵韵。娇娇嫩嫩，停停当当人人。

赵盼儿高兴地听着，就当是说自己呢，分外娇媚。突然有人从街上过，奇怪地看着她俩。

赵盼儿：卖柿子啦，柿子大葱。卖柿子啦，柿子大葱。

那人走了。她这一喊，里边的笛声就断了，歌声也断了，喊一声断一声。赵盼儿还傻喊着。芳儿赶快跟她做手势，意思里边听见了。

赵盼儿：没事，这么长时间了，他也不出来看咱一眼……卖柿子啦，柿子大葱……他不想看我，我还想看他一眼呢……卖柿子啦，柿子……

后窗突然拉起。

安秀实：这位大姐换个地方喊吧，屋中有人正在作文，请换个地方吧。多谢，大姐……大姐……多谢。

两个人赶快躲了笑。

芳儿拉赵盼儿，说：走吧。

赵盼儿：迂书生，他就听不出是我，偏喊，让他出来看看。

安秀实：鸳帐里……

赵盼儿：卖柿子啦，柿子大葱。卖柿子啦，柿子大葱……

芳儿：卖柿子啦，柿子大葱……

两人都喊起来，边喊边往起站。两人高兴，还抬头要往窗中看。

哗一泼水浇了出来。猛地，两人脸上都是茶叶水。

安秀实：讨厌的村妇，远点儿去喊！

两人狼狈地从脸上抓下茶叶，各打一喷嚏。

芳儿：还好是茶叶水，要是洗脚水可惨了。

万香楼赵盼儿屋内。安秀实激动异常，高兴地走来走去。

赵盼儿和芳儿因有前场戏，都严肃地看着他。

赵盼儿：安秀才，都准备好了吗？

安秀实又跑到书案边，清理了自己的诗稿：准备好了，盼儿姐，你叫人吧。

边走还边像模像样地哼着。

赵盼儿：芳儿，叫红玉姑娘。

这时，安秀实激动不安地摆弄着笛子。

芳儿：红玉姐你进来吧。

应声门开，红玉进来，后边还有一堆姑娘挤着。

红玉：安先生，我那支《天净沙》您可作好了？

安秀实：作好了，作好了，你听听啊。

先拿笛子吹了一个过门，清清嗓子，唱起来。盼儿她们早算好了，等着看笑话。

安秀实：莺莺燕燕春春，花花柳柳真真，事事……

红玉：风风韵韵，娇娇嫩嫩，停停当当人人。

安秀实一听红玉会唱，傻了。

安秀实：哎，你……你怎么会唱，什么时候会的？

红玉：安先生，这就是您作的曲子啊，我可早就会了。

安秀实：不……不该啊，不该啊，这……这是刚才作出的……你怎么就会了呢？

赵盼儿坏笑：是啊，问你呀，安秀才是不是借了古人的句子？借了古人的句子挣我们的钱，这可不好。

安秀实：绝然没有，窃之事如偷盗钱财，我怎么会做这样的事？断然不会。

赵盼儿：那……那我们红玉怎么会唱啊？总不至于你先教了她了？

安秀实：实……实在想不通，没有，没有。

芳儿：你再想想吧。叫莲花。

安秀实有点儿蒙了。

宋府闺房。宋引章正拿着一张歌词在唱。

宋引章："锦帆落天涯那搭，玉箫寒江上谁家。"呀，写得雅中有俗，真境界也。庆儿，我的花簪子呢，快戴上啊，一会儿怕晚了。

庆儿：小姐，我看咱就素素地去吧，别戴了。

宋引章：为什么？

庆儿：毕竟咱去万香楼是客，可不该太那什么。

宋引章：哪什么了？有人说话了？

庆儿：那倒没有，我……我是觉得那姓安的书生挺招大家喜欢的，咱去了别抢风头。

宋引章：是吗？那安秀才招人喜欢吗？我怎没看出来……算了，不戴就不戴，穿素点儿吧……那安秀才长什么样我都忘了。

庆儿：你忘了他，他可忘不了你。

宋引章：这话怎么讲？

庆儿：那天，他一看见你脸就红了。你没看出来，他……他是有心了。

宋引章：哼，是啊，跟本小姐有心的人多呢。不当事，什么时候我有心了才算数，

万香楼赵盼儿屋内。安秀实已没了兴趣，试试笛音就唱。

安秀实：碧云深，碧云深处路难寻。

兰花：云在松月，桂云和八尺琴。安先生你有没有新的，这歌我会唱。

安秀实颓然坐在椅子上。

安秀实：怪了，怪了！是……是不是我……我真用了前人句子了？我……我……这明明是我想出来的啊，难道是梦中偶得？

赵盼儿：兰花，你下去吧。安秀才，这些银子怎么办？

哗，倒了一桌子。

安秀实：哪……哪儿还敢提什么银子？盼儿姐，你都给她们退回去吧。哎，我这些歌，她们真就会了，这……这让人想不通啊。

赵盼儿：想不通就别想了，来，喝杯茶吧。

安秀实：盼儿姐，谢了。安某自己无脸，也给你丢脸了，安某告辞。

起来就走。

赵盼儿：哎，等等！傻秀才，你就想不出来呀你？

安秀实：还有什么可想的，对不起了，我走。

赵盼儿：你……你可就真老实……卖柿子啦，柿子大葱，卖柿子啦，柿子大葱。

安秀实：柿子？村……村姑？是你们，你们在……窗下？哎，是你呀。你在窗下窃诗，你在窗下窃诗。盼儿姐……

起来冲过去，盼儿此时有等待温暖之态，闭眼不躲。安秀实又站下了：盼儿姐，这……这在我家乡中，小孩之间便要……便要罚了。

赵盼儿：怎么罚？

安秀实：打手心。

赵盼儿：你要罚我吗？你不心疼就打。

安秀实：不心疼。

安秀实手举起刚要打，听到了大堂外宋引章的歌声，手在半空不动了。盼儿等了半天没动静，再一看，安秀实被楼下的歌声打动了，听了两句，放了盼儿的手冲出门去。

安秀实冲到栏杆边，听着宋引章边舞边唱，面目姣美，安秀实听得入了迷。赵盼儿在他身后静静看着，有醋意。一曲歌罢，安秀实更卖力地鼓掌。大堂内客人、众姬都鼓掌。突然叉杆举一盘银子出。

叉杆：众位，引章小姐一曲歌罢，郑州周相公有赏了。

话音落，掌声复起。大堂中周舍出来了，一身锦绣，把那盘子红绸一撩，都是元宝。楼上安秀实看了大惊。

安秀实大喊一声：周兄！周舍兄！周兄！

周舍往上一看，看见安秀实，两人相视。

说书人：哈！不是冤家不聚头吧？聚了头的冤家大概也认不出来。这下有戏了，一个蒙在鼓里，一个逃在鼓外，什么时候鼓被敲破了，人就看清了。恩义情仇，没有恩义哪来的情仇。人啊，不好认。不想了，等着看下文。

三

说书人：人间事啊，比传奇还传奇，编都编不出来。明明以为那人死了，他又活了。活得好好的，比你还好，你的好都被他好过了，还明白不过来。人善啊，舍不得把别人往坏了想。还左一声哥、右一声兄地叫着。这样的人两个字：好人。阴天碰见了也觉阳光灿烂。这世界怕好人多吗？不怕呀，越多越好，这是我的真心话。

万香楼大堂。夜。安秀实在楼上认出周舍来，飞快地从楼梯往下跑。大堂中周舍也假意激动地迎了上来。两个男子一抱拳，亲热起来。

安秀实：周兄，大火之夜真让人担心，原以为……你已作古，没想到……周兄你真让为弟的担心啊！

周舍装傻：什么大火之夜，着火了吗？什么时候着火了？

安秀实：你我饮酒的那夜呀，你……不知道吗？火把客店都烧了。

周舍：那夜……那夜愚兄因突遇一个朋友，连夜走了。哎，我给你留了张字条，难道也烧了吗？着火了？真想不到，害兄弟你着急了吧，多有失敬，多有失敬。

安秀实：走了……是啊，你走了……多亏你走了，否则真是后果堪忧。不说了，能看着你活着，比什么都高兴，就当劫后余生吧。来，来，酒。

有叉杆端酒来。周舍此时风流倜傥，比蓝衫的安秀实漂亮多了，又有钱，举杯邀众姬及客人：有酒岂能无乐。一客不烦二主，方才听了引章小姐之唱，如聆仙乐，不妨再烦唱一曲吧。大家举杯，今夜的酒，在下请了，大家赏光。

安秀实：太好了，周兄，你还是那么豪爽。太好了，我……我这儿有管笛子，我来伴奏吧。

拿起笛子轻吹。宋引章边歌边舞起来。

宋引章：鹤立花边玉，莺啼树松弦，喜沙鸥也解。一个冲开锦川，一个啼残翠烟，一个飞上青天。诗句欲成时，满地云缭乱。

安秀实沉醉地伴奏，宋引章动情地舞蹈。此时有两个人并不高兴，一个是大堂中的周舍，一个是还在二楼回廊的赵盼儿。赵盼儿看着安秀实动情地为宋引章伴奏，看了一会儿，失神了一会儿，回身进自己屋内。

赵盼儿屋内。赵盼儿消极，伤心，进屋就自言自语地说了心里话：一个爱，一个不爱；一个不爱，一个偏爱。到头来不知谁爱谁不爱，就怕成全了他们，闪了我盼儿……

赵盼儿刚要坐下倒水喝，看见刘妈从里边出来了：哟，刘妈，您在呢？

刘妈：呀，吓着你了，看着你们外边热闹，我说是抽空把地扫了，床铺了。盼儿姑娘，怎么不在外边热闹，自己倒进来了？

赵盼儿：天下的热闹都是人家的……就是有一分是自己的，热闹过后还不是凄凉吗？不热闹也罢，心静。

刘妈：有什么心事了吧？没看你这么消沉过。

赵盼儿：没事，没事。

刘妈：没心事想心事，有了心事又烦恼，是吧？盼儿姑娘这样好哎，多珍重吧，到了我这年岁，心事也没了，烦恼也没了，想想年轻时过的日子都不珍惜，现在想有这心啊都没有这意了。玩笑玩笑。你看老了老了，还说疯话，让你笑话了。我走了，你歇吧。

赵盼儿：刘妈，您等等，您是过来人……

刘妈：嗯，早二十年的万香楼就我红，如花小姐谁不知道啊！

赵盼儿：那我算问对人了，您说这……这要是看中了一个人，是那种预备托付终身的人，他……要是对你不太那什么，心仪别的人，那该……该怎么办？您看我问的事……

刘妈：你说是追男人啊？是一人追，还是两人争？

赵盼儿：追，一人，两人，也是……争……

刘妈：男人不能追，更不能争，说句过来人的话啊，争不如让，让不如晃，晃不如放。

赵盼儿：刘妈，这话怎么讲啊？什么争啊、晃的，您快给我细说说。

刘妈：有酒吗？给我倒一杯。

赵盼儿：有，有，给您满上。

赵盼儿赶快倒酒，刘妈饮。

万香楼大堂。歌舞正欢。周舍拉了宋引章的衣袖，给她让到太师椅上，接过扇子轻轻给她打扇。安秀实拿着一支笛子，尴尬地站在人外。众姬舞着。宋引章回头跟周舍说着话。

万香楼赵盼儿屋内。刘妈又饮一杯。

刘妈：男人啊不能争，越有人争他越看不清。男人喜欢什么样的女人啊？蓦然回首那人却在灯火阑珊处的那种，清清静静的，让他一见了你就忘不了。所以有人争你就让，这叫争不如让啊。倒酒。可话说回来了，让也不是真让。晃悠他，好一回坏两天，好好坏坏地晃着，可别一下子就应了他啊，晃悠来晃悠去的，他比什么都想你。这叫让不如晃。再来一杯。

赵盼儿：他……他要是不想你呢？

刘妈：那就放了他，放也不是真放，要想点子，给他树个敌，倒是让他一身伤地回来。这叫晃不如放。这些招啊都用到了，他要不跪在你的裙子下哭，我这酒算是白喝了你的了。男人好糊弄，还用这么愁眉苦脸的。如花我当年可没少伤过他们的心。

赵盼儿：刘妈，您说得准，盼儿……

刘妈：有主意了？

赵盼儿：有了，刘妈您再喝一杯。您是过来人，也不怕您笑话了，盼儿这会儿心才定了一点点，一点点。您喝啊。争不如让，让不如晃，晃不如放，我记住了。

空无一人的街上。先是传来了马蹄声，然后看见一人戴斗笠出，拉着一匹驮着行李的马。周舍拉马从黑暗中走出，左右看看，骑上马跑。

马拴在一棵树下。周舍把火把插在树上，挖土，哗哗的声音在夜空中传得挺远。一丛一丛的树枝不断被拨动。

童小乙被惊醒了，悄悄潜行过来了。童小乙趴在地上，看火把下的周舍挖了个大坑，然后把那些行李一件一件地往里扔，埋土。

童小乙自语：埋什么呢？不像是埋死人啊。

话音刚落，周舍心虚，开始诈人，先站着后喊。

周舍：那是谁呀，出来吧，我看见你了。出来吧，出来。

扬起铁锹上的土乱扔，静了一会儿不见动静。童小乙趴着一动不动。

周舍听了会儿没人应，摘下火把扔在地上踩灭了，骑马走了。

童小乙等马蹄声远了，爬起来向那个坑爬去。

安秀实正在兴奋地作歌词，旁边有酒有菜。

安秀实边哼边写：衰柳寒蝉一片愁，谁肯教白衣送酒？好，好啊！周兄，周兄，我作了三首词，你不来听听吗？周兄？

往外去找周舍。

周安迎了出来：安相公，主子出去了，说了一会儿回来，让您自己先喝着呢。

安秀实：哎，是他让我来陪他睡觉说话的，他怎么偏偏又出去了。去哪儿了？

周安：不知道。您要乏了，先歇吧。

安秀实：写成了的词无人同赏，真煞风景。好，睡也。

树林。童小乙先把那火把点着了，然后在土坑处挖。

童小乙边挖边念叨：可别是死人，可别是死人啊。

挖出一个箱子，悄悄打开一看，全是衣裳，一件又一件。

童小乙：好好的衣裳，好好的衣裳哎，埋了它做什么？有钱人就是怪。

又打开一箱。

童小乙：都是书嘛，埋这些好东西作孽啊。

在月下试穿一件长衫，打开一把扇子扇起来：今夜我算发了财了。哈，我算发了。这埋的全是家财啊，不会是贼赃吧？要是贼赃，这贼也太傻了点儿。

租房处。周舍悄悄进来，解开斗篷，走到灯下看。

一张纸上写着：曲词三首，为宋小姐作。周舍一张一张拿起歌词，看过后揣在怀里。

看了看熟睡的安秀实，噗一口把灯吹了。

宋家大门。尚书府管事、将军府管事各带着人来了。两人同时敲门，各敲一边。

尚书府：开门！开门！

将军府：开门！快开！

庆儿扒门缝一看，急了，往回就跑。

庆儿：小姐，妈妈，不好了，又是那天的两家人来了，还带了不少的家丁呢！小姐！

宋引章、宋妈快步迎出。

宋妈：这……这可怎么好？这可怎么好？引章，后门你先躲躲。

宋引章：妈，咱不怕，咱吃开口饭的一个唱曲的，他们能拿咱怎么样？

说着要去开门。

门砸得更响了，尚书府、将军府：再不开门可要拿人了！快开门！

宋妈赶快给拉了回来：可不能开，好汉不吃眼前亏，你快从后门走吧。

宋引章说着话要去开门：妈，您不用怕，走得了今天走不了明天，是福不是祸，是祸躲不过。妈，既有了事了那就躲不过去了。

正吵着，此时在门缝中看的庆儿招手。

庆儿：小姐，妈妈，快来看，快来呀，那天的周相公来了，快来看。

宋引章、宋妈快步到门缝中去看。

宋家大门外。尚书府、将军府看着周舍问话。

尚书府：你算哪根葱啊？要想管闲事躲远点儿。不是吓唬你啊，你先掂量掂量，我们是尚书府！

将军府：我们是将军府！你是什么人？

周舍：在下周舍，生意人，是这家的远房亲戚，有什么话不妨对我说。

将军府：亲戚呀，正好找不着人呢，小的们，捆起来带走！

周舍：慢，这位爷且慢！

哗，两手互相一掏，手里各掏出一个元宝，飞快地塞在尚书府、将军府的手里：二位，这半日了，口也渴了，肚也饿了，咱们借过一边说话如何？

两人手里都收到银子，态度一下变了。

尚书府：是啊，可不是渴了，兄弟们留两个人看门，咱们喝茶去啊。

将军府：对对，饿了，饿了，走，先喂肚子去啊。

说完话人跟着走了。

宋家门里。庆儿要开门：走了，走了。

宋妈：别开门，别开门，千万别开。没看见还有人吗？引章，这周相公是什么人？

庆儿：周相公人可好了，妈，您忘了，听一支曲就给了咱一盘银子，小姐唱完了歌，他……他还给打扇子呢，没见过有这么周到的相公。

庆儿深情。宋引章有些羞涩。

宋妈：是啊，人……人看着也精明呢，但愿是个救命的菩萨。

租房处。安秀实桌上桌下地找自己昨天写的歌词。没有。

安秀实：哎，哪儿去了呢？明明写好了，放在这儿的怎么没了？周兄，周兄，周……

周安进来了：安相公，我家相公一早出去了。您有什么事？

安秀实：看见我昨天写的歌词了吗？

周安：歌词？没有。您写了歌词吗？今儿个早上收拾桌子可没看见。

安秀实：当然写了，三首，喝了酒写的。怪了……我确实写了呀……难道又是……

酒馆。一桌丰盛酒菜，周舍、尚书府、将军府三人在吃喝。

尚书府：小子，你还真够场面啊。可话说回来了，酒是喝了你的了，菜也吃了你的了，但是这钱可不够，这一锭银子就想铲这么大的事，我们俩可做不了主。

将军府：也就将够个茶钱水钱的，不够，不够啊。

周舍说着话又掏出四锭银子：二位尽管吃吧，哪儿能就这么点儿意思啊，不是当着人不好拿嘛。这些算一半儿吧，先拿着，成了事还有一半儿。

将军府：哈哈，够场面，够场面。放心吧，拿人钱财与人消灾，我们就是干这个的，放心吧。

各要拿两锭银子。

尚书府：吃了饭我们就走了，没事了。

周舍伸手把两个人的钱按住：二位爷，听着，我花钱可不是让你们走啊。

尚书府：不让我们走，难道是……

将军府：是要闹大吗？

周舍：二位真是明白人。

万香楼赵盼儿屋。芳儿应门：谁啊？说名字。

安秀实：我……是我，安……安秀实。

赵盼儿：谁啊？不见。

芳儿：小姐……是安相公。

赵盼儿：啊，他怎么来了，怎么说来就来了？瞧我这粉还没敷呢，衣裳还没换呢。芳儿，快，快，先让人等会儿，等会儿啊。

说完了又怕安秀实跑了，冲到门口自己说：是安秀才啊，等会儿啊，等一会儿啊……别走啊，一会儿就给你开门，千万别走。芳儿，快，快给我拿镜子，去跟他说两句话去。

芳儿：镜子不在您手里吗？这……这是怎么了？

赵盼儿冲进内间，拉上帘子，稀里哗啦地乱。突然把脱了半截衣裳的半个身子探出来。

赵盼儿：芳儿，让他进来吧，别等烦了，回头再走了。

又缩回去。

芳儿：小姐，您不是说晃着他吗？他这一来，您怎么又……

赵盼儿又探出头来，然后又缩回头，里里外外地说：是……对，晃着他，说是这么说，今……今儿个好容易来了，就不晃了，回头晃跑了。快，快让他进来啊。

芳儿去开门，不满意：人没见着时，说得一套一套的，人一来半套也没有了。安相公，请进。

安秀实：芳儿妹妹好。

芳儿：好不好的，凑合过吧。安相公请坐，我给您倒茶。

安秀实：多谢妹妹，你家小姐可……可在？

芳儿：在，在里边呢。

安秀实：在里边干吗？

说着站起要往里间去。

芳儿：在里边换装。

安秀实手都快够着帘子了，又缩回：啊，在里边换装，那多有不便，那就不进去了。

芳儿生气小声：你还真实在，谁让你进去了。坐啊，安相公喝茶。

安秀实：多谢。

话音刚落，赵盼儿出来了，浓妆艳抹。

赵盼儿假装柔弱多情：安相公来了。

安秀实：不期而至，唐突之处，请多多原谅。

赵盼儿：用不着那么客气，来了就坐吧。

自己也坐下，故意把灯拿到自己跟前照自己，飞媚眼。

安秀实：盼儿姐，今天真是很……

赵盼儿：很怎样……说吧，说呀。

安秀实：很……很是有点儿不同，很艳丽，艳丽。

赵盼儿：艳丽，美丽，差一个字。这是说我妆化重了，一句都没说我美。你……你口不对心。

安秀实：实在如此……妆化得十分之……好。

赵盼儿：人呢？

安秀实：人吗？几乎甚至，也许差不多，有点儿认不得了。

赵盼儿：啊呸，就这啊，一句好话都不会说。哼，安相公找我干吗？

安秀实：盼儿姐，把东西还我。

赵盼儿：什么东西，我拿你什么东西了？

安秀实：盼儿姐别开玩笑了，那东西是趁酒劲写出来的，写过忘了，请还我。

赵盼儿：什么忘了，你倒说清了。哎，怎么来不来地问我要起东西来了？

安秀实轻嗽嗓子：卖柿子啦，柿子大葱啊。卖柿子啦，柿子大葱啊……我的诗稿，昨天晚上的诗稿，请盼儿姐还我。

赵盼儿以为给自己写的：诗稿，昨晚上的，我没拿，你……你别找我。我问问你，三首歌词都是为谁写的呀？

安秀实：特为引章小姐写的三首歌词，今早不见了，盼儿姐，除了你还有谁？请还我。

赵盼儿一听给引章写的，气不打一处来：给引章小姐的……三首！你去找引章小姐去，上这儿干吗来？芳儿送客！谁稀罕你的歌词，从今往后一首也不要你的。

芳儿：哎，得，没晃着人家，倒让人家晃了。安相公你请吧。

安秀实：哎，盼儿姐，上回不也是这样嘛，卖柿子了，卖着柿子就把我的词全窃走了。卖柿子啦。

芳儿：别喊了，快走吧，我看你该去卖擀面杖了。

安秀实：为什么？

芳儿轰出：为什么，你……你……一窍不通！

芳儿：小姐，小姐为这路人犯不上伤心。你伤心也好，高兴也罢，他全不知道，棒槌一个。

宋家大门口。灯笼上写着“尚书府”“将军府”。两队人拿着火把冲了过来，也不敲门，两张封条一交叉把门封了。

宋家大门内。拎着包袱原准备逃的宋妈、宋引章、庆儿看着外边火把，门被封了。

庆儿：妈妈快拿主意，门封了。

宋妈：快，走后门，走后门，人先逃了再说。

三个人拉着手往后门跑。

宋引章：站住。妈，咱犯了什么王法，他们居然来封门了。咱们跟他们拼了吧！

宋妈：咱们三个女流，指着什么跟人家拼，快别说傻话了。快，后门，快逃。

尚书府：奉开封府命即日封门！小的们再去后门啊。

三个人听后仓皇往后门逃出。

宋家后门内。门开，好像很宁静，突然远处有火把人声。

庆儿：小姐，咱出不去了，跑出去一条胡同还不是被人抓住。

宋妈：庆儿快拉小姐回来。人要紧，咱让他们封去。

宋引章被拉了回来。

宋引章：妈妈，是引章惹的事，引章出去，看他们能怎么样。

正说到这儿，外边敲门声大作。

宋妈：庆儿，快顶住，可不能让人进来。

几人快去顶门。没想到刚一顶，话音未落，门砰的一声被撞开了，进来一人。庆儿吓得大叫。引章、庆儿被宋妈揽住。

宋妈：要杀要剐我顶着，你们动手好了。

周舍：引章小姐，是我，周舍啊。

宋引章：哎呀，周相公，是你。

周舍：闲话不说了，快，快出门上车，快！

宋引章：周相公，这是我妈妈。

宋妈：周相公好。

周舍：来不及行礼了，宋妈妈，快上车吧，快！

宋家后门外街上。周舍忙着将三个女子让出，飞快地推上一辆停在门口的马车。人刚上去，周舍抽动鞭子，跟着飞跑的大车飞上车辕。车在胡同中狂奔起来。胡同中兵丁正好打着火把灯笼冲了进来。

大车狂奔，周舍鞭子左右一抽，马狂跑。众兵丁急闪，灯笼火把扔起来，兵丁闪了一地。有一支火把扔在了周舍的手臂上。马车突围而去。车内引章、宋妈等相互抱着，惊恐地看着冲了出去。后边兵丁七倒八歪散了一地。

尚书府：起来，起来吧。不追了，收兵，收兵。喝酒去，喝酒去啊。这小子这回事成了。

租房处堂屋。红烛高照，堂内布置雅致。

宋妈坐在正座上，宋引章打横，周舍伤了一条胳膊，吊着手臂，给宋妈见礼。

周舍：妈妈在上，小生周舍，这厢有礼了。

宋妈：快起，快起，该是妈妈我谢谢你才对呀。引章啊，快给周相公行个礼吧，没有他咱们娘仨儿还不定怎么样了。

宋引章：周相公，多谢搭救之恩，小女子宋引章这厢有礼了。

周舍十分得体地赶快也跪，边跪边扶。

周舍：区区小事，何足挂齿。让小姐惊着了实在是罪过，请起，请起。

宋引章：相公请起吧。

周舍：小姐请起。

宋引章：相公请起吧。

周舍：小姐请起。

庆儿上去扶起引章：我看啊谁也别让谁了，一块儿起吧。要么这左让右让的还不到天亮了。

周舍：庆儿妹子说得对。妈妈搅了一晚也该歇息了，这样，妈妈您睡东屋，引章小姐与庆儿妹子睡西屋。

宋妈：哟，就这三间房，我们一来给你搅了，你睡哪儿啊？

周舍：小生下屋还有地方，不是客气，实在男女有别，引章小姐还待字闺中，谨慎些是应当的。

宋引章深情地看周舍，内心话语：他真是个知礼知义、有心有情的人啊！

万香楼赵盼儿屋内。刘妈在喝酒。赵盼儿头发乱，脸上花，伤心了半天了。

赵盼儿手背抹泪：刘妈妈您说说，他这个人就是荤素不吃、油盐不进。到我这儿来，满口说的是另一个女人的事，可见他心里没我。

刘妈：那你呢？

赵盼儿：刘妈妈，说句没出息的话，我命里有他。

刘妈：情爱之事可不能信命。

赵盼儿：我哪是只信命啊！盼儿我自信历尽沧桑，阅人无数，再不会动心了，可不知为什么，见不着他就想，见了他还想，都想进骨头里去了。

刘妈：你等等……你等等。

又是那一套，数指头。

刘妈：争不如让，让不如晃，晃不如放，放不如浪，你……你下回见他风骚一点，放浪一点。这可是最后一招了啊。

芳儿倒酒来插话：刘妈妈，您说的理都对，到我家小姐这儿都没用。依着我看啊，什么晃啊让的不是别的，是我家小姐太心疼他了，所以晃也晃不起来，放也放不下去，净看着他浪了，又会吹笛了，又会作词了，有什么用……还不是个呆……

赵盼儿真心疼，流泪：芳儿，住嘴，你不能这么说他，你这么说他，我心疼。

刘妈：妈妈我也没招了，走一步说一步吧。

自己要倒酒，摇了摇瓶，空了：得，酒也没了，我也该走了。

租房处门口，安秀实在敲门。

安秀实：周安，周安是我，快开门，我回来了，是我。

门开，周安拎了个包袱出来。

周安：是安相公啊，等了您半宿了。我家爷吩咐了，家里来了客了，多有不便，您找个地方住去吧。东西给您。

安秀实：这么晚了，找地方也难，能否在下房将就一夜？

周安：主子吩咐不敢擅改，您自便吧。

说完把包袱扔在地上，关门。

安秀实捡起包袱，掸了掸，背上了：原是你家主人让我来同住的，怎么现在又……周……算了，人家也有人家的难处，不该怨人家，要怨，怨自己。

无奈背了包袱走。长夜里孤单地走在街上。

租房处中堂。黑着灯，庆儿先出来，听了听东屋宋妈睡熟了，轻轻到正门把门开开了，然后又跑了出去。

租房院中。庆儿跑到还亮着灯的东厢房，轻轻敲窗户。

庆儿：周相公，周相公，睡了吗？

周舍：庆儿妹子吧？尚未歇息，有什么事吗？

说着开门。

庆儿：那正好，我家小姐要来探伤。

门开，周舍吊着手出。

周舍：不便吧，深更半夜，男女多有不便，还是不烦小姐来了……

刚说到这儿，看见正房中宋引章已经出来了。月光下的宋引章美艳无比。

宋引章：周相公，男女有别也不在此一时。

庆儿：我家小姐都不在乎，周相公，您……

周舍：实在怕小姐心有勉强。既如此，请吧。

庆儿：呀，小姐，我去把正屋门关上。

借回去关门，自己回屋了。

周舍给宋引章让了进来，灯挑亮了。

周舍：屋内简陋不堪，宋小姐委屈你了。

宋引章：方才妈妈在身边，感谢的话有不便深说之处。引章再谢周相公搭救之恩。

说话又跪。周舍假意一扶，倒把伤了的手臂弄疼了，一下抽手。

宋引章：哎呀，碰了你的伤了，周相公请将伤口解开，我带了家传的伤药，让我为你疗伤。

周舍：千万不可，区区小伤，不足挂齿，不看也罢，省得污了小姐的眼睛。

宋引章：周相公，我一定要看。你为救我一家而受伤，为你疗伤天经地义，请不要再推辞。让我帮你上药，引章才心安。

周舍像是无奈地伸出了胳膊。宋引章将白布解开，有一块大大的烧伤。引章一看眼泪就流下来了。

周舍：引章小姐不看也罢，不看也罢，害你伤心……

宋引章：难道不该伤心吗？周相公你……你是无辜受害，要不是为了我一家人……

周舍：也怪我躲闪不及，就真被那火把掷中了。小姐千万不要在意。

宋引章边落泪，边为周舍的伤口抹药。

周舍：这伤有小姐的泪水抹在上边，实在就不叫伤了，是一帖治周某心病的灵药。

宋引章羞涩脸红：周相公您……您言过了。

周舍：不是言过了，是心中有千言万语，只是说不出来。

周舍从怀中掏出偷安秀实的歌词：原本去你家，是为你送我写的三首歌词的。也是无意，不想就遇见事了。

宋引章接过歌词，十分高兴。

宋引章：周相公，你也会作歌词啊。

周舍：雕虫小技何足道哉，宋小姐见笑了。

宋引章拿到歌词就轻轻唱了起来。

宋引章：风送梅花过小桥，飘飘，飘飘地乱舞琼瑶……

街上，安秀实又支起了摊子，开始为人代笔写书信、写状子。大大的幌子支着，安秀实无神地看着街上的行人。街上一乘小轿过，轿中是万香楼的红玉。红玉撩开轿帘看见了安秀实。

红玉：呀，那不是安相公吗？几日不见，怎么看着这么潦倒了？

万香楼赵盼儿屋。门开了，红玉风风火火地进来。

红玉：盼儿姐，盼儿姐。

赵盼儿从床上坐起来，脸发青，声都变了。

赵盼儿：是红玉啊，干什么？

又躺下了。

红玉：哎，盼儿姐，你不知道吧，前些日子来的那个安秀才在街上给人写字卖钱呢，支了个破摊子，一个人怪凄凉的。

赵盼儿坐了起来，听了也不说话，光流泪，下地找鞋。

红玉：盼儿姐，你这……这是怎么了？

赵盼儿：没事，快给我拿镜子。快拿镜子……照镜子。

镜子里浮现出一些情景：

下大雨，安秀实在忙着收摊子，对面街上轿内她在看着他。

安秀实在封了的宋家门口转来转去，问街上的人情况，封条已经剥蚀了。

周舍给宋妈找了一些裁缝做衣裳。宋妈推让。

周舍给睡着了的宋引章打扇，捉蚊子。宋引章惊醒坐起。两个人相视而笑。

安秀实在写字摊后边看书。突然，兵丁抓人过。稀里哗啦，街边的摊子全给掀翻了，安秀实的摊子也被掀翻了。安秀实躲在桌下，等兵走后才出来，平平静静地搭桌子。

赵盼儿：写字儿的，写一封信多少钱？

安秀实边搭桌子边回：十文。

赵盼儿：行了，你别支桌子了，我有一百封信要写，你跟我走吧。

安秀实回头一看，笑：呀，盼儿姐呀，你怎么来了？呀，你……你怎么……怎么……瘦了？

这话一说又动了伤心劲儿了，赵盼儿要哭，忍住：哟，你……你还记得我什么样啊？

安秀实：看你说的，总想去看你，读书写字离不开……

赵盼儿：嘴上说说的。

安秀实：真是心里想着呢。盼儿姐你坐呀，破椅子对付坐吧，你坐。

赵盼儿：不坐了，跟我走吧。

安秀实：去哪儿？

赵盼儿：万香楼啊。

安秀实：不去了，晚上过去看你，现在离不开。

赵盼儿一听，火上来了：你以为我叫你干吗呀？吹笛啊，作曲啊，谈情说爱啊，美得你，我是让你给我写字儿去。

啪，一锭银子掏出拍在桌子上：够不够？够写多少封的，你给我算算。

安秀实：够写很多封的，盼儿姐，你哪儿有那么多的信要写啊？

赵盼儿：这你就管不着了，我给天写给地写，给风写给雨写，给活人写给死人写，你放心，就是不给你写。走！

安秀实：这……这要写多少天啊？

赵盼儿：不管，什么时候写完了，什么时候算。

安秀实放下手里收拾的东西，像是不情愿，夹了写字包跟赵盼儿走。

租房处。宋妈悄悄地在堂屋门口观望，小声叫庆儿。

宋妈：庆儿，庆儿，你进来，你进来。

庆儿答应着进来了：妈妈，你叫我。

宋妈：小姐在周相公屋里干吗呢？

庆儿：周相公出了门了，小姐在帮着他收拾屋子呢。

宋妈：这成什么话呀，没名没分的，就往人家屋里跑，大男人的东西动来动去，这叫什么？快，快给叫回来，快去呀！

庆儿：哎。

话音刚落，宋引章回来了。

宋引章：妈，您甭叫了，我听见了，我回来了。

宋妈：听见了更好。引章啊，你怎么大白天地往人家屋里跑啊？前天，我看见你睡着了，他还进了你屋帮着你打扇，这叫什么呀？

宋引章：妈，别人您要说也就说说罢了，周相公救过咱们的命，您……您也这么说……

宋妈：我不管那个，谁都一样，救命归救命，救过命我谢人家，可我没说谢得连个女儿都要搭进去……房我正找呢，找好了咱搬家。

宋引章：为什么？

宋妈：不为什么，这周相公你妈妈我看着没底儿。

宋引章：妈妈，他救咱的那天您可没说这话。

宋妈：你别总拿这事堵我，他救咱的事，我还没想透呢。

宋引章：妈，难道人家胳膊上的伤也是假的？妈妈，说女儿您怎么说都行，但您不该话过了伤了旁的人，尤其是好人。

宋妈：好人？他书不书、商不商、侠不侠、盗不盗的，是什么人我还没品出来呢。一句话，这些日子，你可不能动了心。

宋引章：妈妈，您这话说得晚了。

宋妈：什么？

宋引章：妈，您听我把话说完了。女儿从小学唱曲，您虽不是我的亲妈，可待我比亲妈还好呢。女儿原就想长大了唱曲报答您，谁承想这世道，你想正正经经地卖艺活人有多难啊！红也不是，不红也不是，这不才刚好了一点儿，家又让人给封了，曲也唱不成了。妈妈，我……我想嫁人了，我要嫁出得起钱报答您的人，我要嫁一个女儿喜欢的人！

宋妈：你……你这话不是白说吗？这人天下难找。

话刚说到这儿，堂屋门开了，周舍端着一盘银子进来。

周舍：妈妈，说难也不难，周舍我愿做一个。

宋妈：周相公您什么时候回来的？

周舍：去钱庄取钱，刚刚回来。

宋妈：事既然都挑开了，不妨就说在明处，来，你坐吧。

周舍把钱放在桌上。

万香楼赵盼儿屋。赵盼儿看着安秀实。安秀实笔墨准备好了，要给赵盼儿写信。赵盼儿此番是有安秀实在，人一下子就精神了，打扮得花红柳绿的，吩咐芳儿给倒茶。

赵盼儿：芳儿，芳儿，给安相公倒茶啊，快倒茶啊。

芳儿：小姐，茶早就倒好了。什么晃啊、浪啊的，这回是上赶着撞了。

赵盼儿根本就听不见：安相公你倒是喝茶啊，就那么傻坐着，害得本小姐还瞎张罗呢。

安秀实：谢谢。喝过了，盼儿姐写信吧。

赵盼儿：哎，写信，写信。我就坐在你对面了啊。听得清楚吗？给谁写呢？给……给小时的玩伴二妮写吧，对，给二妮写。你都备好了是吧，好，你写啊。二妮妹妹，见字如面。怎么不写哎，写啊，写啊，怎么不写了？二妮妹妹，见字如面。

安秀实：二妮有没有大名，比如香莲、爱月什么的？

赵盼儿：没有，有也不知道，就叫二妮。二妮妹妹，见字如面。写啊……你嫁人了吗？有孩子了吗？我还没嫁人，男人不可靠。你心疼他，他也不知道；你恨他，他更不知道。男人不该叫男人，叫害人才对！写啊，怎么不写了？

安秀实：没法写，盼儿姐，你写信就写信，报个平安啊，说个思念啊都是正理，怎么骂起男人来了？

赵盼儿：哟，男人不该骂吗？我就要说就要骂。安相公要想不让人骂呀，你多体贴点儿啊！这还不懂？写吧，我花钱了，让你怎么写，你就怎么写吧，写啊。男人要骂，有时骂都骂不明白。写，跟上了吗？

安秀实：你说吧，跟得上。

正要接着写，听走廊人乱着，叫着，跑着。

万香楼回廊。众美姬穿着衣裳，花红柳绿地高兴下楼。

甲：听说是要定亲呢。

乙：还要撒花红呢。

万香楼赵盼儿屋内。赵盼儿听着走廊里乱，分心了：芳儿，芳儿，怎么这么乱啊，去看看去。

芳儿飞快地开门出去问，马上又回来了，回来后不想说。

赵盼儿：怎么了？说啊。

芳儿：没什么。

赵盼儿：没什么这么乱？你倒是说啊。

芳儿：姐妹们说，周相公和引章小姐要定亲了，今晚上在大堂里撒花红呢。

此话一出，安秀实蒙了。

安秀实：芳儿，你说的是周舍周相公和宋引章小姐吗？

芳儿：对。

安秀实站起来要出去，又觉不对，坐下又不是，又站起。

赵盼儿瞪芳儿：安相公，你坐好了，咱们接着写信。

安秀实拿笔的手抖了，终于放下：盼儿姐……我……我想下去看看。

赵盼儿：安相公，人家是定亲哎，你下去干吗？

安秀实：我……我看最后一眼。

宋引章唱起安秀才的歌来了：风送梅花过小桥，飘飘。飘飘地乱舞琼瑶，水面上流将去了。

安秀实：哎，这是我写的歌啊！这是我那夜丢的歌词，怎么她倒会唱了？

安相公站起来冲向门口。芳儿拦住了。

芳儿：安相公，我家小姐花钱雇你写信，你不能走。

安秀实：芳儿妹妹让我出去一下，让我……

两人一挡一冲。

芳儿看着赵盼儿：不行，不行！

赵盼儿：芳儿，让他去。

伤心地把信撕了。

安秀实跑出门去。

万香楼大堂。众美姬歌舞，宋引章独舞唱着。周舍哗哗地撒着钱。

宋引章：似那人风远山遥，怎不焦？今日明朝，又不见他来到。佳人，佳人多命薄，今遭难逃。

安秀实从楼上冲下来，在楼梯上掏出笛子，自己吹伴起来。周舍看到安秀实先惊后气，让乐声停了。众舞姬也都停了下来。宋引章看着安秀实，安秀实最后放下笛子，深情地看着美丽的宋引章。众人都看着。

安秀实：引章小姐，我的歌词你什么时候得到的？我以为人间再没有此歌了呢……

宋引章看着安秀实不知该如何是好。周舍冲了过来。

周舍：什么歌词是你写的？

庆儿：明明是周相公写的，献给小姐的。

安秀实：引章小姐刚刚唱的《昼夜乐》是我写的。还有两首，一共三首，在周兄那儿写的，当夜写过后，当夜丢了。

众人平静。

周舍：你以为天下只有你一人会写歌词吗？是你的又怎样，不是你的又怎样？

安秀实：周兄，是我的，你要说成是你的，那你就是个骗子。周兄，我一直很敬重你，但这歌是我写的。你要是当众承认这不是你写的，你还算半个君子；你要是不承认，引章小姐，这样的人你怎能托付一生？

众人议论。宋引章此时竟没有了主意，看周舍。

周舍：我周舍富甲一方，才高八斗，一个小小的书生怎与我相比。你偏偏要在我订婚时来搅局，大家听好了，他是追慕引章，追而不成，特为了报复。你说歌词是你写的，有什么证据，你叫它，它应吗？你有底稿吗？

众人大笑。

安秀实：没有，丢了。

众人更笑。

安秀实突然想起赵盼儿，抬头看，看见赵盼儿站在二楼：盼儿姐，盼儿姐，你该能做证啊！盼儿姐，丢了稿的那天，我不是曾向你追索吗？盼儿姐，我说过那是给宋小姐写的三首歌词，你帮我做个证啊。

赵盼儿脸色苍白地下楼，内心矛盾，又恨又爱。众人都看着赵盼儿。

赵盼儿下楼，下定决心：什么歌词？我从没……听说过。

众人更笑。赵盼儿说完话转身上楼了。众人松了一口气。

周舍：骗子，我看你才是个大骗子。奏乐，大家该乐还乐啊，千万别为这小人煞了风景。

乐起。安秀实孤单站着，没人理他。他凄惶地离开。全场只有宋引章一直盯着他看，不知不觉地随着他，一直看到他要出大门了。突然临出门时，安秀实回头看宋引章，已是满脸泪水。

安秀实：引章小姐，听我一句话，你……你不能嫁他。

说书人：情迷人眼啊！这叫什么事呢？赵盼儿没说真话。天底下讲真话简单不简单？简单，是就是，不是就不是，点头摇头就行了。可有那么一些时候真话说起来难啊。为什么？因为私利、私情。赵盼儿为情尚可原谅，那些靠说假话过日子的人，你可躲他远点儿。今天到此，明天赶早看啊，好戏在后头。

四

说书人：唉，故事讲到这儿复杂了。无情人要成眷属，有情人天涯海角，怎么搞的，上错发条了，染上病毒了，不新鲜啊，当局者迷嘛。这迷有几种呀？有真迷的，看不清，劝也没用；有无奈迷的，事已至此，只有听命了。真迷的不说也罢了，这种无奈迷的人还是自己软弱，围棋术语，当断不断，反被其乱，宋引章小姐就这样……看书。

雨天街上，安秀实凄凉地在街上走。安秀实伤心了，准备回老家去。赵盼儿在雨中淋着，看着安秀实从街上过去。芳儿跑过来给赵盼儿送伞，泪水雨水都从赵盼儿脸上流过。

十里长亭，赵盼儿置了酒水，穿着朴素，在等着为安秀实送行。

安秀实走过来时，被芳儿给拦住了。

芳儿：安相公，我家小姐在亭子里设了酒水，要给你辞行呢。

安秀实：谢你家小姐了，秀实担当不起，就此别过了。

芳儿：哎，安相公，薄酒一杯，情不在，义还在嘛。长天路远，离别的话总该说一句吧。

安秀实：说得也是，那……那我就在亭子前告个别吧。

走到亭子前打了一揖：盼儿姐，秀实要回老家去了，就此别过了。

赵盼儿边流泪边筛酒：你上来喝杯酒，请你上来喝杯酒再走，行不行……我能毒死你吗？

安秀实无语。

赵盼儿一下眼泪更多了：你怨我，姐姐我接着……姐姐我也怨自己呢。那天，那情境不知为什么，话就那么说出来了，说出的话泼出的水，可说完了就后悔了，后悔死了。姐姐我在这儿给你认个错还不行吗？

安秀实：还是好人。

一看赵盼儿哭了，安秀实径直走了上来：盼儿姐，你快别这么说了，有缘千里来相会，无缘对面不相识，也怪我自己一厢情愿，讨了没趣，这事不能怨你……

赵盼儿：这天底下一厢情愿的还有比姐姐我过之的吗？不说了，喝酒吧。

安秀实：盼儿姐，没有你，秀实怕已早就饿死京城了。多谢那天你在街上收留了我，当时情景，历历在目，秀实永不会忘的，谢姐姐了。

这一说又把赵盼儿招哭了：该谢你才对，谢你还记得那天。

赵盼儿说到这儿哽咽难言，砰地放下酒杯：能不能不走？

安秀实：秀实……秀实已觉无趣了。

赵盼儿：安相公，别走，情不情的姐姐我不再提了，相依为命，算个姐弟样的亲人吧。你走了，姐姐我已是百无心绪。

安秀实也流泪：盼儿姐，实在没有再待下去的理由了，实在……

此时，童小乙早从这儿过，看着安秀实认得的，想上前又看哭得伤心，不便打扰，正站在芳儿旁边。

芳儿此时也不管不顾了，拉住童小乙的手哭了起来：真……真看不下去了，让人伤心，让人伤心。

童小乙：有吃有喝的人才会伤心，没有吃喝的人不伤心。

芳儿：哎，你是谁啊？干吗抓我的手？

童小乙：哎，看清楚了，是你抓了我的手哎。你看，你看，抓得我好疼。

芳儿：去，去，远着点儿。什么人啊，人家伤心，他看热闹。

童小乙：你轰我，我可不走。我的哥哥要轰我……我就走。安哥哥，安哥哥哎，安哥哥，这些日子可见着你了。哥哥，我是童小乙啊……你忘了土地庙里还给我写过信呢。那时没好吃的给你，弟弟我就给了你一包猪头肉。

安秀实：呀，你是小乙啊！哎，真是山不转水转，又碰到了。

安秀实用手高兴地一推，发现童小乙穿的衣服是自己大火夜丢的。他呆呆地看着衣裳。众人奇怪地看着他。

安秀实手忙脚乱地在衣袖上翻找着，真就找出一个“安”字来。

安秀实：小乙，你这衣裳从哪儿得来的？

童小乙：怎么了？这衣裳是那个周相公夜里埋在地下，被我挖出来的。

安秀实：哪个周相公？

童小乙：就是那个最近定了亲大把花钱的周舍周相公啊，京城谁不知道他。有钱人就是不一样，这么好的东西会埋进土里去。

安秀实：是呀，是呀，明白过来了。盼儿姐，那……那安平说对了，那夜财是他劫的，火是他放的，周舍他……他是个歹徒。盼儿姐，周舍他是个图财害命的歹徒，盼儿姐。

赵盼儿：安相公。

安秀实：求你件事。

赵盼儿：什么事？

安秀实：你……你今夜去宋小姐那儿报个信吧，千万不可跟周舍定亲。盼儿姐，你我委屈也好，误会也罢，都不重要，那引章小姐要是真嫁了他，这不是要进火坑吗？

赵盼儿自语：他呀就这点迷人，情不情的先不说，都这时候了还想着别人呢。

安秀实：小乙，小乙，你吃，你吃啊，咱们明天一早去衙门告他。盼儿姐你一定去传个话啊。

赵盼儿：我……我尽力吧。

万香楼赵盼儿屋内。刘妈又在喝酒，边喝边说。赵盼儿没有主张地在地上走来走去。

刘妈：这事你不能去，你这边一去劝，那边事就吹了，那边事一吹，安相公这儿呢心眼又该活了。那引章嫁什么人跟你有什么关系啊，你别去。

赵盼儿：知道宋小姐要入了火坑，我这儿能见死不救吗？这事我不能做。

刘妈：姐妹自有姐妹的命，那是她的命，该好该坏跟你无关，你还是想自己的事吧。

赵盼儿穿衣服：不行……上回就因说了假话欠了安相公一个大人情，这回无论如何，我还他……

刘妈：盼儿，你要这么心软，将来可要后悔的。

赵盼儿：顾不了将来了，心安一天是一天。

风风火火地出门。

刘妈一仰脖子，酒喝下去了：跟我年轻时一样，将来孤苦命。

破庙。童小乙带着安秀实来了，把布满灰尘的东西翻了出来。

童小乙：安哥哥，都在这儿了。有一些我拿出去换钱了。那时不知是你的，早知是你的……

安秀实：不碍的，这些足够了，我行李中的五千两银子，看来是被他……

童小乙：五千两？一两也没有。啊，明白了，那周相公这些天大把花的银子都是你的钱啊，怪不得跟流水似的。五千两，五千两能买多少白糖啊！

安秀实：小乙，今夜你就在这儿守着吧，明天一早我来接你，拉了证据去报官。小乙，见官你怕不怕？

童小乙：那有什么怕的，你是好人，我童小乙为好人做事还会怕吗？

安秀实：好，明天见。

租房处，堂屋。赵盼儿披着斗篷进来了。宋引章、宋妈、庆儿迎着她。

赵盼儿进了门故意大声说：都是亲姐妹似的，这要出嫁了，我还不该来道个喜啊。没什么东西，这副头面算是我送给妹妹的。

拿出锦盒来给了宋引章，自己仓皇往后看，小声：周相公在不在？

宋引章：在下屋呢。姐姐有事儿吗？

赵盼儿：嘘，小声。

赵盼儿大声说给外边听：哎，都说你嫁了个好人家呢。

又小声：妹妹，姐姐我连夜来，就想告诉你一句话，那个周舍不能嫁他。姐姐我原想叫你二位过去说的，怕漏了风，记住了，不能嫁他，为什么，我先告诉你们，他是图财害命的歹徒。

宋妈惊讶：盼儿，有什么凭证吗？这可不是说着玩的。

赵盼儿：当然有，东岳庙里，他埋的赃物被人起了。说是你们明天要走，迟一天吧。明天看官司吧。记住了，千万记住了！

赵盼儿大声地：哟，天不早了，我走了啊。歇着吧，别送了。

赵盼儿风风火火地走了。

万香楼赵盼儿屋内。夜。芳儿在打瞌睡。安秀实在认真地写着状子。

安秀实：芳儿，芳儿你睡去吧。

芳儿：状子写完了？

安秀实：快了，你去睡吧。

租房院中。深夜。安静。堂屋门悄悄地开了。庆儿蹑手蹑脚地从堂屋溜了出来，到下东屋去敲窗户。

周舍：谁？

庆儿：周相公，我是庆儿，您开门，您开门，我有话跟您说。大事不好了。

周舍飞快地把门开了，庆儿进了屋。窗上剪影，庆儿说着什么，周舍紧张地听着，听完了一把把庆儿抱住了。

周舍：庆儿，你对爷好，爷知道，将来爷一定收你做个小的啊。

庆儿：谢爷。我……我想爷不是坏人。

周舍：爷怎么是坏人呢？

说着抱着庆儿亲，庆儿半推半就。

东岳庙。噼噼啪啪的大火。一个人影逃出。火把破幔帐什么的都烧着了，火越来越大。突然，童小乙咳嗽着从火中冲了出来。跑出来，又想起贼赃。

童小乙：哎呀，不好，贼赃，贼赃，贼赃！

反身要往里冲，就看到木梁也倒下了，庙稀里哗啦烧倒了，自己身上还着着火。就地一滚想起袖口那个安字，啪啪用手打，打灭了，翻过来看，那字正好烧没了。

童小乙：怎么这么巧？怎么这么巧？这……这难道又是那周相公干的？

府衙。咚，咚，鼓声响。安秀实拉着烧得灰头土脸、衣衫褴褛的童小乙来击鼓。安秀实敲一边，童小乙敲另一边。鼓声咚咚。

后衙。鼓声咚咚。周舍退着出来了，退在门口恭敬行礼。

周舍：老爷留步吧，不白之冤，还望老爷明鉴。

知府：放心去吧，本府岂可让小人得逞。我不便出门，恕不远送。

府堂。

众衙役：威——武——

知府：堂下何人击鼓，带上来！

众衙役：带人啊。

安秀实、童小乙一前一后上。

童小乙跪，安秀实作揖。

童、安：给老爷请安。

知府：堂下之人，因何不跪？

安秀实：洛阳秀才安秀实拜见老爷。

知府：啊，是个秀才啊，看座。

衙役搬椅子过来，安秀实坐。

知府：安秀才，你因何在堂下击鼓？

安秀实：知府老爷，容晚生细禀……

万香楼赵盼儿屋内。赵盼儿妆未化，衣未更，坐立不安。

赵盼儿：芳儿，芳儿，你怎么不出去打听打听，官司倒是赢了没有啊？

芳儿：小姐，您也没让我出去啊，再说判官司哪儿有这么早啊。

赵盼儿：我……我怎么左眼皮总跳啊，快找片纸给我贴上。

芳儿撕了块纸给赵盼儿，赵盼儿啪贴上了：这……这倒是赢得了赢不了啊？芳儿……你说句话，赢得了吗？啊？

芳儿：您真难为我了，我说了又不算，小姐，咱急也没用，等会儿就知道了。

租房处，堂屋。宋妈与宋引章都呆呆地坐着。庆儿在一边鬼祟地看着。

宋妈：引章，妈到这时候也没了主意了。要不咱把钱退给周相公，等等看。

宋引章：……

宋妈：你倒是说话呀。

宋引章：妈，这彩礼从何退起？

宋妈：理由总能找到，就看你愿不愿退了。

宋引章：他……他给我摇扇，为了救咱受了那么一大块烫伤，嘘寒问暖，知冷知热，难道都是……假的？

庆儿：小姐说得对，这赵盼儿原就没安什么好心，我看她呀是对那个安秀才心仪得不得了，这会儿呢看着咱要嫁了，又为安秀才来搅局，妈妈咱们可不能……

宋妈：小蹄子，谁问你了？话怎么那么多，你给我下去！

庆儿哭着下去。只剩母女二人，屋里又安静下来。

宋妈：引章，妈虽不是你的亲妈，但妈从小看大的你，这世上也只有你这么一个亲人了，原指望你嫁个好人家，我……我得不得彩礼都无妨，我还能活多少年？妈是担心啊！

宋引章：妈妈，您觉得周相公人怎样？

宋妈：嘴甜，可甜得有点儿过了；人善，可善得有点儿太明了。妈不是说他不好，妈是怕他好……不长。

宋引章：妈，他……他要是真为女儿豁得出命，他怎么会……不长呢？再说，封门那天他拼了死来，除非是在演戏。

宋妈：天底下的事只要肯花钱，戏也没有演不成的。妈是过来人，这些都见过。

宋引章：那……那……那我只有听妈妈的了。

宋妈：咱们谁的也别听了，看今天的官司吧。

宋引章：周相公要是输了？

宋妈：那还有什么说的，退礼。怕就怕他输不了。

宋引章：这话怎么讲？

宋妈：那咱就真成放出去的箭，想回头也难了。

府堂。啪，惊堂木一拍。

知府：堂下衙役听了，将安秀才的座椅撤下。

衙役上来将安秀实的座椅拿开，砰地把安秀实推倒。

知府：安秀实你知罪吗？

安秀实：知府大人，晚生不知。

知府：你为争女色，诬告贤良，罗织罪名，毫无证据。编得好啊，昨天还有成箱的物证，一夜之间会被一把火烧了，你网罗流浪汉做伪证，唯一的一件袍子，你的字号还恰恰被火烧了。哈，巧，真巧，讲故事讲到本府的大堂上来了。你以为本府是好蒙骗的吗？来人，带周舍。

周舍进来跪下，有几分得意。

知府：堂下何人？

周舍：郑州商家周舍。

知府抽出一签掷了下去：周舍，今天安秀实告你一案，本府不再问你了，案子已然了断，查无实据，诬告良民。判洛阳安秀实，羁押大牢，听候发落！退堂！

衙役扑上来把安秀实、童小乙押住。

童小乙：老爷冤枉，老爷冤枉！

周舍：安贤弟，想不到吧，我还没过堂呢，你就败了，你可真不是对手。要不要我来监中给你送饭呀？毕竟我们兄弟一场。

安秀实：昏官，贪官！安秀实受冤不足惜，只恨那引章小姐要陷入火坑了。周舍，你个衣冠禽兽！

周舍站起掸掸土：哈哈，骂得好，你在大牢里多骂骂吧。跟你说，我要结婚了，这官司一胜，我婚结得更快。

童小乙、安秀实被押走。

租房处堂屋。宋妈、宋引章正坐着发愁，突然堂屋门开。

庆儿砰地推门闯了进来：妈妈，小姐，相公回来了，我看见相公骑马从街口回来了。咱官司一定赢了，咱赢了！

两人并没有多么兴奋的感觉。

宋引章突然流泪：妈，不管将来如何，女儿只有这样了。妈，您放心吧。

刚说到这儿听见周舍在院子里的声音。

周舍说着人进来了：引章，妈妈，引章，我今天把官司打赢了，咱们……咱们择日完婚吧？

周舍看两人脸上有泪痕：这……这是怎么了？

宋妈：啊，没什么，引章听说你去打官司了，正为你担心呢。

周舍：是啊，害你操心了，咱们择日完婚吧。

宋引章泪又流出来，还是矛盾：好，相公，听……你的吧……

周舍掏出手绢刚要擦，宋引章抢了过去，自己擦泪。

大牢。赵盼儿带着芳儿，拎着食盒来探监。牢头屁颠儿跟着。

赵盼儿：牢头啊，我让你换个单间你可……

牢头：换了，换了，盼儿小姐吩咐的哪敢不听啊，换了。

赵盼儿：嘴甜的死东西，买壶酒喝啊。

拿出块银子，扔在地上，牢头高兴地蹲下捡起。

牢头：看您说的，咱们谁跟谁啊。谢了，谢了。

赵盼儿赶快拢头发，照镜：芳儿你也别跟着了，食盒给我。

拎着食盒往里走。

赵盼儿：你在外边等着。

走到里边看见安秀实躺在一堆茅草上正睡觉，眼泪一下涌出。不说话，边流泪边从食盒里往外拿东西。待都摆好了，又擦泪。

赵盼儿：哎，起来吧，起来吧，该不是还要让人喂你不成？

安秀实醒了，赶快坐起，移了过来。

安秀实：盼儿姐，这么腌臜的地方你怎么可以来呢？这可太委屈你了。你不用来，我……我挺好。

赵盼儿把筷子、吃食递进去：这么腌臜的地方你姐姐我又不是没待过。你别为我操心了，吃吧。

安秀实接过碗递给小乙：小乙，小乙，盼儿姐给咱送好吃的来了。

赵盼儿：还是那样，狗揽八泡屎似的，谁的情都记着。你也吃吧。

安秀实：哎，盼儿姐，秀实无能，引章小姐没救成，害得自己倒陷了囹圄了，也让小乙跟着受罪。

童小乙边吃边说：我没事，这儿挺好，有吃有睡的，挺好。

赵盼儿：你还真明白点儿事了。

安秀实：也害盼儿姐跟着操心了。

赵盼儿：好了，你先别心疼别人了，心疼心疼自己吧。不是你无能，是你不恶，你原本就不是个坏人。明白吗？你是个大大的好人，好到家了……

安秀实：盼儿姐，你……你说我笨也行。

赵盼儿：不是你笨，是那周舍太坏了。

刚说到这儿，听牢头喊：周相公吩咐，今日结婚大喜啊，给他兄弟安秀才送来喜饼喜糕啊。

安秀实吃在嘴里的东西还没咽：什么？他们今天结婚？宋小姐真嫁了？

赵盼儿：什么喜饼，牢头，你别给我往里抬。怎么抬进来的，怎么给我抬出去喂狗。欺负人嘛这不是，歹毒的人一定送的是歹毒的东西，快别让我看见，给我抬出去。

牢头：盼儿姐，人家主家吩咐了，我们不能不办啊。

赵盼儿：少废话，抬出去，别惹姐姐我不高兴。

牢头：哎，得，我抬出去。

安秀实伤心，低头不语。外边结婚喜乐过。

赵盼儿：行了，不是咱不尽力，怪宋小姐命不好。你呢，也别多想了。

童小乙：安哥哥，你是不是为那周相公花了你的银子，娶了你心爱的人伤心啊？

赵盼儿：这话说得真准。

童小乙：要为这你也别伤心了，你这位盼儿姐姐多好啊。有这么好的姐姐，天底下还有什么可求的？五千两银子丢就丢了，那个宋小姐嫁就嫁了。不丢不嫁，你哪有现在这场戏啊。

赵盼儿：去，人小鬼大，看你哥哥不给你饭吃了。吃饱了没有，这可还有啊。

喜乐声越来越大。安秀实无言看窗外。

童小乙：姐姐，我吃饱了，我也跟着叫你姐了啊。

赵盼儿：叫吧，叫吧。懂事，比你这傻哥哥懂事。

租房处堂屋改成洞房了。喜蜡高照，红幔到底。客去了，人空了，只有周舍与宋引章。周舍看着还盖着盖头的宋引章，喜不自胜，双手轻轻地把盖头掀了。美艳无比的宋引章娇羞地笑着。周舍看着宋引章显出爱意来。

周舍：像不像梦？

宋引章：像，像加在一起的五个梦。

周舍：真会说。这五个梦中，有没有噩梦？

宋引章：你怎么会这么问？

周舍：顺嘴说说的。你可真美，比一百个梦加起来还美。

两手上去抱住了。

租房处院内。庆儿坐在台阶上，呆呆坐着，听着屋内的动静，擦眼泪。

万香楼赵盼儿屋内。衙门师爷正在喝酒。一桌酒席，赵盼儿笑着，劝着。

赵盼儿：刘师爷您喝啊，尽兴啊，尽兴。喝，喝哎。

刘师爷：到你这儿来了还能不尽兴吗？一定尽兴。

刘师爷伸手摸赵盼儿脸，被赵盼儿顺手化解了。

赵盼儿：刘师爷，您先把眼睛闭上，就闭一会儿，我让您睁再睁开啊。

说完跟芳儿比画，芳儿把一个首饰盒递过来了。

刘师爷：呀，这是要玩什么花样啊？啊，我闭眼我闭眼。

闭着眼那张嘴找来找去：给我个香的，给我个香的啊。

首饰盒对着他嘴去。

刘师爷一亲冰凉：哟，这是什么呀，吓我一跳。

赵盼儿：刘师爷，这是盼儿现有的积蓄了，您看看，您打开看看。

刘师爷打开：哟，盼儿啊，你可真知道我的心啊。我这人是好财不好色，你把我看透了，看透了。有什么事，说吧，这开封城里没有爷办不成的事儿，说出来，爷我立马给你铲了去。

赵盼儿：刘师爷，那我就算求对人了。事儿不大啊，您可不许说管不了。

刘师爷：什么？我管不了？不是跟你吹，知府管不了的事，我都能管。你没听过那句话吗？阎王好过，小鬼难缠。说吧。

赵盼儿：盼儿求师爷放一个人。

刘师爷：好说，十个人都给你放了。

刘师爷耳朵伸了过去，赵盼儿耳语。刘师爷：行，交给我吧。

东西入怀。

牢内。童小乙从那间隔牢中移了过来。

童小乙：安哥哥，安哥哥，你还没睡啊？

安秀实：没睡，睡不着。

童小乙：想什么呢？跟我说说。

安秀实：没想什么。

童小乙：你想也没用。做人干吗那么多虑啊？你想的人嫁了，想你的人你又不想人家。要是我，就不跟自己那么较劲。天底下要有个女孩子只要真喜欢我，不管她长什么样，我就喜欢她。

安秀实：你懂什么？引章小姐她的歌你没听过，她舞起来的身段你没见过，她回眸一笑的天真烂漫你没体味过，你谈什么婚嫁？较劲，人生要是这事上再不较较劲，还有什么乐趣？

童小乙：盼儿姐姐也不错啊。

安秀实：你倒学会保媒拉纤了，是不是人家给了你吃的，堵了你嘴了？

童小乙：我说的是真话。

安秀实：人好这不错，好人，你不见得就喜欢，就爱恋。有的人你一看见她心里就紧就疼，有的人你看见了她只是如微风吹过而已，浑身上下就在觉与不觉之间，这样的人虽好，但不是你要的那一个。

童小乙：哪儿那么多的疼啊、风啊，我不劝你了，我为盼儿姐伤心。

安秀实：你伤什么心，她对我的好处，我将来会还她。

童小乙：这话说得有点儿无情。

安秀实：怎么讲?

童小乙：人家可没让你还。

安秀实：那或许是我错了。

租房处堂屋。宋引章新婚总是高兴的，对着镜子不由自主地唱起了安秀实原来作的一首歌。

宋引章：芳草思南浦，行云梦楚阳。流水恨潇湘……

庆儿：小姐，这不是安秀才作的歌吗?您怎么还唱啊?

宋引章：安秀才作的歌怎么了?难道不能唱吗?歌是歌，唱是唱。

周舍说着话进来：不能唱。

周舍现在有些变嘴脸了，原形毕露。宋引章一惊。

宋引章：歌嘛，只分作好作坏，谁作的干吗去管他?

周舍：谁作的都能唱，跟你说这安秀才作的歌不能唱，听见没有?

宋引章一下像看到了另一个人，惊讶了：相……公。

庆儿：相公，小姐也不是经意的，只是偶然走嘴而已。

周舍：谁让你说话了!引章，我问你，我说的话听见了没有?

宋引章一下子呆住了。听见吵，宋妈急急地进来了。

宋妈：怎么了?怎么了?这是怎么了?

一看妈妈进来，宋引章眼泪一下子流出来了。

宋妈：姑爷，这是怎么了?

周舍变脸：呀，看这事儿闹得还把妈妈您给惊动了。没事，没事，我跟引章闹着玩儿呢。引章，吓着你了吧?没事，跟你闹着玩儿呢。啊，怎么当真了?

宋妈：行了，别哭了。姑爷，你这么闹着玩儿，我们可担当不起。按理说成了亲了，你们的事儿我不该管了，可只要在我跟前，我就不能看着不管……

说完要走。

周舍：妈妈，您走啊?

宋妈：我走。

宋妈突然停下：姑爷，一句话，你们回郑州的事缓议吧。

周舍：哎，妈妈，不是都说好了吗?您看我都托人准备了呢。

宋妈：我再想想吧。

万香楼赵盼儿屋。已经打扮好了的赵盼儿急急慌慌地要出门。

赵盼儿：芳儿，咱去了也不是真接他啊，他要是出来了，咱躲着点儿，差不多了再出来见他，假装是碰上的啊。大男人让个女的救出来了，他回头脸上挂不住。咱们得体谅人家啊。快走吧，回头晚了。

两人急急出门。

说书人：多么有心啊，这么体谅人。人要做到这一步也真算是境界了。

牢门外。安秀实摘着身上的草棍出来了。

安秀实：牢头，请问是谁将我搭救出来的？

牢头：那我哪儿知道啊。出来就出来了，管他谁救的呢。得，回见啊！

安秀实：再见。

安秀实在门口站了一会儿，看着人来人往，看看，想想，走。

突然看见庆儿跟着宋引章的轿子，宋引章又正把轿帘撩开了，跟庆儿说话。这一看不要紧，安秀实先站着看，后不由自主追了上去。

牢门对面胡同。赵盼儿花枝招展地还藏躲着，不想让安秀实看见。

赵盼儿：芳儿快说呀，出来了吗？

芳儿：早……早出来了。

赵盼儿：看见咱了吗？

芳儿：没……没有。

赵盼儿：躲着点儿，别让他看见了。

芳儿：小姐，用不着躲，他……他像是追着宋小姐的轿子过去了。

赵盼儿：什么？宋小姐的轿子，怎么这么寸啊？

芳儿：真是无巧不成书，是她，还有庆儿。

赵盼儿：那还躲什么躲，追。

两人冲出胡同。

街上。安秀实执着地跟着宋引章的轿子在说话。

安秀实：引章小姐，我们虽有一面之交，但现在你不妨把我说的当作一个路人的话来听。周舍绝然是一歹徒，你千万不可把心都托付与他。倘若真托给他，怕你将来心伤无比。人生一步错，不可步步错，我安秀实今天把一句话交给你，将来之日，如有安某能帮上忙的，安某赴汤蹈火在所不辞。

轿子越来越快，安秀实拉着轿子边走边说。

庆儿：安相公，你松手吧，别说了，说也没用，改天我们就过郑州去了。

安秀实大惊：什么？你们要回郑州了？

旁边胡同，芳儿与赵盼儿冲出，看安秀实正拉着轿子。

芳儿：盼儿姐，看，还拉着人家轿子呢。咱……咱还用躲吗？咱不躲他也看不见啊。

赵盼儿：这……这人不能要了，不能要了。他……他怎么能这样？芳儿，咱走。

芳儿：小姐，他还不知是你救了他呢，咱可够冤的。

赵盼儿：这种人还要他知道干吗？

街上。安秀实：引章小姐，郑州一定不能跟着他去。周舍乃是一个虎狼之人，在这儿他还会收敛些，要是去了郑州，你被害都难找人帮了。引章小姐，我几乎被他烧死，他是一个谋财害命的歹徒。

那边赵盼儿边看边走边回头，伤心极了。正说到这儿，庆儿气喘吁吁地把周舍引来了。周舍身边带了几个恶棍。

周舍：安秀实，你……你知死吗？

安秀实：周舍，你来得好。死有何惧，你买通昏官，侥幸让你官司赢了。你一步得逞，不可能步步得逞，早晚有一天要遭报应。

周舍：你居然在光天化日之下，对我妻子纠缠不休，这回烧不死你，我要打死你了。弟兄们，上手，打坏了，爷我给他买棺材。

安秀实居然已握起拳来，恶棍一上，他还往上冲，书生哪会打，只有被人打的份儿。

宋引章在轿中，大喊：住手！住手！相公，他一个书生，你何必这样。住手，住手！

周舍：庆儿，快将夫人抬走，快抬走。

宋引章被抬走还在喊。安秀实被打得口鼻流血。周舍得意地看着。

安秀实：宋小姐千万记住，此人是禽兽。

一拳高速飞起，安秀实被打倒在地。

赵盼儿在街对面看得一清二楚，捂着脸不敢看，边哭边念着：活该，嗯，活该。活该！活该！活该！

周舍踢了躺在地上的安秀实一脚，带人走了。

赵盼儿边说活该边哭边不顾一切地冲过马路去，蹲下抱起脸上被打得稀烂的安秀实：你……你活该，活该呀你，你活该。芳儿，快叫车，快叫车去呀！

租房处洞房内。宋引章躺在床上，受了惊昏迷了，头上敷着毛巾。

宋妈流着泪在换手巾：怎么出去一趟就会这样了呢？

周舍：妈妈，真是撞见鬼了。这安秀实刚出了牢门就纠缠不休，在街上公然拉住轿子不放。妈妈，我看这开封待不下去了，还是早回郑州吧。您要是想去，您也跟着吧。

宋妈：我不跟着，人老了怕碍眼，你们实在要走，就走吧……可有一句话我得说，姑爷呀，你可要好好地对待引章。

周舍：这您放心，我周舍如有半点儿的亏待，天打雷轰，不得善终。

万香楼赵盼儿屋中。赵盼儿照顾着被打伤了的安秀实，累困交加地坐在床边睡着了，睡姿很放松。

安秀实：水……水。

赵盼儿惊醒：呀，醒了。这下好了，水，水，给你拿去。

赵盼儿端了水来，边走边用唇试温度：不冷不热，正好，喝吧。

安秀实喝水，坐起：盼儿姐，我怎么在你这里？

赵盼儿：不在我这儿你能去哪儿，开封府除了认得我，你哪儿还有亲人。

安秀实：说得也是。

说着要起来。

赵盼儿：躺着好好的，你这是干吗呀？

安秀实：起来，起来谢你一谢。

说着，带伤要行礼。

赵盼儿：行了，行了，哪儿那么客气呀，从今以后你可不能对我这么客气啊，倒生分了。还喝不喝？芳儿，来加点儿热的。

芳儿进来没好气：哟，安相公醒了？

安秀实：醒了，醒了。

芳儿：醒了前的事儿还记得吗？

安秀实：恍惚……像是被人打了。

芳儿拿起安秀实的手：你摸摸你这脸上疼不疼。

让他摸伤。

安秀实：疼，呀，好疼！

芳儿：疼啊，那就不是恍惚了，是真被人打了。记住了啊，以后啊别多管闲事。给你水。

安秀实：哎呀，对了，盼儿姐，那宋小姐要是跟周舍回郑州一定没好，你……你能不能劝她不去？

赵盼儿：芳儿，就你招的，看看，他又来了。我这是真不该管他了。

芳儿：小姐，怨您，您嘴上说了一百个活该，可抱着安相公的头哭得跟泪人似的。这不是自找的吗？

赵盼儿：对……自找，我活该。

安秀实：盼儿姐，就算是做善事了，话一定要传到啊。

赵盼儿：好，善事做到底，话我给你传。我算豁出去了，这回不把自己修成个菩萨，我不甘心了。芳儿，约宋小姐到一壶春茶楼说话。安相公，你好好躺着吧，我给你换药。

一壶春茶楼大门。赵盼儿女扮男装拿了把扇子，带着芳儿来。

赵盼儿：小二，楼上雅室找一间，我要会客。

小二：哎，二位爷上楼啊，请。

赵盼儿：对了，待会儿有人找我，带楼上来啊。

小二：爷，您怎么称呼？

赵盼儿：嗯……

芳儿：爷，您先上去吧，我在这儿等会儿。

赵盼儿：也好。

一壶春楼上雅室。

赵盼儿：一壶香片，水开了晾至八成拿上来，我自己泡。

小二：哎，香片一壶。

小二喊着出门，刚开门，宋妈与芳儿进来了。

赵盼儿：呀，妈妈怎么您来了？快坐，坐。

宋妈：哎，一言难尽，芳儿来送信那天还没说要走呢，这芳儿一走，就说赶着回去给什么家里的老人过生日，今天一早就走了。我也来不及给你们送信儿去。

赵盼儿：人走了？这么快！

宋妈：盼儿姑娘有什么事儿吗？

赵盼儿：也没什么大事，原想让她轻易别去郑州。

宋妈：你也是这么想的啊，看来我不该放了他们的。这可怎么是好啊？

驿站院中。很静，听得见秋虫的叫声。一个人贩正扒着窗往里看，可以看到屋内庆儿正侍候宋引章更衣。人贩看得正高兴。

院中黑暗的角落一声咳嗽，人贩马上从窗口低头移开，来到那个黑暗的角落。这时角落中藏着的周舍渐被看清。

周舍：看清了？

人贩：看……看清了，您说的是小姐，还是丫头？

周舍：五十两，你想的是谁？

人贩：我看也……也就是那个丫头。

周舍：一手钱，一手货，人交给你了，今晚上就得上路。告诉你，明天可不能让我见着她。

人贩：您放心，今晚带走。

周舍：你备钱吧，三更交接。

屋内，宋引章睡着了。周舍悄悄起来，看着像是去吹蜡，吹过蜡后，走到外边下房。一直像是等着他的庆儿在黑暗中一下坐了起来。周舍伸手，两人拥抱在一起。庆儿发出甜美的呻吟声。

周舍用手指一嘘，再伸手抱了穿着单薄的庆儿向柴房而去，随手拿了庆儿的外衣，穿院子进柴房。

柴房，一豆小灯。周舍用很浪漫的姿态将庆儿抱了进来。庆儿抱着周舍的头狂吻不止。周舍轻轻地把庆儿放在草堆上。

庆儿目光深情，上来又吻，嘴刚要对上，周舍挥拳啪地打了庆儿后脑一下，庆儿昏过去了。

周舍把笑还没有在脸上消失就昏了过去的庆儿放在草堆上，冰冷地叫人贩：出来吧，人在这儿了。

人贩从一堆柴中出来。

人贩：爷，您可真是个干家子，利索……得，银子给您，人我抱走啊。如花似玉的美人啊，看着她对你还有意呢。

周舍：快走吧，越远越好。

驿站屋内。天亮了，周舍睡得很沉。宋引章惊慌地从下屋跑进来。

宋引章：相公，相公，快起来，不好了，不好了，庆儿不见了！

周舍理也不理，翻身睡。

宋引章：相公，醒醒，庆儿不见了。

周舍：再找找。

宋引章：哪儿都找了，没有。相公快起来吧。

周舍：丢就丢了，再找一个。

宋引章：相公，庆儿从小跟我一起长大，像姐妹亲人一般，她可不能丢啊！

周舍突然生气地坐起来：腿长在她身上，她要走，谁拦得住？你给我安静点儿！

宋引章：相公，你怎么会这么说话？

周舍一把把宋引章揪了过来：该怎么说？啊？

宋引章：你……你怎么像换了个人一样？

周舍：你说对了。夫人，实话对你说了吧，甜言蜜语的日子没有了，噩梦开始了。周舍不是个君子，你那个安相公说对了，我是个歹人。

宋引章：我……我要回家，我不跟你回郑州去。

周舍揪着宋引章下床：晚了，我五千两银子都花出去了，我还等着你把它给我挣回来呢。

宋引章：我们好歹是夫妻，你……你要让我做什么？

周舍：你不是会唱吗？不是会跳吗？到时让你唱，让你跳个够！

宋引章：我……我要回家，我要回家，我要回家。

被周舍在后脑一拳，昏了。

周舍：回家？晚了。

说书人：原想说两句轻松的话，想想说不出来。事到此时，难办了。不过有一点大家可坚信，天下事不会以恶人得逞而结束，天道使然。当然，等不行，要斗争。好，请继续关注《救风尘》大结局。

五

说书人：哎，哎，大家猜猜，这戏会有什么样的结果。猜不出来？猜不出来那就看吧。有一点啊，好人受苦的戏不好看啊，为什么？谁不希望这世界善有善报啊！那位说俗，俗就俗吧，善莫大焉，俗怎么了？看下文。

大客栈。院门开处，周舍赶着大车哗哗地进来了。这是一个很大的车马客栈。周舍的马车刚一跑进来，从各个屋中就有仆人家丁和妖艳的女子冲了出来。

大婆约三十岁：哟，爷，回来了，这回出去的日子可不短啊。

二婆：带了什么货色回来了，应了我的头面买了吗？

三婆：呀，爷，您可回来了，想死我了。哎，今晚你来不来呀？

周舍不理这些人，到后车厢撩起帘子。车厢内是被绑着的、嘴里塞了布的宋引章。

周舍：下来吧，你不是想回家吗？到家了。

一拉宋引章下车。

大婆：哟，怎么还绑着回来呢？

三婆：想不开吧，都一样，过两天就想开了。

宋引章下来看，不知这是什么地方。

二婆：爷，应我的头面呢？

周舍：去，去，都回屋去，让人看着像什么？以为这他妈的开的是窑子呢。走，走！

转身把宋口中的布抽出来：过来。你看见周舍大客栈那几个字了吧，爷我是开客栈的。到家了，你也别闹了，我给你松绳子。

宋引章：我要回家！

周舍：别给脸不要脸！

宋引章：相公，看在新婚的分儿上，求你休书一封，放我回家吧，彩礼的钱，我会加倍奉还。

周舍：休想。我周舍的女人，要么打死，要么饿死，决不会写什么休书，你死了这心吧。

宋引章：那我情愿饿死。

周舍：哈哈，可没那么容易。

抽出马鞭，啪地一鞭把宋引章的头发打散了，再一鞭一手臂血痕。

周舍：我跟你说，安相公说对了，我周舍禽兽不如，你可别惹我！

酒楼。赵盼儿张罗着，给伤好了的安秀实点菜。

赵盼儿：来，来，快坐吧。芳儿你也坐吧。咱们今天出来了就不拘个什么仆啊主的礼了，都坐吧。小二快来点菜，点菜了。

安秀实内心有事，平平淡淡：盼儿姐，何必这么破费，安某已经多有打扰，再这样就有点儿受宠若惊了。

芳儿生气：假客气。

赵盼儿：天天让你吃万香楼的菜，想必你是吃腻了，出来换换口味啊，算什么破费啊。得了……小二，有什么细致讲究的菜多上几味吧，懒得动那个心思，不点了啊。安相公喝酒吗？

安秀实：酒就免了吧，小生等一会儿……还……还有话对盼儿姐说。

赵盼儿：是吗？我也有话想对你说呢，这倒是巧了。

安秀实：那这顿饭就吃得适得其时了，姐姐你先说吧。

赵盼儿：我……我先说，那……那我就先说了。我……姐姐我……我是比你年长一两岁，但俗话说女大……哎呀，真是不好开口，我心里原有很多的话，不知从何说起……安相公，要么你先说了吧，你先说。

安秀实：那秀实就借这桌菜说了。秀实几次三番受盼儿姐照应，恩重如山，犹如再生。秀实现在沦落，除了一张嘴，身无长物，这一个“谢”字要是现在说出口是多么多么的轻啊。可不说呢，又无以表达。秀实无奈还是要借个谢字，谢谢姐姐。谢姐姐搭救之恩，秀实没齿难忘！

说完离席磕头。

赵盼儿：快起，快起。不敢当，不敢当，没照顾好。不说谢字，一说就生分了，不说不说。

安秀实：古话知恩不报非君子，秀实等仆人安平从家里带盘缠来，只要他一到必有人心相谢。

赵盼儿：这就更生分了，不说这些个啊。你还有什么说的？

安秀实：秀实还有一句话。

赵盼儿：是啊，还有句什么话，说吧。

安秀实：秀实伤已痊愈，倘还在万香楼住着，多有不便，再说闲言碎语也多，所以秀实想来想去……想……想要……

赵盼儿：想要什么？说吧……快说。芳儿，你催催菜怎么还没来。

支走芳儿。

安秀实：芳儿，菜不急，先别走，做个旁证吧。

赵盼儿：还要旁证啊？芳儿……那你就先别走了，听听。

安秀实：秀实，要……拜盼儿姐为干姐姐，一是避人闲话，二也算感恩，姐姐在上受兄弟……

赵盼儿：等等，等等，是干……干姐姐呀？不敢当，你起来吧，安相公，这样，你……伤也好了，该说的话……也说了，好，你……你走吧，咱们谁也不欠谁的，你也别想着什么人心啊狗心的了。怕闲话是不是？咱们各自活着那还有什么闲话？你走吧，走吧，做姐姐，我……我实在不敢当。

赵盼儿看安秀实不走，自己站起，哭着冲出。

芳儿：小姐，小姐，等等，听我说一句。安相公，你……你无情无义，什么书生啊，我们小姐看上你算瞎了眼了。

万香楼赵盼儿屋内。赵盼儿伏在桌上哭，两只眼睛已哭红了。

芳儿：小姐，小姐，您别哭了，为了救他您身家性命都豁出去了，病也管伤也管，到头来算是认你个姐姐，还是干的，他什么不懂啊，他是装傻。

赵盼儿：我……我后悔啊。

芳儿：知道后悔就好了。别哭了，就当天底下的好男人都死绝了。

赵盼儿：我后悔，我为什么不先说，我要先把事挑明了，那不就堵了他的嘴了吗？我干吗不好意思啊？我……怎么就说不出口呢？

芳儿：这搁着谁也不好意思啊。小姐，您还想他呢。

赵盼儿：想。

芳儿：那我可劝不了您了，您哭吧，您这算是瞎子害眼——没治了。

客栈柴房。被打得一身伤的宋引章在柴房中奋力地解着捆在自己身上的绳子。突然门响，引章赶快住了手。门开，一盏灯后二婆进来了，后边一个用人端着饭菜。

二婆进来假装关心，拿灯照：呀，脸打着没有，我看看，我看看。

嗯，还好，脸没打着，跟你说脸可得护着点儿，这可是咱们吃饭的盘子。

宋引章：早已没脸了。

二婆：可别这么说，好死不如赖活着，活着咱还能看见，死了就什么都不知道了。

宋引章：这位姐姐，我……我想问一句话，这是什么地方？

二婆：别急，你先吃饭啊，回头我跟你细说，咱们聊天啊，说十句话也成，但有一点你可得听劝。

宋引章：我听姐姐的劝。

三婆屋内。三婆正施仙人跳，与一老板喝了酒要上床。

三婆：哎哟，天可不早了，趁死鬼不在家，你快来呀！

商人：嗯，来了，来了。我的小亲亲哟，可想死我了，这么多天你就勾着我，不让我得手，今天他……他真的不在？

三婆：你要怕就走呗。

商人：不怕，不怕，刀砍脖子上都不怕，来了，亲亲。

说着话，三婆信号般地把灯吹灭了。两人正要做好事，暗中的周舍和几个打手一看灯灭了，知道该出手了。

周舍从暗处走出，带着打手向三婆屋中去。众打手脚步跟上。

周舍：开门，开门！

打手：开门！

砰地门被撞开，商人在床上跪着。

周舍：臭贱人，你做的好事！

三婆：官人啊，不是我啊，是他要强奸我！

商人：不是啊，是她勾引我的。大爷饶命！大爷饶命！

哗，刀真架商人脖上了。

周舍：光天化日奸人妻子，小的们，拉了见官去。

商人：大爷，我还有妻儿，不能见官。大爷饶命，不能见官啊！

周舍：饶命也可，那你可要破些财了。

商人：破，破，您开个价吧，您开个价吧！我的货全在码头上呢！

客栈柴房。二婆：这路买卖呢在江湖上叫仙人跳，也叫放白鸽。只要咱家相公看准了的过往商人，十个有八个逃不了。他把咱骗回家来哪儿是做老婆啊，是当个勾引人的油子。

宋引章：他……他不觉得这样丢人吗？

二婆：你可把他想太好了，说是媳妇，结婚三天是媳妇，过了三天还不就是拿你当婊子，婊子都不如……不说了。妹妹呀，姐有一句话你不可不听，好汉不吃眼前亏，你呀趁着年轻盘子好，多给他做几宗买卖，等钱挣得差不多了，再想法离开这儿啊。别的什么也别想了。

宋引章：他……他原来拼死救我也是假的?

二婆：救你?那是演的戏。我们这三个人，老大、我、老三谁没被他这么蒙过啊!他会演戏，不过呀，我再说一句，他演你也演吧，要不怎么办呢?

这话倒把宋引章点拨明白了：是啊，那我听姐姐的。

二婆：那就对了，来，吃饭吧。

宋引章：姐姐，我想通了，烦你把绳子帮我解开吧。

二婆将绳子给解开：行，这就算识时务了。来，饭吃好了吧，我的话你想想，东西我收拾了啊。

柴房里，房梁上一个绳套，月光从窗中照进。宋引章搭了几块砖上去，头伸进套中。

宋引章静静地唱：千年调，一旦空，唯有纸钱灰晚风吹送。妈妈、盼儿姐、安相公，梦里再会吧。

啪，脚一蹬悬空了。明月依然。

破庙。咚，安秀实从睡的草堆中坐了起来，惊醒。

安秀实摇身边的童小乙：小乙，小乙，醒醒，醒醒。

童小乙：怎么了?

安秀实：我……我怎么梦见宋……宋小姐她寻短见了?

童小乙：整天宋小姐宋小姐的，都是人家的媳妇了，再说我不理你了。

安秀实：我……我想她一定凄凉无比呢，一定的。不知怎么才能救她。

客栈院中。一箱箱的货卸在了周舍的货仓中，众家丁打着火把卸货。周舍拍着手高兴。

二婆：爷，得手了。

周舍：好一宗买卖!老三立了功了，你那儿怎么样?

二婆：也妥了，也不看看谁的嘴，你应我的头面该给我了啊。

周舍：给你，怎么劝的?

二婆：我一席话说得她陪着掉泪，绳子就解了，饭也吃了。

周舍：绳子，绳子呢？

二婆：绳子，呀，坏了，忘拿出来了。

周舍一掌将二婆打倒，飞快地往柴房奔去。周舍一脚踹开柴房门，冲进去看着吊着的宋引章，速抱起，抽出腰刀一刀割下，人落入怀中。

周舍：水！

人递过水来。周舍一口喷下，宋引章醒。

宋引章：我要回家，让我回家吧，让我死。

周舍又一口水喷来：死，没那么容易！虽说不是我的钱，但毕竟花了五千两。跟你说，到了这儿你就是欲活无路、欲死无门了。

——宋引章粗衣蓬头在扫院子。

——寒风中，童小乙在街上拉人写信。安秀实穿着破衣在风中沉思。

——风雪中赵盼儿在街对面的楼上看着给人写信的安秀实。

柴房。

苍老了很多的宋引章正在收拾破衣裳，突然，嘴里流血、身上有伤的二婆进来了。

宋引章：呀，二姐，你怎么这样了？

二婆啪一口吐出个牙来：王八蛋打的。

宋引章：为什么呀？

二婆：我……我想托客人给家里带封信，让他发现了……你这有白药吗？给姐姐上点儿。

宋引章一听带信，心有所动。

宋引章：啊，有，来，我给你上上。

二婆：哎哟，疼……疼死我了。

宋引章：二姐。

二婆：说……哎哟。

宋引章：我……我也做宗买卖吧。

二婆：呀，想通了，好啊，我跟他说去……听我的，底下先收点儿碎银子，然后再吹灯啊。私房钱留点儿，记住了。行，我跟他说去。

客房。宋引章在化妆，还是那么美，平添了些忧郁。

宋引章镜里看到周舍在门口抱着肩，在看宋引章化妆。周舍看着宋引章，突然扑过来，抱住亲。宋引章无动于衷。

周舍亲了两口，手放了：好美，好美，弄得我还有点儿舍不得了。舍不得孩子套不着狼，你去吧，跟你说，差不多就吹灯，可别让他真上了手。

宋引章端庄地坐着。山西客敲后窗。宋引章起身把窗打开了，山西客高兴地钻了进来，跳到地上就亲。

山西客：可想死俺了，等了几天都没走，就为了这时候。接着，给你打的金镯子。

宋引章：等等，东西你先收好，等等，这位先生你先等等。

山西客：怎么了？不喜欢？

宋引章：不是，客官，你拿了东西快走吧。

山西客：为吗？

宋引章：你中计了。

山西客：什么？什么计？仙人跳？

宋引章：对，我是个仙人跳的油子，你快跑吧，回头他们来诈你的财。

山西客：哎呀，这么美的美人哪个王八蛋舍得。美人你跟我走吧，咱将计就计，跟上我过好日子去，走。

宋引章：谢你了，我……我走不了，你快走吧。

山西客仓皇要逃：你为吗告诉我这？

这时宋引章从怀里掏出封信来。

宋引章：客官，引章是个可怜人，也是被骗至此，客官如若心疼可怜引章，请将这信交付信上之人，救命之恩引章没齿难忘。

山西客：是啊，看你也不是个风尘女子，可怜啊。放心吧，信我给你带到，我走了。

屋中静了，宋引章坐下看着红烛，轻轻唱起安秀实作的歌词。

宋引章：风送梅花过小桥，飘飘地乱舞琼瑶……

周舍暗中看着窗上。宋引章在唱舞，周舍忍不住要出来。

丁甲：爷，还没吹灯呢。

周舍：不……不等了，上手。

众人冲进门去。嘭，门被撞开，宋引章不理还在舞。

宋引章：似那人水远山遥，怎不焦？今日明朝，今日明朝，又不见他来到。

周舍一看只有宋引章，后窗开着：人……人呢？

宋引章不理，唱，被周舍一把拉住。

周舍：人呢？问你呢。

宋引章：跑了，我放跑了。

周舍伸手要打：好你个贱人！

宋引章：别动，别动！

只见宋引章从袖中抽出一把小刀，静静地不动声色地在自己的脸上划了一刀，一条血线流出。划完之后刀一丢，袖子一落，边哼唱着边向人群迎面而去。人群被其威严震住，让开路，宋引章泪水和着血水从脸上流过，飘飘而出。

周舍看傻了，一刀将一个灯柱拦腰砍断。

街上下雪了，鹅毛大雪。安秀实穿着旧衣迎着雪走来。到了摊子前，掸了掸雪，将笔墨摊开，支幌子。回过头来时，看一位纱巾盖脸的女子站在了摊前。

安秀实马上把大油布伞为那女子遮了遮：呀，雪大呢，给你遮着点儿。这位客人，你要写……写什么？

女子：写封信。

安秀实：好，你说吧，我写，你……你说吧。

赵盼儿：吾妹见字如面。信已收到……

说着泪如雨下：知你自嫁后去了郑州，苦不堪言，那……那妹夫是个禽兽，绝然不错。

安秀实写着写着警觉了，写慢了。

赵盼儿：所言之苦真是人间地狱，没想到他竟然会让自己老婆以色诈财。

安秀实听到这儿哆嗦写不了了，突然将笔放下。

安秀实：郑州，诈财，这……这位客人，你……你说的这妹妹……是……是谁？她叫什么？

赵盼儿：她叫宋引章。

安秀实大惊，认出是赵盼儿：盼儿姐，真的是你。盼儿姐，你说的是宋小姐吗？

赵盼儿：是。

安秀实咚地昏在桌子上。

万香楼赵盼儿屋内。赵盼儿给安秀实喂水。安秀实手里攥着那封信泪如雨下。

赵盼儿：指着你救人呢，你倒先躺倒了。

安秀实：人……人是一定要救的，我一刻也待不下去了，盼儿姐，咱……咱们去郑州，现在就去。

芳儿：谁跟你咱咱的，要去你自己去。

赵盼儿：安相公，急也不是这么个急法，救人的主意你有了吗？

安秀实：哪儿还有什么主意，只有伤心了。

正说着童小乙从外边进来了。

童小乙：我哥哥这人就是老实，钱被人蒙了，人被人骗了，到这会儿只有伤心。哥哥哎，你别愁了，主意我和盼儿姐都商量好了，到时你就等着写状子告官吧。

安秀实：小乙你也在这儿，有什么主意讲给哥哥听听。

童小乙：借耳朵过来。

嘀咕了一会儿。

安秀实：不……不行啊，不行，周舍他认得你们啊。

童小乙：你放心吧，一是见面不多，本就难认；二是怎么能让他认出来呢？到时我们化化装啊。那时他就只认钱了。

大客栈。大车上正在往下卸着大箱子，看着很重。

童小乙此时装扮像个大管家：慢点儿搭啊，小二，找间严实的屋子。

丁甲：好了您呢，放心吧。

赵盼儿从一辆车上下来，怀里抱了个首饰盒，下车一下没站稳，那首饰盒哗从怀里掉下，稀里哗啦地撒了一地的金银珠宝。赵盼儿脸上依旧盖着纱。

赵盼儿：呀，看都撒了！

故意大声，引起众人注意然后蹲下捡。

赵盼儿改说苏北口音了。

赵盼儿看一双缎鞋也过来了，帮着捡，是周舍。

周舍：小姐，不怕，凡住本店的东西，一根头发都少不了您的。

说着话把捡的东西都往赵盼儿盒子里放。

赵盼儿苏北口音：是啊，那我就放心了。

周舍：小姐是南方人吧？

赵盼儿：扬州。

周舍：哎，鱼米之乡，富庶之地，出门就是不一样啊。

赵盼儿：哎，正想问你呢，此地有没有大的钱庄啊？出门带这么多钱，总是不方便呀，换了银票就好了。

周舍：有，有，你要换多少银子呀？回头我知会一声去。

赵盼儿：不多，不多，两万多两吧。哎，抬着要小心啊，蛮少的啊。

周舍：不少，太多了。小姐，房已安排好了，请吧。

赵盼儿一眼看见大婆、二婆、三婆她们进出：呀，你这儿还有女眷啊。

周舍：啊，不是，不是，没有，没有，都是客人，都是客人。

周舍忙挥手让她们进去。

赵盼儿故意：闲杂人不要让他们住了，店钱我贴你呀，哎呀！

周舍：小姐怎么了？

赵盼儿：好大的石子硌了我的脚了。

周舍：来，来，我扶着您。

童小乙远远看着。

赵盼儿：那……谢谢了。

周舍殷勤地扶赵盼儿进屋去。

童小乙：小二啊，受累带我到各屋看看啊。闲杂人可不能让住了。哪儿是柴房，哪儿是厨房让我认认。

丁甲：哎，我带您看看。

柴房。宋引章脸上已有一道长长的疤，穿得很破旧，正在屋中纺纱。

丁甲：这屋就不用看了啊，住了一个丑婆，碍不着的，天天在这儿纺纱。

说着话进来了。

童小乙：是啊？看看。这么多柴啊，着不了火吧？哎，你看那柴火堆在这儿可不行，灯就在台子上，你过去看看。

童小乙故意支开丁甲然后往宋引章这边移近了，一个纸团打过去，落在宋引章脚边。宋引章惊喜，拿脚压住了。

丁甲：没事，保你着不了。

童小乙：保，你能保得起吗？我家小姐可不是一般二般的小姐，这回来可是要做大事的。

丁甲：看出来了，看出来了。走吧，咱再到别的屋看看去。

赵盼儿客房。赵盼儿把火捻小了，端远了，叫小乙：小乙，小乙，见着人了吗？

童小乙：见着了，见着了。姐姐，说出来您别伤心。

赵盼儿：怎么了？

童小乙：不成人样了，脸上有了疤了，差点儿认不出来。

赵盼儿：这可遭罪了，怪姐姐来晚了。信给了？

童小乙：给了。姐姐，有句话我得跟您说，真到了见面那天，您可得绷住了，千万别像今天似的，要不非穿了帮不可。

赵盼儿：我记住了。

柴房。宋引章平静看完信，把信放在嘴里嚼了，边嚼边呆呆地望着。

宋引章：我……我……我要回家了。

客栈院中，安静的院子，突然赵盼儿那屋的灯亮了。

童小乙：小姐，小姐忍忍，忍忍啊，我去给您找大夫去。

说着话童小乙冲了出来。

童小乙：掌柜的，掌柜的，快去找个大夫去，快找个大夫来啊，我家小姐心口疼。

周舍披衣出：来了，来了。现成的药，找什么大夫啊，我看看，我看看。

赵盼儿客房。周舍：专治心口疼的丸药，要是急就先吃一丸。

说着走到赵盼儿床前。

只见赵盼儿一头的汗，痛苦地呻吟，周舍刚要伸手摸额头。

赵盼儿：男女授受不亲，病容之态请先生不要看吧。

刚说到这儿像是突然一痛：哎哟！

抓住了周舍的手乱扭身子。

周舍此时又显出刚开始那种迷女人的样子：不碍，不碍的，我家祖上秘制的安心散，吃了就好，吃了就好啊。童管家，快，冲在碗里端过来。

周舍拿出一丸包装很好的药，急给小乙，手还被赵盼儿抓着。

童小乙：哎，来了。

童小乙接了药，拿到桌旁偷梁换柱，撒了点儿枣面一和，端来了：小姐，来了，来了。周相公给您。

周舍将赵盼儿托起。

周舍：来，喝吧，喝吧，喝了一睡就好了。

童小乙递过一个眼色：小姐您喝吧。

赵盼儿喝下，一时就平复了似的。

周舍：小姐怎样？

赵盼儿：像是一股清凉一下把心冲开了，好多了。周相公，实在狼狈，病容之时污了您的慧目。

说着娇羞躺下。

周舍：哪里，哪里，能为小姐尽力，实在是三生有幸。

赵盼儿故意作态：周相公。

周舍：哎。

赵盼儿：答应我，夜长人惊，不要离得我太远。

周舍：正该如此，我……我去换件衣裳，马上就来，你躺好了。

三婆屋内。三婆穿着睡衣迎周舍进来。

三婆：这大半夜一惊一乍的，这是干什么呢？

周舍对赵盼儿已有些迷恋了：我……我那身新做的团花袍呢？

三婆：这大半夜的穿团花袍干吗？是不是在二姐那儿呢？

正说着二婆、大婆也进来了。

周舍：快，去把那件团花袍找来。

二婆：哟，这是为哪出啊？大半夜的，这不真应了锦衣夜行了吗？

周舍：少废话，快去把衣服找来。

二婆出去。

大婆：爷，这么快就上手了？

周舍：爷的事，你们别管。还有，明天一早你们都给我回家待着去，客栈里再不许露面了。

二婆拿了衣裳进来，给周舍穿。

三婆：为什么啊？爷，您原来说的是要勾她，该不是被人家勾了，嫌我们碍眼了吧？

周舍：小蹄子，你猜对了，爷这回有点儿动心了。

三婆：您原来不说只为图财吗？

周舍：这回，我是人财都想要。

客栈库房。童小乙拿了钥匙来开箱子。童小乙开了箱子左看右看，看了没人，拿走一封银子又把锁锁上了。童小乙锁好了箱子出门。周舍从一堆破东西后边出来，站起来一、二、三、四、五、六、七、八地数了数箱子，突然听到外边赵盼儿喊：周相公，周相公。

周舍飞快地翻开那堆杂物，有一暗门，马上钻到对面屋中去。

周舍从床下钻出，刚一坐定就答应。

周舍：哎，哎，我在这儿呢，是……

话还没说出口呢，赵盼儿拿着那封银子进来了。

赵盼儿：周相公，方便吗？我是香君，来这两天了，名字还没告诉过你呢。周相公，昨夜之事亏了你的妙药，听童儿说你还守了大半夜的……多有打扰，大恩不言谢，这儿有五十两银子，就算……算香君的买药钱吧。

周舍：千万不可，千万不可。

说着推让，这一推一让，两人的手碰在一起了。

赵盼儿故意手一松，银子掉在地上了，还假装耳热心跳地娇羞。

周舍心火大动，银子也不管了，一把抓住赵盼儿的手。

周舍：香君小姐，你……你可真像一个人。

赵盼儿惊后镇定。

赵盼儿：相公玩笑了，像什么人？

周舍：周某的……梦中之人。

说着就要亲。赵盼儿用手拦住了。

赵盼儿：周相公不可无礼，不可无礼。

周舍：小姐救命，救命吧。

赵盼儿何等样人，左转右转闪开了。

赵盼儿：周相公，光天化日不怕人撞见吗？

跑到门口，突然回身竖起三根指头来，看周舍：周相公以此为约吧。

周舍：三更为约？

赵盼儿：你猜吧，猜对了你就来。

说完转身走了。周舍在屋中愣着。

周舍蹲下把地上的银子捡了起来：她可真像一个人啊！像谁呢？怎么也想不起来了。

某客店，夜。

安秀实把状子最后一笔写完了。小乙在旁边看着。

童小乙：哥，写好了？

安秀实：写好了。

童小乙：行了，明天一早你就上堂去告吧，可别迟了。那我回去了，那边也快了。

安秀实：小乙，你……你见了宋小姐了？她……她可好？

童小乙：好，好，挺好的，放心吧，放心吧。哥，你怎么不问盼儿姐呀？

安秀实：正要问你。

童小乙：一切如常，你静候佳音吧。我走了。记住了明天起早就去告状啊。

安秀实：绝不会误。

三更夜，赵盼儿客房门口。周舍穿了鲜艳的衣服，刚要敲门，门轻轻开了。周舍高兴地进来了。进了里屋，果然是穿了大红衣服的赵盼儿坐在床边等他。

周舍急急上来就要抱：香君小姐，今生今世从没有觉出过时间有这么慢，三更有这么长。再不到三更，我……我的命就没有了。小姐救命，小姐救命。

赵盼儿：等等，听我一句话。

周舍：请讲。

赵盼儿：我……我乃是从大户人家逃了出来的小姐，原本带了这么多的金银，不该……不该半路羁留。可……自见你之后心……心有所动，倘若，今夜再……再有苟且之事，将来若被你抛弃，无脸再活，所以我要问清你一句话，你愿不愿娶我？

周舍：宝贝啊，何止是愿啊，简直是盼啊。

赵盼儿：我再问你……你可有妻室？

周舍：有是……有……但无妨，我……我把她们都休了，都休了，就留你一个。哎呀，心肝快来吧。

赵盼儿：此话当真？

周舍：当真，当真，一万个当真，怎么不当真。

赵盼儿故意解衣裳：好，去把门关来。

周舍：哎，关门。

周舍边跑边解衣。跑到门口，突然看见了黑暗中从门外进来的宋引章，吓了一跳：呀，活见鬼，你来这儿干吗？快滚，滚！

宋引章不说话，进门。

宋引章：我要回家，我要回家！给我休书，给我休书！

赵盼儿：啊，啊，这是什么人，什么人？

宋引章：我要休书，我要休书！

赵盼儿：你……你果真有老婆，嗯，不干了，不干了。

乱摔东西，故意哗哗收拾首饰盒：童儿，童儿，快，快叫车拉东西上路，把箱子装车，快，快！

童小乙：哎，小姐，我这就去。

周舍：别，别。哎，千万不可。

赵盼儿：你……你别拦我，我可看出来了，你是要骗财骗色。

周舍：香君小姐，我怎么会骗财骗色呢？我没说我没老婆呀。我有，我有，我休，我休，我现在就休了她，我休了她，我现在就休。

砰，周舍跪下了。

周舍：香君小姐，自一见你心火已动，倘若这……这女人是障碍，周舍愿当场写休书将她休了。

说着话拉过张桌子拦在门口，就着桌上的纸笔写起休书来。

客栈大门口。童小乙雇了车来了，小声对车把式说：老板别出声，在这儿等着啊，回头车钱我多付。

说完急急进客栈。

赵盼儿客房。周舍：休书。周舍原配之妻宋引章，不贤不孝，犯有七出之过。特具休书一封，将其休退。郑州周舍。

读完后，宋引章、赵盼儿脸上都有一丝的高兴闪过。

赵盼儿：你的家事我不管，我要走，我要走。你放我出去。童儿，童儿。

周舍把休书给宋引章。

周舍：贱人还不拿了走。

宋引章刚要接书，有一丝兴奋露出。周舍突然又把手缩回了。周舍动了鬼心眼：等等，香君小姐，你不会来骗我的吧？

赵盼儿：谁管你的家事，放我出去。童儿，童儿。

周舍：香君小姐，倘若我给了她休书，你又跑了，我岂不是两头空了吗？

赵盼儿：跑？谁会跑？哈，我跑了那两万两银子白送你吗？跑，你想得倒美。谁管你的家事，放我出去。

周舍把休书给了宋引章，把赵盼儿拦住了。

周舍：快走，贱人。香君小姐，你等等，别急，我送走这贱人马上回来。

拉宋引章出门，回身把门顶上了。周舍出来，正赶上童小乙打了个灯笼过来。

周舍：童管家，烦你把这贱人赶出门去。

童小乙：哎，这大半夜的不合适吧。

周舍：没什么不合适，她这样子难道还会有人要呀。

周舍反身去赵盼儿屋中。周舍拿开顶门杠，砰地一推门，门从里边闩上了。

周舍：哎，香君小姐，香君小姐，开门，开门。

赵盼儿：不开，你走吧。有话明天再说，我……我没了心绪了。

周舍突然回头又想去找宋引章，一看人已没了。

周舍：哎，你听我说，你听我说啊。

砰，一件东西砸在门上。

周舍：好……那好吧，你睡吧，我们的事儿从长计议。哼，不怕你插翅飞了。

说着就蹲在门口了，坐下睡。

天亮了，周舍醒了过来。

周舍：香君小姐，香君小姐。

叫了两遍没声。

周舍：香君小姐，快来人，来人。

有家丁两三人跑了过来。

周舍：快，撞开，撞开。香君小姐。

嗵地门撞开了。周舍等冲了进来，一看屋中一人没有，后窗开着，风吹着窗帘。

周舍回头就往库房跑：坏……坏了。快，库房。

库房内。哗，箱子打开，周舍看箱子内都是一封一封的纸包了的砖头，一块一块撕了扔，撕了扔。

周舍冲出库房：两万两，两万两，上……上当了，快备马，备马！

街道。童小乙赶着车快走。车内赵盼儿揽着宋引章，宋引章很紧张。

赵盼儿：妹妹不怕啊，安秀才必定去告状了，不怕。对了，妹妹，休书呢？

宋引章：在这儿。

赵盼儿抽出一封相同的纸封，飞快地换了：收好，收好，一定收好。

假的给了宋引章，真的自己留下了。

府衙大门。咚咚的鼓声，是安秀实在敲鼓。

街上。童小乙紧张地赶着车，离府衙很近了，但人多车走不起来。正急时看周舍飞马已赶到了，后边跟了家丁。

周舍：小的们把车拦下，将那贱人给我拉下来。

哗，人把车拦下。

赵盼儿：用不着。

自己下车，然后扶宋引章下车。

周舍：好，有胆量，赚了我的老婆还敢到这州府之上来告状，实话跟你讲，正想告你们。

说着已下马走到宋引章面前，一把将人拉过，哗地从宋引章的怀里抢出休书。宋引章冰雪聪明扑上去抢，周舍一掌将她推倒在地，哗哗将休书撕了扔在地上。

周舍：话跟你说明了，你还是我老婆，想赚我的休书，看清了，没了。夫为妻纲，到哪儿你这官司也是输。

赵盼儿：也不尽然，天道昭昭，它可不会总照顾你这些恶人吧。

周舍：哈，哈，爷我现在可想起来了，你……你就是万香楼的赵盼儿，换了装了，正好，见官去。

赵盼儿：是江是海，姐姐我陪你跳。引章起来，不怕，咱走。

府衙大门口。一边一鼓，周舍敲一边，赵盼儿敲一边，咚咚大响。

衙役冲出：来人可是郑州周舍、开封赵盼儿？

周舍、赵盼儿：正是。

衙役：正好，堂上审你们的案子呢。周舍、赵盼儿上堂啊！

说书人：哎，他们上堂去了。这案子还用审吗？审还是要审的，坏人不审也不能绳之以法。那周舍到得堂来恶人先告状，理直气壮地告安秀实、赵盼儿设计赚他的老婆。堂上大官问谁是他老婆，他指宋引章，他原以为休书已被他撕了，没承想，那聪明的赵盼儿把真的留在身上。再审，安秀才告他图财害命，骗妻虐妻，用仙人跳、放白鸽诈财害人的罪，一应的证人都到了。大婆、二婆、三婆、被诈的商人、财主都来了。哇，连庆儿都到了。更绝的是那大官问起家人安平何在时，堂下又响了鼓声。没有被周舍杀死的义仆安平居然拄着拐来告状了，上来扬拐要打周舍，与安秀实见面，两人抱头大哭。您说是不是上天有眼啊！真应了那句话了，不是不报，时候不到，时候一到，全都来到。这周舍，恶贯满盈了，恶贯满盈了。周舍站起来，飞快向一柱子撞去，正好被我拉住了。哎，想死了是不是？这么好死啊！那可是古代哎，你这样的人是要判凌迟处死的，等等，听判！

府衙。府官拔出一签：此等恶人，拉出斩首！

众人欢呼。

客店。赵盼儿正在收拾东西，打包袱。

安秀实：引章小姐，盼儿姐，引章小姐。

赵盼儿：进来吧，叫得多清楚啊。引章小姐，盼儿姐，叫了两声引章，再叫一声盼儿姐，偏心。干什么？

安秀实：盼儿姐，引章小姐自官司之后，一天我都没有看见。她……她可好？

赵盼儿：不知道。

安秀实：此话怎讲？

赵盼儿：她一早走了。

安秀实：走……走了？去哪儿了？

赵盼儿：你先别问我，我问你，你找她干吗？

安秀实：盼儿姐，这……这还用问吗？秀实……

赵盼儿：宋小姐临走让我告诉你，原来的宋引章已然没有了，残花败柳，又破了相了，不想再见你了。安相公，你好自为之吧，天下好女子多多，你另选吧。

安秀实：盼儿姐，她……她怎么会说这话，我安秀实自见她那日起，便已将心托付，为了宋小姐赴汤蹈火在所不惜。残花败柳怎么了，没有她的日子天下哪儿还有春天。盼儿姐，告诉我，宋小姐去哪儿了？

赵盼儿流泪：你……你不嫌她嫁过人？

安秀实：她在我心里冰清玉洁。

赵盼儿：你不嫌她脸上有刀疤？

安秀实：她脸上有伤，我心疼，安抚尚嫌不及，怎会嫌她丑？

赵盼儿：你……你不再想想别的……女人了？

安秀实：秀实心中只有宋小姐一人。

赵盼儿：行了，我算是没看错了人。该问的我都问完了，引章你出来吧。

话音落，里屋宋引章打扮如前。虽脸上有伤，依旧美丽。安秀实慢慢向前，两个有情人刚要抱。

赵盼儿：等等，我……我出去，我出去。

万香楼赵盼儿屋内。

夜深了，赵盼儿就着烛光在绣霞帔，边绣还边唱。

芳儿：小姐，都四更了，睡吧。

赵盼儿：不困，你先睡吧，他们俩后儿个成亲，再不赶着点儿绣不完了。

芳儿：小姐，不是我说您，您这才叫为他人做嫁衣裳呢。

赵盼儿：说对了，小姐我有情，可惜那人无意，到底新娘是人家，绣娘是我。

芳儿：您……您忙了半天，还不伤心吗？

赵盼儿：伤心？伤心有什么用？天下的事，有时就这样，有情无分，有爱无缘。所幸我赵盼儿把安秀才这人没有看错，他是个好男人，那样的大难过后，情爱依旧，真切、热烈、温暖。好啊，一段佳话，好一段佳话！话说回来了，这段佳话要是离了我赵盼儿又怎么能出得来呢？

赵盼儿伤心，流泪，用嘴咬断线。

赵盼儿：不说了，他们俩好，就是我好了。

说书人：听了心酸，说不出什么道理来了，好人啊！人生如此，感叹一声而已，唯有感叹，说书的人唯有感叹。

卖油郎

一

朱家油铺。一双年轻的手在噼里啪啦地打着算盘，打得飞快，边打边翻账本记账——少掌柜朱重在盘账。

伙计邢权在给一个老者打油。邢权一油提上来，久久地将油沥干净再倒进老者罐子的漏斗中。

人称老者为洪伯，他显然看了很一会儿了，问：你叫什么？

邢权：小的邢权。

洪伯：做油坊伙计多少年了？

邢权：刚学。

洪伯：我看你也是刚学。

邢权：老伯，您眼力好。

洪伯：不是我的眼力好，是你的手力太好了。跟你说啊，邢……邢什么？

邢权：邢权。

洪伯：邢……邢小二，我看你手力好得让人受不了。告诉你，这条街上，这临安城里谁不知道我洪大元，我们洪家吃你们朱家的油都吃了三辈子了，你们赚我们洪家的钱都够再开上两个油铺了……像这么给打油啊，谁教你的？把朱十老叫出来。

朱重听见放下算盘赶快过来。

朱重：洪伯，洪伯，对不住了，他新来不认得您，您担待。

洪伯：新来的也得是老规矩呀，哪儿有像他那么打油的，一油提上来，哩哩啦啦的油都漏在你们自家油桶里了，一点儿富余都不带过来。跟你说，原来我三斤油要打到这儿的，现在还差很多，你看着办吧。

指罐里的记号。

朱重：洪伯，给您补上，给您补上。

说着舀了满满一油提油给倒了进去。

洪伯：哎，多了，不行，多了我也不要，不要。我不占你们便宜我。

朱重：洪伯，您拿了走吧，就当今天给您赔不是了，对不起了。

洪伯半推半就：嘿，朱小官，我这可不是倚老卖老啊，你这小官还不错，虽说过继来的，可比他们朱家人强。

正说着话，女仆兰花在后边喊朱重。

兰花：重少爷，重少爷，你出来一下。

朱重：洪伯，您走好。哎，来了，来了。洪伯，您走好。

边应着边收了账本，摆好算盘往后边去。

油铺后院。朱重应着：来了，来了。

兰花听见后，腰身一扭，背身就走。兰花二十岁左右，思春少女，有些风骚。

朱重边应边出来：兰花姐，兰花姐，喊我吗？

兰花在前边飞快走，手拿了一柄团扇，女仆今天倒弄出个小姐的样儿来，衣裙飘飘。

朱重：哎，兰花姐，什么事呀？

兰花头也不回，穿廊过屋。朱重只有急急跟着。

院子里，朱十老耳聋目花在院子里的躺椅上晒太阳。

后园子柴房。兰花咚地开了柴房，站在门口，欲把朱重让进来。

朱重一看柴房不知什么事，不想进：兰花姐，有什么事在外边说一样的。

兰花：外边说不方便，你进来吧，我吃不了你。

说着话一拉，把朱重拉进柴房。兰花转身关门，身子靠在门上，正色看朱重。朱重慌，低头不语。

兰花：重少爷。

朱重：兰花姐什么事，还……还要到这柴房中来说？

兰花：你放心，吃不了你。我问你，这些日子为什么总躲着我？

朱重：没有啊。

兰花：没有？那天在耳房明明知道我等了你一个多时辰，想说话，刚一照面，你回头就走，这不是躲吗？还有那天喂鸭子的时候，脚都到跟前了，看见我了，又转身……

朱重：不是经意的，不是经意的……男女授受不亲……终归有不便之处。

兰花：男女授受不亲？哼，只对我一个人不亲吧。你今天给我说清楚。

笼子里有母鸡下了蛋了，大叫。兰花嫌吵开门放鸡，朱重也想趁机走。

兰花：等等，你又没生蛋。要想走，听我把话说完了。

朱重：兰花姐，这太……

兰花：太什么？无聊是不是？嫌我比你大，是不是？女大三抱金砖，有什么不好？嫌我是个下人？你还不是被人卖进来的过继子。嫌我生得不好看是吗？今天这儿没人，我让你看看清楚。

越说越近，脸都要贴上了。

朱重躲，急中生智，卖个破绽，从兰花侧面闪过，夺门而去。

柴房中兰花抓了两把没抓到，看人跑了，呆站一会儿，突然把头发扯乱了，衣裙弄散了，嗷地叫了起来。

兰花：啊！你是少爷就欺负人啊？以为没有人管了吗？跟你说老爷还在呢。

油铺后院。朱重仓皇从后边疾走过来。

身后边叫边追上来的兰花：你欺负人，重少爷欺负人了。

终于把耳聋的朱十老吵醒了。此时邢权在扫院子。

朱十老：怎么了？怎么了？

朱重：爹。

这时兰花人声俱到：老爷，老爷，您可要给我做主啊！

朱十老：怎么了？鸡飞狗跳的，别哭了，朱重，你说。

朱重：爹，爹……没事。

朱十老：没事儿闹什么？干活去。

兰花一听没事儿，急了：老爷，重少爷欺负死人了，您得给我做主。

朱十老：到底怎么了？

兰花：老爷……您看我这样子，还能怎么了。重少爷方才把我叫到后园柴房……欲行非礼。老爷啊，这让我可怎么见人啊！

朱十老一听是这事，眼睛闭上：朱重！

朱重：爹，事情绝非如此，是她叫的我……不信问邢权。

邢权扫地，不说话，三人都各怀心思等他做证。

朱十老：邢权！

邢权：哎。

朱十老：是谁叫的谁？

邢权见兰花紧张地看着他，邢权扫地：我不知道。

此话音一落，兰花高兴，又高声哭，朱重失望。

朱十老：别哭了，有什么可哭的。都是年轻人，干柴烈火的年纪，哪一天要是……啊，今天到底出了事没有？

兰花一听高兴了，全改了语调了：倒是……还没有。真有那天，凭老爷做主。

朱十老：有那一天咱家倒是不用多添人口了。

说完闭上眼睛。

朱重听着不对：爹，您歇着吧，我去前边照应去了。

朱十老：嗯，都散了吧。

码头上晨雾朦胧。卜乔拎着行李，拉着瑶琴下船。

瑶琴：卜大叔，我爹妈是在这儿吗？

卜乔：说好了在这儿等的，你站好别动啊。世道乱了，人心不古，我不是看在乡邻分上，哪个管你。别动啊，等我。

瑶琴：大叔，您去哪儿？

卜乔：盘缠没有了，我去把这个行李卷卖了。你就站在这儿等吧。

瑶琴：大叔，您可快去快回。

卜乔：你就不用担心我了。

卜乔上台阶走了。

油铺后院。早晨院子里没人，邢权依旧扫着地。突然要扫到一双绣鞋上了，邢权抬头看是兰花。兰花往地上吐瓜子皮。

兰花：扫地也不看看人家的脚。

邢权：兰花姑娘挪挪脚。

兰花：停一会儿，问你个事儿。

邢权：您说。

兰花：你今年多大了？

邢权：三十三岁，属羊的。

兰花：看着可不像，像四十三的。

邢权：我……我这人面老。

兰花：心老不老？

邢权：兰花姑娘，您这话什么意思？

兰花：没什么意思。这院子里死气沉沉的，没一个人有意思，不知你怎么样？

邢权：那……那要看兰花小姐的意思了。

兰花：昨天的事儿我还没谢你呢，今晚关了店过来，我谢你一杯酒。

看见朱重扛着油桶从廊下过，兰花马上改口：怎么一点儿水都不泼啊，看扬的土，干点儿活还让我操心。

说完走，小声：这算我给你面子了，你可不能不来。

朱十老：兰花，粥熬好了吗？

兰花：老爷，哎，就来了。

兰花应着，一把瓜子皮都扔在地上。邢权扫。

码头上。老鸨刘四妈带着个叉杆，假装赶船的人，其实是来看瑶琴。远远地卜乔在看着。

刘四妈：哟，去富春的船怎么说走就走了？老王，怨你雇的轿子，走起来比牛车还慢。

边说边拿眼睛看瑶琴：呀，小姑娘在这儿等谁呢？也是赶船去富春的？

瑶琴：回大娘，不是等船，等我一邻居大叔带我去会爹妈。

刘四妈：哟，爹妈哪儿去了？

瑶琴：我们从汴梁逃难出来，跑散了。

刘四妈：怪可怜的，走了不少的路吧？认识字吗？

瑶琴：认识。

刘四妈故意拉过手来看：瞧瞧这双手。也会写？

瑶琴：会写。

刘四妈：叫什么名字，告诉妈妈。

瑶琴：瑶琴。

刘四妈：哟，好名字。多好的姑娘呀，你爹妈要是找不着了，我都想当你妈妈呢。

瑶琴：大娘玩笑了，爹妈怎么能找不着？

说着要哭了。

刘四妈：呀，别哭，别哭，跟你玩笑呢，别哭。嗯，好，船赶不上了，老王咱回吧。

码头边小茶棚。哗地一包袱银子打开了。

刘四妈：就这么多了，人看了，不合意。

卜乔：四妈，您这话我可不爱听，这要不是兵荒马乱的，哪儿有这样的货色。琴棋书画样样都会的，可是一大户人家的小姐。

刘四妈：说的就是这啊。大小姐，万一脾气烈，调理不好，我还不是血本无归啊。到时还不如一个柴火妞来得实惠。不合意，就这么多了，要就要，不要算了。老王，这是什么茶啊，一点儿味都没有，换过。

卜乔用眼睛点着银子。

卜乔：四妈，您再加十两。一路花费咱先不说，我是她家邻居，这事儿……做得还有点儿缺德呢。

刘四妈：哟，你什么时候有了良心了，说着自己缺德还要张嘴加银子。你们这些臭男人啊，一沾上钱啊，他妈的明明是个人也要装出狗样来。

说着话又掏出一锭银子加上：成全你。先别动，人带走了，你拿钱，就这个数了。老王，先收起来。

瑶琴站在柳树下一动不敢动，有点儿着急。

码头上刚才那只小船晃着，船老大突然伸出头来叫瑶琴。

老大：姑娘，姑娘，你过来，跟你说句话。

瑶琴：大叔，您叫我？

老大：你过来，我跟你说句话。别怕，过来。

瑶琴下到码头边：大叔，卜叔怎么还不回来？

老大：傻姑娘，还盼他回来呢，他回来你就不好了。

瑶琴：大叔，这话怎么讲？

老大：刚才你不是遇到那老妈来看了你吗？我认得，她是临安城里有名的老鸨子，你卜叔是要把你卖了。

瑶琴：大叔，不会吧？卜叔是我邻居。

老大：傻孩子，这年头可不就是熟人才好骗吗？

瑶琴：大叔，那……那我可怎么办？

老大：跑吧。

瑶琴：往哪儿跑，您……您救我一救吧。

老大：我救不了你，这会儿告你一句话已是多事儿了。

瑶琴：那……我可怎么办？

老大：自己救自己吧。

瑶琴左右看看。

老大：往坡上走，有条小路通城里，跑吧。要是不信我的话你就躲起来看看。

瑶琴想想只有相信，赶忙往一条小路上跑去。

朱家的油铺。朱重算好了账，掏出钥匙，往银柜里放钱。邢权边从一个桶往另一个桶中倒油，边用眼睛瞄着朱重。朱重刚把银子放好，钥匙拔了两下没拔出来。也是巧，正赶上门口有人来送货了。

伙计：少东家，油来了，您验验货。

朱重放下没拔出的钥匙，应着。

朱重：哎，来了。

邢权看清了那个钥匙：我去吧。

朱重：不用。上次他们的油就渣子多，我去看看。

朱重出门。邢权看着银箱上的钥匙，听着外边说话声。

朱重：油可是管好的？

伙计：少东家，保您是好油，清得见底。

邢权飞快地放下倒油的桶，跑到银箱前，小心地只一下就把钥匙拔了出来。早有准备地从怀里掏出一块油面，把那钥匙按在油面上，做了个模子。刚刚做完，伙计与朱重就开始往里抬油了。邢权趁乱，把钥匙往回插，忙乱中只插进去一半。

朱重：邢权来帮着卸油。

邢权：哎，来了。

邢权出去搬油。朱重想起钥匙的事儿，走近银柜，看看钥匙还在，这次钥匙非常容易就拔了下来。朱重有些奇怪地看了看钥匙。

码头上，刘四妈、叉杆老王从坡上赶下来。卜乔跟着。

刘四妈：姑娘，姑娘，妈妈我见了你，真舍不得走了。我……姑娘……姑……

远远地三个人都看见瑶琴不见了。

卜乔跑着追下去：琴小姐，琴小姐。人呢？

看湖上小船晃着。

卜乔：老大，老大，看见我家小姐了吗？看……

说着追过去。

老大从船里探出头来：没见啊，刚才还在这儿。

刘四妈、叉杆老王站着，看着。

卜乔：跑了？跑不远，老王快帮着追吧。

刘四妈一句话不说，拎过老王手里的包袱回身就走了。卜乔边叫着琴小姐，边无目的地追着。瑶琴躲在树丛中看见一切，害怕了。

瑶琴自语：爹，娘，你们在哪儿啊？

朱十老屋内。朱重在给躺着的朱十老报账。

朱重：东庄批十桶，钱七两一；南门胡记油坊三桶，还了上次账，又欠二两八，余三两二。总计……

朱十老：不报了，我困了，你记清楚就好。嗯，朱重。

朱重：爹。

朱十老：不是我不放心啊，将来这铺子都是你的，我什么也带不走。只一件事你做到了就好，你过继来了就要你姓朱，我死了也不能改姓，除非我不要你了。还有，我在一天，你就要一天把账记得清清楚楚的，一文钱也不能错……

厨下。兰花炒了一桌子菜，把邢权等到了。

兰花边别着头上的花，边说：坐，来了就坐啊，坐嘛。

邢权坐下：谢兰花姑娘抬爱。

兰花：哪儿的话啊，这不是应当的嘛。整天劳劳碌碌的，说个闲话的人都没有。吃个酒也叫抬爱了吗？跟你说啊邢权，抬……本姑娘算抬举你了，这爱嘛，还轮不到你。

说着话眼睛往外张望。

邢权：邢权不敢想。

兰花：那就对了。不为别的，你这个人来历不明，谁知你原是什么样儿的。

朱重从朱十老那儿出来，独自往院门而去，看都不往厨下看一眼，独自出门去散心了。兰花看着朱重走过去，看都不看一眼，生气了，筷子啪地拍在桌上。

兰花：哼，什么了不起呀，过继来的一个叫花子，呀，真当自己是少东家了。就本姑娘这样的人才，他还要挑三呀拣四的，臭男人，你们都是臭男人。

邢权赶快起来倒酒：兰花姑娘喝酒，喝酒。

兰花：看着你倒是殷勤，可……可这一辈子要是跟了你这样的，我心终有不甘啊。你也喝吧，别多想啊，今晚算你为本姑娘解个闷儿吧。

邢权：兰花姑娘，说句闲话啊，别当真，嫁汉嫁汉穿衣吃饭，有吃有喝不就是一辈子吗？人丑心热不也……

兰花：不让你多想，你还真多想了，话说回来了，看见本姑娘这样的人才，哪个男人不会多想。可你个伙计自己的吃喝都顾不上，还说什么穿衣吃饭。

邢权：现在是伙计，也许过年就不是了。

兰花：怎么讲？我还低看了你了？

说着话，邢权从怀里掏出那个银柜钥匙模子。

兰花：这是什么东西？

邢权：以后吃喝的根本……

兰花拿过来看了看：钥匙模？哪儿的？

邢权飞快地把厨房门关上：少东家身上的，开银柜的。

兰花：你这不是要害他吗？

邢权：是要害他，不害他，咱们吃什么，穿什么？

兰花：咱们？

邢权：兰花姑娘，我和你，就算两将就了吧。人生之事还不都是将就着过来的。你心疼他吗？你要是心疼他，今晚这话就算我没说。

说着话要把模子毁了。

兰花：哎，别。想想他也让人生气，东西给我……你这人，我算是没看错啊。来，给你也倒上，陪我喝一杯吧。

街上。瑶琴正紧张地脱自己身上的那件绣袍，一乞丐老太太边脱着她的衣裳，边拿出一件脏破的男衫给她换上。

丐婆：别心疼啊，知道你这件袍子值钱，不值钱还换不来吃食呢。我这也是为你好。一个姑娘家家的长得跟水葱似的，穿着鲜亮，人漂亮，谁知你在找爹妈呀。回头爹妈没找着，倒找个恶人歹人冤家的，岂不白给了人家？

丐婆边说着，边给瑶琴换破衫，而后又在她脸上脏脏地抹了一把：行了，这就没人看了。跟着我要饭吃吧……在这儿等着啊，别动。

正说到这儿，朱重出来散心，路过她们二人，恰恰听见了瑶琴的汴梁口音。

瑶琴：婆婆，您可快点儿回来。

丐婆：放心吧。

朱重走近瑶琴。

朱重：你是北地口音，是汴梁的吗？

瑶琴：先生请尊重。

朱重：我也是汴梁人，你是哪个街的？

瑶琴慌了：不知道，先生尊重。

朱重：你是个女的？

瑶琴：不知道。

边说边转身跑。

瑶琴：你别跟着我。

说完跑了。

朱重不解：一个要饭的嘛，也要尊重尊重的，怕什么？

朱家油铺。朱重用一把钥匙打开银柜，把一锭锭银子放了进去，锁上，拿起账本走。

朱重：邢权，你看着铺子，我去报账。

说完往店后去。邢权看店内没人，往银柜而去。刚要动手，挡板外一声咳嗽，是兰花出来了。

邢权吓了一跳，看着兰花：兰花姑娘，你来得正好。

兰花：钥匙配好了？

邢权：配好了。

兰花有些犹豫：那……那就试试吧。

邢权看出来了：兰花姑娘，那天晚上说的不是酒话？

兰花：怎么是酒话？心里话。

邢权：那就试试？

兰花：试试。朱重这小子这几天越发上脸了，迎头对面地连看都不看我一眼，他害我伤心，我怎么能一点儿反应都没有，开吧。

邢权：钥匙在这儿，你开。

兰花：我哪儿会开锁啊。你开，我去望风。

兰花走到门口望风，跟人打招呼。

兰花：哟，李老三来打些油吧。呸，你个挨刀的，下次打油看姑奶奶怎么治你！刘嫂打油啊，我劝你明天来，就剩油底子了，明天换了新油来啊，不用谢。

兰花索性关门进来了。

兰花：开了吗？

邢权：开了。

一动不动地看着银柜。兰花跑过去看，一锭锭的银子在银柜里。

兰花：拿。

邢权：拿多少？

兰花：多拿，一次就让他待不下去了。拿啊。

兰花把衫子兜了起来。邢权拿银子往她怀里放，一锭一锭又一锭。

翠香榭后门。丫鬟春喜一开后门，咣当，又冷又饿倚着门睡了一夜的瑶琴正好倒了进来。

春喜：哎呀，妈妈不好了，有要饭的倒在咱门口了。快来呀，快来呀。

听到喊，王九妈风风火火地带着叉杆追了过来。

王九妈：哈！我这房子风水就是好啊！前儿个倒了一个，今儿个又倒一个。老刘，快给搭出去，甭管哪条街，远远地给我扔了去。一大早上的，可真晦气。

老刘：哎，妈妈，我一人怕背不动。

王九妈：一个饿死鬼，你还背不动啊，我一个人说背都能背起来。来，上手先把人抬出去。上手啊，还没死呢。

王九妈要抬肩，一眼看见了瑶琴的样子，再看，像是个女子：哎呀，是个女的吧？呀，呀，眉眼还不错呢！快，还有气呢，有气。老刘，快上手往里抬，春喜关门。

老刘：妈妈，什么人就往里抬呀？

王九妈：你懂个屁，你看看她的这双小手，备不住就是个给我抓钱的耙子呢。快抬！

老刘：抬回来死了咋办？

王九妈：呸，乌鸦嘴……真死了再扔出去不迟。用力呀！

众人把瑶琴抬了进去。

朱十老房中。朱十老坐在椅子里咳嗽，兰花端着饭来了。

兰花：老爷，吃饭了。

朱十老：什么吃食？

兰花：您爱吃的，炖烂的肘子，煮烂的鸡，还有青菜、冬菇。

朱十老：嗯，都是好吃的东西。

兰花：我侍候您先漱漱口？

朱十老：不用，漱了口后吃着不香。兰花啊，叫朱重去。

兰花：您先吃吧，他忙着呢。

朱十老：这么多的东西怎么吃得下。人的命啊，就是这样，年轻时能吃，一口好牙，一张好胃口，没得吃。到老了钱也有了，家业也挣下了，一桌子菜倒给你摆下了，想吃又吃不动了，吃不香了。天地不公……嗯，给我夹点儿蘑菇。

兰花：哎，老爷，不是我多嘴啊，您现在能吃就多吃点儿，想吃什么别嫌费钱，要不，这么一份大家业，还不是给人家挣下了。您心疼钱啊，有不心疼的。

朱十老：这话怎么讲？

朱十老一下子警觉起来。

兰花：我一个做下人的不该多嘴。

朱十老：说都说出来了，还说什么多嘴。没什么不该的，讲。

兰花：老爷，那次之后，少东家对我倒是再不那个了，可他总是夜夜地出门。

朱十老：出门？去哪儿？

兰花：兰花不知道，兰花就是知道了那种地方也说不出口。

朱十老：你这不是吊我胃口吗？谁知道？

兰花：邢权，他在外边碰见过，您问他吧。

朱十老：邢权，邢权。

翠香榭大堂。穿着蓝衫的瑶琴坐在椅子上。噗，王九妈冲她脸上喷了口水。左右红花绿叶地站着一圈的姐儿们都看着。

如烟：呀，醒了，醒了。

王九妈：快拧把手巾给擦把脸。

众窑姐忙着拧手巾传过来。王九妈飞快地给瑶琴洗脸。这脸一擦可不要紧，擦出漂亮来了。

红喜：哟，瞧这眉眼。如烟你可坐不了头牌了。

如烟：什么话，你以为长得好就有人疼啊。身上，眼里，手上，嘴上，琴棋书画，手眼身步，哪样不得十年的功夫呀。红喜你犯不着拿着关公说曹操，我这头牌呀，早不想坐了，谁想坐让给她啊，就怕坐不上来……以为我会跟个叫花子争风吃醋啊。

瑶琴醒了。

春喜：看，醒了。

王九妈：哟，醒了，瞧这双眼睛更可人了。听得见吗？哎，会不会说话？别是个哑巴。

瑶琴看着那些花团锦簇的小姐。

瑶琴：大娘，这是哪里？

红喜：呀，会说话，声音还怪好听的呢。

春喜：不是哑巴。

王九妈：饿了吧？想喝水吗？

瑶琴：我渴。

红喜：知道渴了，快倒茶。会喝水，也不傻。

如烟：哟，看你美的，怎么跟你生了个大儿子似的。

红喜：如烟妹妹，说出来呀，你别不爱听，是比我生儿子还高兴呢。

王九妈：老刘快熬粥来。去，别吵了，争风吃醋还争到窑子里来了。都回去，散了。

朱家油铺。银柜砰地打开了，朱重拉开柜门一看，十已去九，空了，惊。

朱重：爹。

朱十老把账本摔在桌上：别叫我爹，余银八十二两三，你拿出银子来给我看。

朱重：爹，钱……钱没了。

朱十老：没了？你刚知道没了？

朱重：刚刚知道。

朱十老：骗鬼啊。我问你，这银柜的钥匙，在谁手里？

朱重：在我手里。

朱十老：别的人可有？

朱重：别人没有。

朱十老：这锁可是撬过的？

朱重：锁也没撬。

朱十老：好，那银子丢了，会丢到哪儿去？

朱重：爹，我不知道。

朱十老：你别管我叫爹了，我当不起。托人作保，从十三岁给你养到十九岁，虽说是个外姓，可怜我朱家没后，过继你来还不是当个亲儿子吗？我还能活几天，我还能吃多少？没想到，这几天的日子，你都等不得了。现在你面上偷的是我，其实你偷的还不是你自己！

朱重：爹，我没有偷这银子，前天还……

朱十老：哈，你没偷。兰花你偷了吗？

兰花：老爷，兰花没那么大胆子。

朱十老：邢权你偷了吗？

邢权：老爷，邢权只干活，不问事。

朱十老：你们都没偷，难道是老爷我自己偷自己吗？邢权，去把里长给我找来，虽是家贼，我也要告官！

咚，三个都跪下了。

兰花：老爷，千万别告官，自己家的事，看在少东家小，不懂事的分上，饶他这一次吧，老爷求您了。

邢权：老爷可不能告官啊，吃官司对谁也不好啊。少东家，还不快说两句。

朱重跪下：爹，我……我没动银子。

朱十老：好，你还嘴硬。话我不跟你多说了，看在你在我们朱家待了五年的分上，看在这两个人给你求情的分上，我给你三天的时间。三天内把银子找回来，万事皆休，找不回来，你给我出门。

二

翠香榭大堂。王九妈、众姐妹正给瑶琴换衣裳。鲜亮的衣裳往瑶琴身上一穿，光彩照人。

王九妈：哟，瞧这衣裳做的，多少年了，我谁也没舍得给过，就等着你来呢。来，转过身来我看看。

红喜：呀，好腰身，别说那些个色眯眯的孤老们了，我看着都喜欢。妈妈，这么好的一个妹妹，她是从哪儿来……

王九妈：天上掉下来的，九天仙女下凡。这妹妹你们可不能欺负啊。来来，快过来，再让我看看。好，真好。姑娘呀，饭也给你吃了，衣裳也给你穿了，你可还没叫我一声，快过来，叫我一声。来，来呀。

瑶琴欲叫又不知怎么叫：叫什么?

众人：咳。

王九妈：叫……叫妈呀。

瑶琴：我的爹妈还没找到……

王九妈：别哭，就拿我当妈吧。哎……可别哭，不叫不要紧，不能哭，不吉利。行了，先不叫了。我问你，你除了长得好，还会点儿什么?

突然琴声传来，一直在旁边不服气的如烟姑娘，自己跑到一边焚香弹起琴来了。众姑娘散开听。

王九妈小声问：会弹吗?

瑶琴看着听着点了点头：学过。

朱家油铺外。洪大元来打油，一看门关着，上前打门。

洪大元：哎，怎么还关着门啊?哎，开门，我是大元，洪伯。开门啊!

敲几下敲不开。

朱十老屋内。朱重、兰花、邢权依旧跪着。

朱十老拿出过继文书，边说边撕：八十多两银子，说丢就丢了。好，你们既然都说不让我报官，看在你五年姓朱的分上，我不报了，但你这人我可不敢留了，我不能花心思花钱地在家里养个贼。你走吧！

说完话把过继文书撕了。朱重低头一句话说不出来。

兰花假意：老爷，您……

朱十老：别劝我。八十多两银子不是小数，你们都起来吧。

兰花、邢权都站起来了，朱重跪着不动。

邢权：重少爷，起来吧。

朱十老：哎，怎么你还要讹老爹不成，你是真要去见官啊。

朱重：爹，朱重十三岁被买了进来，这些年多亏您收养。原想边学生意，边尽心孝敬您，现在看来生意学不成了，但我朱重还想尽些孝心。这样您看成不成？生意朱重再不管了，您租我一副油担子，朱重我每天担油出门去卖，晚上回来尽些孝心服侍您，不为别的，报这些年您的养育之恩。

兰花一听就不高兴：老爷有我们呢，还少他一个人侍候啊。想留下就明说，孝不孝的这个字就别提了，孝不孝老爷知道。

朱十老被朱重一番话打动：等等，你既这么说了，我就给你个面子。以后柜上的生意邢权照顾，你愿担担出门就出门，每担清账，一文不能少。还有你可在此住，吃我可不管了。再有从今天开始我们是东伙的关系，你再不许叫我爹了。

朱重磕了个头：我记住了。

翠香榭，瑶琴坐在那儿正弹琴，弹得专注，音韵飘逸。众姐儿听着，安静，琴罢鼓掌。

红喜：呀，雅，真是雅啊。叫什么来着，小弦切切如私语啊。这才叫弹琴呢，跟有些人可不一样，听着像扫帚疙瘩扫炕，刺啦刺啦的。

王九妈鼓着掌说话：嗯，跟做梦似的，一双小手拨得我心一跳一跳的。喜欢，喜欢得疼。如烟啊，你别心里不高兴，原来我听你弹得也不错，那是没见过真佛，今天算是看了。哎，都是姐姐妹妹的，以后你们相互多学学啊。

如烟：哼，琴这一道毕竟是见仁见智的，小妹妹，你还不懂人间事，所以自有清纯之韵，但无悲怆，真要有一天你破了……

王九妈：多嘴。

瑶琴：姐姐，我贸然问一句，咱们这儿……这儿可是戏班子？

众姐听完先是一愣，而后大笑：戏班子，戏班子。

王九妈：不错，不错，咱这儿就是戏班子，咱是给人唱戏的。行，这琴是听到了，老刘上茶，咱们歇会儿再玩些别的，姑娘有什么本事都使出来啊，我可不是考你。

朱家油铺。朱重担了油担子要出门。邢权坐在柜后，人五人六地打着算盘。

朱重担油上街。正赶上洪大元又来买油，一眼看见朱重，大惑不解。

洪大元：哎，朱小官，朱小官。

朱重放下担子：哎，洪伯。

洪大元：你这是干什么去？

朱重：洪伯，我出门担担卖油。

洪大元：担担卖油，那铺子里呢？

朱重：有人在。

洪大元：谁……那儿还有谁在？总不能十老那老头子还会来坐柜吧？

洪大元边说边进。

洪大元：我倒要看看谁坐了柜台了。

一看邢权：呀，是你呀，你叫什么来着？

邢权：小二邢权。

洪大元：名字好啊，我看叫抢权最好。

邢权：洪伯您打油啊，我给您打。

洪大元：啊，这天下变得真快，人家坐江山，还要三十年河东，三十年河西，这才几天呀，小鬼变阎王了。油我不打，看看。

街上。朱重担着的油担一把被人拉住了。

朱重：卖……卖油。哎。

洪大元：先别喊。站下，放担子，站下，我问你话。

朱重：洪伯，有话闲了说吧，我先卖了油……

洪大元：别急，我问你，怎么转眼间驴儿子穿大褂，那个伙计倒充起圣人来了？你怎么会出了门了？

朱重：洪伯，一言难尽，闲了我跟您说……

又要喊。

洪大元：别急，你跟我说，你不是还没开张吗？你说完了话，我给你开张。喏，油瓶子带着呢，有什么委屈告诉你洪伯。

翠香榭大堂。众姐妹比起诗文来了，在玩飞花令，就是轮到谁，谁要说一句带花字的古诗。王九妈拿着把蝇拍子打着点。

王九妈：昨天听了琴了，今天咱们也不妨弄些雅的事情，游戏游戏。咱们虽说是个坊院，但这琴棋书画要是不会啊，谁还捧咱的场子啊。一个人念一句诗，要带一个花字，我倒要看看你们这些日子是不是精进了。来啊，我这儿给你们击着节。数五下，说不出来的麻利儿地给我退下去，慢了可招打。谁先来？

红喜：妈妈您就先来吧。

王九妈：也好，就从我开个头吧，说一句俗的，老树开新花。

王九妈说话时，众姐妹都排成一行了，像道锦屏风。如烟原就想跟瑶琴比一比，挤在她身边。红喜看着不高兴，又挤在她们中间。王九妈的令一发，有个姑娘接上了。

甲妓：好花不常开，好景难常在。

王九妈：这是说给我听呢。有花字，算。

乙妓：花好月圆。

王九妈：呀，这个好，像说咱们家的事，吉祥。

丙妓：花，要有花字就行啊……花花公子。

王九妈：啊，呸，整天价想什么呢，亏得是自家人，要不让人听见还不笑话死。花花公子，你这叫癞蛤蟆跳河——不通。不算，给我下去。哟，如烟姑娘该你了。

如烟带着身段，极有文采地念了一段：两树繁花占上香，多情谁是惜芳人？

王九妈：嗯，好，就是不一样。我倒是盼着你们都占了上香呢。好，应景，也雅。三、四、五，红喜，说个好的我听听。

红喜：花……花啊花，要有花字啊，刚我想了一个，什么来着……花……对了，家花不如野花香。

众人笑。

王九妈：嗯，好，真雅，把心里话都说出来了，勉强算……

众人：哟，这还算啊？

王九妈：算，下一个。

此时该瑶琴了，众人都看她。

王九妈：你是新来的，妈妈我不数了，你随便说一个吧。

瑶琴：道是天公不惜花，百种千般巧。道是天公惜花，雨洗风吹了。

红喜：呀，厉害，一气说了两个花字，妹妹你倒是省省啊，留一个借我也行啊。

王九妈：去，没出息的。好，真好，这妹妹还真行呢。接着来，我可数了。

甲妓：千树万树梨花开。

王九妈：算，海棠你可长进了。来。

乙妓：花……花……大花袄，不……不是，不对啊，花……花钱……如流水。

王九妈：呸，下去，蒙事儿，让你说花，怎么说到花钱上去了，不长进的东西，下去。如烟。

如烟还是妒意颇深：妈妈，用不了数五下，两下就成。回看桃李都无色，映得芙蓉不是花。白香山的句子，虽说只有一个花字，可桃李芙蓉占了三个花名。众姐妹见笑了。

红喜：哟，谁敢笑你啊，翠香榭的头牌，无非是想说自己强呗。我也接一句啊，这回可不会错了。人无千日好，花无百日红。妹妹你听懂了吗？你见笑了。

故意气如烟。

王九妈：别斗嘴，接着来。姑娘说吧。

瑶琴：寄语春园百花道，莫争颜色泛金杯。

红喜：你瞧瞧这妹妹，一说又把百花给说出来了。妹妹你可真是一点儿颜色都不争啊。姐姐我喜欢你。

街上。洪大元听完了朱重的话。

洪大元：朱小官啊，你这是被人害了。你怎么就这么能忍着让他们欺负？走，回去跟他们说理。

不问别的，拉了朱重就要走。

朱重：洪伯，洪伯，别急，别急。这是您非要问，晚辈才跟您说了，要不家里的事，说出去终归不好。

洪大元：有什么不好，哎，你问问这临安城，谁不知道我洪大元是最疾恶如仇的角色了。走，我一定要帮你。

朱重：洪伯，您放手吧，要想帮我，您……您……

洪大元：怎么样？

朱重：您不是要给我开张吗？您买我这担里的油就算是帮我了，洪伯，我这一早上还没开张呢。

洪大元：这个忙还不好帮吗？我先要帮你去说话。

朱重：话不用说了，日久见人心吧。

洪大元：那好，今天这张洪伯给你开了，打吧。

先递过瓶子，又看到路人有想去买油的。

洪大元：哎，苗七，来！买油吧，这儿来买啊！不用跑路，窨清的油啊。分量管够，你放心，看我都在这儿买的。来来，不会错的。

有好几个人过来，一下子就排起一行人来。

洪大元：大家帮忙啊，窨清的好油啊。

朱重忙打油。

朱重：洪伯，您的三斤。

洪大伯：对，我的三斤。

朱重还要补一点儿，洪伯马上抢过罐子。

洪伯：三斤，好好的，三斤好好的啊，故意把罐子一歪，油一歪到了记号。你看不是正好吗？街坊们买吧，朱小官，人厚道，分量不会少啊。

朱重忙着给大家打油。

翠香榭大堂。此时气氛已严肃了。

如烟：为爱名花抵死狂，只愁风日损红芳。

红喜：牡丹花下死，做鬼也风流。

瑶琴：醉倒何妨花底卧，不须红袖来扶我。

王九妈：好，我也不数了，你们接着来，看谁能胜到最后。

如烟句句带刺儿：木兰红艳多情态，不似凡花人不爱。

红喜：看我的……花……花，一朵鲜花插在了牛粪上。

众人听了大笑。

王九妈：红喜呀红喜，可让我说你什么好呢。不是野花就是牛粪，你今儿个可是雅到家了。不过你都争到头三了也不容易，下来吧，再说下去不定说出什么来了呢。

红喜：哎，妈妈，我这可是有花的啊，怎么就不算了？

王九妈：是啊，你这有花，可还有牛粪呢。得，算你个探花吧，第三名，下来吧。

众姐妹上前将她拉了下来。

红喜：妈妈偏心，我这说了花了还不算。

如烟偏头看瑶琴：这位妹妹，现在就看咱们俩的了，你可别让我。

瑶琴：姐姐，岂敢。我先接了您刚才的那句吧。

如烟：不用，你既叫了我一声姐姐，我哪儿有不先让你一句的道理，现在咱重新开始。我可发令了……花非花，雾非雾。

瑶琴：云想衣裳花想容。

如烟：只有海棠花，恰似杨妃醉。

瑶琴：蜀姬艳妆肯让人，花前顿觉无颜色。

如烟：何人不爱牡丹花，占断城中好物华。

瑶琴：枣花至小能成实，桑叶虽柔解吐丝。

如烟：五花结队香如雾。

瑶琴：西园曾为梅花醉。

众人听迷了，都鼓掌助威。

如烟：真花人当假花猜。妹妹我学你了，这行有两个花字。

瑶琴：好为花王作花相。姐姐，杨万里的句子，也是两个花。

红喜：好，好厉害，想都不想。

如烟：花面映交相。

瑶琴：杨柳齐作花。

如烟：百花长恨风吹落。

瑶琴：姐姐让我了。唯有杨花独爱风。

如烟有点儿慌了：春色满园关不住，一枝红杏出墙来。

有红杏无花字，众人觉别扭，但不知错在哪儿。

瑶琴：花开花落自有时，总赖东君主。

红喜反应过来了：等等，等等。

如烟：怎么你还听出错来了？

红喜：刚才你说什么？

如烟得意：春色满园关不住，一枝红杏出墙来。

红喜：嗯，好，大家听清了吧？

众姐：听清了。

如烟：听清了又怎样？

红喜：你输了。

如烟：怎么讲？

红喜：花字在哪儿？

如烟：不是有红杏……

红喜：有红杏怎么了，可没花字。

众姐：对呀，没有花字，没有花字。妈妈她可输了。

众人：输了。

如烟：是了，我该说流水落花春去也的，现成的句子。妹妹你胜了。

众姐妹给瑶琴鼓掌。

瑶琴：姐姐，玩玩儿的，干吗那么当真？

如烟：妹妹，此地可不是什么好玩儿的地方。

王九妈：好，我还真怕比不出个高低呢。今天呢，算是新来的胜了，飞花令，我听都听花了头了，哪儿那么多的花字啊。姑娘你还没说你叫什么呢，告诉妈妈，你叫什么？

瑶琴坐在椅子上。众人等着。

瑶琴呆呆坐着，待众人没声了，突然又问了一句：姐姐们，妹妹我再问一句，这是唱戏的戏班子吗？

众人大笑。

王九妈：你说是戏班子就叫戏班子吧。来人啊，给今天的花魁娘子上茶。

瑶琴一头雾水。

朱家油铺。邢权在人五人六地打着算盘。

邢权：七上二去五进一，五去五进一，八上三去五进一。

兰花扭着进来了。

兰花：哟，还人五人六地打起算盘来了，话都说不利落。卖了多少油了？

邢权：一上一。没开张。

兰花：什么？这可日已正午了，张还没开，你还有心拨拉算盘子呀？

邢权：那你要我怎么样？

兰花：怎么样？快点儿张罗买卖呀。

邢权：怎么张罗？你总不能让我上大街上拉人来买油吧。

兰花：呀呀，好，好，学会顶嘴了是不是？怎么着我这人也给了你了，铺子也让你坐上柜了，你是脾气也长了，嘴也硬了是不是？告诉你，虽是身子给了你，可我的心还没死呢。

邢权：哪儿的话儿啊。好，好，我出去，我出去看看。你别急嘛，日子还长呢。

邢权刚起身要出门，看朱重担着卖了油的空担子进来了。

兰花：哟，回来了，也是啊，该吃饭了。

朱重：我吃过了。

兰花：呀，这么快就吃过了。油呢？

朱重：卖完了。

两人大惊。

兰花：是啊，就卖完了，还是重少爷能干。这儿可还没开张呢。

此时，朱十老喊：兰花，我的药煎好了没有？都什么时候了还没煎药啊？

兰花：来了，来了。

朱重：我去吧，账回头跟你结了。

说着话掸着身上进后边。

兰花待朱重走了：看见没有，一上午一担油，连饭都吃过了。告诉你啊，给我好好地想想办法，要不中午没你的饭吃。

邢权：兰花。

兰花：别叫我，要想吃饭，先把张给我开了。

翠香榭大堂。王九妈在劝着瑶琴喝茶，众姐妹在后边看着。瑶琴已有些晕。

王九妈：喝呀，喝过了好睡觉啊。

瑶琴：我……我有点儿困，有点儿困了，看不见了。

砰，伏在桌上睡了。

王九妈：好了，睡了。跟你们说啊，听好了，她可是个新雏，没把事办利索，谁也不能告诉她这是什么地方。散了吧。

朱十老房内。朱重端着煎好的药进来了。

朱十老边咳嗽边说：怎么是你？你不是出门去卖油了吗？

朱重：哎，油卖净了。您……您吃药。

朱十老：一担油都卖净了？

朱重：一担油。

朱十老：钱呢？

朱重：在这儿，二两银子，您收好。

朱十老看着钱，对朱重还有点儿不忍：不是我心狠非要赶你出去，实在是你自己不争气……这么着吧……

兰花此时进来了。

朱十老：兰花也在这儿了，八十两银子，你要给我找回四十两来，你就依然回来。

兰花：哟，重少爷还不快谢老爷，就你这么卖油啊，一年半载就把钱挣回来了。

朱重：那钱不是我拿的。

朱十老药碗一蹾：我不听，你走吧。

兰花：老爷，快喝药吧，一会儿凉了。来，我喂您。

朱家油铺。夜里，邢权掌着盏灯进了油铺，把朱重卖油的两只桶拿了出来。从口袋里拿出个木钻来，哧哧地开始钻木桶。刚钻几下，突然听见有声音。

邢权：谁？

先是门响了两下，接着兰花才闪出来。

兰花：你这一走啊，我就知道你没憋什么好屁。

邢权：快把门关上吧，给我望着点儿。

接着钻。

兰花看着邢权在钻桶：哎，你傻啊，你以为钻了洞他会不知道啊？

邢权：你看着，兰花。你看得上我跟了我，邢权感恩不尽，但有句话我得说，以后遇到事儿了，别逼自家人，逼外人才是能耐。

兰花：怎么逼外人啊，你这洞打了他能走？

邢权洞已钻好了，拿出块蜡塞进去，然后飞快地点根蜡把洞封得好好的：他不走又能怎样？

朱十老屋内。朱重把被子给朱十老盖好，吹了灯，端了洗脚水出来。

朱重把水泼了，回自己的厢房睡觉。才走进廊子，看见邢权抱着兰花，兰花举着盏灯，淫声浪语地从前店后门回房。

兰花：人家干了一天活脚疼嘛，待会儿洗脚水你烧热点儿啊。

朱重不看，转头走。

翠香榭瑶琴屋内。瑶琴在床上拼命地挣扎。王九妈带着几个丫鬟按住了，叉杆用绳子在绑她。瑶琴的嘴被破布塞住了，拼命挣扎着，叫着。

王九妈把嘴里的布抽出来了：你有什么话说？

瑶琴：告诉你们，绑也好，杀也好，至死不从！

王九妈飞快地又把布给塞上了。

王九妈：姑娘别怨妈妈心狠，干咱们这行，谁也不是天生来就愿意的，妈妈不狠，你过不了这一关。

瑶琴被牢牢地绑在了床上。

朱家油铺。早上，邢权哗哗地用大舀子往桶里装油。桶底那个蜡洞一点儿也看不出来。

邢权：重少爷看好了，五十斤，一点儿不少。重少爷，有句话早想跟您说，天底下的事儿，怨不着别人，只能怨自己。我这话你懂吗？

朱重：我懂，我不怨别人，也不怨自己。人生在世要行得端立得正。

邢权：吃了饭再走吧。

朱重：哎，不用了，趁凉，我挑了去卖吧。

瑶琴屋内。早晨。显然一夜中，瑶琴已遭强暴。瑶琴躺在床上泪流满面。

瑶琴坐起来：爹爹，娘，女儿已无颜在世上了，天上再见吧。

说着话往一条案上撞去。头破，昏了过去。

正赶上丫头春喜开门进来，一看撞破头了的瑶琴，吓得果子撒了一地，大叫：不好了，小姐撞了头了。快来人啊！不好了！

听了春喜的喊叫，呼啦啦以王九妈为首跑上来一堆人。王九妈冲进来了，一群姐妹们堆在门口不敢进。

王九妈叫叉杆：老刘看破了相没有，快扶一把。

老刘把瑶琴的头扶起来，血把脸都染了。王九妈一胡噜脸，细看伤口。

王九妈：还好，不在脸上，在头发丛里。快，还有气呢，取点儿香灰来，取点儿香灰。

一撮黑黑的香灰撒在伤口上。众姐妹像看见自己一样，哭了。

王九妈：哭什么哭，没事的，当年海棠还不是这样。给我口水，快给我口水。

水递给王九妈，王九妈含了口水，噗地一喷。瑶琴醒了，孤独而悲伤地看着眼前的一切，再不愿看，又闭上眼。

街上早点摊。朱重把一担油放在一早点摊的泥烤炉跟前。

摊主：别太近了，炉子热。

朱重：不怕，天凉，油要凝了不好卖，正好化化。

摊主：吃什么？

朱重：烧饼、豆浆。赵伯，我钱现在还没有，麻烦您记一下吧。

摊主边说边给他豆浆、烧饼：不碍的，你也不容易，事儿我也听说了，不怕，行得端坐得正，早晚见人心。

那两只油桶就在炉子边上放着，似乎看到那蜡在慢慢地溶化着。朱重小心地吹着热气，喝着豆浆。一只油瓶子放在桌上，赵乙也坐下来。

朱重起来要打油：赵哥哥，您打油啊？

赵乙：不急，喝过豆浆再说。老伯给我一碗豆浆。今后别家的油我不打了，专打你的。

朱重：谢谢赵哥哥。

油桶在化着蜡。

朱家油铺。邢权、兰花早商量好了，一定要让朱十老在场，所以一早就以看铺子查账各种理由把朱十老弄了过来。

兰花：老爷，您放心也不能松心啊，邢权他才干几天呀，您看看这铺面弄得是行是不行啊？

朱十老：收拾得还整齐嘛，卖吃的地方最怕脏，油这东西真哩哩啦啦地漏在地上了，浪费是一；脏，洗不干净是二，所以要仔细。

邢权：老爷，我一定仔细。

朱十老：朱重呢？

邢权：一早出去了。

朱十老：他倒勤快！好，我回去了。

刚一说要回去，兰花与邢权交换眼色。

兰花：老爷，您坐下，坐会儿，让邢权把这两天的账给您看看。他新主事，看记得对不对。

邢权赶快把账拿了过来。

朱十老：还要看账啊？

邢权：老爷您看看吧。

两人就是要把朱十老稳住看戏。

街上小吃摊。两只油桶的蜡终于烤化了。油一下从桶底冲了出来，两桶油全开始咕咚咕咚往外流油了。朱重和赵乙还在平静地喝着豆浆。

摊主忙着烤烧饼，用炉钩子捅炉子，红红的炭火迸出来。油流着。突然一块红煤溅在油里，流在地上的油慢慢着起来了，没那么大，没人察觉。

朱重拿起桌上的油瓶：赵哥哥，我给你打二斤啊。

赵乙：好，打二斤，打吧。

人一走，突然火大了。

路人先看见的：火，着火了，着火了！

朱重回头一看自己的油桶全在火中着了，地上的油也烧着。

朱重：哎呀，油，油着了，着了！

朱重也不管不顾了，脱下身上的衣裳，回身就去扑打。赵乙也跟着扑，油桶已烧坏了。左扑右扑朱重的脸也烧黑了，衣裳也着了。路人又扑他。一派忙乱。

朱家油铺。朱十老边翻看账本，边一个手打着算盘，非常流利。

朱十老：嘿，账不错。出账入账各记一边，不能一笔出一笔入地乱记，那种流水账，记乱了也不知乱在哪儿。邢权啊。

邢权：老爷，您说。

朱十老：你这笔字可不好啊，比起朱重来可差得远啊。

兰花：就是啊，我虽不识字，但看着他的字不帅。

邢权：我练，我练。

街上小食摊。火灭了，桶全烧黑了。朱重一身灰头土脸。朱重打开油桶，油都光了。朱重真是伤心啊，下意识地用双手捧起地上的油泥，往桶里放着。

赵乙：没用了，毁了。好好的桶怎么会漏呢？左翻右翻地看桶，桶都烧坏了，看不出什么来。

朱重蹲在地上不知如何是好。

翠香榭老鸨屋内。刘四妈：呀，妹妹好好的干吗生气啊，我那园子要有你这一半鲜亮我就念阿弥陀佛了。好容易要进个好货色吧，还让她跑了。我不该来，来了还碰着你不高兴了。

王九妈：不是这话。

刘四妈：是什么话啊，说给我听听。

王九妈：说说也没什么。前些日子啊，我后门趴了个卧倒儿。捡回来洗干净了，你猜怎么着，真是个绝色的佳人，琴棋书画什么都好……我想着是九天仙女下凡了呢，可抓着一个挣钱的了，哪知就是不上道。人都梳拢过了，还要寻死觅活的呢。这不，把个头也撞破了。气死我了。

瑶琴房内。刘四妈悄悄地进得房来。瑶琴头上缠着绷带躺在床上。春喜在旁侍候着。

刘四妈过来看着睡着的伤了的瑶琴，左看眼熟，右看眼熟，突然想起这就是原本卜乔要卖给她，后在码头上逃走了的瑶琴。刘四妈一句话不说，退了出去。

老鸨屋内。王九妈正要喝茶，没想到刘四妈风风火火回来了，把个烟袋往桌上一拍，不高兴地抽出手巾擦泪。

王九妈水到嘴边都没喝，赶快放下了：哎，这么快，你这是为什么呢？该我生气的你怎么倒伤起心来了？

刘四妈光擦泪不说话。

王九妈：哎，你倒说话啊，看见亲生闺女了？

刘四妈：差不多。

王九妈：嗯，这我就不懂了。明明八竿子打不着是我后门的卧倒儿，跟你有什么关系呀？

刘四妈：说出来你可别说我编啊，这女子就是我从汴梁千辛万苦地拐来又跑了的姑娘。

王九妈：哟，谁信啊，从你那儿跑，倒跑到我这儿来了，这不是出了火坑又进了水坑吗？她怎么那么会逃啊。不信。

刘四妈：你信也好，不信也好，这姑娘我要了。你不是收过梳拢钱了吗？这钱算你白捡的，开个价吧，我把她领走。

王九妈：四姐姐，你当我是开杂货铺呢，看见样东西想要，扔两个钱就拿走了。咱们姐妹归姐妹，生意归生意，你想领走人也成，给这个数。

两手指比个八字。

刘四妈上来把她大拇指按倒了，又掰开她三根手指，显示了一个四：打个对折，算你在门口白捡的银子，算我倒霉多花了一份钱。

王九妈：不成，别人可以，这姑娘不成，她那琴弹得别提多妙了，诗文把我们一园子的姑娘全比下去了。姑娘们都把她叫开了，叫花魁娘子。这个数不成。

刘四妈：不成算了，没缘。不过我有句话给你留下，这姑娘给了我，你能落下四百两银子，要是不给我，就她的性子，活不过三天去。

王九妈：怎么给了你就成，我们就不成呢？

刘四妈：她们家的事儿你不知道吧，你跟我不一样，我能劝她。

王九妈：我这请你来不就是为了劝劝她嘛。

刘四妈：在你这儿劝不了。我走了。

王九妈：哎，等等。别走啊，等等，听我说一句。

刘四妈不理走了。

朱家油铺。朱十老累了，睡着了。兰花假意地给他盖了件衣裳。朱十老醒。

朱十老：嗯，乏了，不在这儿坐了，扶我回房。

兰花：老爷，你再坐会儿，就再坐会儿吧，我给你抱炭盆去。

朱十老：不用，油铺里不能有烟火，回头再烧着了……

话还没说完，黑头黑衣黑脸的朱重挑了一副烧坏了的油担子进门来了。

朱十老以为在梦中：哎，说烧就真……这是谁啊？

朱重：是我，朱重。

朱十老：你怎么弄成了这个样子？该不是真的着火了吧？

朱重：着了火了，油烧光了。

朱十老：天底下哪儿有这么巧的事，倒霉都让你赶上了。

三

瑶琴屋内。刘四妈正在安抚劝慰瑶琴：姑娘，你还认识我吗？

瑶琴看着她，认不出。

刘四妈：再想想。那天在码头上，咱们见过一面，真是上天有眼，让妈妈我又遇见你了。

瑶琴：大娘，救我一命，让我从这儿出去，帮我找找爹妈。

刘四妈：行，行。咱不在这儿待着了，咱走。

瑶琴：跟你走？

刘四妈：对呀，跟我走。来，扶你起来。

瑶琴：去哪儿？

刘四妈：别问了，反正比这儿强，来吧。

两人要走，丫头春喜在旁边流泪了。

瑶琴：春喜妹妹再见，我走了。

春喜又哭。

春喜：哎，姐，你……你走吧。

刘四妈：哟，还舍不得呢。也算一份缘吧，得，你也一块儿跟着走吧，都是苦人儿，凑一块儿也不容易。

瑶琴：行吗？

刘四妈：怎么不行，走。妹妹，行吗？

王九妈：你都说行了，我能说什么。

姐妹们都站在门口送。

红喜：哟，怎么走啊？

如烟：不走，还帮着你吃醋是怎么着？

红喜：你这一走啊，有的人又还了阳了，妹妹，常来玩啊。

刘四妈：都让让吧，谁也别惦记了，自己管好自己吧。走了。

刘四妈扶瑶琴下楼。

朱家油铺。朱十老看朱重的样子极为生气。

朱十老：我们家卖了三辈子油，还从来没见过卖油把自己烧成这样的。除了成心故意给人家看，没别的道理。

朱重一脸黑地站在中间，烧坏的担子横在脚下。兰花、邢权幸灾乐祸地在旁边看着。

朱十老：你烧成什么样，我不管了，今天这一担油钱你要交出来。

朱重：一文钱还没卖，都烧了。

朱十老：嗯，巧，巧啊是不是？一文钱都没卖就把个油担子烧了，真比书上说的还巧呢，好好一桶油它怎么会烧起来？

朱重：油桶漏油。

朱十老：漏油？邢权，你看见桶漏油还让他担出去，钱多了是不是，洒地上作践是不是？

邢权：老爷，油桶昨天还好好的，今天……

朱十老：今天是不是就漏油了？

朱重：担出去也没漏。

朱十老：担出去不漏，你走在街上就漏了，你运气可真差啊。钱柜里钱丢了，说不知道；现在担得好好的油又漏了也不知道。难道是有人害你啊？好，不说了，要么今天拿出银子把油钱补上，要么卷铺盖走人，只此两样，你挑吧。

朱重：……

朱十老：快说话。

朱重：我……我走。

说完话挪开担子，向后边走去。三人看着朱重走了。

兰花：老爷，看着他点儿，别乱拿东西。

朱十老：嗯，扶我出去。

朱家后院。兰花扶朱十老出来，看见朱重正修理朱十老平日总坐的院子里的竹床。朱十老看见终归有些不忍。兰花马上说偏话。

兰花：老爷，您别心疼他，做给您看呢，还是不想走。

朱十老：他愿修呢就让他修吧，修完了让他走。

凤仪楼瑶琴屋。刘四妈选了一间最华美的屋子给瑶琴住了。刘四妈大改王九妈的做法，开始用软的办法。

刘四妈：妈妈我不是说大话。我是最看不上翠香榭那些人的做派了，拿着人不当人。哎，她们拿别人不当人，反过来谁拿她们当人看啊。人心换人心嘛。还有，古话叫什么来着，君子不自重则不危。琴姑娘你是自小读诗书的，话是这么说的吧？

瑶琴：妈妈……接小女子来这儿您可花了钱了……

刘四妈：不提，不提。我四妈妈不是说自己多么清高啊，说连钱这个字都不愿说出口啊，不是，看跟什么人说了。有的人啊，一分钱都不能少要他的；有的人呢，像姑娘你这样的，我们谈什么钱啊，说说情，说说缘吧。来，坐。

瑶琴：妈妈，提也罢，不提也罢，瑶琴真该谢您了。

刘四妈：可不敢当。那天，我要不是误了船，要不是在那晨雾之中的码头上见了你，咱们也走不到现在啊。别谢我，谢天吧，该是妈妈我有缘接了你回家来的。说心里话，在翠香榭见着你那样，妈妈我真就要流泪了。

说着还想流泪呢。瑶琴看不过去，与刘四妈相抱而泣。

刘四妈：别哭，自当这就是你的家了，找不着亲妈妈时，就先拿我当妈了啊。亲妈要找着了，我吹着打着地送你回去。

边说边对春喜使眼色，让春喜给瑶琴做饭吃。

春喜：小姐，你吃饭吧。

刘四妈：对，吃饭吧，两天没进食了。啊，吃。

瑶琴无奈，只有吃了：哎，妈妈我吃。

还是伤心，但终于吃饭了。

刘四妈：就是为了等着见亲妈也得吃啊。

瑶琴低头泪滴进羹里：您说得是。

刘四妈悄悄退出去。

刘四妈一出来一头汗，叉杆在外边显然听了半天了，赶快递手巾。

叉杆老王：四妈，成了。

刘四妈：容易吗，这大冬天的让我说出一头白毛汗来。

叉杆老王：妈妈好嘴。

刘四妈：行了，别夸我了。快派人出去给那些读过书的公子哥们送个信，就说我凤仪楼啊，如今是有凤来仪了。临安城再找不到的琴棋书画样样第一的花魁娘子要见客了。咱先来点儿文的吧，慢慢来总该梳拢清楚了。嗯，扶我下楼。

叉杆老王：妈妈，哟，小手还这么软啊。您慢着点儿。

刘四妈：少他妈的拍我马屁。

朱家油铺院子里。朱十老看着刚被朱重修好的竹床，毕竟与朱重有几年的养育关系，心里也颇矛盾。

朱十老：兰花啊。

兰花：哎。

朱十老：想想也怪啊，这些日子朱重他真就这么倒霉吗？

兰花：爷，您还真信他的啊。

朱十老想坐那椅子，兰花：爷，您千万可别坐，怕是不结实，来，您坐这儿吧。

朱十老被兰花安排坐下。

兰花：不是我在后边褒贬人啊，您想啊，他先是把银子偷出去藏了起来，然后再演这么一出火烧油挑子戏给您看，故意地让您轰他出去，为的什么呢？单立门户呀！这要倒霉啊，也是他自己编排出来的。哼，蒙得了谁啊。

正说着，朱重夹了个小包袱出来了，向朱十老来告别。

朱重：爹，我走了，您多保重。

朱十老闭眼不说话。朱重转身要走。

兰花多事：哎，慢点儿，把包袱打开给老爷看看。

朱重无奈，把小包袱打开摊在地上了，什么也没有，几件粗布的换洗内衣，外衣都没有。兰花检查。朱十老看都不看，心里还是有一点儿不忍。

朱十老：你今天叫我声爹，我也就应了。东西你收起来，从今往后咱们就当路人了。不是我不容你，实在是这些天你办的事，谁也容不了你了。你好自为之吧。

朱重：那，我走了。

朱十老：等等，你出门后有钱没钱我不管，这三两银子，算是我们朱家对你至仁至义了。这丢银子烧担子的事，要是你错了，你拍拍胸脯想想，怎么对得起我；要是你没错，我也不算冤了你了。好，拿着吧。

朱重这时心里难受，终于默默流泪了。

朱十老：拿着吧……兰花给他。

递给兰花。

朱重哭着。兰花此时也假哭，把银子递给了朱重。

朱重：谢了，我走了。

啪，跪地上磕了个头，起来就走了。

凤仪楼大堂。大堂新鲜清雅。瑶琴横陈一架琴，在一纱帘之后抚琴。对面一些书生都凝神静听。

一曲弹罢，余音袅袅。众书生安静，听罢了一言不发，突然由左至右，一人一句地把王昌龄的咏琴诗读了出来。

王甲：孤桐秘虚鸣，朴素传幽真。

李乙：仿佛弦指外，遂见初古人。

赵丙：意远风雪苦，时来江山春。

孙丁：高宴未终曲，谁能辨经纶。

王甲：好！

这才鼓掌，众人鼓掌叫好。

瑶琴轻轻起身，慢慢谢礼。谢罢之后款步轻摇，从帘后直奔上楼的楼梯，话是一句也不说，春喜扶着管自上楼去了。

王甲：这琴韵听过了，曼妙无比，何止绕梁三日，当是绕心一生才是。

众书生：说得好！

李乙：王兄，不对吧，我跟你不同，我心不在琴韵。

王甲：那在什么地方？

李乙：在人啊。所谓陡闻音绕梁，宁知颜如玉。我要上楼去一睹芳容。

王甲：谁也不是说只听不看的啊，当然要上楼，别的不说，贺词也要吟上一两句的吧。

说着话又要带头上楼。刘四妈看见这光景，早就偷笑了不知几回了。王甲等刚要上楼，刘四妈看准时机拦在楼梯口了。

刘四妈：哟！几位爷说得好，绕梁也好，绕心绕肠子也罢，等等吧，不是我拂大家的兴致，花魁小姐要歇了。

王甲：正是兴趣之时，我们还要见识小姐的诗文呢，怎么能歇？

刘四妈拦住楼梯看着众位书生笑，手心朝上假作无意地动着。

王甲终于明白：该罚，自古是鸨儿爱钞，姐儿爱俏，我怎把这理儿给忘了。

袖出一锭银子来：够了吧？

刘四妈：够，刚好够你一人的。

哗地，只见袖子都动，纷纷掏钱，鱼贯而上。

刘四妈一锭一锭的银子收下了：春喜啊，沏好了茶侍候小姐跟几位公子对诗文了。

刘四妈怀中白花花的一堆银子。

刘四妈自言自语：够？我可没个够！

街上。朱重满街想租房子住，看了一家家都贵，此时正从一家出来。

朱重：老伯您留步吧。

房东：怎么？租不租？这么大的房子一天十文还贵吗？

朱重：不贵，我一人住不了这么大，谢您了。

此时洪大元也在这条街上，边跑边有人追他，用竹竿打他。

洪大元边跑边说：说好了还的，急什么？现在身上没有，别打，别打，不就一两银子嘛。

有人拦住他，他倒灵活，一闪跑了。

洪大元：一两银子的事，这街上人谁不知我洪大元呀，会赖你账？会赖……

话还没说完，撞倒了在街上找房子的朱重。

洪大元：哎，什么人？你可别管闲事。

抬头一看是朱重：呀，这不是朱小官吗？

朱重从地上爬起拉他：洪伯，对不起。

洪大元：哎，你不卖油，跑到街上来干吗？

朱重：我在街上找房子住。

众人追上来了，洪大元马上止住追他的人。

洪大元：哎，别动别动，我碰上朋友了。

洪大元反过来对朱重说：这些是我的朋友，租房子住找我啊。

朱重：正要麻烦洪伯。

洪大元：听见没有？叫我洪伯呢。朱小官，问你件事，租房子带钱了吗？

朱重：带了。

说着要掏钱。

洪天元：多了不要，有一两，一两就够。

朱重：洪伯你要钱干什么？

洪大元：还账……替朋友还账，替朋友还，先借你的啊。

朱重：这儿有三两银子，只有这三两，你要么都拿去。

洪大元：要不了那么多。你们看见了没有？这才是朋友呢。追，追，还在街上追起来了。临安城谁不知我洪大元。你们看清了吧，这可不是吹的啊，在街上随便撞一个朋友没有不帮我的。

显摆了半天，伸手拿了一两银子，给身后边追的人：拿上走吧，不开眼的家伙，一两银子还值得一追了。朱小官，跟我走吧，把钱收好了。

朱重跟着洪大元走，过了条街。

洪大元：好好的干吗要租房啊……你被人家挤出来了？

朱重：洪伯……一言难尽，有空了说给您听。

洪大元：你总说有空有空，人家欺负了你也不爱说。你呀，太老实。早晚洪伯给你出气。

杂院中一间又小又破的房子，朱重一打开都是尘土、蜘蛛网、破窗纸。房东是一快嘴胖婶，跟洪伯好开玩笑。

冯婶进屋挥着灰尘：两年没住人了，家里忙也没人收拾，窗户纸都破了，瓦漏了，没后窗户，桌椅得重新钉钉，不用我说，你们看看吧。

朱重、洪大元进来，看着小屋。

洪伯：冯婶，就这种房子也要三十文啊。这朱小官可是我朋友。

冯婶：朋友不朋友我不管，一个月三十文，一天一文还贵吗？买个烧饼的钱就能在这儿住一天，满临安城这样便宜的房子哪儿去找啊？还不是看你洪大元的面子呀。哟，你还不承我的情呢？啊？

拧耳朵。

洪伯：承，承，别闹，当着后生面呢。朱小官，怎么样，看着不合适，我们别家……

朱重：就是这儿吧，蛮好，漏了破了我收拾。

洪伯：对，收拾收拾不错，那就住下吧。冯婶啊，你得照顾我这朋友。

冯婶：等等，先别说照顾，真要住人了，有几条规矩我先说在前边啊。第一呢，我这院子可不能往里带不三不四的女人。

洪伯：朱小官不是那样的人，这条放我身上就难说了。

冯婶：一个单身汉可别怪我把话说明了。你听我说啊，二是夏天再热不能光膀子，内衣内裤不能晒在院子里，不为别的，我可是个寡妇，不能让街坊说了闲话。还有，我不知你是做什么买卖的，要是淘粪、卖臭豆腐、治脚病的，家伙什儿都不能往院子里带啊，我好干净。

朱重：冯婶你说的我件件做到。

冯婶：好，哎，说了半天，你是干什么的啊？

朱重：我卖油。

冯婶：卖油，啊，卖油好啊，你卖油，我……

洪伯抢过话头：我好揩油。

冯婶：什么话？多难听。我怎么能揩这俊后生的油啊。好了，头一个月的房钱付了吧。

洪伯：这还没住呢，就花钱啊？

冯婶：这是规矩。

朱重：好，我付就是了。

朱重交了钱。

凤仪楼大堂。红灯高挂，已是夜深之时，安安静静坐着的姑娘、刘四妈大家都困了，干坐着打盹。突然叉杆老王从楼上下来了。

叉杆老王：妈妈，散了，散了。

刘四妈，姑娘们一下子精神了。

过一会儿就看从楼上由王甲始，一个个书生木木呆呆地从楼梯上下来了，呆呆走下楼梯，走进大堂，自言自语。

王甲：惭愧，惭愧。

李乙：精妙，精妙。

赵丙：神思，神思。

孙丁：脸红，脸红。

王甲拉住李乙的手：李兄，你我现在之境况好有一比。

李乙：比作何来？

王甲说着要哭：执手相看泪眼，竟无语凝噎。

刘四妈赶了过来：哎，哎，别泪眼旱眼的了。怎么，各位公子没有尽兴？

李乙：尽兴，尽兴。惭愧，惭愧。

刘四妈：为什么惭愧？说给我听听。

王甲：花魁娘子，文采飞扬，作诗、对对我们全都败了。真是枉读十年书，说出来脸红。刘妈妈，我们可都是这临安城里数一数二的秀士啊。考场上还没胜呢，这青楼里却先败了。刘妈妈，我这儿有一百两的银票，您收下。

刘四妈：哟，怎么还给钱啊？

王甲：您听我说，明天在下安排花舫与花魁娘子游湖，谈文论道。

李乙：是谈情说爱吧？

王甲：你说对了。

一句话把所有人的兴致都勾起来了，都从袖子里往外掏银票。

孙丁：刘妈妈，我后天的茶局。

赵丙：大后天，我订下逛庙。

李乙：哎，我赏菊。

众书生一下子拥向刘妈妈，有说看花的，有说听戏的，不一而足。

刘四妈：哎，慢点儿，慢点儿。别急，别急啊。都在这儿写上，都在这儿写上。一个个来，排队，记名，记名。

凤仪楼瑶琴屋内。人去楼空，瑶琴倚窗望秋月。

春喜：小姐，累了，歇吧。

瑶琴望月流泪：不急。

春喜：呀，小姐，你哭了……

瑶琴：不碍的，看着看着，突然觉得那月亮已不是昨天的，泪就流出来了。想想，那月亮怎么会变呢？

春喜：小姐，你索性哭吧，我陪你哭会儿。

瑶琴：傻丫头，哭都是自己的，哪儿有陪着哭的……再说我为什么哭，你哪儿知道啊。

春喜：想家了。

瑶琴：想。

春喜：想爹妈了。

瑶琴：想。

春喜：想自己了。

瑶琴有点儿生气：你怎么会问出这样的话？

春喜：问顺嘴了，小姐，你……别当真。

瑶琴：春喜你问对了，想自己，想原来的自己，想来临安以前的自己呢。清纯、无瑕、干干净净，今天看了月亮，知是自己变了，原来的那个瑶琴已离我而去。千想万想哪会想到落在了这青楼之中，当着人卖笑！

春喜：小姐，千万别那么说了，多少人想红还红不起来呢，你什么也别想了。

瑶琴：想不怕，想通了，能活着找着亲爹娘再见上一面，足慰平生。苟且吧，苟且偷生。

春喜：小姐可别说丧气话，万一碰上个好的书生，又有钱又有学问，你跟着从良了呢？

瑶琴：真来这地方都是寻欢的，哪有寻情的。春喜，有良才能从，无良那不是从恶吗？不说了。我从今往后想开了，心死了，无非是跟着具皮囊走下去。

春喜：小姐想开了不如不想，咱歇了吧。

瑶琴：你先睡吧，我不困。

小杂院。朱重担了副新漆的油桶走出去，上面一边漆了汴梁两字，另一边是个秦字。冯婶在院子里看见了搭话。

冯婶：哎，卖油的出去呀，也不跟我打个招呼。

朱重：冯婶，我出门了。

冯婶：哎，等等，你那油桶上漆的什么字呀，读给我听听。

朱重：前边是汴梁两个字，后边是个秦字……

冯婶：干吗写这三个字啊？

朱重：冯婶，我原籍是汴梁人，所以写了汴梁两个字。

冯婶：你原不是姓朱吗？

朱重：我本姓秦，过继后改姓朱。写了这三个字算个招牌吧，也好找我失散的爹爹。

冯婶：你要姓秦，以后我就叫你秦卖油了，你可别嫌不好听。

朱重：哎，冯婶，名字这东西，有叫能应就是了，怎么会嫌弃？好听。

发油铺后院。一个大油提在给朱重发油，打得又满又多。

掌柜的：按理说是紧打酒，慢打油，我给你的油可是连汤带水都漏在你的桶里了。都知道你不容易，你是小买卖，我们也不在乎这一斤半斤的。说句托大的话，你给人家油，手也松点儿，时间长了，人家自然都捧你的场，生意就好做了，可别学那些鸡贼鸭盗的小生意人，要是扣斤克两，卖不了两天，人家再不找你了。

街上。朱重担着挑子刚放下，就有人来买他的油。

甲妇：秦卖油来了，来来，快来买油。

一下子胡同里出来很多拿油瓶的排队买油。

朱重用小油提给人家打着油，油质分量都很足。

老太：呀，光急着买油了，都说你油好，可忘带钱了。

朱重：没关系的，伯母，改天我还来，改天给吧。油您先拿着。

有一个小孩哭着回来，刚买的油罐子打了。

朱重：小妹妹不哭，再去拿个罐子来，我给你补上。

朱重很快地卖着。

朱重：这位大伯，剩油底子了，给您不好。要么您拿回家去凑用一天，不用给钱，要么等我明天再来。

大伯：不急，不急，家里还有。都说你秦卖油的油好，我也是来凑热闹，油好不好倒还不知道，你这个人是不错的啊，我看出来了。

朱重：大伯，谢您了，烦您传名吧。

凤仪楼大门外。长长的轿子排着，刘四妈刚一开门，众家人都跑了上去，你也叫刘妈，他也叫刘妈。

甲家人：刘妈，刘妈，我们老爷……

乙家人：我们公子……

刘四妈：都别吵了，几位爷，我们是吃客人饭的，谁也得罪不起，今天是吏部老爷下的帖子打个茶围，几位让让吧，让让吧。回家跟你们老爷说，谢谢捧我们凤仪楼的场，捧我们花魁娘子。

此时，正赶上朱重卖了油挑担在湖边柳下歇着，看着热闹，不由站着看。刘妈将人散开，花魁娘子盛装而出，春喜扶着，明艳无比。好美的娘子，朱重一眼看呆了，下意识地喊了一声。

朱重：卖……卖油啦！

有汴梁口音。刚要上轿的瑶琴张眼往这边看了一眼，与朱重四目相对，而后又匆匆散开，自有心情。

瑶琴上得轿来，撩开轿帘对春喜说：春喜，来，过去问问，那喊着卖油的可是汴梁人？

春喜：哎，小姐，你先走吧，我过去问他。

朱重呆呆地看着那轿走了，根本看不见春喜过来了。

春喜：哎，哎哎，卖油的。

朱重看也不看她，还看轿子：油没有了，明天吧。

春喜：油没有了，你还吆喝。哎，收了眼，看看我。

朱重还是不看：没油了。

脱口喊了一声：无心。

春喜：我看你是有意，还无心呢，心太多了。

朱重：怎见得？

春喜：气都不会喘了，还怎见得呢。别看了，问你话。

朱重回过头来：小姐请讲。

春喜：问你，是汴梁人吗？

朱重：呀，小姐怎么知道的？小姐，你也是汴梁的？

春喜：不是，别套近乎啊。行了，我走了。

朱重：小姐留步。

春喜弄姿：哟？你还有话呢？酸话我可不听，说吧。

朱重：敢问小姐，刚才那……那坐轿之人，她她她……

春喜：别她了，再她（坍）房都倒了，那是我们小姐，花魁娘子……

朱重：啊，娘子，是什么人？

春喜：什么人？女人。别打听了，像你这样的人，问清楚了是块心病，不知道最好。哎，再问你，姓什么？

朱重：姓秦。

春喜：秦（勤）？大白天地站在树底下凉快，我看你一点儿也不勤，懒。得了，我走了，回见。

边说边快快地走了。朱重站在那儿呆呆看着。

朱重：天下竟有这样貌美的人啊。话说得对，不知道最好。

街上。春喜追上轿子，瑶琴撩开轿帘子。

春喜：小姐问清了，是个汴梁人，姓秦。

瑶琴：乡音难改啊，是个卖油的？

春喜：卖油的，人看着有点儿傻。

瑶琴：行了，不说了，姓秦的汴梁人我一个都不认识，有点儿傻的就更不知道了。走吧。

街边小铺。朱重呆呆地坐着，还是没有从瑶琴那感觉中出来。

小二边擦桌子，边看着他。朱重凝神一动不动。

小二：客官……心里有事儿？

朱重：啊……有……啊没事儿。

小二：没事儿就好。想吃点儿什么？

朱重：花魁。

小二：没有。

朱重：没……啊，得罪，得罪，走嘴了。一碗面，一碗面。小二你常在这儿吗？

小二：两年了。

朱重：可知道对面那院中……

小二：知道。凤仪楼谁不知道，满临安城最有名的勾栏。

朱重：是啊，那那个，刚才坐轿过去的？

小二：花魁娘子啊，临安城谁不知道她啊？看一眼就忘不了。

朱重：啊，是呀，都是这般的感觉吗？我是说大家？

小二：对啊。

朱重：那我……

小二：怎么样？

朱重：有点儿自作多情了吧？

小二：不为过，一点儿都不过，情不妨多自作些。想想不用花钱，多想少想都不花钱。见一面可不容易。

朱重：多少钱？

小二：十两。

朱重惊了：要这么多钱啊。

小二：多吗？这样的人才，多吗？

朱重：想想也不多，不多。小二，我要一碗面。

小二：加肉吗？

朱重：不加。

小二：干吗这么省啊？

朱重：省吧，省下了攒着。

小二：那你要攒到什么时候去，十两啊。

朱重：十两，不搭界。你意会错了，不是为这，十两。

小二：对了也没事儿啊，我也攒过，半年，二两，实在太难了，不攒了。十两，够娶媳妇的了。

吏部府。吏部老爷身后围了一帮子人，在看吏部老爷与瑶琴下棋。

瑶琴一子落下。众人慨叹。

甲：断吃了。

乙：可以打劫吧？

甲：哪儿有劫可打。

吏部老爷呆想一会儿，败了：花魁娘子，你还该叫个棋魁啊。

瑶琴：老爷让瑶琴了。

吏部老爷：本老爷做官可以让，下棋从不让人，是你棋高一筹。来呀，彩头侍候。

下人端上一个盘子，里边全是银元宝。

瑶琴赶快起来，不收：老爷，您当真了。玩笑而已，怎能收这么大的礼。

吏部老爷：我一个吏部大员，送少了岂不让人笑话，当然要这个数，收下吧。

盘子端过来，瑶琴心中一动，伸手拿了一锭。

瑶琴把一锭银子给了春喜：老爷，我收了，其他退还吧。

吏部老爷：本老爷活到这把年纪，还真没见过你这样不爱钱的呢。可惜老了，不然自有一番佳话。这样吧，这些钱依旧归你，只是由本老爷代存吧。管家给花魁娘子打个字据。

瑶琴：那不是太无情趣了吗？千万不要。老爷，我什么时候要用自会来取。

吏部老爷：花魁啊，你真是性情中人，好吧，恭敬不如从命，就照你说的办。

瑶琴：老爷，告辞了。

朱重小屋。朱重正把一个罐子里的钱倒出来，干巴巴的几响，只有一二十枚。朱重找了条皮绳穿了起来。

朱重自语：一天赚五枚，十两银子，要赚三年。

啪啦啦把钱又撒在桌上了。了无心绪，躺在床上想那花魁娘子。刚要坐起，冯婶进来了，也不敲门。

冯婶假装羞涩：躺着呢？

朱重：冯婶，请进。失礼，失礼。

冯婶：是我失礼了。吃了吗？

朱重：吃过了。

冯婶：点灯吧，要么人家闲话。

朱重：哎，点灯。冯婶，你有什么话请讲。

冯婶：你今年多大了？

朱重：已经是十九，望二十了。

冯婶：虚岁？

朱重：实岁。

冯婶：那可是不小了，合适。有人家了吗？

朱重：谢冯婶惦记，还没有。

冯婶做媚态：想不想啊？

朱重：冯婶……不……不想。

冯婶：哟，这么个大小伙子，能不想吗？说瞎话呢。不要紧的，要是想了就跟你冯……啊婶婶说啊！

朱重有点儿怕了：冯婶，实在是没想过。

冯嫂：想就想了，你怕什么？

说着要坐近。朱重要躲。

冯婶：嘻，躲什么？不是我。你以为是我冯婶呢，我可没那么贱。我是要给你做媒。看看你，还说不想呢，想哪儿去了。

朱重缓过一口气来：哎，但凭冯婶做主。

冯婶：那好，婶一定给你找个好人家。得，歇着吧。

临走了，冯婶又回头：卖油的呀。

朱重：哎，冯婶。

冯婶：你看我头上这花戴得正不正。

根本没花。

朱重：冯婶，哪儿有花啊？

冯婶：没有？坏了，掉院子里了。

急忙出去。

朱家油铺。灯下邢权正手很生地拨拉算盘记账。

一只手伸过来抓他的钱。啪，他把那手抓住了，是兰花的手。

邢权：别动，手抓银子，也不是这么个抓法。银子和账对不上，抓了还不是白抓。

兰花：看见这么多白花花的银子上了老东西的柜，你就不心急？

邢权：心急吃不了热豆腐，有什么可急的，急得了一时，急不了一世。这钱入了账，上了柜也不见得就不是咱的，那老爷子，他能活几天。话又说回来了，真要拿钱啊，也要在账上拿，哪有伸手就拿的。

说着拉着兰花的手在鼻下闻着。

邢权：嗯，香的，使了胰子了。

兰花趁势坐在邢权腿上：臭德行，除了骗钱，还骗色。

朱十老一边咳嗽一边喊：兰花，兰花。

邢权：老东西喊你呢。

兰花：别理他，把灯吹了。

灯灭了。朱十老颤巍巍地在点灯。

朱十老：怎么这么早就睡了，喊个人给我倒口水喝都没有。

自己倒水，喝了一口是冷的。

朱十老：呀，好凉，冰牙。

手一抖杯子摔在地上，更大声喊：兰花！

手一歪，一用力，灯也打灭了。

四

湖边路上。朱重卖完油了，挑着空担子在湖边走。有条船撑过来，上边很多荷花、莲蓬。

船夫：哎，卖油的，还有油吗？

朱重：卖过了，只剩油底子了。

船夫说着拿出个碗来：油底子最好，我们撑船的，哪儿有钱吃清油啊，吃些油底子最好了。给我倒些个吧。

朱重：哎，你拢过来吧。

朱重停了下来。船往边上靠。

另一条路上。瑶琴的轿子走着。春喜在轿外跟着，不高兴的样子。

春喜：小姐，不是我春喜说你，干吗喝他那么多酒啊？一个臭公子有什么了不起，害得他动手动脚。

瑶琴有些醉意：你以为咱们是什么人，不就是为了让人动手动脚的吗？

春喜：小姐，你这话我不爱听。在春喜眼里，小姐你该比那金枝玉叶还金贵呢。

瑶琴把帘子掀开了：住轿。春喜，你以为我是为他喝酒呢？我是为我自己，喝过了酒，什么也不想了，什么也不知道了。臭男人只有我才知道他们有多臭。春喜你不用说我，道理我早就不想了，无非飘零而已。走。

轿子又走，春喜生气地跟在后边。

湖边路上。船夫接了油碗，给了朱重一大捧莲蓬和三两枝含苞欲放的荷花。

船夫：没钱给你，算个交易吧。

朱重：最好，最好，原不该领受的，谢谢，谢谢。下次一定给你些清油。实在是谢了。

船夫：该我谢你。你就是那个秦卖油啊，改天见。

朱重：改天见。

路上。春喜更生气地跟着轿子。轿子走得飞快、可以看出轿内的人、轿外的人都不高兴。轿子晃着。瑶琴此时脸上已显出风尘，吵已吵过了，再不动心了，看着外边已是一副无心放任的样子了。

朱重担着挑，挑担上插着那些鲜艳的莲蓬、荷花，高兴地走着，人有那种劳动的朴实的美。轿子追了上来。

春喜正生气，对朱重说：要么快走，要么让开。哎，听见了吗？

朱重：哎，对不起，挡了路了，对不起，请过，请过。

朱重差点儿一个趔趄，赶快放下担子让轿子过。轿子往前走。

透过轿帘，瑶琴一眼就看见了那新鲜的莲蓬、荷花。

瑶琴不禁吟出两行怀乡的诗来：当年不肯嫁春风，无端却被秋风误。

她有些伤感，下意识喊出：等等。

春喜：住轿，小姐怎么了？

瑶琴隔帘说话：问问那人，莲花卖不卖？

春喜转过头，动都不动地喊朱重：哎，哎，叫你呢，把莲蓬、荷花拿过来。

朱重原不知轿中坐的是谁，听见叫，人厚道，还是把莲花抱着过来了。

朱重：小姐，你要……

一眼看见了撩帘子看花的瑶琴，人就不会说话了。瑶琴怎会看他，一双眼都在花上。

瑶琴：多好的花啊，还没开就摘了。卖不卖？

朱重一句话说不出，憨憨地站着：你要……要……

春喜：哎，问你话呢，聋了？

朱重：你要？

春喜：要什么要？是你要是我要？

朱重：要……小姐要是喜欢，就留下吧。

瑶琴：春喜，给钱。

朱重：不……不要钱，不要，不要，送了。

瑶琴：那倒不必，春喜，给钱。走。

春喜掏出块最小的银子。

春喜：拿着。

朱重：不要钱，不要。

春喜：嫌少啊。

朱重：多，已经很多了，不要。

春喜接过花来了：干吗不要啊？你一个做小本生意的，一个卖油的，姓秦吧，我们怎么会白要你东西。要是嫌多啊，找给我，我等着。

朱重：没有钱找，小姐，就算我送了吧，我愿意。

春喜：你愿意呀，也得看我们愿不愿意。找不开啊，走几步路，跟我们到院子里，我拿零钱给你。哎，可不能不来啊，我们小姐可不白要人家东西。

说着话自己抱着花走了。朱重想不去，又怕人家说。再说自己也想再看眼小姐，挑了担子跟到凤仪楼门口。朱重在门口看着那瑶琴小姐下了轿。

刘四妈飞快地跑出来接着：哟，回来了，累了吧，快上楼歇着去。

瑶琴拿出一锭银子：妈妈，收了吧。

刘四妈边说边接：呀，你留着吧，人家给过了，这个你留着吧。

瑶琴：我要钱何用。

刘四妈一眼看见春喜怀中的莲花：呀，谁送的花啊？

春喜：买的，还没给钱呢。妈妈，你身上有大子儿给他五个，我没零钱。

刘四妈袖起元宝：得，交给我了，你们快歇着去吧。人呢？啊，看见了。

刘四妈看见了在柳树下站着的朱重。

刘四妈：哟，怎么卖油还兼卖花呀？快过来，过来，我这儿正没油了，想买你的油呢。

朱重：这位妈妈，油今天没有了，明天给您送来。

刘四妈：行，我要是买你的油，还要我的花儿钱吗？

朱重：原本就不要的，那小姐非要给。

刘四妈：为什么呀？

朱重：她说怎么能白要一个挑担卖油的东西。

刘四妈：说得也对。那可是花魁娘子，白要一个卖油的花还不让人笑话啊。

假意掏不出零钱来，想赖账。

刘四妈：呀，原来有几枚小钱的，怎么没了……

朱重此时生气了，站着就等她的钱。

刘四妈：以后买你的油，今天这花钱……

朱重：一文也不能少，既不想让人笑话，那就把花钱付我吧。

刘四妈一看赖不掉了，摸出几个大子儿。

刘四妈：哈，没看出你这后生还挺倔啊。得，拿去吧。

朱重：谢了。

接了钱，挑担回头走。

瑶琴屋内。春喜泡过茶来。瑶琴插着花。

春喜：小姐我想起来了，那人不是你问过的卖油郎吗？也是汴梁的。

瑶琴：我听出来了。

春喜：那干吗不说说家乡话啊？

瑶琴：我一个风尘女子，躲家乡的人还躲不及呢，哪儿还有心说话。

春喜：小姐，你多虑了，咱跟他说话，是给他脸了。

瑶琴：只怕已没脸再给人家了。

说着话把个莲蓬头摘了下来：不说了，春喜给我剥莲子吃。

朱重小屋内。朱重在桌上玩着那五枚卖花的钱，心里非常不舒服。朱重把皮绳穿的钱都拿了下来，解开了。原想把五枚钱穿上，突然下了决心一般，找出个扑满，哗哗地把钱全塞了进去。

朱重自语：十两银子，十两银子，要三年，三年。三年就三年，我攒。

边说着边把钱都放进扑满里，只留了一枚，想想没放。

小吃摊。一碗鲜浆、一个饼端到朱重面前了。

朱重：李哥，浆不喝了，有开水给一碗。

李哥：不是每天都如此吗？怎么，我这浆不好喝？

朱重：好喝，不喝了，以后每天吃个饼子吧。

李哥：也好。

把浆端走了，换了开水。

朱重把饼子掰开，泡在开水碗里。

李哥：省省也对，正是该省的年龄了。穷人啊，挣又挣不来，不省什么时候成家。

许多次朱重在下雪天担着挑卖油，深夜了还在卖油。很晚才回家。朱重夜里看着天花板睡不着觉，起来数钱。

凤仪楼门口。朱重放下担子站着，看见那些轿子进去又出来，看着花魁娘子上了轿。朱重担着油担子进去。刘四妈迎了出来。

刘四妈：呀，秦卖油来了。来，快进来，快进来。你可比钟还准呢。

朱重：妈妈，上好的窨清油，给您担后边儿去吧。

刘四妈：等等。我不跟过去了，钱先给你。

朱重：妈妈跟过去看看吧，您不怕……

刘四妈：怕什么，你秦卖油的油我还有不放心的吗？接着，去吧。

朱重接了钱，看着手里的钱。

朱重屋内。两年半过去了。啪，一个大扑满敲破了，一堆钱露出来。

朱重拿了条皮绳刚要穿钱，突然听见外边冯婶在说话。

朱重连忙用只口袋把钱带破瓦片都收起来了，放在床下，忙乱得碰东响西，一片山响。

冯婶：秦卖油啊，卖油秦，可别倒着卧着的啊，家里来客人了，快收拾好了应我一声。二哥，请。

朱重慌忙地把东西都草草收起了：哎，冯婶，这就好，这就好，您进来吧，请进，请进。

冯婶扭捏着，带了一个男人、一个女子进来。女子丑，男子是哥哥。外边下雪了，来人身上有雪。

冯婶：来，进来，进来。

冯婶：二哥啊，看看这屋子收拾得还算利落吧，别看一个单身的爷们儿，好干净。来，来，我给你们引见一下啊……这就是秦卖油。

朱重：在下秦卖油，多谢芳邻抬爱照顾。

冯婶：看看，会说话吧。你先别说照顾什么的了，以后照顾的事儿还多呢。秦卖油啊，这位呢是刘二哥，原来在东门外摆茶摊的。这一位，嗯……俏佳人呢，是刘大妞，人才好啊，家里家外的一把手。

刘大妞：冯婶，看您说的，让人怪不好意思的。

朱重张眼一看刘大妞，正好四目一对，吓一跳，人丑无比。

冯婶：按理说呢，该是先下帖子看八字，找媒人说合才对。可我一想啊，你秦卖油，孤苦一人，她刘大妞呢也只有个哥哥，讲不了那么多了。见个面，看一看啊，觉得合适就算定了，觉得不合适再散。卖油秦，话我可给你说在前边儿，人家大妞姑娘虽说看着是大了点儿，岁数可才……

刘二：十八。

刘大妞：二十一。

两人一起说，说差了。

刘大妞：虚岁二十一。

冯嫂：大点儿也没什么不好。可不是因为嫁不出去啊，总是挑，挑人呢，不愿意将就。这不是听你名声不错嘛，要不冯婶也帮不了你这个忙。

朱重给他们倒水喝。

朱重：谢谢，冯婶、二哥、大妞，请喝水吧。

说着话还看自己那盖着的钱。

水上花船。花船上王甲正为瑶琴剥枇杷吃。

王甲：枝头不怕风摇落，地上唯忧鸟啄残。

瑶琴：清晓呼僮乘露摘，任教半熟杂甘酸。

王甲：一叹一咏一观一游，有娘子在身边儿，这样的日子，夫复何求。

瑶琴：是啊，确实可人。王公子，问一句不当问的话，想天天如此吗?

王甲：恨不时时如此，分分如此，就像这相连的枇杷一样，长时并蒂，落时并蒂，生生相依，不弃不离，娘子你怎么想?

瑶琴：我怎么想……公子真想知道?

王甲：又想又怕。

瑶琴：怕什么?

王甲：怕君心不似我心，怕话说出来似冰刀冷剑煞了眼前的美景。怕……

瑶琴：王公子。

王甲：叫我甲兄吧。

瑶琴：甲……兄。

王甲：我在静心而听。

瑶琴：既想时时如此，分分如此，我斗胆讲句许是不该说的话……带我从良吧。

话一出口，船上众人惊，王甲一下尴尬。

王甲：嗯，嗯。

瑶琴：嗯什么?要么就私奔，学卓文君与司马相如。

王甲：嗯，好，很好啊……私奔乃是愚兄的志向，只是……

瑶琴：只是什么?

王甲：只是……我生于官宦人家，且家中已有妻妾，若……

瑶琴悲凉加玩世不恭：家中已有妻妾……时时如此，分分如此，这些话你跟她们也说过吧。何必把相同的话说来说去，不觉乏味吗？

王甲：话……话虽相同，但心不一样。娘子……我心可对天啊。

春喜：不用对天，对着我们小姐就行了。时时刻刻，这话以为我们小姐没听过呀。整个儿一个“假”兄。

瑶琴：甲兄，甲兄……

王甲愣了：哎，哎。

瑶琴：以后我们相处，有湖光山色可看，有诗文可对，不是很好嘛。情就不必再谈了。有真情可谈倒还好，若只是说说假意不是辜负了这大好的风光嘛，再说也对不住那些在家等你的妻妾啊。春喜，吩咐船家靠岸，我乏了。

此时的瑶琴，身上已满布风尘。

朱重屋内。冯婶：这人也见了，话也说了一半了。秦卖油，你总不能只看不说话吧，说说吧。二哥，这孩子天生的腼腆，让您笑话了。

朱重：几位芳邻……我……我上无爹娘，下无兄弟，孤独一人。每天走街卖油，不会算账，天天亏本，现在已经欠了发油坊五两银子了。我腿不好，腰不好，脖子疼，眼睛瞎，说多了嗓子咳嗽，脑子记不住事儿了，口臭，脚气，疝气，痔疮。

冯婶：行了，你哪儿那么多的不是啊，看着你怪老实的，不乐意是不是？等吧，等成了光棍再说。二哥、大妞，咱走。

欲出门，刘二跟上，没想到刘大妞不动。

刘大妞：等等。

冯婶：大妞，你还有什么话要说？

刘大妞：人见了，我愿意。他有什么毛病我都愿意，你们走吧，我不走了。

冯婶：大妞，怎么能这样啊，哪儿有看一眼就要住下的？

朱重：还有，我有羊角风，犯起病来拿刀乱砍人。

刘二：大妞，走吧，这么个人，哪儿找不着。我这妹妹难道还怕嫁不出去吗？大妞，走。

刘大妞：看着他怪俊的，我……真有点儿舍不得。我不走了。

冯婶：大妞，婶子再给你找。不要他，他的媒我不做了，走。

刘大妞被拉着出门：哎，跟你说啊，你要后悔了……我还认账啊。我等着你。

刘二：走吧。

刘二等出门。

朱重：多谢冯婶，多谢二哥，多谢大妞。

朱重抹抹一头汗，回身捡起地上的一枚钱，把藏好的钱口袋拉出来，穿钱。

过年了，银铺前噼噼啪啪地放炮。大伙计、小伙计都放着炮玩着。

在炮仗的烟纸中朱重挑着担子来了，担子上有几个大口袋。

朱重：几位哥哥，谁管换钱啊？

大伙计看见卖油的不以为然：大过节的，换什么钱呀？

朱重：对不起，耽误哥哥好兴致了。

大伙计极不情愿：走，里边儿去吧。换什么？

朱重：换银子。

大伙计掸着身上的土，满脸的不高兴。

大伙计：你那油桶可别往里挑啊，回头蹭得哪儿都是油。

朱重担着挑子进来了：不是油桶。

大伙计：不是油桶是什么？

朱重：是钱。

大伙计一听是钱，眼睛一下直了，回头一看，朱重已麻利地卸了担子，费劲地把成串的钱哗地拉出来，举上柜台。整串的钱一枚枚的，穿得整整齐齐，砰的一声倒在柜台上。

大伙计：哈，没想到你一个卖油的，还……还真攒了不少的钱啊。卖油很挣钱吗？

朱重：不挣。

大伙计：这些钱你攒了多久？

朱重：两年半。

大伙计：两年半，一文一文攒的？

朱重：一文一文。

大伙计：你可真有耐心，攒了就花吧，换银子干吗？

朱重：有用。

大伙计：娶媳妇？

朱重：有用。

估衣铺。朱重在试一件旧长衫。

估衣掌柜：呀，呀，秦卖油，不是我买卖人当着你说好话啊，平日里你担个油桶，走街串巷的，光听见你喊卖油了，人才好坏一丝一毫地也看不出来。哈，这长衫一穿，真是个好小伙子呢。我卖的虽是旧衣，但你一穿跟新衣没什么两样。是去相亲吧？

朱重：看一个人。掌柜的，虽是旧衣，我也买不起，赁给我吧。

掌柜：不贵的，多合适，买下吧。

朱重：赁给我吧，穿过了也就再没用了。

掌柜：好，看你诚实厚道，一天一文。

凤仪楼院门外。朱重在敲门。

刘四妈：谁呀？这么早。

朱重：刘妈妈开门，是我。

凤仪楼院门内，一群姑娘花枝招展地追打着玩笑，拿着一个绣球来回抢。

姑娘甲：来呀，来呀，抢走了本姑娘就嫁你。

姑娘乙：看我抢得着抢不着，抢着了我也不要你，让你嫁瘫子，嫁败家子，嫁个不会心疼人的老爷子。

众姑娘打打闹闹追作一团。

刘四妈在门前：你是谁呀？

朱重：刘妈妈，我是秦卖油。

刘四妈：啊，秦卖油啊，这么早就送油来了。等等，我开门了。

门开处，朱重的眼睛中看见一院子的姑娘花枝招展地在打闹。

刘四妈一看见打扮后的朱重，眼光也不对了。

刘四妈不认人了：秦……您是？公子……卖油？您是？

姑娘们不打闹了，看着帅帅的朱重，都有点儿愣了。甲姑娘砰地一个绣球扔了过来。

甲姑娘：哟，这不是平日里担挑的秦卖油吗？

众姑娘围了过来。

刘四妈：可不是吗，差点儿认不出来。呀，换了长衫了，我还以为是哪家的公子哥呢。

姑娘乙：瞧呀，人透着硬朗、俊气。来看谁啊？告诉你啊，我叫艳红。

姑娘甲：卖油的，你怀里接的可是我的绣球，我叫翠香。脸上刚抹的桂花油，不信你闻闻是不是有香味呢。

说着脸就要往上凑。朱重赶快躲。

朱重：各位姐姐，我找……找……

众姑娘：找谁啊？

朱重：我……我找刘妈妈说话。

刘四妈：哟，还不好意思了呢。得，你们别抢了，找我的。瞧瞧，妈妈我临老临老了，还是这么有人缘，都让让吧。平日里人家卖油来欺负人家，说人家是力巴，看不上。今天就换了件长衫，又都上赶着来了，都是些狗眼。去吧，退后。来，秦……秦……那什么，你一穿这长衫，再叫你卖油不合适了。

朱重：刘妈妈尽管叫。

刘四妈：不行，不尊重。改个口啊，秦公子，来吧，有什么心思，刘妈妈我没有不能帮你的。

花团锦簇地拥着朱重往里走去，进了凤仪楼大堂，刘四妈与朱重分宾主坐下了。众姑娘在门口看。

刘四妈：去去，都到院子里玩去吧，秦……秦公子啊，姑娘们不懂规矩，让您笑话了。

朱重：不敢不敢，小的今天的样子让姐姐们见笑了。

刘四妈：不理她们，有什么话跟妈妈我说吧，不用怕。往日呢，你卖油，咱们是个主顾的关系。今儿你到我这凤仪楼来，反过来了，是个主客关系了，我一准儿好好地照顾你。

朱重：谢妈妈。

刘四妈：不谢，讲吧，看上哪位姐儿了？

朱重：妈妈……怎知我有此心意？

刘四妈：哟，你还真以为妈妈是吃素的呢，说吧，妈妈我可不是省油的灯。

朱家油铺。邢权噼啪地打算盘。兰花在一边紧张地看着他。

兰花：对上了？

邢权：这哪儿对得上啊！有账就得有银子，没银子，咱这账怎么记？

兰花动心眼：笨蛋，没银子，不会让账也没了。

邢权：疯话，账没了，那老死鬼看什么？

兰花：看什么？让他看天，看日头，看月亮，就是看不着账。交给我吧，我能让他把账看没了。哎呀，行了行了别算了，拨拉来拨拉去地还不够心烦呢。光想着账账的了，一整天了都没看我一眼。

她坐在邢权腿上。正赶洪伯进来，一眼看见了。邢权、兰花大窘。

洪伯：哎呀，要害眼。

低头装不看，递油瓶子：熟门熟路的知道没错，要是个生客以为走错门儿了呢，大白天的。打三斤清油。告你啊，没钱，银子欠着。

凤仪楼大堂里，朱重把要见瑶琴的话已经说出来了，刘四妈一脸的不高兴。

刘四妈：秦……秦公子，不是妈妈我不承你情啊，这院子里的姐妹，你看中了任选一个，妈妈我一定会帮衬你。花魁娘子？你是有点儿拿妈妈我开玩笑了。

朱重：多有得罪。

刘四妈：不是得罪不得罪的事儿。这花魁娘子会一夜，说出来不怕吓着你啊，那也得十两放光的啊。

朱重：妈妈见谅，小的见花魁娘子之心也不是一天两天了。十两银子，早已备下了，请妈妈笑纳。

刘四妈脸一下就变了：哟，你还真……真不容易啊。哪儿来的银子？

朱重：卖油攒的。

刘四妈：卖油攒的？攒了多久？

朱重：两年半。

刘四妈：还真看不出来，你是个这么有情有趣的人，如今，这样真心、痴情的男人可是少了。银子……银子……你收了吧。

朱重：烦妈妈帮衬吧。

刘四妈：不是我不帮你，银子你虽有了，这事儿也未准能行。一呢，你一个卖油的积攒些钱是多么不容易啊，你犯不上。二呢，就是来了，找个相当的也就算了，我倒不是说你花不起钱，可这花魁娘子每日见的客，不是尚书的公子，就是皇家门的亲戚，最起码也是个读书有功名的。你一个卖油的，就是再有钱她也难会啊。你这是给妈妈我出难题了。

朱重把银子推了推：此事无论如何，还要妈妈帮衬。

刘四妈终归是爱钱的：你既这般痴情，钱我先帮你收下，就当是先存我这儿了吧，事儿成了不说，若不成，我还给你。

朱重：谢谢妈妈。

说着想上楼。

刘四妈：哎，去哪儿啊？

朱重：去会会娘子。

刘四妈：真是傻得有趣，等等，今天不行。

朱重：为什么？小可有备……

刘四妈拿出一个本子来：你有备，她可无备。你看看，十五天之后的酒局、茶局、诗会、赏花都排满了。

朱重：那十五天后。

刘四妈：也未准。这么着吧，你天天晚上来看看，万一有个变化，算你补个空，要么这三月两月的真难讲了。不是说有了银子就能成的事儿，也得对机会。

朱重：是啊？也好。

刘四妈：急不急？

朱重：想了三年了，急又怎样？

朱十老屋内。

朱十老：这么小的灯让我看账啊，这么近我连你的脸都看不见了，换大灯。

兰花：哟，老爷您这不是变着法儿地骂我呢吗？

朱十老：怎么骂你了？

兰花：脸都看不见了，不就是说我们没脸了不要脸吗？

朱十老：我不是这意思，换大灯，换大灯。

兰花：换大灯，不是又怕您说费油嘛。早准备下一个大灯了。

兰花边说边就把大灯点着了：什么事儿呀，都是我们下人的不是。得，您看吧。

朱十老看见灯亮了，为看账本，往那灯前大火苗子前一凑。兰花故意一捻，灯火苗更大，账本一下子就着了。

朱十老：哎……哎呀，着了，着了。

人老不利索，本子也扔不下去。越扔本子火越大，身上衣服都着了。

兰花：别急，别急。

看着账本在地上烧了，端来一盆凉水，大冬天泼在朱十老身上。

朱十老浑身湿了，打着激灵。

朱十老：账，账，阿嚏。快，账本。

一盆水又下去，老头成了落汤鸡，再一看账本全烧成纸灰了。

朱十老：兰花，你怎么不抢账本啊？

兰花：老爷，大灯是您让换的，账本是您点着的，都这时候了，我要救账本不救您，您还是有说的，理都在您那儿了。这时候是账本重要还是您重要啊？

朱十老：好，好，怪我，怪我。

捡起账本一看，没法看了，账本扔了。

冯婶在院中，正晾衣裳，看见朱重换了长衫要出门，几乎不认识朱重了：哎，哎，秦……真是你呀。

朱重：冯婶，你忙啊。

冯婶：啊忙，哎，等会儿，别急着走，你这见天地晚上换了衣裳出门，是去相亲啊，还是去见官啊？

朱重：去见一个人，冯婶，你忙吧。

冯婶：哎，别急啊，等等。什么人呀，还打扮成这样子，见着了？

朱重：还没有。

冯婶：一天一天地出去，没见着，这是比见皇上还难呢。告诉婶是谁？

朱重：一位心仪之人。冯婶我走了。

冯嫂：亲姨……亲妈还差不多，卖油的，你可别学坏啊。咱们是什么人家，干活吃饭，旁的别想。哎，跟你说大妞还等着你呢。

朱重已走远了，冯嫂：那闺女可是真动了心了这卖油的看着挺老实，心可太高了……他说的是亲姨吧，还是心仪？弄不懂。

凤仪楼大门口。寒风阵阵，朱重边哈着手，边跺脚等着。

突然院门大开，先是几盏红灯引路，上写花魁两字，而后是瑶琴的暖轿出。朱重一看，知今夜是没戏了。

刘四妈送出门来：别急着回来了，明早让老王接你去啊。天太凉。

说完话要关门，看见了对面的朱重，朱重身上冷，心里也不热。

刘四妈：秦……公子。

朱重：刘妈妈。

刘四妈：你也看见了，今儿个又没戏唱了。别在外边等了，跟我进去暖和暖和。

朱重：不去了，我回了，明天再来。

刘四妈：行，什么时候不想来了，我钱还给你。

朱重：我不急。

说完向寒风中走去。

一天又一天，朱重早上挑油桶出门，在街上卖油。晚上穿长衫出门，在凤仪楼院门口，看着不同的灯轿子抬瑶琴出门。朱重深更半夜在路上看见瑶琴的花轿又走。朱重小心地叠好长衫，钻冷被窝睡觉，呆看天花板。

凤仪楼院中。朱重在给刘四妈打油。

刘四妈：今天晚上你晚点儿来，大概有空儿了。

朱重：有没有空儿我也来。

刘四妈：娘子晚上去和一个八十岁的老尚书对诗，老尚书不会熬太晚，头更你来看看。这是几斤油啊？

朱重：五斤。

刘四妈：多了吧？

朱重：算谢妈妈心疼我了。今夜我来。

尚书书房。老尚书打着瞌睡，一些食客在旁，对面瑶琴坐着，怀抱手炉。窗外大雪纷飞。

事儿好像早就结束了，但打瞌睡的尚书不发话，谁也不敢吭声。有一个食客头边动着嘴边比画，想让仆人扶尚书起来。让瑶琴也起来。众人刚要动，尚书睁眼又醒了。

老尚书：胡风吹朔雪，千里度龙山。集君瑶台上，飞舞两楹前……下雪了吧？有雪怎可无诗无酒呢？上酒，烦花魁娘子弹一曲吧。

仆人赶快上酒，有人抬过琴来，瑶琴轻抚。

众人静坐，听瑶琴慢慢地弹着琴，瑶琴已有三分酒意。

凤仪楼门口。大雪中，朱重已是满头满身的雪了，还站着。

门开了，刘四妈带着叉杆老王出来。

刘四妈：真是傻小子，来，进里边等吧，进里边等。怎么就这么实诚呢？

刘四妈：快，翠香给倒茶，倒茶。秦公子呀，有句话我不说也得说了，钱呢妈妈我不要了，你回家好好过日子吧。

朱重：妈妈，小可不急，今夜见不到还有明夜，明夜见不到还有后夜。

刘四妈：对，后夜见不着还有大后夜。我算服了你了。妈妈我真恨不得年轻十岁。得，不说了，上酒菜，妈妈我陪你坐等。

有人飞快地上酒菜。

老尚书书房。瑶琴最后弹一声，余音袅袅。

老尚书似早睡着了，半天听着那琴音全无了。众人又等。

老尚书打着瞌睡，说了一句：好琴，睡吧。

倒下便睡。众人赶快起来收拾。春喜上来扶瑶琴。

春喜：小姐，咱也该走了。

瑶琴：啊，酒多了，扶我一把，腿麻了，酒喝多了点儿。

凤仪楼大堂。

刘四妈：喝，喝，大雪天的你站了半天了，一定要喝，妈妈我这会儿都喝了有两壶了，你喝得太少了，喝。

朱重：刘妈妈，小的不胜酒力，陪陪算了。您喝。

刘四妈：不行，喝，要不我让人灌你了，喝。

拿起酒杯往朱重嘴边放，朱重正窘时，大门开了，满身雪的瑶琴、春喜进来了。瑶琴进来一眼看见了朱重。朱重心慌要站起来。

刘四妈小声道：千万别站起来，记住了，你可是城东开布店的秦公子。

刘四妈：哟，琴儿啊，回来了，看这一身雪，来，妈妈给你掸掸。今天回来得还算早啊。来，来我……

瑶琴：妈妈我乏了，上楼了，有话明天说。

刘四妈小声问春喜：喝酒了?

春喜：喝了。

刘四妈：等等，等等。来，我给你介绍个人，给你介绍个人。慢点儿上楼，你先见个人。

瑶琴理都不理要上楼。没想到朱重站了起来，瑶琴看了他一眼。

刘四妈：喝杯酒，见个面，见个面吧。来，来。

瑶琴：他是谁呀?没名没姓的我可不见。

刘四妈：哟，他你都不认得了，东城开布店的秦公子啊。咱们是什么人家，来这儿的哪有白丁啊?来，下来。

瑶琴又从楼上退了下来，款款走到桌前。朱重依旧站着。

瑶琴：开布店的?开首饰店的又能怎样?无非是商贾人家，俗。

坐下自己想倒酒，有醉意，手没拿稳。刘四妈使眼色，朱重赶快拿壶倒酒。瑶琴接过一杯，一饮而尽。

瑶琴：我走了。

刘四妈：再坐会儿，再坐会儿。

瑶琴：我乏了，春喜上楼。

朱重不说话，倒让瑶琴觉得怪。

刘四妈：再坐一小会儿。

瑶琴看着朱重：你不想留我吗？嗯，怎么一句话也不说？倒酒吧。

刘四妈：琴儿喝了不少了，少喝点儿。

瑶琴大胆地看着朱重。朱重满脸飞红，倒酒的手都抖了。

瑶琴：看似眼熟呢，我下次去你的布店，该照顾我才是。

朱重：小姐，小的乃……

刘四妈怕穿帮，抢着说：照顾，照顾，一定照顾。琴儿，不能再喝了，让秦公子陪你上楼吧。

瑶琴：不行，再喝三杯，秦公子，你给我倒啊。你也喝，你也喝。喝完了，咱们就散了吧……我可不要什么人陪。

朱重平静地倒酒，攒了三年钱，风里雪里地站了一个月，等的就是这一刻，还是没怨言：小姐身子要紧，不喝了吧。要么我代小姐喝。

瑶琴：俗，我们这青楼之上的人还有身子吗？俗，毕竟是个卖布的。喝，我也喝，你也喝。酒这东西好，让人什么也不想了，喝吧。

五

朱十老挨了冷水泼，发烧，病了，咳嗽。

朱十老：水……水，我要喝水。兰花，兰花，我要喝水。

下人房中，兰花与邢权正苟且交欢。邢权听见喊，推兰花。

邢权：老鬼在叫呢。

兰花：他叫他的，管他干吗？他想的人听不见他叫了，听见叫的人不理他。你这些日子，好像一直三心二意的，有什么事儿可不能瞒我。

邢权：哪儿的话啊，我瞒得了别人也瞒不了你呀。

老人自己起来找水。

朱十老啪把水杯打碎了：报应，报应。好好的一个儿子，听了谗言给赶走了。报应，报应，报应，活该，我活该。

冯婶院中。雪下着，冯婶起来关街门。

冯婶：秦卖油，秦卖油，卖油秦，回来没有？还没回来。不等了，这一天天的，怕是今天真等到了，什么人啊，天仙啊，再等不到我怕都被折腾死了。

瑶琴屋里，一床红被扬起又放下。

刘四妈：琴儿，脱了睡吧。

瑶琴醉眼四周一看：屋里有生人，我……我不脱。

说着话扔了鞋进里边就睡。

刘四妈：看，这孩子惯得没样了。秦公子，您多担待，她也是乏了，话也没法跟您说了，要么……

朱重看着躺着的瑶琴，自己坐在凳子上。

朱重：妈妈不碍的，不碍。

刘四妈：春喜快给秦公子打洗脚水。

朱重：不必麻烦妹妹，有热茶拿一壶上来吧。

刘四妈：有，有，快，热茶。

春喜飞快地端了壶热茶，放在朱重旁边。刘四妈一挥手，与春喜悄悄退出了。

朱重一人在灯下坐着，看着睡了的瑶琴，觉得看不清，把灯移了移，把凳子挪了挪，胆怯地向前移着，呆呆地看着睡着了的美艳的瑶琴。

朱重心说：多美啊，这么近，吸气的声音就像在耳边一样。原想跟她说说话的，用汴梁的乡音，念小时的歌谣，再互相吐吐心里的苦水……她睡着了，也好……要么哪儿能这么静、这么独自地看着她啊。

不由自主地离近了看。

瑶琴像是梦话，又像自语：冷。

朱重一听冷字吓了一跳，赶快找被子，看见搭格上有床被子，马上抱过来，要给盖上。发现瑶琴还穿着鞋呢，于是放下被子，悄悄静静地为瑶琴脱鞋，一只轻放，又一只……

春喜、刘四妈一高一低正隔门偷看。刘四妈歪头看不见了，抬头一看，春喜挡着，不高兴，咚地打了春喜一下头。

刘四妈：别看了。

春喜：妈妈好疼，那……那个人不是常来的秦卖油吗？

刘四妈：嘘，可怜见的，攒了两年半的钱，就等这一晚上呢。谁知瑶琴她又偏醉了。

春喜：醉得活该。

刘四妈：你生什么气啊？

春喜：谁叫他不自量攀高枝儿的。

刘四妈：得了，你也睡吧，清醒点儿，怕小姐闹酒。

春喜：嗯。

朱重把两只鞋都脱下了，轻放地上，把小姐腿放好，悄悄地把被子给瑶琴盖上。盖完被子，刚想往床边上坐下，瑶琴一翻身，把床边的地方都占了。朱重没地方坐了，回到板凳边，挪了挪凳子，离瑶琴更近些。

朱重心说：看她每天迎来送往的，心内的愁事儿不知多少呢，总有那不愿见的人吧。她怎么会想到一个卖油的想她想了三年了，攒了几年的钱来见她。

朱重不由自主地想去轻抚瑶琴的脸。突然瑶琴酒上来了，眉头一皱要吐，一下，两下，干呕。朱重慌了，赶快扶瑶琴起来。瑶琴迷迷糊糊张嘴就要吐。朱重看看那被子，也是实在情急了，撩起长衫就在床上把瑶琴吐的污秽接了。瑶琴吐过后，迷迷糊糊又要水喝。

瑶琴：茶……茶。

朱重放下瑶琴，一把把自己长衫脱了，赶快给瑶琴倒茶。倒完茶试了试不热，拿了个痰盂过来，把瑶琴扶起，茶递到她嘴边。瑶琴胡乱地喝了一口，漱口吐在痰盂里，朱重轻轻为她捶背。瑶琴又喝了两口，倒下又睡了。

朱重看她睡了，忙着收拾了痰盂，怕茶冷了，左看右看没地方放，拿起壶抱在自己怀里。一切停当又坐下来想看着瑶琴，没想到瑶琴翻了个身向里去了。

瑶琴：吹灯。

这下朱重看不成了，无奈回身把灯吹灭了。一片黑，什么也看不见了。

明月行空。凤仪楼外大雪依旧下着。一线光从窗外照进来，照那睡着的瑶琴。朱重还是精精神神地抱着个茶壶坐着，看着那睡着的瑶琴。

瑶琴醒了，眼也不睁。

瑶琴：春喜，喝茶。

朱重从怀里拿出茶壶，赶快倒了，扶瑶琴起来喝。

瑶琴喝完茶，吐了，看都不看，突然问：你是谁？

朱重：小可秦重。

瑶琴：这茶过了一夜还是热的？

朱重：怕小姐夜酒要喝水，一直……一直……

瑶琴：抱在怀里？

朱重：抱在怀里。

瑶琴边翻看被子，边问：昨夜我可吐过？

朱重：没……没有。

瑶琴：茶喝过？

朱重：茶倒喝过两盅。

瑶琴：我记得自己吐了，可那污秽在哪儿？

撩开被子，看自己衣服也没脱：我连衣裳也没脱，就这么睡的？

朱重：小姐乏了。

瑶琴：你一夜没睡？

朱重：能守小姐一夜，已是十万分的荣幸了。

瑶琴终于看清朱重：你……你好面熟啊，还有汴梁口音。

朱重：小姐，我实在……不是什么开布店的秦公子，我是常来的秦卖油。

瑶琴：秦卖油……那个卖油啊，卖油总是叫来叫去的卖油秦？是你呀……

朱重：对小姐不住了，秦重实在是……朝思暮想。

瑶琴：这一夜花了你多少钱？

朱重：十两。

瑶琴：十两，对一个卖油的可不是一个小数，一文一文攒的？

朱重：一文一文……攒的。

瑶琴：多久？

朱重：两年半。

瑶琴：真难为你了，两年半就为这么坐一夜？

朱重：已了平生之愿。

瑶琴：你也是汴梁人？

朱重：逃难至此。

瑶琴突然想起汴梁的童谣：鸡蛋鸡蛋壳壳，里面坐着哥哥，哥哥出来买菜……

朱重：里面坐着奶奶，奶奶出来烧香，里面坐着姑娘……

瑶琴、朱重：姑娘出来点灯，烧了姑娘的眼睛。

两人突然手拍手唱起童谣来了，手和手拍着唱完了。瑶琴突然想起那天吆喝卖油的事。

瑶琴：三年前卖油的那人是你？

朱重：从那天就想着，一定要……攒钱，来……

瑶琴：三年为一夜，现在一夜就这么过了，还再来吗？

朱重：已了平生之愿……不再来了。

瑶琴：不想？

朱重：想，卖油郎自知……

瑶琴有点儿生气：说得也对，一个风尘女子，当自知……

刚要说完，春喜大大咧咧地进来了。

春喜：呀，小姐起来了。饿不饿？渴不渴？我给你端吃的啊。

一眼看见朱重掖在桌下的长衫，打开看：哟，这是什么呀？呸，小姐，昨儿你吐了。哎，我们小姐吐了，你也不叫我。

朱重：多有得罪。

瑶琴：果真吐了，春喜，快，快把秦公子的长衫拿去洗了，再找件长衫拿上来。

朱重：千万不用，我自己洗，自己洗。

瑶琴：春喜快去，秦公子坐。

朱重：叫秦卖油吧……

瑶琴看着春喜下楼，回身开匣拿出两锭银子来：这钱原不知该怎么给你，算你照顾我一夜的回情吧。

朱重：小姐，这钱我绝不能要。

瑶琴：为什么？嫌……

朱重：什么也不嫌，秦重我三年苦心，似这样才算是倾心尽意，否则，岂不被这钱给伤了？小姐收起吧，我也该走了。

瑶琴：再坐坐。

朱重：不了，回去还要卖油。再说我这样的客人也难为小姐脸上添光。

瑶琴：你倒真会体贴人呢。你……那你走吧。

朱重开门出来，换了件长衫在身，迎着雪走了。

朱家油铺。邢权忙着把油铺大门关上，急得稀里哗啦打翻东西，回身问跑过来说话的兰花。

邢权：你说什么？

兰花：老鬼怕是不行了，咱们得脱身。

邢权：怎么办？

兰花：还用问我吗？你不是早准备下了？邢权，我可跟你说清楚了，姑奶奶我这身家性命，一辈子的想头，两辈子的花销，就全都押在你小子身上了。没有我你能坐在台子后边拨拉算盘？告诉你，出了这店，你小子可不能对姑奶奶我有二心。

邢权：怎么能够呢？我邢权山盟海誓多少回了，今天再对天发誓一回，此生此世跟我的兰花生死相依，不离不弃。

兰花：若要变心天打雷轰。

邢权：若要变心天打雷轰。

兰花：好了，快收拾吧，今天就走。

冯嫂院中，朱重满头大汗地扫雪，穿着那件新长衫，舍不得脱。

冯婶端了汤出来：来，快喝点儿水吧，瞧这一头汗。哟，我还没看见呢，又换了新衣了。你小子我早看透了，不是个穿短打当力巴的料。什么人啊？见着了？

朱重：见着了。

冯婶：男的女的？

朱重：女的。

冯婶：什么时候请我喝喜酒啊？

朱重：没时候。

冯婶：怎么说话的？早晚给你找个合适的。

朱重：冯婶，对了，大妞那儿，她要还惦记着，你哪天再受回累吧，就说我愿意了。

说完回屋。

冯婶：愿意了？你这一愿意我倒觉着不愿意了，那大妞呀是太丑了点儿，婶子我真怕亏了你这样的小伙。

冯婶回身刚要回屋，洪大元一惊一乍地冲进来了。

洪大元：哎，你们两个都在，小官人不好了，那朱十老要死了！

朱重：好好的，怎么了？

冯婶：死就死了吧，跟卖油秦有什么关系，好好的把人赶了出来。

洪大元：一时说不清，小官人，那老头子没两天了，你去不去？

朱重：去，去。冯婶，我去一趟。

说完跟洪大元走了。

冯婶：哎，不是有两个狗男女吗？你也太厚道了，要死了想起你来了……狗男女就是靠不住的。

朱十老在房中床上。朱重在朱十老床头看着。朱十老头上敷着手巾，奄奄一息。

朱十老：朱重啊。

朱重：哎，我在这儿。

朱十老：朱重……爹对不起你。

朱重：您千万别这么说。

朱十老：爹是不见棺材不掉泪啊，冤枉你了。谢谢你还能回来看我。

朱重：爹，不碍的，大夫看了，往后我侍候您过日子。我这就给您煎药去。

朱十老：别走，趁几位高邻在这儿，洪大元及几位邻居都在，我把话说完了，我这朱家老店，就算传给朱重了。现在是没什么东西了，都给偷光了。你接了吧，接了。

朱重：哎，爹……我接了……我接了，您放心，我顶门立户地往下传，爹，您可千万别……爹，爹！

朱十老昏死过去。

瑶琴在屋内静静地在刺绣，绣着绣着发呆。

春喜：小姐，想事儿呢？

瑶琴：没有。

春喜：那就是想人呢。

瑶琴：怎见得？

春喜：反正总有什么想的，要不愣神发呆的干吗呀？

瑶琴唱起汴梁童谣：背背驮驮，里外挪挪，寒鸦过过，狗推磨磨……

春喜总觉着秦卖油走后的瑶琴有点儿奇怪。

凤仪楼大堂。吴八公子汹汹地在吵架。

吴八公子：天底下还有这样的妹子啊？我吴八派人来了两趟了，人还没接着。事不过三，我倒要看看那花魁娘子是个什么东西。

刘四妈：别说你吴八了，尚书、翰林、御史、道台排着队等着的多了。你还别在我这儿要横动粗，告诉你，看见没有，这是齐尚书的管家，等了五天了，还等呢。吴八公子怎么了，我还没见过这等角色呢。

喊完了，跟叉杆使眼色，让上去喊瑶琴。

吴八公子：小的们，这劲儿啊真较起来了，砸家伙打人。

拿起一只较名贵的瓶子要砸，刘四妈赶紧抢下来，递给他一个破瓶子让砸，砰，底下人稀里哗啦打起来了，都是打给楼上听的。

刘四妈故意冲上喊：哎哟，吃了豹子胆了，敢砸我们的园子。别跟小姐说，不用惊动她，我就给顶住了。

喊了半天，楼上还是不见瑶琴出来。刘四妈也豁出去了，递给吴八一个破瓶子，指指自己的头，让他砸。吴八还犹豫。

刘四妈：好小子，想打我，砸，你砸啊，冲我脑袋砸啊！告诉你，我饶得了你，我们家小姐还不答应呢。砸！

还冲上喊着呢，吴八是真的动手了，一瓶子就下去了。

刘四妈砰地倒地了：小子，真砸啊！

春喜：小姐，小姐，楼底下打起来了。

瑶琴：打吧，哪次不是这样啊，只要我说不见客了，楼下必然就要演一出武戏打给咱们看呢。别理他们。

春喜：是这样啊，每次老王还必须上楼来报信呢。

话音刚落，老王来敲门了。

叉杆老王：哎，小姐，可别出门啊，下边打起来了。

瑶琴给春喜使了个眼色，春喜明白。

春喜：老王，为什么呀？

叉杆：想让小姐应个局。

春喜：告诉底下打吧，人脑子打出狗脑子来，我们也不下去。

瑶琴：让妈妈放心，我们不开门。

两人笑。

朱家油铺。打开的钱柜全都是空的了，摇摇油桶也都是空的，朱重只看见那把算盘还在，旁边的账本残破不堪。朱重看了眼狼藉一片的油铺。包括洪大元在内的一些高邻都在，朱重正给那些高邻磕头。

朱重：几位世伯，我爹死了。方才我在家中看了看，银钱货物全都没有了。人死入土为安，我朱重求几位世伯帮侄儿一帮，募钱葬父，侄儿愿以这百年老铺，加上侄儿自身做抵押。

说完磕头。

洪大元：快起快起吧，这还不好说吗？朱小官啊，谁不知你的为人厚道，这事儿你不管都没什么说的，现在倒要你来收拾，大家出把力吧，先把十老埋了再说。

朱重：谢世伯，谢世伯。

瑶琴屋内，瑶琴绣花一下把手扎了。

瑶琴：呀。

春喜：小姐，怎么了？看扎手了吧。

瑶琴：怕，偏躲不过，好像等着我呢。

春喜：小姐你说谁呢？

瑶琴：没说谁啊，说针呢。

春喜：明里说针呢，暗里说人。告诉春喜，是不是想人了？

瑶琴：想又怎样？

春喜：想谁？

瑶琴：说出来你都不信。

说着话放了针，叠着为朱重洗的衣裳。

春喜：韩公子？

瑶琴：不对。

春喜：黄衙内？

瑶琴：不对。

春喜：刘相公？

瑶琴：都不对。春喜你去窗口看看，那个秦卖油怎么这五天都不来了呢？

春喜：呀，小姐，他又不是个卖头油、面油、蛤蜊油的，他来不来的，跟咱有什么关系啊？哎，你不会是想着那个秦卖油吧？

瑶琴：说出来你真的不信吧，姐姐我，那么多的孤老、达官都不想，不知为什么就想着那个卖油的呢。不怨你不信，我都有点儿……

春喜：小姐，你……要是想他还不好办，我叫老王把他喊来就是了。这人还用得上想这个字啊。

瑶琴：不是那话，想着他，他自己要来了，这就说明他心里也想你。想着他，派个人给叫来，那还有什么味道啊？

春喜：他一准地想你，要不也不会攒了两年多的钱来一趟啊……可惜是个力巴。

砰的一声门推开了，刘四妈头上缠着绷带出现。

刘四妈：谁是个力巴呀？我看啊，再这么聊下去，咱凤仪楼力巴都不来了。

刘四妈是有点儿生气了。

瑶琴：妈妈，您这是给谁甩脸子看啊？

刘四妈：我还敢给谁甩脸子啊，我给我自己。

刘四妈边说边坐下哭。刘四妈与瑶琴怄着气。瑶琴此次是软硬不吃。

刘四妈：琴儿，今儿个我上来可不是来挑你的理的，妈妈挑闺女理，挑也挑不着。话虽这么说，可你也有点儿太不懂事儿了吧。

瑶琴勉强行了个礼：话您说出来了，琴儿我知错就改，好妈妈您辛苦了。

刘四妈：罢了，我也不是就为了争一口气。话说回来了，做妈妈的也没什么气可争的，还不是想让你明白当妈妈的难处啊。你看看我这颗老头，它还禁得住几次砸啊！

瑶琴：妈妈受罪了。

刘四妈：不说了，春喜你把窗户打开，让小姐看看，门口的轿子有多少。去呀，打开。

春喜忙把窗户打开了，从窗内看见外边一排轿子。

瑶琴还绣花：妈妈，我不看。

刘四妈：好，你不看也好，你总不能天天地在这儿绣花，不出门吧。

跟你说，咱们这可是勾栏，吃的可不是绣花的饭。

瑶琴：妈妈，这话您既说了，我也不妨挑明了，瑶琴我从今往后不应局子了，我厌了，烦了，我不管底下有多少轿子，我自己过我自己的绣花日子了。您要看着这么着行呢，我就在这凤仪楼过；您要看不惯，随您怎么处置。

刘四妈：好，嗯，好，你绣吧，妈妈我有委屈再不跟你说了，往自己肚里咽。你红了，花魁娘子没人敢惹了。

说完出门。

朱家油铺门外，冯婶拿了个油瓶子来了，在门口大叫：秦卖油，秦卖油，秦卖油。

朱重赶快应着跑出来了：哎，哎，冯婶，这么远来打油啊。

冯婶：这不是听说你开张了嘛，来捧你买卖呀。谁叫都说你人好呢。

朱重看见一些买油的往里走，打躬：多谢，多谢，冯婶请吧。

冯婶：哎，那个大妞的事，还算不算了？

朱重：算。

冯婶：想好了？

朱重：想好了。

凤仪楼大堂。吴八：告诉你，上回砸堂子那算轻的，这回要抢人了，小的们上手。

连推带砸冲到刘四妈跟前。刘四妈假装用头往前冲要拼命，其实是掏出银子来给吴八，让他上去抓人。

刘四妈低头撞了上来：好小子，我跟你拼了。

吴八抓住她，手底下一伸，刘四妈一大锭银子一给。吴八抓住了肩膀一推，刘四妈摔倒在地。

吴八：去你妈的，小的们上楼抢人！

稀里哗啦一群人冲上楼去。

刘四妈坐在地上撒泼：琴儿啊，妈拦不住了，有能耐你跑吧。你不见客，客要见你，让我可怎么办啊？

正哭着闹着，瑶琴已被人用刀逼着下来了，刘四妈更演戏。

刘四妈：放手，放手，我跟你们拼了。

站起来又假装晕倒，堂内大乱。

湖上花船。瑶琴被绑了坐在船上。

刮着风下着雨，吴八边喝酒边起身到被绑着的瑶琴跟前去。

吴八：你这才叫敬酒不吃吃罚酒呢。花魁娘子呀，我是个粗人，虽不通文墨，但我一样地喜好女色。你要是喝下这杯酒，我就给你松了绑。

瑶琴：好色？我看你不是好色，是好恶。人家是一心向善，你是一心向坏。话不妨对你明说，瑶琴我不幸沦落风尘，虽是个卖笑的，但对你这种恶人宁死也不从。

瑶琴说完挣扎。春喜要过来，被人拦住。有个家丁过来刚要扶她，瑶琴站起借力向船边冲去，要投河。

春喜：小姐，不能。

吴八一看也吓坏了，腾地站起。

吴八：快，快拉住。

众家丁冲上去拦住了。

吴八：想死啊，容易啊，但不能死在我这船上。一心向坏，你骂得好，你这样的女人，爷真是不喜欢。来人啊，松绑。

家丁给瑶琴松绑。

吴八：船老大，到了什么地方了？

船夫：野鸭荡。

吴八：好，当婊子当出金枝玉叶了。来人啊，去了她的绣鞋，将人抛上岸去，不是想死吗？死去吧。不杀杀你的锐气，不知吴爷的威风。

春喜：小姐。

吴八：还有，我可告诉你，你要真的寻死了，也好，但你这妹妹也活不成。给春喜绑上。

春喜：我要上岸，我要上岸。

家丁上手绑春喜。

瑶琴：妹妹，别哭，等我。

船靠岸了，众家丁架起瑶琴飞快上岸。

春喜大叫：姐姐。

瑶琴：春喜，等我。

山坡一座新坟，碑上书先父朱十老千古。香烟袅袅。

朱重来过一七，正给朱十老烧纸。

朱重：爹，您放心去吧，油铺重新开张了，朱家油铺的买卖断不了。您放心吧，那两个人逃得一时，早晚抓回来给您报冤。

说完磕头。

风骤起。江畔码头上，风吹着雨打着，瑶琴脚上没鞋，赤脚而行。

瑶琴突然看见了那个自己当年被拐卖的小码头。看着那码头，想起四年前的事，内心伤感无比。

瑶琴内心话语：当年就是在这儿吧，我孤单一人小小年纪，挣扎奔逃，想洁身自好，想清白来去，还是难逃一劫。四年过去天地依旧，人已改变。早知如此，何必挣扎了四年，当初不是可以清清白白地了断吗？

想过后，感叹一声：天地不容瑶琴啊，瑶琴去了。

瑶琴说完冲下山坡，咚地跳入湖中。一片衣裙鼓荡在水中。风越来越大。远处吴八的船已远。

湖上，一船有灯火。一轮明月当空。船头上，船夫、船嫂在炉子上煮姜汤。船舱内，被救上来的瑶琴闭目躺着，一双手在为她换热手巾。

凤仪楼大堂。刘四妈大闹。

刘四妈：还想要钱，告诉你吴八，人要能找回来还罢了，要是人真的没了，我让你吃不了兜着走。

终于把那只名贵的瓶子摔了。春喜在哭。

湖上船内。汴梁童谣的声音。

瑶琴醒了，看着。

瑶琴：这是在阴间吗？

朱重：阳世。

瑶琴：卖油秦，是你吗？

朱重：是我。

瑶琴：真巧。

朱重：不敢想。扫墓归来正看见小姐……

瑶琴：是你救了我？

朱重：天意如此。

瑶琴：救得了我今天，救不了我明日。

朱重：怎么讲？

瑶琴：一个寻死之人，你怎么救得活？

朱重：干吗要死？

瑶琴：活着无味。

朱重：死也无味。

瑶琴：天地之大，一人孤单。

朱重：那就两人。

瑶琴：你舍不得我死？

朱重：比命还难舍。

瑶琴：我已是残花败柳。

朱重：世事运道一个小女子怎么承担得了。我看小姐如明月，今天之事更觉小姐至纯至洁。

瑶琴：想让我跟你从良吗？

朱重：时时都想。

瑶琴：真好。不是说说？

朱重：一个卖油的干吗要说假话？

瑶琴：那我问句冒昧的话，你可有赎我的银子？

朱重：没有银子，有心。

瑶琴：好一个有心，扶我起来。

朱重：多歇歇？

瑶琴：真碰到有心人，就不想死了。我饿了。

瑶琴起来，一看身上农家衣。

朱重：渔嫂，汤好了吗？人醒了，饿了。

明月下，小船悠悠。

凤仪楼大堂。跪了一地的姐妹。刘四妈脑袋上缠着绷带，自哭自骂。

刘四妈：哎哟，我的娘哎，我怎么这么命苦啊。孤老欺负我，儿女也欺负我，我不活了。

说着话站起来拿起个瓶子又要砸自己的头，以为众姐妹会劝，没想到举起来没有一个劝的，都低头假装看不见。

刘四妈：好啊，小蹄子们都盼着我死呢。告诉你们，我才不死呢。

抽出鸡毛掸子挨个抽：白养活你们了，赶明儿都把你们卖了，一个也不留，让你们穿红戴绿吃香喝辣，只要花魁找不回来，我一天打你们一遍。

众姑娘：妈妈，她丢了跟我们有什么关系啊？哎哟，打死了。

刘四妈：没关系？我心里有气，我堵得慌，我看不见她我就……

突然大堂门撞开了，朱重背着瑶琴进来。

刘四妈：谁呀？谁……哎哟，我的心肝宝贝命根子呀，你可回来了。

我的妈呀，啊。

众姐妹一看，都冲上去相见。瑶琴呆呆地站在屋中。

刘四妈：谁欺负你了，告诉妈妈，我找人给你出气。

瑶琴：谢妈妈，欺负琴儿的人太多了，你也算一个……

说完分开众人要上楼。

刘四妈：琴儿你怎么不讲理呀。你没回来，我这有多急呀，谁知你是死是活。

瑶琴楼梯走到一半，回身说：妈妈，这回您就当瑶琴已经死了吧。

刘四妈：死，你死了，我还怎么活。谁送她的，送她的人呢？

凤仪楼大门外。朱重顶风走，人很高兴，突然边走边唱起汴梁的童谣来：背背驮驮，里外挪挪。寒鸦过过，狗推磨磨。

某黑店，夜里，兰花正熟睡着，突然门悄悄开了。邢权带了两个人进来，举灯照着兰花。两恶人验了验货觉得不错，拿出一锭银子，给了邢权。邢权接过银子，飞快跑出屋。

恶人甲上手拨拉兰花：哎，醒醒。哎，醒醒。

兰花还以为是邢权：嗯，别呀，我疼了。

突觉不对，睁眼看，大惊：你们是谁？邢权，邢权呢？邢权！

恶人乙：别喊了，他把你卖了。

兰花：卖……卖了……报应啊报应。他把我卖了，他敢卖我！

一块破布把她嘴塞上了，两人绑人。

瑶琴屋内。显然谈了一会儿了，刘四妈看着不高兴。

刘四妈：话我也不妨明说了，姐儿要从良，早早晚晚的事，千里搭长棚——没有不散的筵席。旁的话我也不多说了，这事儿妈妈我也不是没经历过，你既有心我不拦着你，我问你选哪一家？

瑶琴：谁把我送回来了我选谁。

刘四妈：把你送回来的？谁……是谁？

瑶琴：秦卖油。

刘四妈：秦卖油？秦卖油？那个到了院子里来站着都没人理的秦卖油？

瑶琴：就是他。

刘四妈：呀，这是王宝钏、薛平贵看多了不是？说要从良你倒没吓着妈妈我，这秦卖油可给妈妈吓着了。天底下哪儿保得齐人人都是薛平贵啊？不行，秦卖油，我不准。

瑶琴：非他不从。

刘四妈：你说这话不新鲜，年轻时我也说过非他怎样的话，现在想，那都是疯话、傻话、小孩子话。你听我把话说了。一呢，从良得花银子，妈妈我疼你归疼你，这钱一文也不能少要。他一个卖油的给得起吗？二你要从良了，这凤仪楼就是你娘家，从我这凤仪楼搭出去了个数一数二的花魁娘子，搭进油铺子里去了，这事儿说出去让人笑话。你不在乎，我脸往哪儿搁？不行。

瑶琴：好，不行，那我就不从良了，您养我一辈子吧。春喜把楼下的秦公子让上来。

刘四妈：哎，怎么还就在楼下等着了，等等，你这是……

瑶琴：您不让琴儿从良，琴儿也只有这么做了，除了秦公子谁也不见。

刘四妈：哈，这不是……

瑶琴：倒贴，我愿意。

朱重上楼来了。

朱重：妈妈好，娘子好。

瑶琴：秦公子请坐……

刘四妈：好，好，我走，我走，真是养着养着倒养出仇来了。

路上，邢权背着包袱正赶路，突然两个恶人拦路，就是买兰花的那两个恶人。

邢权：哎，二位哥哥，事儿都了了，有什么不妥吗？

恶人甲：借点儿东西。

邢权：什么东西？

恶人甲：你那个包袱。

邢权：包袱……

恶人乙：包袱里都是银子，我们知道了。

邢权：是兰花说的？

恶人甲说着话刀一挥：猜对了，你想害人，人想害你，你这样害来害去的不是害了自己吗？伙计，这叫恶有恶报。

血溅一地。

凤仪楼大堂。王九妈在劝刘四妈。

王九妈：话我可跟你说了，不能留了，到了这份儿，收了银子赶快放出去。还记得吗，我们楼里的小红，不是转天就撞死了吗，一分钱都没落下。

刘四妈：你们那小红跟花魁怎么比呀？我不能放她。

王九妈：这话我不爱听了，当初这花魁还不是从我手里过桥过到你这儿来的，你运气好，知足吧，那孩子倔，万一……

话刚说到这儿，听见楼上摔东西，瑶琴跟朱重吵起来了。

刘四妈：哟，这下好了，打起来了。我早说过贫贱夫妻百事哀，打起来了就好。

瑶琴在屋内，边摔东西边骂跪在地上的朱重，其实在演戏给刘四妈等看。

瑶琴：公子，你攒了三年的钱来看我，才使我动心。现在我要跟着你从良，你倒说起没钱来了，早要说没钱，我们还谈什么情，说什么爱？

朱重：娘子，实在是油铺刚刚接手，哪儿有那么一桩银子啊？

刘四妈、王九妈在偷听屋内打架。

瑶琴：我不听，我来问你，我这个人你要不要？

朱重：怎么不要？

瑶琴：要就好，去把从良的银子凑齐了再来。否则嘴上说要，我再也不想听了。

砰地又摔了件东西。

刘四妈高兴：不愧是我凤仪楼教出来的，这回我放心了。

两人边说边下楼。

王九妈：怎么讲？

刘四妈：他们俩一吵啊，一呢，我知道了瑶琴没藏什么私房钱；二呢，开个好价钱，秦卖油出不起钱，她花魁还谈什么从良啊。

又是摔东西声。

瑶琴：你走吧，再不想见你了。

瑶琴感觉到门口没动静了，悄悄过去看，门外真的没人了。

瑶琴：相公起来吧，人走了，害你受委屈了。

朱重：哪里话，为成好事，漫说跪一跪了，挨打又何妨？

瑶琴着急，忙着关门。打开一口箱子，里边全是存在人家里的存钱条子。

瑶琴：相公，这些是咱们的身家性命了。你一会儿带上，按府第把那些银子收回来。等会儿下楼，那妈妈一定会给你开个大价钱。答应她，三天之内，我等你带钱回来。

边说边把东西包给了朱重。

朱重：朱重无能。

瑶琴：还说这些干吗？快去吧。

朱重深情看着瑶琴：娘子，你不怕吗？

瑶琴：怕什么？

朱重：朱重就这么把钱席卷而去了。

瑶琴：怕，真要那样，如杀死我十回了。

朱重上手给她口捂上了：娘子，什么也别想，等朱重三天，必来迎你。人间事总不会是那样悲苦无望的。等我。

朱重与瑶琴相拥洒泪而别。一连几日，瑶琴在深夜静静坐着等，呆看着灯。白天在窗口看着飞燕。凤仪楼大堂内众姐妹在热闹。瑶琴黑衣冰冷地走过。众人都看着她。夜里瑶琴突然惊醒，泪流满面。日出日落，香烟烧断。

凤仪楼大堂，一派做喜事的样子，看着热闹但没有什么声音。瑶琴蒙着盖头坐着。刘四妈也坐着。众姐妹都像在等着什么。香烟烧着，已经很短了。众人等得沉闷而焦急，像是没什么希望了，一片安静。

刘四妈：我话说在前边，都三天了，要是再不来，我可不等了。

话音刚落，突然乐声、鞭炮声大作，堂内惊。先是乐队仪仗，后朱重一身新郎的衣服进来了。众姐妹拉起瑶琴。刘四妈无奈。

司仪：吉时已到，新人拜堂成亲了。一拜天地，二拜高堂，夫妻对拜。

满天撒花。

那秦油郎，三天之内终于将银钱归拢，赶到了凤仪楼。满临安城的人谁能想到，一个卖油郎会把花魁娘子娶到了手，钱财之事都抛到一边不去说，真情实意终归是人间最为宝贵的。堪爱豪家多子弟，风流不及卖油人。朱重为瑶琴掀开盖头，两人相视一笑。

小棋士

一

乡村私塾传出儿童大声读书的声音，声音兴奋热烈：人之初，性本善，性相近，习相远……

隔窗能看见众儿童摇头晃脑地在背《三字经》：玉不琢，不成器；人不学，不知义。为人子，方少时；亲师友，习礼仪……

一冬烘先生，手拿着戒尺，打着节拍，听着众童背书，沉醉其中。他看看周国能——一个十九岁青年也梳着学童髽髻，混迹其中，大声地读着：三才者，日月星。三光者，日月光。声音很大很粗，与众童不同。

先生先还沉醉高兴，听过周国能的声音后，想想反应过来，觉得不对，叫道：周国能！

周国能：学生在。

先生：三才者，日月星？

周国能：三才者，日月星。

先生：那三光者是什么？

周国能：三光者，日……月……光。

先生：好你个教不会的死榆木疙瘩！背了多少年的《三字经》了，连个三才、三光都分不清。不知道的以为我这先生无能。知道的，告诉他，他也不信。十年寒窗，一部《三字经》居然背不下来……李聪，告诉他三才是什么。

一个小童站起来，大声朗诵：三才者，天地人。

先生：好！那三光呢？

李聪：三光者，日月星。

先生：很好，很好，坐下。周国能，教你这样的学生真是读书人三生之不幸。我要是你父母啊，但凡有一点点自知之明，就把你的名字改一改。什么周国能啊，该叫周无能才对！

众童大笑。

李聪：先生，他人笨，但不傻，棋下得很好。

先生：下棋？那算什么本事。记住了，万般皆下品，唯有读书高。书读好了，高官可做，骏马得骑呀！下棋算什么？机巧而已。

大路上。蔡州棋士秦无忌信马由缰，他要到汝南来访周国能。

秦无忌骑一匹白马，一袭白袍，手中一把白扇，人长得清秀，透着几分英武。后跟一骑马的仆人。再后边两个仆人，一个人担着书、棋担子，一个人打着一杆中幡，上书：蔡州棋士秦。

秦无忌：寒星啊，快到了吧，你先去天元茶座知会一声吧。

寒星：是，爷我去了。

马匹翻蹄亮掌而去。风吹得那杆幡猎猎作响。

乡村私塾里，先生仍在训斥周国能：《三字经》我是不指望你能背下来了，但今天这顿打你是想逃也逃不过去了。我其实也不愿打你，打你我知道你疼，先生我还累呢。想想我这先生做得也是没什么意思。伸出手来！

周国能知道打是逃不过了，无奈将手半伸半缩地伸了出来。

乡村街道，闲人王三、李四、麻七、侯五飞快地在街上分开人群跑着，撞了人家的挑子也不管，一直跑到私塾外面。

四个闲人进了私塾都屏声静气了，悄悄地往窗跟前凑，去扒窗户。

私塾内，周国能耍心眼儿，说：先生，学生背不出书来，您该打，玉不琢不成器嘛。可……可请先生不要打学生的右手。

先生：为什么？打哪只手难道是你说了算的吗？伸手。

周国能：先生，学生之右手每天早上要帮我妈磨豆浆，所以您要打就打左手吧。

先生听了也有几分感动：啊，嗯，你也不容易，不枉你读了几年的书，懂得孝了。好，所谓万恶淫为首，百善孝当先啊，难得你的孝心，好！

私塾外几个闲人扒窗看着。

先生：很好，那就不打手了。

众学童原本想看热闹，一听说不打了，都泄了气。

周国能高兴，要坐下：谢先生。

先生背对着他说：慢。手可以不打了，可本先生没说不打别的地方，总之要打。

周国能：打什么地方？

先生：打屁股。

众童一听打屁股，欢呼，齐声喊：打屁股，打屁股！

扒窗子的几个闲人急得在窗前跟周国能比画着让他快出来。

里边的几个小童要上来扯他的裤子，周国能应了外边，又对付里边。

周国能：先生，屁股也不能打。

先生：为什么？难道你的屁股也可以推磨吗？

周国能：不……不好说。

先生：讲。

周国能：先生，学生做人是有准则的，实话说了吧，学生昨夜红薯吃多了，等会儿一打起来学生怕夹持不住，走出气来有辱师道。

众学童一听要放屁，都捏鼻子。

先生：好个周国能，你书读得不好，鬼主意倒不少啊。先生我不管你走不走气，今天就是要打你。你说吧，打你哪儿？

窗外的人急了，跳着跟他比画，周国能装作看不见。

周国能装老实，说：学生……以为还是要打屁股。不过先生让学生先去一趟厕所，出过恭后再打不迟。

众童一听又喊：打屁股，打屁股！

先生止住众童：好，就依你，快去快回。今天的后半节课就是打周国能的屁股。

众童欢呼：打屁股，打屁股！

周国能仓皇奔出。

周国能走出私塾外门，众闲人一下子就围了过来。

周国能在学堂内与学堂外截然两人。众闲人无不恭敬备至。

周国能在前边走边说：什么事儿啊？还要找到学堂里来了。

他俨然一个老大样。

王三：大哥，蔡州的棋圣秦无忌来了，在天元茶座设局，下彩棋。应彩的人可多了。

周国能：啊？秦无忌来了？我早就想会会他。那……那咱们走，你们在后边挡着我点儿。

众人偷跑。

天元茶座门外街上，秦无忌骑白马，后边跟了一群看热闹的。

秦无忌刚到门口，旗幡一顿，天元茶座的掌柜快跑迎出。

掌柜：秦棋圣大驾光临，有失远迎，得罪，得罪！

秦无忌下马抱拳：冯掌柜的，秦某借宝地以棋会友，多有打扰，谢了。

掌柜：哪里，哪里，请，请。

秦无忌昂然而入。

掌柜跳上台阶喊：众位茶客，可是好战事啊，人家可打到家门口来了。都来下彩啊，来下彩啊！哎，那周国能呢，怎么没来？谁去叫了？

看客乙：不敢来了吧？

看客甲：有人去叫了。

掌柜：快去叫，快去叫，别误了棋局。敢不敢的也要应应啊，叫来了好下彩。

另一条街上，周国能一听有棋就走快了。几位闲人紧跟。

麻七：老大，慢点儿，慢点儿。

周国能问：干什么？

麻七：等等，等等，先把您那髽髻解开了，再换……换换衣裳。

周国能一下想起自己还梳的是童生的髽髻，啪，自己就开始解头发。

周国能：你不说我倒忘了，快。

这刚一站下，王三就飞快从临街的铺子搬了个凳子过来，让周国能坐下，有掏出梳子的，有打开包袱抖出长衫的，几个人忙着就在街中间侍候起周国能来了。

王三：老五把你的方巾取下来，给老大戴上。麻七快把靴子脱下来，给老大换了。

周国能闭眼坦然地受着几个闲人的侍候，梳头，戴帽，换鞋。

周国能：那秦先生人长得怎么样？

王三：远远地看见了，骑白马，穿白袍，天兵天将一般，有几分儒雅又透着英气……哎，方巾正不正？快，麻七你还嫌臭啊？快把老大的鞋换了……是那种骑马不拿剑，拿着一把扇子的主儿。

周国能：真好，早就想会他了。

麻七：老大，什么天兵天将你也得赢他啊。

众人：对对对，赢他啊。

周国能：输赢倒不重要，下一盘好局吧，若能有一些妙手可流芳百世最好。我做人是有准则的，不太在乎输赢。

王三：老大，我问句不当问的话……你刚在私塾，先生怎么要打你的屁股？

麻七：臭三子怎问老大这话？老大，他不是别的意思，是我们大家看着不公。

周国能：那有什么。人嘛，有得意之时，也有失意之时。我书背不下来，棋谱却一看便通。老师打我屁股，但有人却输我彩头啊。再说了，老师打学生也是应当的。走。

自己目中无人向前，四个闲人跟定。此时与读书时再不一样了。

乡村私塾内，先生、众童等了半天，去厕所的周国能总不回来，派了李聪去厕所找。

先生：这周国能怎么还不回来，掉到粪坑里了？

李聪回来说：茅厕里没人。

先生一戒尺打在桌上，折为两段：好小子，又让他走脱了。看他明天怎么过关。

街上，周国能趾高气扬在前走。四个闲人在后，衣袂飘飘。远远地看见天元茶社门口人围得很多。押彩的人争着往上挤，各式东西都有往上押的。

甲：我押一只老母鸡。

伙计：押谁胜？

甲：当然秦棋圣。

伙计：秦棋圣，加母鸡一只，一赔二。

乙：秦棋圣豆腐一担，我这一担豆腐押上。

丙：哎，一匹布，一匹布。

丁：一筐萝卜，我的一筐萝卜。

伙计：慢，慢，大家慢点儿。一个一个来，一个一个来。

热闹无比。

天元茶社雅间内，秦无忌端坐养神。屋内几盏灯亮着，神秘而诡异。仆人在暗处站着。

冯掌柜小心地进来说：秦先生，烦您等了，已经派人去请了，马上就到。

秦无忌：我秦无忌下棋还没有等过人。

掌柜说着要退：得罪，得罪，一会儿就到，一会儿就到……

秦无忌他用指头弹了两下说：等等。你这儿可还有好的棋盘？这楸木的声音太硬，有桐木的最好。

掌柜：有，这儿有张桐木的，只是旧了点儿。

秦无忌：旧的好，没火气。

旧桐木棋枰摆上。

秦无忌：侍棋，把咱们的缅玉子儿拿出来，云子儿我使不惯。

仆人飞快地端来两个棋罐，打开里边是玉子儿。

茶社门口，众人还在忙着押彩，周国能来了，竟没人让路。

麻七：让让，让让，大棋士来了，让让。

甲：什么大棋士？大棋士不是在里边吗？

仍没人让路。

王三：本乡的大棋士来了，快让，快让。

还是没人让，众人忙着押彩。四个闲人挤。

王三：老大，进不去了。

周国能：冲吧，冲吧，要不晚了，你们前边开路。

四个闲人前边挤，周国能后边也挤。刚才的威风被这一挤全没有了。周国能方巾也歪了，衣服也开了，好容易挤了过去。

周国能家院子有拍院门声。周母听见出来，问是谁。

刘媒婆：开门吧，是我。

周母：呀，是刘妈妈呀。来了，来了，刘妈妈快请。

刘媒婆趾高气扬地进来了。

周母：人老了，耳朵背了，没听见，让您等了。快，快屋里坐，屋里坐。

刘媒婆：哈，这一早上为了你们家国能的事儿，连饭都没顾上吃，跑得我这两条腿啊，从里往外疼。

周母：有饭，有饭。他爹呀，快烫酒，烫酒，刘妈妈来了，炖肉。

说着两老太往里走。

刘媒婆：国能他在吗？

周母：国能，没有，上学去了，一早走的。快请进吧。

天元雅室内，檀香燃起，棋罐摆好了，茶具各放一边。掌柜的把垫子摆好。两棋士都抖着袍子入座，面对面相互行礼。气氛颇庄重、典雅。

周国能再施一礼说：请前辈让晚生一先吧？

秦无忌：哪里话，我自蔡州来理当是客，还是由我先行吧。

周国能：岂敢，岂敢。

说着抓黑棋，秦无忌也去抓黑棋。

冯掌柜：我看二位也别争也别抢了。今天二位不下坐子，也不让先，也不分先，我看猜先吧，公平些。

秦先生：也好。

周国能是晚辈，抓了一把白棋放于枰上。秦无忌抓一黑子放于枰上。

冯掌柜数子：单，蔡州棋圣秦无忌猜单，先行！

声音很大，传到天元茶社门口。挤满的押彩人静心听伙计传棋。

伙计：蔡州府秦棋圣执黑先。

押秦的人一下欢呼。

甲：秦棋圣先，更有胜机了，好啊！

又一轮地往秦先生那儿押彩。

麻七：老三你有东西没有，也押一点。

王三：押哪一个？

麻七：当然押秦先生。

王三：他妈的，贪小利的东西，要押也该押老大，怎么押秦先生？

说着咚咚敲麻七的头。

麻七：别打了，不是怕老大赢不了吗？好歹赚些东西回家。

王三：你怎么知道老大赢不了？

麻七：别打了，别打了，我错了还不行吗？

天元雅室内，啪的一声，秦无忌一子落枰，清脆有声，再打开扇子轻摇。周国能专注看棋，拈起一子，轻轻一落很平和，很凝神。

周国能家堂屋。刘媒婆大口地撕扯着鸡吃着，边吃边喝酒。周母、周父看着，听着。

刘媒婆：不是我做媒婆的嘴甜啊，夸完东家夸西家。这黄家的姑娘你们也是见过了的，是不是？那可真是手是手、脚是脚、腰是腰的。

周母：嗯，好，好。

周父边看着媒婆的吃相边说：只是嘴大了些，眼小了些，头发黄了些。

像是在说刘媒婆。

刘媒婆：呀，那才是福相呢。嘴大有什么不好，嘴大吃八方啊，你们看我这嘴就是个吃八方的嘴。眼睛小怕什么，俗话说丑妻近地家中宝，能生孩子传宗接代就是好样的。再说了你家国能，听说书可读得不怎么样，到现在连个《三字经》还没背出来呢，是吗？

周母一听赶快岔开：哎，那什么，刘妈妈请喝酒，喝酒，多吃菜，多吃菜，多吃。这话您可就别跟女家说了。您吃啊。

天元茶社门口，挂着的大盘上已经摆了一些子了。众人都抬头看棋。

伙计：秦先生五十九手，尖出。

众人：尖出好，尖出好。

甲边说边脱皮袄：妙手啊，妙手！

乙：二哥，您这是干吗呀？

甲：没东西了，秦先生必赢，我……我把这皮袄再押上。

乙：二哥，冷不冷啊？

甲：冷什么呀，回头再赢一件，好倒换着穿啊。你也脱了押上吧。

乙：是啊，那我也脱。

棋已下了一半了，冯掌柜换一炷香。但见周国能缩背弯腰，看棋的样子似睡着了一样。秦无忌啪啪地一会儿合上扇子，一会儿打开扇子，用手去拿棋，拿起又放下，已显出了犹豫。

天元茶社门口，伙计飞快地出来传棋：白七十手单跳。

摆棋的飞快地把棋给摆上了。

甲：臭棋嘛，这周国能毕竟不是秦棋圣的对手。

乙：二哥，咱们那皮袄有了，倒换着穿。

甲：对，倒换着穿。

王三在旁边听不下去了：倒个屁，还想赢皮袄，我看你那身皮都快保不住了。

甲：哎，小子，我们说话你搭什么茬儿？

麻七：你们说的不是人话。

乙：你说的才是鬼话呢。动手，动手是不是？二哥正好身上没衣裳，打吧，打会儿架热乎。

两拨人大打起来。外边人依旧是看好秦无忌，躁动无比，打作一团。

天元雅室内，啪，周国能看着棋又落了一子。秦无忌狠扇扇子，一扇子下去一炷香倒了。冯掌柜赶快又换了一炷香。

冯掌柜小声对二位说：三炷香了，还有两炷香。

秦无忌说：知道了。

拿起子儿要落，又放下了。

天元茶社外面，伙计在劝架：别打了，别打了，落子了。

两拨人才住了手。黑棋秦棋圣七十七手小飞。众人一下子围到棋盘前。

王三：飞，飞是妙手吗？

麻七：不像，好像飞不出去吧？哎，赌皮袄的，你小子看看谁优啊？

甲：看不出来。

王三：你那皮袄今年冬天怕穿不上了吧。

伙计：快，快下彩啊，快下彩啊，马上就要分出输赢了。看好秦先生的下这边，看好周棋士的下这边。

有一些人，从这边拿到那边，又从那边拿到这边。

天元雅室内，很静，寂静中有一股杀气。周国能还是专注地看着棋。秦无忌的扇子一动不动。突然秦无忌把扇子收了，把扇子装入扇套，把那炷香掐灭了。周国能一个姿势，还是一动不动，像是什么也没看见。秦无忌站起，走出雅室。冯掌柜不知就里忙追了出去。

天元茶社外，众人已吵得不像样，全挤到盘前去讲棋了。

甲：黑棋这步跳谁说不是妙手，看着黑势还是比白势大。

王三冲上去说：你懂不懂，当然白势大，你看这块棋连通了。

甲：黑大。

王三：白大。

甲：黑的大。

王三：白的大。

吵着又打起来。突然有人看秦无忌出门。

麻七：哎，看秦先生出来了。

众人不打了，马上收手，看着秦无忌。秦无忌穿过人群，掌柜的紧跟在后。

冯掌柜：秦先生，您怎么走啊？棋还没下完呢。

秦无忌的仆人牵白马至，棋童都跟上了，人群也围近了过来。

秦无忌一跃上马，还是那英武之样。他刚上马，人群又围近了。

冯掌柜：哎，秦先生，棋还没完呢。您走了，这么多的彩头怎么算？

秦无忌先是不理，对举旗的那人说：把旗子收了吧。

众人都奇怪地看着。秦无忌马上一抱拳对众人说：各位，棋下完了，无忌有负众望，中盘输了。

话音一落，众人先是一愣，而后炸窝，往雅室拥去，大喊：周国能赢了！

天元雅室内，香烟袅袅，周国能依旧缩头看棋。

众人冲进门来，周国能还在看着棋，似不知旁边的事情。

王三：老大，您赢了，您赢了。

周国能还是不动。众人被周国能的定力所影响，也都静了下来。

过了一会儿，周国能抬头长出一口气，像自言自语：好啊，不愧是名高手，还有二十多手可以走，他就已经看出输来了。人都以为中盘输丢人，绝非如此，下到收官输人家四五个子还要数棋那才叫丢人呢。高士。可惜了这五十九手是他的败着，可惜一盘好局。

他站起来傲视阔步出门，像是看不见人一样。众人欢呼拥出来，像围着一个大领袖。

周国能家堂屋，刘媒婆吃过了酒饭，咕噜咕噜地用茶漱着口，噗的一口就吐在地上了，一点儿不顾及。

刘媒婆：不是我说你们家国能，整个县城都传遍了，十年了，一部《三字经》都读不下来。人家都说你们家国能从小被狗咬过，吓着了，这儿缺根弦。要不是我这张嘴左遮右拦啊，人家姑娘谁愿意啊？

周母：国能书不会读，可棋下得不错。

刘媒婆：哟，您就别夸他了，棋下得好能当饭吃啊？现在养个姑娘谁不想嫁个读书人啊。没听说吗？书中自有黄金屋，书中自有颜如玉，可没听说下棋能下出个大姑娘来的。下棋的还没我这保媒拉纤的能挣嚼裹儿呢。加点儿水吧。

天元茶社外，四个闲人在忙着往一辆小驴车上装周国能赢的彩头。

甲、乙两人抱着膀子在一边冻着，皮衣输掉了。

乙：二哥，咱这冬天可没皮袄了。

甲：谁让你也往上押的，这可好，一件也没有了，要是两人有一件也能倒换着穿啊。冻着吧。

乙：二哥，这能怨我吗，你不是说多挣一件吗？这可好……

周国能看不下去，从车上扯件皮衣说：许二哥，接着。

甲：哎，兄弟，输就输了，不能要，不能要。

还是追着接了皮衣：谢了啊，没想到你棋长了，这回我走眼了。

王三：你那眼啊原就没正过。驾。

小驴车高高兴兴地拉了一车的东西往回走。闲人们在车下高兴地跟着跑。

这边驴车刚从街上拐过弯来，那边私塾先生在前，一群小孩子在后也过来了，这才真是狭路相逢了。

众学童边跟着先生，边念着《三字经》：人之初，性本善，性相近，习相远……养不教，父之过。教不严，师之惰。

周国能想退也退不成了，赶快拿帽子遮脸，没承想先被那个李聪看见了。

李聪：先生，那……那不是周国能？

先生：在哪儿？

李聪：在驴车上坐着的。

众学童都看见了，一下围了过来。

众学童：周国能真无能，《三字经》背不成，先生打拉屉屉，没打屁股先叫妈，妈妈不在骑瞎马……

周国能被一群小孩拉下车，无奈地向先生行礼。四个闲人一看老大都行礼了，也在后边行礼。刚才的威风是一点儿也没有了。

李聪：脱他裤子打他屁股，打他屁股。

一群小孩来抢脱裤子。周国能没有办法，躲着。

先生：等等，我先问他，周国能。

周国能：学生在。

先生：你逃学撒谎，跑到哪儿去了？

周国能：回……回先生，学生……学生做人是有准则的，从不撒谎，学生跟人下棋去了。

先生：好啊，正宗的经学不读，去搞那种机巧之事。下棋，下棋能当饭吃吗？能当衣穿吗？能……

王三：能。

刚一回话觉得话多了，赶快收口低头。

先生：还交了这些不三不四的朋友。能当饭吃？我问你，饭在哪儿？

麻七又多嘴：在车上。

车上，鸡、鸭、鹅、青菜、皮袄、盆、缸、大蒜……什么都有。

先生一看车上，有点儿惊讶：车……车上，这……这些东西都是下棋得来的……嗯？

周国能：回先生，是棋胜之后得的彩头，实在是下棋得来的。

先生一下眼睛亮了：嗯，比……比我一年收的束脩还多嘛。下棋赢的，就一盘棋？

周国能：一盘棋。

先生：一盘棋赢了这么多的东西，啊，真是天有不公啊。让我读书人如此贫寒，而一个下棋的……周……周国能。

周国能：学生在。

先生：你说你该得这么多东西吗？

周国能：学生既胜了就没有什么不该。

先生：一盘棋得这么多东西，我看你……你是以巧取利。

周国能：学生经学不通，只会些机巧。

先生眼睛不离车上的鹅：我问你，圣人教导做学生当如何？

周国能：尊师敬道。

先生：啊，对了，要尊师敬道。倘若你做学生的有一只大鹅，而当老师的四年没吃过鹅肉，那你当如何？

周国能：做学生的当把鹅敬献给老师吃。

说着话上来把鹅抱下，给先生。

先生想接又不接，装样：客气，客气，我只不过是举个例子，举个例子而已。

周国能：请先生笑纳。

四闲人：先生你就收了吧。

先生：啊，啊，你们都是这意思啊，那……那我就恭敬不如从命了。子曰食不厌精也，鹅不厌肥也。

众学童：说错了，是脍不厌细。

先生：啊，好像是错了，这一有吃的经都不会背了。不管了，很好，周国能，你很好，懂得尊师敬道很好。这只鹅很好。下次文章我必给你个甲等。好，散了吧，散了。

先生抱着鹅高兴地走了。

众学童：先生偏向。

先生：什么偏向，有本事你们也拿只鹅来给先生吃。

周国能：先生请走好。

先生抱着鹅走。众学童又跟上了。

众学童边跟边念诗：鹅，鹅，鹅，曲项向天歌，先生吃鹅肉，鹅屁股给我哥。

周国能与四闲人看人走远了才把头抬起。

麻七：什么先生啊？一只鹅就要给你个甲等。

王三：老大，你怕他干什么？吃人家东西嘴里还有说头，子曰诗云的，这就是读书人啊？

周国能：先生也不易，不管怎样，字是他教我认的，一只鹅也该让他吃。走吧。我做人是有准则的，我知道自己注定了一辈子在学堂里没什么造就。

周国能家堂屋。噗，噗，瓜子壳都吐在地上了，刘媒婆还耗着没走。

刘媒婆：哎，这孩子怎么还没回来呀？跟你说周嫂啊，不是说我还要再吃你一顿饭啊，实在是这孩子我要是不见到他，不教教他，我走着不放心啊。日后怎么相亲啊？这晚饭？

周母：应当的，应当的，我这就给您弄饭去啊。老头子再去打点儿酒来。

周父：拿钱来。

刘媒婆：酒不要太好的啊，花雕我喝不惯，要女儿红就行了，也取个吉利吧。菜不要多啊，四荤四素就行了，夜里吃多了存食。得，你们忙去吧。

刚说到这儿，听外边院子门响。

周母：回来了，回来了。刘妈妈，国能回来了。

三个人忙着出屋去看。

刘媒婆：哎呀，怎么不当不正的，该要弄饭他倒回来了。

出了屋门，刘媒婆一眼看见众人正从小驴车上往下搬东西，很多东西，那刘媒婆脸就一下子放了光了。

刘媒婆：呀，哪个是国能？哪个是国能？

周母：那个戴方巾的。国能，快过来见见刘妈妈。

刘媒婆：哎呀，快过来，过来，让刘妈妈看看，看看。

周母：国能啊，快过来呀。

周国能：刘妈妈。

刘媒婆：呀，这孩子不傻嘛。

说是看周国能，其实看他身后的东西：这些东西是抢来的？

周国能：刘妈妈开玩笑了，那不成了强盗了。

刘媒婆：强盗也没这么厉害。

周国能：是下棋赢来的。

刘媒婆：哎呀了不起，这只鸭子有多肥呀，可真肥。

周母：刘妈妈要喜欢就拿走吧，拿走。

刘媒婆：呀，真让我拿呀，那……那我就不客气了。好，这孩子好。

周国能笑着说：刘妈妈，我帮您抓。刘妈妈，您要鸭子做什么？

刘媒婆：呀，傻孩子，说媒啊，给你说媳妇啊。

周国能：媳妇是谁呀？

刘媒婆：呀，呀，看看着急了吧。住上街的黄小姐。

王三：总在门口站着的那个？

刘媒婆：是啊，是啊。

侯五：眼睛小小的那个？

刘媒婆：就是她，就是她，多好的人才呀。

周国能：是她问我傻不傻？

刘媒婆：不是都说你读不下来《三字经》吗？

周国能：刘妈妈，这鸭子你可以拿去，但要给我带一句话。

刘媒婆：带东西带话都行。什么话？说。

周国能一把把鸭子抢了回来：你告诉黄家小姐，我不但傻，夜里还尿炕呢，不信问问他们。

王三：不但尿炕，还说梦话打人呢。

麻七：不但打人，还放屁咬牙呢。

侯五：不但咬牙，还梦游翻跟头呢。

李四：不但翻跟头，还拿刀杀人呢。

四个人做杀人状，吓得刘媒婆跑了。

刘媒婆：哎哟妈呀！

周母：哎，刘妈妈，刘妈妈，别……别走，别走啊。

周国能：娘，娘，别追她，别……

周母：我不追她谁给你说媳妇啊，你这傻孩子啊。刘……

周国能：我不让人说媳妇。

周母：你不让人说，难道自己去娶？

周国能：娘，天下这么大，必有一个女子是您的儿媳妇，您不用着急。

周母：天下大，天下大跟咱有什么关系啊？咱还不是住在这个村里？

周国能：娘，孩儿正想跟您二老说呢，孩儿想出了汝南到外边去走走。

周母：什么？你要出门？

周国能掏出赢来的钱：爹、娘，银子您二老留下，我出门转两年。

周父：孩子你指着什么吃饭啊？

周国能：俗话说十门通不如一门精。我下棋，就两年，我给你们带个好媳妇回来。

四闲人伤心，一齐叫老大。

周国能：好兄弟，等哥回来啊。就走两年，你们该学手艺学手艺，别惹祸。

四闲人：哎。

周国能：好，那今天这事就算说定了，我明天就走。

四闲人都要哭。

周国能：别哭，别哭，还有一天呢，妈，弄些好菜，今天晚上咱们喝酒。

四闲人：老大，咱喝酒。

四闲人又都从哭变笑，十分怪异。

二

周国能背了个包袱跋山涉水，风餐露宿。这一日来到一个小镇，周国能在小镇的街上向人问路。那人指了指，周国能朝小镇饭馆走去。

进了小镇饭馆，见两人在下棋。一人形势大优，手中不断地摆弄着棋子，嘴里滔滔不绝。旁边有不少观者。周国能此时也挤了过来。

优者：这六十五一手单跳，老谱上有个说法，叫春花秋月式。我这一跳断你是无法断，封你又封不住，苦心经营的中空被我这一跳就算是冲破了，现在我的形势好有一比……

周国能一直看着棋问：比作何来？

优者瞪了周国能一眼，说：《易经》内的话，象日，飞龙在天，大人造也。棋到这会儿就是神仙来了也救不了你了，胜负立见，认输吧。

甲客对下棋的陈洪生说：洪生哥，棋输了也就输了，你就让他这么喋喋不休啊？

陈洪生：棋不如人，有什么办法？

周国能一听陈洪生叫洪生，计上心来。

周国能：呀，你就是洪生哥啊？

陈洪生：鄙人姓陈。

周国能：哎，就是找陈洪生啊。我从汝南来，有人带了封信给你，你出来一下吧，信在我行李里，来，请来吧。

陈洪生：哎，胡大，我去去就来。

优者是胡大，说：去吧，棋已到这份儿上了，我说过了的，就是神仙来了也救不了你了，我不怕有人支着儿。小二换过新茶，每人一杯，见者有份儿。

来到饭馆外边，周国能迅速地拿出了一副袖珍小棋。

陈洪生紧跟过来问：这位仁兄贵姓？

周国能在怀中的袖珍棋盘上摆棋，头也不回地说：免贵姓周，汝南人。陈兄，我问你一句话。

陈洪生：周兄，那封信呢？

周国能：信等等。这位仁兄，我问你一句，这盘棋，你是想输还是想赢？

陈洪生：当然想赢了，只是回天无力了。

周国能：未见得，来，找个僻静的地方，我给你摆棋。

二人来到一座马棚，钻到马肚子下，周国能把袖珍棋摆下了，开讲。

周国能：来蹲下，不臭的，哎，这总比你的棋香啊。来，来蹲下吧。

周国能摆棋说：他以为他这角已经活了，其实不然。你先在此，紧一口气，缩小他的眼位，而后，他提光了你的子儿也是个刀把五，任怎么办也活不了了。看明白了吗？

边说边飞快地摆着。

陈洪生：果然是个刀把五，看明白了。周……周兄为什么帮我？

周国能：想知道吗？

陈洪生：想知道。

周国能：帮别人就是帮自己。一呢，我是看不惯下棋无品的人，稍一占优便喋喋不休，这种人棋永远下不好。二呢，我帮你赢了棋，你必然要谢我，是不是，这不也是帮了自己吗？

陈洪生：这胡大一贯趾高气扬，如能助我胜了他，必有重谢。

周国能：我独自漂泊，以棋会友，身上无盘缠，也只有求朋友了，我这是句实话。

陈洪生：明白了，周兄你等等我吧。

说完进去了。周国能把包袱枕头下，躺在稻草上，口衔稻草，看天空白云，等了一会儿闭目睡着了。突然听见声音大噪，那优者胡大输了，不服气地说着往外走。

胡大：哎，这棋怎么看也是我大优的，你怎么出去一趟就把我的角给杀了？下了二十年的棋了，有这样的怪事吗？你小子是碰见神仙了，还是遇见鬼了？我跟你说，棋我虽是输了，但我不服，不服！

陈洪生：不服就不服吧。胡兄，今天这棋回家多想想啊。死活棋还没弄清楚呢就大优大优地说神仙都救不了，不怕人笑话。

胡大：别说便宜话了，输就输了，输了我认。今天真是怪了，我居然输了。

边说边走了。

马棚里，周国能闭目养神。

陈洪生走过来说：哎，哎，周兄，睡了吗？

周国能睁眼一看，一锭银子到了眼前，吓一跳。

周国能：这是干什么？

陈洪生：谢周兄指教。

周国能：要不了那么多，够我两顿饭吃的就行。我做人是有准则的。

陈洪生：想吃饭还不好办吗？家中有大田庄。钱你先收下，再到我家去盘桓两日，酒饭管够。

周国能：方便吗？

陈洪生：方便得很。请起，请起，请吧，周兄。我外边有车，请吧。

周国能：也好，歇两天再走吧。不用太破费啊，清茶淡饭即可。

说罢从草堆上爬了起来，随陈洪生来到陈家庄园大院子。

晚上，大院子中可以看到正房里周国能与陈洪生划拳喝酒：七个巧呀，八匹马呀。

周国能：你输了，喝吧。

陈洪生：周兄，我棋不行，没想到这拳也不行，酒更不行了。你好歹陪我一杯吧。来，来，干。

喝过酒，陈洪生啪啪两声击掌：来呀。

话音刚落，只见这明月当空的院中，从东厢房和西厢房款款出来两队服饰艳丽的美女，两队人纤纤而行，各打着灯笼，列队往正房而去。

此时正好周国能扶着陈洪生出来。

周国能：你喝多了，我也多了，头重了，咱们就不喝了。

两人刚一出门，华灯高照，美女如云。周国能以为自己眼花了，喝多了。

周国能：啊，啊，陈兄，这……这……这是哪儿啊，可是要唱戏啊？

陈洪生：对，唱戏，天仙配。周兄你不必……客气，你那棋犹如神仙一般，我呢，一辈子没什么大出息，但有两大嗜好，一呢好色，二呢好棋。今天这些女子呀，你任选其一，别客气，是为了尽我的地主之谊。众位爱妾上前来。

众美人上前，周国能先还看，后赶快止住。

周国能：等等，等等……陈兄，等等，这些都是您的？

陈洪生：小妾，小妾。我虽不是什么达官贵人，但家里有些钱财，所以……

周国能：那……那……这些美人在下都当叫一声嫂夫人了。

陈洪生：叫也行，不叫也行。来呀，过来！

周国能：陈兄，等等，听我把话说完。国能虽无大才大德，但做人是有准则的，下棋为饭可以，下棋骗色，尤其是朋友之妻，是断然不可做的。陈兄，谢酒饭了，咱们就此别过了。

说完分开众女子下台阶走。

众人愣着，周国能突然又回头指着陈洪生鼻子说：陈兄，你以为这是尽地主之谊呀？你这实在是羞辱我。还有，我告你一个道理啊，搏二兔而不得一兔，你既好棋又好色，必然棋色都难得之，什么也上不了品位。再会。

陈洪生：哎，骂得好，骂得好，别走，别走啊。美人们快给我追，追到的有赏，一定要把他留下来。

话音刚落，众美人冲下台阶开始追周国能。周国能抱头在脂粉中逃窜，灯飘，美人衣袖飘，热闹无比。周国能左右冲跑。

陈洪生：追呀，你们这些废物，这么多人追不上一个人，追！

整个院子里，美人乱追，灯笼乱摇，人声乱闹。周国能仓皇而逃。

一轮皓月当空。大道旁，周国能卧在一个草窝里边，抬头看着月亮。

周国能自语：人生在世啊，有些福分就是消受不了。那位朋友说了，刚才的脂粉堆里你不去，非要在这柴火垛中过夜啊，活该。是活该，人生在世你若做人有准则呢，就不免受苦、受罪；要是没准则呢，那活着还有什么意思。活该，本来就是活该。我周国能虽是一小棋士，但做人是有准则的，活该就活该。

说完了刚要睡，突然听见狼叫，往外看，害怕，拼命往里缩：妈呀，可别来。我做人是有准则的。

汴梁城街上，车水马龙，周国能在街上背着包袱风尘仆仆地走着。周国能从一茶社出来，显然是没有找到下棋的。又从一个茶社中出来，还是没有下棋的。正东张西望，终于看见一个棋痴模样的人，抱着一本棋谱从自己眼前过。周国能在台阶上看得清清楚楚，一把拉住。

周国能：哎，这位先生，留步留步，请留步。

棋痴：干什么？

周国能：见了你就像他乡遇故知了。请问这汴梁城有下棋的地方吗？

棋痴上下打量着周国能：你也下棋？

周国能：略知一二。

棋痴：身上带着银子没有？

周国能：一文不名。

棋痴：那你就去河边柳树下与那些野老村童们下下玩儿吧。

周国能：若要找高手呢？

棋痴：你没钱哪儿输得起。

周国能：怎么讲？

棋痴：那凌霄楼上，全国的高手正在打通关，今天最后一关，这会儿差不多也打过了。明月大师若将最后一关的铁佛爷打败了，一个月下来积存的花红何止千两。他一人都得了，你没钱，要去呢也白去。

周国能：怎么白去？

棋痴：你没钱下不了注当然白去。再说了你这个样子，哪儿像个会下棋的？

周国能：总能看看，见识见识吧。

棋痴：看都未准让你看。

周国能：这棋与钱连在一起怎么就这么俗了？

棋痴：说得好，不与钱连，吃什么？不与钱连，哪儿有那么多的人钻研？你没看我除了睡觉，走路都在看谱吗？想什么？想赢钱。

周国能：越想赢越赢不了。

棋痴：你说对了，那就更想了。

凌霄楼内，明月大师正襟危坐于中间，对面众多的棋士也坐着。

司仪：众位大师，今天是冬季通关大赛的最后一关。明月大师一举打败三十二位高手，到今日花红已积了五千二百三十两。棋赛已毕，这五千余两银子已由明月大师赢得，再无二话。恭贺明月大师通关大胜。

有仆人恭敬地将银子一封封摆好。众人在座位上行礼，明月还礼。

明月：众位贤士，此一月下来多有承让。按理说下棋乃是求道之术，不当言利。但反过来说，我辈又要吃喝生存，钱这东西又是人生在世不得不用的。明月自觉明理，但还是说不出钱有何用这样高深的傻话，所以这五千两银子，明月今天是当仁不让了。但就这么把钱拿走，似也过于直白而了无趣味，明月虽然通关打过来了于理当得，但于趣味似略显寡淡。这样吧，请司仪点半炷香，如半炷香之内，此楼中有一个人进来，只要他会下棋，明月愿以这五千余两银子为花红，与他一搏。他若赢了我，我情愿将钱奉送。他若输了我，那我明月就只有拿走了。众位意下如何？

众人齐声喊了一声好。

街上，周国能还在不慌不乱地问着凌霄楼在哪儿。

周国能：老伯，老伯，请问凌霄楼在哪儿？

老伯：过了街往右拐，那大茶楼便是。

周国能：噢，谢谢您。

看见卖糖葫芦的小贩，周国能叫：哎，小二，小二给我来一串糖葫芦。来，给我挑一串，多少钱？

小二：两个大子儿。

周国能：我买一串，这东西可真好看，好看的东西未必好吃。来，这个，要这个。

周国能还是不慌不忙地在街上走着，吃糖葫芦。

凌霄楼内，众棋士正襟危坐，看着中间的半炷香。香旁是那封好了的五千余两银子。香已经燃到很少的一截了，众人看着那扇进大厅的门，没有人要进来的迹象。

街上，周国能边吃着糖葫芦边游荡着往凌霄楼走，看着街边上卖东西的。凌霄楼内，众棋士屏声静气，看那半炷香最后冒了一股烟，将要熄灭了。司仪站起。明月大师松了一口气。众人也都准备起来了。

司仪刚要说话，突然见那扇门此时响了一下。众人头一下子都偏了过去。等了一会儿，并没有人。司仪又要说话，门开了，众人再看，以为是风。只见周国能背着包袱，挤开门，风尘仆仆，咬着糖葫芦进来了。

整个大厅的人眼光一下子朝向他。周国能看见众棋士，咬到一半的糖葫芦不敢吃了，惊讶地看着众人。

周国能：众……众……位前辈……你们在开会？

众人：不是。

周国能回头要走：小……小生冒昧了。

众人齐声说：等等。

周国能：打扰了，对不起，冒昧了。前辈你们在干什么，像是在等人？

众人：说对了。

周国能：等谁？

众人：等你。

周国能：等……等我干吗？实在对不起，我再道一回歉。

司仪过来问：你会下棋吗？

周国能：略……略知一二。

明月大笑道：略知一二，好，真是天意。闲话少叙了，同道请过来，请吧，咱们去雅室一会。

周国能：您……您是哪位？

明月：在下明月。

周国能：大师，大师，受晚生一礼。

司仪：免了，免了，下棋。

周国能：下棋？我……我……我还没吃饭。

司仪：放心，有你吃的。

周国能像是极不情愿地跟着明月走了。

临安城。女棋士妙观在街上走着，有认得她的人都给她行礼。丫鬟月儿跟定了。突然，一老者带一小童在路上给妙观磕头，妙观赶快将人扶起。

老伯：妙观师父，我这孙儿颇为聪明，想与师父学棋，可惜家里没钱，请师父可怜收留了吧。

妙观：老伯，请起，请起。棋与钱原本不是一回事，什么大事，还劳您行礼，折煞晚辈了，快请起，快请起。请到棋舍一谈吧，若他聪明，我不收钱。请起。月儿带上小弟弟一起走吧。

月儿：哎，小弟弟起来一起走吧。

说着拉起小孩，四人一起走。

凌霄楼雅室摆上一盘点心，周国能伸手拿了点心吃，然后拍拍手，拈起一子落下。明月大师静坐对面，扇子上两个字“清远”。看着棋，想也不想，落下一子应对。周国能半块酥皮在嘴边不动，看着。

凌霄楼大堂内，此时中间挂了一大盘，下边分成了几组人都在聊天。

甲棋士：明月也真会做人，半炷香，随便等个人来收拾人家，貌似谦恭，实则更显骄横。

乙棋士：他明明知道当朝的高手都在这儿，还要等什么第一个进来的人，装神弄鬼，进来十个人又有什么用？

甲棋士：这下那人真成了明月的点心了。棋没下就嚷着要吃饭，这样的人怎么会下棋呢？还略知一二呢。

底下人三三两两根本不当回事地在聊天。司仪一人在大盘上挂棋，一连挂了七八着。众人不由得眼睛被吸引了，都回头看棋了。

甲棋士：哎，腰刀定式啊。

乙棋士：谁的黑棋？谁的黑棋？

丙棋士：还用问吗？当然是那小子了。

乙棋士：堂堂正正吗？开局不见吃亏啊。刘棋士摆摆，摆摆。

话一说完，众棋士哗地散开，分组各围几盘棋开始摆棋研究，气氛紧张。大堂顿时杀气弥漫，五千多两银子放在一旁。

雅室内，周国能嘴上有酥皮，在细细看棋。明月看着他脸上的点心渣别扭，终于指了指他的嘴。

明月：你……你嘴边……你嘴边。

周国能专心下棋，一点儿没察觉。忽然反应过来，把嘴擦干净，拈起一子落下，啪的一声，惊得明月把扇子打开，眉头一下紧了。

凌霄楼大堂内，司仪把这黑子一挂，底下议论纷纷。

甲棋士：这黑棋是既要出头，又要封白棋啊。

乙棋士：没那么容易，搞不好被掏了底空。

丙棋士：不过明月的棋，今天一点儿看不出占优倒是让人觉得怪了。

甲棋士：哎，落子了，落子了，快看。

司仪挂白子。

乙棋士：不愧是明月大师，好手段，好！

甲棋士：哎呀，快看，快看，黑棋还要镇啊，狂得很嘛！

丙棋士：光焰万丈的一手。此人不凡。

雅室内，明月在这冬天不停地扇扇子，头上已出了些汗。周国能想去伸手拿点心又觉不合适，伸而又放，还是拿了块点心捂着嘴吃。明月收了扇子，站起来，像随意观阵一样，先到棋盘的左边看了看，又到右边看了看。周国能抬头看着他，觉得奇怪。

明月左右看了看后，又走到周国能的身后，以周国能的目光来看棋。周国能仰头看着明月，明月以周国能之目光看过棋后，匆匆又回自己座位。

明月：对不起，我对看棋的方向很在乎。

说完落子。大堂内，司仪白棋一挂，众人齐发感叹。

乙棋士：妙手，这一着把黑棋的一片苦心给破了。

甲棋士：的确是好手，黑棋难对。

丙棋士：也不是完全没办法。

三人摆小盘上的变化。

正看棋，看见周国能从楼上雅室下来，边跑边给众位行礼。

周国能：对不起，内急，内急。

周国能又跑到一个马棚，钻到马肚子下，脱了裤子出恭，从怀中摸出那袖珍棋来，飞快地摆好了。自己拿着那袖珍棋四个方向地摆着看着，都看完了后，果然心里有谱了。收了棋，提起裤子就回。

刚出了马棚到院子中，突见那甲、乙、丙三棋士在等着他。

周国能：对不起，对不起。

甲棋士：等等。

周国能：三位有何见教?

甲棋士：这棋你是想赢还是想输?

周国能：想赢怎样，想输又怎样?

乙棋士：要是想赢，我三人有破这着大飞的着数，可以告你。

丙棋士：赢了的钱，你拿一半，我们三人一半。

周国能：还要赢钱啊，多少钱?

甲棋士：五千两。

周国能：啊，这么多，早知下得认真些。

甲棋士：现在也不迟啊。

周国能：是啊，三位前辈，这事我……我不是小看你们啊，再一个我也不是为贪钱。我……我做人是有准则的，下棋支别人着儿可以，让别人支着儿，我不干。再说了你们三个人如真有什么好着数，也不致落到今天在下边看棋呀。告辞了。

他匆匆进门。

甲棋士：这……这小子还狂得很呢。

妙观棋社内，那小童在盘上落子，很镇静自信。

妙观看了看，应了应，觉得不错，对老伯说：这孩子天资聪颖，是块下棋的料，老伯让他留下吧，您放心，妙观自会好好教他的。

老伯说着又要行礼：谢谢您，谢谢您。

妙观上手扶：不可，不可，千万不可。

老伯：听说京城开封在打冬季大通关，您没有去?

妙观：那种俗事我怎么会去?京城的棋士看得最清的是钱。

雅室内，明月大师开始围着棋盘转圈地看，越看越快。周国能仰着头跟着转都晕了。明月大师转过了坐下，看棋。此时棋盘上，棋子儿摆满了黑杀住了白的一条大龙，明月沮丧地看着棋，有英雄迟暮之感。

大堂内，众棋士均已看出输赢来了，全都回到了各自的座位，端坐着一言不发，低头沉思，一片沉默。楼梯响，明月在前，周国能在后下来了。明月像是老了十岁。

明月坐于侧面，让周国能坐在正中，五千余两银钱在他面前。

明月：众位棋士，明月深负众望，这盘棋输了。

此话一出底下突然有人低头抽泣着哭起来……

明月：从来以为那六十手大飞是手妙着，今天看来那是手败着……今日之棋输得好，输出了心得。棋不输，怎知不足？不知不足，又怎能长棋？今天明月心服口服地输在了这位……高士手下，得罪了，还不知您尊姓大名。

周国能说着行礼：汝南周国能拜见各位前辈。

众人还礼。

明月：周大师，棋输了，这五千余两银子，请笑纳。

周国能：各位前辈，国能是后学，本是来学棋的，刚才知道这盘棋是有彩的。国能做人是有准则的，这钱原本是明月前辈当然之物，我以为还归明月大师所有。再说了，下千古名局，乃后学一生之所望，今日之棋，后学也是被明月大师一着棋所激发，才有了些对策，若论名局当是两人的创造。所以银子我不要，有哪位前辈愿意管后学一顿饭吃，已是感恩不尽了。后学做人确实是有准则的。

此话一出，众人大喊：我管，去我那儿，去我那儿。

司仪：众位不要吵，不要吵。我看这样吧，从明月大师开始，加上汴梁城有头有脸的皇亲贵胄，凡要请周大师饭局棋局的，都由我来安排，我来安排。其中所挣花红彩头，周大师得六，凌霄楼棋社得四。再有今天这五千余两银子，我看明月大师拿也当拿，但终归有话在先了，所以拿呢，就拿三分之一好了，留三分之一给周大师，再留三分之一在棋社，以支付平日花销吧。原来下棋不该谈钱的，说钱多俗啊，但没钱哪儿来的棋社，我看就这样吧，先送明月大师与周大师起驾。

众棋士起立欢迎。周国能打开包袱包了一堆银子，依旧风尘仆仆地被欢迎着出去。

周国能：众位前辈，在下请所有的人去吃酒啊。请赏光，赏光。

众人热闹而出：好，去吃酒啊，吃酒啊。

从此以后，周国能为名声所累，他在那些好棋的王公大臣厅堂中衣着华丽，曾在很雅洁的房间中跟大臣下棋。棋毕大臣生气离席，仆人给个红包，旁边的司仪马上接过去了。

他曾与一个中年妖艳老妇女下棋，他在打瞌睡。老妇女生气用棋子敲盘，他惊醒，无奈随手落子儿。

他曾在冠盖如云的宴会上，被拉来拉去地介绍着。

他曾被一个美艳之妓女拉住亲嘴，他无奈地受着。

他曾赢了一个高手，一盘元宝端了过来。司仪马上上前一个一个地数着收了。他站起来，拂袖而去。

下雪了。周国能穿了身素衣裳，边系着扣子边从华贵大门里出来。司仪带着马车早就候下了，一看周国能出来，马上笑着迎了上来。

司仪：大师，早啊。

周国能：啊，早。

司仪：车给您备下了，您请。

周国能：不坐车，你也不用等我了。

司仪：哎，大师，早就安排了，户部老爷今天等着您授棋呢。咱钱可都收了人家的了，您……

周国能他理也不理地走：谁收了钱谁去，我不去。

司仪：哎，大师您别使小性啊，咱不就为了……

周国能：使小性，告诉你，我今天要发个大火给你看。从今往后凡是那些应酬棋、表演棋、脂粉棋、朋友棋我都不下了，你别总像牵着个猴子似的拉着我到处窜。告诉你我烦了，腻了，不高兴了。钱我是一分也不要了，够花了。你想怎么着，我接着，告诉你，我……我做人是有准则的。

说完扬长而去。

司仪：哎，哎，你……你怎么能这样啊。都什么朝代了，你还假清高。你有什么了不起的准则，不就是个臭下棋的吗？还准则呢，准个屁。

周国能一个人爬山，爬上高峰，坐在台阶上看着山景。看着看着躺下，看蓝天、白云，看飞鸟盘旋。

周国能自语：一个人都不想见了。原以为到了汴梁可以以棋会友，终日切磋棋艺的，谁知道这地方比乡村不知俗了多少倍，棋倒也下，可下棋不是为棋，是为钱。为了挣钱做生意去不是挺好吗？还下什么棋啊？俗，汴梁真俗。

他最后几句是喊着说的，喊完了闭眼，脑子里还是棋枰。周国能好像预感到什么一下子坐了起来，意外地看见身后的石桌上真的摆着一盘棋，骂是骂，见到棋了还是想下。

周国能起身往那石桌而去：奇怪，怎么这儿还有一盘棋？

周国能看看左右一人没有，坐下来，看棋，看完了又站起来左边看看，右边看看，对面看看。看了一圈，抓起白子儿想走，又放下，放下又想走，终于把白子儿扔下。

周国能：这棋，这棋，白棋已经输了嘛。

话音刚落，只听树林子里一男人大哭，边哭边诉。那人像是一直在等他这句话似的。

男棋士：我不活了，天地之大我还有什么脸活在这世上，我不活了！

哭诉声伴着一种砍东西的声音。周国能一听不好，飞快地拨开树丛冲了进去。只见戴一方巾的中年棋士正用砍刀砍自己背，看着凶险无比。

周国能边冲边喊：前辈住手，前辈住手！

冲上前去一把把砍刀握住，那人还要砍，周国能拼命抢下：前辈，人生无常，会有那否极泰来的时候，千万别想不开，放手，放手！

男棋士：你别管，我不活了，我活不了了！你别管！

周国能：有话好说，放手，放手！

男棋士：没脸，我没脸啊！

周国能：有话说话，刀……刀……没脸？我也是个没脸的人，两个没脸的人。

刀终于被他抢下了。

周国能：坐下来有话好说，好说。为什么？说给我听，别想不开啊。

他趁机看了那人的背，一点儿血也没有。

男棋士：没脸啊，说不出来。

周国能：说吧，为什么？为女人？

男棋士：你说对了一半……

周国能：另一半是什么？

男棋士：棋。

周国能：棋呀，又是女人和棋，不值当的，为女人还好，为棋不必。

男棋士说着话又要抢刀：实在说不出口。

周国能挣了两下，砰，刀扔在地上，知道他不想死，说：好，说不出口，我也不听了，我走了。你……你好自为之吧。

男棋士：哎，别走，别走，你等会儿，我试着说说，试着说。

周国能：说吧，是不是输了一盘棋？

男棋士：不止一盘，是三盘。

周国能：三盘都输了？

男棋士：都输了。

周国能：下棋嘛，输赢不是常有的嘛，谁敢说自己没输过。输给谁了？

男棋士：没脸说啊，输给了一个十七八岁的女子，没脸，呸，没脸。我学棋的时间比她岁数都大，没脸。

周国能：哎，别打，别打了。输就输了，输谁还不是一样输。石桌上那盘棋，那女子执黑？

男棋士：她执黑。

周国能：好功夫啊！堂堂正正的棋啊，她在汴梁吗？

男棋士：不在，在江南临安。

周国能：在临安，她叫什么？

男棋士：她叫妙观，妙观。

周国能：妙观，一个女子会叫这样的名字啊，妙观。

妙观棋社内，众学生有儿童，有青年，每人坐于席上，一人前一几一棋盘，都在低头打谱。

妙观边走边看：今天打的是松间局，变化百十多种，大家一定要把心得想出来，而后一一写在纸上，回头交给张生。

张生是妙观的大弟子，是个白脸俊美青年。

张生：老师，今天家母有疾，学生想请半天假。

妙观：是吗？那你快去吧，百善孝当先，学棋重要，侍奉母亲更为重要。带上棋谱吧，有空想想。

张生：哎，多谢老师，那我先走了。

妙观：快去快回。

山上石桌旁，周国能拿着白子儿在认真看棋。那男棋士还在没完没了地说。

男棋士：我没脸，我下棋的时间比她年龄还长两倍，我……我会输她三盘，天地生人为什么这么不一样啊？

周国能不理他，专心看棋。

男棋士说着又要寻死觅活：我……我还活什么劲啊！

周国能赶快把他拉住。

周国能：哎，你这人怎么不听劝啊？这盘棋你原本是可以胜的，等会儿闹，先听我说。

男棋士：什么？可以胜？我……我三个月都没想出来。怎么能胜？你说说。

周国能：你这手要是单长呢，既可引征，又可活左边的棋。

男棋士细看，恍然大悟：啊！对呀，对呀！我……我怎么就没想出来呢，原以为是个俗手呢。

周国能：寻常是俗手，放在这儿就是个妙手。

男棋士：怎么？你也会下棋？

周国能：略知一二。

男棋士先还有些高兴，这会儿又哭了：连……连你这样的人都会下棋，都能看出着儿来，那我就更没脸了。我……我还活什么劲啊……我去死！

他又要往林子里跑，这回周国能不拦了。

周国能：嘿，你听我说句话再走，等等，来听我把话说了……但凡是人总会有不如人处，又不是神仙。你连这都想不开，还下什么棋啊？非要死就去死吧。不过再要死别用刀背砍，要想死就把刀磨快了真砍，用刀刃，砍脖子，一刀就死了。

说完不理他了，下山。

男棋士：你……你连我用刀背砍自己也看出来了？你……哎，你别走，你……咱们下一盘，下一盘。

周国能：没工夫。

男棋士：你去哪儿啊？

周国能跑着下山说：去临安找妙观。

男棋士：你不怕输啊？

周国能：不怕，我还想赢个媳妇呢。

三

流云院屋内，张生急急地上得楼来。

红拂的丫头铃子惊讶：哎，张公子又请假了？

张生：啊，跟老师说我母亲病了。小姐在吗？

铃子：啊呸，说母亲病了往园子里跑，你做人做得可够品位的，够坦荡的，够孝悌的。我要是小姐呀，才不见你呢。

张生往阁子内走，看见了红拂小姐，说：红拂姐姐，还没起呀？哟，梳头呢。

红拂正在阁子里梳妆，看镜子应付他一句：来了。

张生：有根头发可是白的，我帮你拔了。

红拂：住手……莫染亦莫镊，任从伊满头……昨天你棋输了怎么人也跑了？

张生：小生内急，就……

红拂：什么内急呀，是怕我让你买酒吧？哼，不愧是吃素的人教出来的，人活得一点儿也不坦荡。内急……人家呀有土遁的，有水遁的，无非是借土借水而逃，你这说内急而逃倒是也有一讲。

张生：小姐明示。

红拂：尿遁，借着撒尿逃跑。

张生：姐姐，你言语可真刻薄。

红拂：我的棋如何啊？

张生：比小生略胜一点儿。

红拂：跟你还用比吗？我是说跟你师父比。

张生：你这……这不是难为小生了吗？

红拂：怎么难为你了？是强是弱你说说。

张生：非要说吗？

红拂放出一点儿娇媚：非要说……说了我让你梳头发。

张生：那我就实话实说了。

红拂：姐姐我呀，就要听实话，说吧。

张生：我师父呢，从小是在白云庵内寄养大的，自小学棋坐禅读经。棋看着素朴但平衡、实用，一着是一着，看着普通，实则深奥。要不怎么叫妙观呢？姐姐你不一样啊。

红拂：怎么个不一样法？我听听。

张生：你自小在勾栏中长大，习的是琴棋书画，人呢又聪明绝顶，棋呢也就飘逸、轻快，看着漂亮，但……

红拂：但……什么？

张生：但……

红拂：说。

张生：有时不免显得轻浮，华而不实。

红拂：是你的真话？

张生：也不是我一个人这么说。

红拂：是啊，还有人说？

张生：坊院间都是这么议论的，姐姐别怪。

红拂：与你师父比呢？

张生：大概输我师父一先……这也是别人……姐姐别生气。

红拂：本姑娘才不生气呢。我还以为你能说出什么有见地的话来，无非拾人牙慧。我看你呀在棋上没什么出头之日了。你走吧。

张生：姐姐。

铃子：叫妈也不行，走吧。

张生无奈，刚要走。

红拂：等等，有个信不妨传给你老师知道。明天我要在流云院以一当四，你们老师有便了不妨来应战，看看谁强。

妙观棋舍。妙观坐前边，众棋童轮着上来交卷子。张生夹着谱进来。

妙观收着卷子不看他便问话：你母亲病可好一点儿了？

张生：回老师，一服药下去大见起色，大见起色了。

妙观：你棋谱可看了？

张生：还……还没来得及，老师，我晚上补上。

妙观：也好。

张生：老师，流云院明天有棋赛。

妙观：是吗？又是下彩的吧，多吗？

张生：少不了。

妙观：怎么讲？

张生：红拂小姐要以一当四。

妙观：哈哈，笑话，下棋是对弈，又称博弈，从来是一人对一人的。红拂不愧是坊院间的棋手，下棋也要以一当四，这也真算是一种卖笑的风范吧。张生，流云院你也去过了？

张生：没，是……是听说的，是……

妙观：你是为探母病去了，还是为探色去了？

张生：探病，探病。

妙观：探病怎么探到红拂那儿去了？张生，棋下得好坏自有天分缘分，棋可以不会，可以不学，做人不可不实。

张生：学……学生谨记。

流云院大门口，一杆大幡竖着，上书“红拂道场，以一当四”。

门口车水马龙，有走的，有坐轿的，冠盖云集。门口老鸨子、叉杆忙着收进门钱，笑得合不拢嘴地跟人打着招呼。

老鸨：哟，李公子呀，来了，快里边请，里边请。

李公子递上银子。

老鸨这边说着谢了谢了，那边又应酬道：呀，张师爷真给我们红拂捧场啊。哟，您真见外，您就别破费了，请还请不到呢。

流云院内棋亭，四盘棋已经摆上了，四位公子都坐好了，单等红拂出来。

铃子快步来传信：几位爷再等等啊，一会儿就出来了。

四人赶快起立，说：不急，不急。

流云院大门口，老鸨还忙着迎客收银。康王府管家骑马而至。

叉杆赶快把马牵了。老鸨飞跑过来说：哟，刘总管，怎么还惊动您了？

总管：嘿，我怎么就不能来？不想别人，我还不想你吗？

老鸨：哟，当着这么多人，多么不好意思呀，您瞧瞧，快里边请，里边请。

总管：今儿就不进去了，代王爷给红拂小姐添一份彩。

说着从背上解下包裹，打开一锦盒，是一对翠镯子。

老鸨：呀，真正的翠呀，这可是无价之宝啊。

她故意举起来，众人围过来看。

此时周国能风尘仆仆地出现。老鸨接过锦盒说：呀，这是给我们红拂的，说句话就成了，还用送东西啊。这王爷也太给脸了不是。

管家：王爷是为红拂小姐之勇气添点儿小意思啊。

老鸨：这话怎么说的，可是惊动了王爷了呢。好啊，快跟小姐说去吧，赢了，王爷有大奖。总管大人啊，您好歹进去一趟，算是给我流云院捧个场了，请请。

众人乘兴拥了进去。周国能也想溜进去看热闹，没想到那叉杆就像后边长了眼似的，头也不回，一伸手给他拦住了。

周国能：这位先生，借过。

叉杆：拿钱。

周国能：什么事儿，还要钱？

叉杆：没看见招子吗？我们红拂小姐一对四，没什么大事，下棋。

周国能：下棋？我不下，我是看看。

叉杆：你想下也有人跟你下啊，就是看才要钱呢。

周国能：钱，怎么棋跟钱就分不开了？告诉你，我做人是有准则的，该给钱时，自然要给，不当给时……

叉杆：嘿，伟大呀，了不起呀，有准则！告诉你，我做人也是有准则的，我的准则是什么事离了钱免谈。想看不要钱的棋呀，别上我们流云院呀，我给你指个路。

周国能：什么地方？

叉杆：往东，妙观棋舍。

周国能：妙观？妙观？对呀，我……正要去那里。

流云院内棋亭，笙、管、笛、箫在亭下齐奏雅乐。亭子里，红拂一身艳装，手拿团扇轻摇，站在一个人面对四个人的棋盘前，随着那音乐，忽点一下这边，又忽点一下那边。旁边堆了一堆的彩头。那四位棋士呆呆地长考着。红拂闲而无事，手剥葡萄轻轻地放入口中。众看客也都安静地围着亭子看一个大盘。

妙观棋舍与流云院形成鲜明对比，清雅、朴素、专注、沉静。众学生都席地正襟危坐，一手执卷，一手打谱，落子声此起彼伏。妙观静静地边走边看，不时指点一二。

张生坐在后排，看着像是读谱摆棋，其实是边看手中话本小说，边乱摆着棋子，全不成局。妙观静静走过，一眼看破了。妙观站了会儿，张生不觉。妙观突然伸手将那本小说抢了过来。张生吓了一跳。

妙观：几天没有过问，你真是长了本事了。先是请假说是探母实是探色，这会儿又可以一边读话本一边打谱了。好，我来问你，这是你学兄该做的样儿吗？

张生：……

妙观：我也懒得说你了，去，到讲台上去。你刚才是用左手拿的话本吧，我不打你，你自己用右手拿了戒尺打自己的左手，去。

张生边听边已走到讲台。妙观连身子都不回，又沉静地说：打吧，我要听到声音。

那张生想打又下不去手，戒尺举得高高闭眼轻轻打了一下。

妙观：要大家都听到声音，

张生终于打响了一声，很疼。

周国能在窗口看了一会儿了，笑着接话：没用，打没用。

众人看窗口。周国能边说边进来了。

周国能接过张生的戒尺说：不能打，谁打也没用，换种办法。

妙观看着他，他也看着妙观，两人第一次相见自有些不同的感觉。

妙观：你……你是什么人？

周国能：闲人。先不说我，先说他，这教人学艺，打不得。

妙观：你怎么知道？

周国能：我……我常被打啊，没用，深受其害。

妙观：你常被打，自有你被打的理由吧，为什么？

周国能：说出来怕各位见笑，读书背不出《三字经》。

妙观：多少年？

周国能：说出来更可笑了，近十年。

妙观：这没什么可笑的，可悲而已。连《三字经》你都背不下来，还要到这棋舍中来闲人管闲事吗？

周国能：打学生不是闲事，是正事。

妙观：要是不打，依你该如何？

周国能把戒尺扔到一边：打是不能打的。我说一个字一定管用，饿。饿他饭，每次饿三天，以三天为限，不要长，也不能短。

边说也边巡堂看起学生的棋来了。

周国能：要是饿他三天，哪儿还有心思看小说或贪色啊。打手或者饿饭让他挑一个。

张生一听要饿饭，就用眼睛瞪着周国能，这会儿听到让挑一个，拾起戒尺，清脆至极地打起自己的手掌来，一下一下也狠了心了。

周国能理都不理边走边看学生的棋。妙观看看张生，看看周国能。

周国能：哎，不对，不对，这一着这么应，将来必吃亏。笨笨地长一步，棋形看似愚啊，但有效结实。小小年纪下棋别太不动脑子啊。

说着对妙观一笑。妙观不理，上前来看周国能指出的棋。

流云院棋亭，四个下棋的男子有抱头的，有托腮的，有发呆的，有搔发的，都看着棋盘。红拂团扇轻摇，看着棋。突然甲秀士拈起一粒黑子，随意放在盘上，投了认输了。亭下围了很多人都等着看热闹。

甲秀士：红拂小姐一百六十七手，我认输了。

红拂一笑。

铃子高喊：万秀才认输了，我们小姐先胜一位，现在是一对三。

亭下众人鼓掌欢呼。

老鸨：这么快就下来一位，我们红拂可真能。

妙观棋舍。妙观看完了周国能指点的棋，心中坦然。

妙观：斗嘴说理，你也许有些办法，这下棋你却不行。

周国能：怎见得？

妙观：《天怡论》就是这么下的，谱上就是这着儿跳。

周国能：话倒是不错。但谱也是人下出来的，又不是神仙下的，当然就会有错。这着儿跳并不是唯一的一着儿。

妙观：你连经典也要说三道四吗？

周国能：人生在世，下棋若只按谱下，做人若只按书行，那不是很乏味的吗？有自己的变通才是下自己的棋吧，人人都下《天怡论》的棋要你做什么，还有什么乐趣？

妙观：看不出来，这么说你也懂一点儿棋了？

周国能：略知一二，只能说略知一二。哎，小朋友，你这次序搞错了，应该白先板，然后再打吃。所以来请教你呢。

妙观：不敢当。

周国能：为什么？

妙观：不为什么，我们还要上课，你请吧。

流云院棋亭。三人已都下台，只剩一人了。

铃子在为两人数棋。黑棋十个一组，十个一组后，余下一个子。

红拂：姜学士，很细啊。承让了，只是一子之差。

姜学士：太细了，红拂，你的棋真是飘逸中又多了些华美，实在是渐欲迷人眼啊。一子之差也是输啊，在下诚服。

铃子鼓掌道：我家小姐一人打败四人，彩头都是我家小姐的了。

锣鼓大奏，众看客拉出一个帐子上书：“红粉圣手。”

红拂：彩头都是大家的。今天凡来的都是给我红拂捧场了，我只收了这对翠镯子，其余各位见者有份。妈妈你可别不高兴啊，人生在世不就图个红火热闹吗？

老鸨其实内心舍不得：钱都是你的，妈妈我还有一份，哪……哪能不高兴啊？

众人排队，红拂一个挨一个地给发着银元宝，热闹无比。

妙观棋舍，二人仍在谈棋论道。

妙观：请教一词不敢当，烦你收回。人生在世，芸芸众生，或相识相逢还要看一个字。

周国能：缘。

妙观：缘也不是一般的缘，是善缘不是俗缘。

周国能：还是缘啊。我从北方千里之外跋山涉水到你这小小的棋舍来，面对面地说话，难道不是缘吗？

妙观：前几个月，北边也有一个像你这样的人来过，也是指指点点的，说三道四。

周国能：棋也许不像我。

妙观：连败三局。

周国能：噢，是那个人啊，那人我认识，我救过他一命。

妙观：这么说你也是为棋而来？

周国能也不管那么多学生，深情地说：不为棋，为人。

妙观一下正色。

周国能：当然……在下的意思是以棋会友，以棋会友。

妙观：敢问尊姓大名，何方人氏？

周国能从怀中拿出一个字轴，哗地抖开了，上书：汝南棋士周国能，让天下高手一先。

这条幅一抖开，众学生都来看，看过后终于鼓了劲齐声高喊了一声：哈哈，吹牛，吹牛！

周国能：不吹不吹的，想试的不妨试试。

说完卷了字轴出门。众孩童追着他，推他，轰他。

周国能走了一半又回头说：妙观小姐，若要不信，我随时恭候。

妙观看着他竟一句话也说不出来了。

妙观棋舍街对面张婆家，张婆眼动眉毛闪地察言观色，边说边探着周国能，目的是多要钱。张伯在一边帮腔。

张婆：话跟你说啊，不是我们家的风水好啊。

张伯：哎对，不是我们家的风水……

张婆：是我们沾了对面人家妙观小姐的光了。

张伯：沾光了。

张婆：来我们这儿住的，哪一个不是为了棋为了人来的？

张伯：为人。

张婆：哪一个不是输得一塌糊涂，丢着脸、抱着头回去的？

张伯：丢脸，丢脸。

张婆：我看你呀，人才一般。

张伯：一般。

张婆：去去去，我说话你总插什么嘴……直说了吧，你要是没什么本事，这房也就别租了。我不怕租不出去，租也要租给个差不多的人啊。

周国能听了张婆一席话，早就明白了，说：张妈妈您看着我傻吧？其实我不笨。

张婆：怎见得？

周国能：您说的我都听明白了。

说着话拿出一锭银子来，送到张婆眼前。

张婆高兴地收钱：哎呀，我还没看出来，啊，啊，你这人这么懂场面，不笨，不笨。这话才说了一半，你……你就明白了哎。我不是那意思啊，不是那意思。

张伯：不是那意思，不是那意思。

张婆：原来的话我收回啊，你行。

周国能：刚才不是说我？

张婆：你行，你行，心眼儿活。得，我去收拾房间。哎呀，真明白事，明白。

周国能说着，哗又抖出那个字轴来：不急，烦请张婆把这招子挂到大门外去。

张婆、张伯两人看。

张伯："让天下高手一先"，好厉害，行，我去挂。

张婆：等等，周相公，这可不能乱挂。“让天下高手一先”，到时万一你输了，你丢得起人，我张妈妈可丢不起人。我张妈妈在这条街上……

她话还没说完，周国能又掏出一锭银子，张婆对眼了。

张婆：呸，看我这乌鸦嘴，谁说你会输啊，一准能赢！呸，呸，你的本事大，一定赢！不好意思。张老头快挂出去，快，快！

周国能看两人颠颠跑出去了，自语：我周国能做人是有准则的，但遇到小人，也……也只有花一些无伤大雅的钱，无伤大雅。

妙观棋舍是一临街二楼屋舍，上为闺房下为棋室。妙观和丫鬟月儿撩着窗帘看着张婆家门口，那儿围着很多人在看招子。

月儿：小姐，什么人啊，也太狂了，那破招子挂到别家去也就算了，挂到咱门口来了，我……我去给它揭了。

妙观：月儿，别去。

月儿：小姐，谁不知你的棋天下无敌，一个鼠辈，难道还怕他吗？

妙观：怕倒不怕，犯不上。

月儿听完话往窗下一看，那些原来在看招子的人都回过身来，对着二楼的妙观窗口边看边高喊，声音很齐：妙观应战，妙观应战。

妙观悄悄在窗幔后往下看着，一眼看见周国能站在张婆家的台阶上，抱着双手，抬眼笑着看着。

妙观：月儿把窗户关上。

月儿关窗，妙观生气坐下。

月儿：生气干什么？小姐咱难道怕他吗？应战。

双一茶室，摆着果品、茶具，李公子、张师爷两人把周国能与妙观召集到了一起，谈赛棋之事。

张师爷：我们两人呢，不算帮忙，算个帮闲吧，本地士绅七十九人签名出彩银，请二位高士下一盘棋。

李公子：只一盘。

张师爷：对，一盘。

妙观：两位先生，妙观下棋从不赌彩。

周国能：二位，我做人也有准则，凡遇人生之大局，下棋不谈钱。

妙观：虽说不赌彩，但钱既有七十九位士绅愿出，妙观觉得也不该拂了众人的美意。要是赢了，钱我还是要的。

周国能：啊对，如非要赌彩，我也要。

妙观：周棋士，你的准则倒是很活泛的，转眼即为阴阳。

周国能：我……我是要啊，我要过后全捐出去，舍粥，施衣，给残障之人，庙里上香，病人布药。对了，留一部分捐给你妙观棋舍，让天下聪明孩子想学棋即可学棋，同时也有钱读书，这不背离在下做人的准则吧？

妙观：棋还没下，好像你已经赢了。

周国能：总不能棋还没下，便想着自己输了吧。妙观小姐你怎么想的不妨也说说。

妙观：我无心。两位先生，妙观战是要应的，但棋之一路大概不像作诗文的，自己写过后说自己是天下第一，便真有几个闲人一吟一诵地捧，果然就真以为自己是天下第一了。棋之一路，你说也没用，总要分出个输赢来才是。妙观虽久无敌手，但就这样地轻易便与一外人对弈，于心也有不愿，所以……

周国能：先与你的学生下一局？

妙观：你倒有悟性。

周国能：小姐，你不像个出家的，你很入世嘛。

妙观：出世之人何妨以入世之心看世界。

周国能：红尘中人何妨以出家之心看大千。

张师爷：周棋士，你以为？

周国能：可以，可以，话都说出了，和谁下都不妨。妙观小姐，如下不过你学生，我愿把那招子亲手转挂在你门上。

妙观：谢了，妙观谢绝。妙观不是那种生怕天下人不知道自己，整日里挑出个招子满世界挂来挂去的人。

周国能：好，好境界，好口才，国……国能不及，不及。国能今天说话有点儿语拙，口不对心，小姐见谅。

流云院红拂屋内，红拂一身睡衣在灯下画一柄团扇，边画边跟张生说话。

红拂：这么说你师父应下了？铃子给我调点儿赭石。

张生：哎，应下了，只……只是有点儿勉强。

红拂：怎见得？

张生很庄重道：师父选了我先跟周棋士下。

红拂：哟，我说今天来了怎么满丹田的中气呢？被师父点了将了，不是那天自己打自己手的时候了？

张生有些激动：请姐姐多说点儿鼓励的话，小生明天有棋局。

红拂说着又画：我不鼓励你，你要找鼓励也不会上我这儿来了。

张生一下抱住红拂，不是求色，其实是紧张。

张生：请姐姐说点儿鼓励的话，请……

红拂：放手，放手啊，看染了颜色……我问你，那人长得什么样？

张生：人长得怪怪的，看着又愣又傻，但棋……

红拂：怎么样？

张生：那天只一着棋就把《天怡论》给批了。

红拂：批得有理吗？

张生：不知道，但有见地。

红拂扇子画好了，说：姐姐托你个事，他跟你下要是赢了，你帮我把这扇子送给他，就说流云院的红拂恭贺。

张生：画了这半天，我还以为是送给我的呢。

红拂：要想送你也行，你赢了他，我送你。

张生：白说。

红拂：怎是白说？

张生：我……我怕赢不了他。

铃子：窝囊废。

红拂：你赢不了，不是还有你师父呢吗？

双一茶社雅室内，周国能闭目养神，张生头都快扎到棋盘里去了，看着棋，半天不下。妙观棋舍二楼，月儿拿着棋谱冲了上来。

月儿：小姐，谱来了，来了，您看看。

妙观赶快展开谱在棋枰上摆子。

茶社雅室，张生两个指尖夹着一枚黑子，犹豫着不知该下在什么地方。周国能平静喝茶。张生终于落子了。

妙观棋舍二楼，妙观在打谱，也是那枚黑子一落，心就惊了。

妙观：张生今天算是下得不错的。

月儿：是吗？占优了吗？

妙观：棋于他来说算是花了心机，但不是对手。

月儿：不是那北方人的对手？

妙观：不只是让先了，可让一子。

茶社雅室内，周国能说：这棋你可以不下了。

张生：我……我知道，但我想把它下完了。

周国能：现在盘面你少了二十子。这样的棋要是还要下完，你不单棋输，棋士的尊严都输光了。

张生：这话应该我说。

周国能：你不说，我自然要告诉你。看来你们老师教得不好。

张生：和老师无关。我认输了。

周国能：那天老师打你，打得没什么道理。

张生：我打谱看小说难道不该打吗？

周国能：你这种棋才，顶破天了也是个二流棋士。如果是我，干脆让你去做小说，备不住还能学成个编歌唱曲什么的。打你为了棋，打也白打。

张生：你说话不要太伤人心，我输了，我们老师可没输。有话赢了我们老师再说不迟。告辞……

他站起要走，红拂画的团扇正好落下。

张生：噢，这扇子是流云院里的红拂小姐送给赢家的，给你。

周国能：红拂？是个小姐啊，好，你们这儿下棋礼道还不少呢。谢了。

晚上，周国能回到张婆家，进门就说：张妈妈，开饭了，开饭了，饿坏我了。

张婆：哎，来了，来了。有红烧肉啊，吃了最补脑子了。来，来多吃点儿。赢了？

周国能：小胜。

张婆：看你就不是那省油的，张老头拿酒来，咱家客人胜了。快，快点儿。

妙观棋舍二楼，烛光下妙观在摆着周国能的棋谱。

妙观：他……他怎么能这么下呢？

月儿：小姐，水我烧热了，晚了，睡吧。

妙观：月儿，你不知道，平日里我与张生下棋，他要用起心来，我也赢不了他这样痛快。此人棋下得结实呢。

月儿：你说的是对面的棋士？小姐，我从没看你这么怕过，你真的怕他吗？怕输？

妙观：怕。

月儿：小姐，我可从来没听你说过这话。好了，放心睡吧，到时月儿保你赢就是了。

妙观：你有什么办法？

月儿：别问，你放心睡吧。月儿棋不行，但心可不差。

流云院红拂屋内，张生困得打瞌睡。啪，红拂拍下一个白子，张生惊醒。

红拂：呀，悟出来了，真是好着数，妙手，妙手！乍一看呢不起眼，再一想合适极了，再没有这么合适的了。

张生：姐姐你就别再夸他了。

红拂：不是我经意要夸人，是心里忍不住。哎，你跟他下棋什么感觉？

张生：觉得自己像是不会下棋了。棋子在我手里就像个小偷一样藏来躲去的。他落子就像鞭子一样抽得我乱跑。

红拂：原就是那样嘛，棋胜一筹，处处先机。你实话告我，这周棋士与你老师比，谁更强？

张生：棋士似强点儿。

红拂：好，日后有大战，这棋士必胜无疑了。来，来，快把余下的棋摆给我看。

张生：不摆了，我困了。

红拂：不行，快给姐姐摆嘛。

张生：那……那让我抓着姐姐的手摆行吗？

红拂扭捏道：贪色的东西，抓吧。

张生抓着红拂的手，红拂的手拈着棋子，一声声，棋子落下。

月儿来到张婆家，嘭嘭敲门。

月儿：张妈妈，张妈妈开门。

张婆：哟，这么晚了，谁呀？

月儿：张妈妈，是我，对面的月儿。

张婆：月儿啊，这么晚了什么事儿啊？瞧我都睡下了。

月儿小声说：好事，来，跟我来。

张婆一听好事，蹑手蹑脚跟她去了妙观棋舍。

张婆：什么好事呀？这几天张妈妈我净碰着好事了，轰都轰不走。

张婆家另一间屋子里，周国能还没喝完酒，面前几碟小菜、一壶酒。周国能边酌边看着一本话本小说，看到精彩处啪地一拍桌子，自言自语。

周国能：哎，这话本小说很好嘛，说的也是人间悲欢离合的大故事，像下棋一样时喜时忧。他爱看小说，未必棋就下得不好，最起码不是小说的错。今天，我说的那番话有差了，该跟他这样说，棋谱嘛要打，话本小说也不妨看，说不定他山之石可以攻玉也……

周国能听见有人敲门，说：等会儿，等会儿，等我把这句话说完了……他山之石可以攻玉也，棋、话本都……等等，等等。都……都……说到哪儿了……断了吧。早不敲，晚不敲，这个时候敲，把我的一串儿大心得敲没有了。谁呀？

张婆：是我，开门。

张婆满面春风地进来了，说：哟，还没吃完呢。

周国能：不着急，张妈妈，家什明天收吧，我还想喝会儿呢。

张婆还是高兴，说：不为收家什，有事跟你说。

周国能：这么晚了，什么事呀？

张婆：好事啊。

周国能：跟在下有关？

张婆：当然有关了，要不这么晚了我敲你门干吗？

周国能：谁让你来说的？

张婆：对面的。

周国能：对面的妙观，妙观小姐？

张婆：除她还能是谁呀。

周国能：那可真是好事了。来，来，张妈妈，我给您倒杯酒，您坐下，别急，慢慢说。

四

流云院红拂屋内，棋已复得差不多了，张生还抓着红拂的手不放，昏昏欲睡。红拂细看棋局，突然抽手猛将张生的手甩脱。张生惊醒。

红拂：你平日里还是个在棋枰上指指点点的人呢，说三道四又有心得又有见地的，敢情就下这样的棋啊？真让人耻笑。

张生：遇到高手了，有……有什么办法。

红拂：我红拂生而不幸沦落风尘，但做人做事从不愿落人之后，就是争风吃醋也绝不让人一步。最见不得你这样不像男人的男人。铃儿，送客。

张生：哎，这么晚了，让我上哪儿去呀？

红拂：爱去哪儿去哪儿，月亮底下，星星下面，好好想想，哪怕哭一场呢，也让我看得起你。铃儿，送客。

张生：我不走。

红拂：不行，后天相国寺他们赛棋，你早早地来，给我传谱。今天我绝不留你，走吧。

张生：你！

红拂：快走。

张生：你……你怎么用人朝前，不用人朝后啊？

红拂：你说对了，我这儿啊是流云院，不是文庙，你还指望我讲仁义道德吗？你走吧，本小姐我睡了。

周国能屋内，显然是张婆已经说了一大堆的话了。

周国能：张妈妈，这是她让您来跟我说的？

张婆：谁说的你先别管，事儿是这么个事儿，要是没有一点儿影子，我这么晚了会来敲你的门啊。张妈妈是那种不识进退的人吗？

周国能：她说只要这棋我让她，不但赢的二百两彩头全数归我，自己还要补加二百两？

张婆：不错，是这个数。周相公。

周国能：哎。

张婆：那这棋你左右是不输的啦。

周国能：怎么讲?

张婆：你想啊，棋若胜了，你未准胜啊，妙观不是吃素的，就是你万一胜了，也只得二百两，但你输了可是双份。

周国能：是啊，有意思，好，事情看来有八九了。张妈妈您喝酒。

张婆：你答应了？你要是答应了我再喝不迟。

周国能：张妈妈您回去告诉她。

张婆：应下了?

周国能：应什么应，您跟她说，钱我不缺，赢了的彩头，也不想要……张妈妈您是过来人，我有句心里话，说出来也无妨，我周国能已是近二十的人了，尚未婚配。

张婆：这事包在妈妈我身上啦，有钱还怕……

周国能：妈妈您听我说完。这回云游千里万里，就是为了找像妙观这样的女子，永结秦晋之好。现在人找到了，那就拿这棋当结缘的桥吧。张妈妈再烦您过去传个话，钱我是一文不要，棋可以让，让得无人不信，但妙观小姐在婚事上不妨也让让我吧。张妈妈多谢，多多谢。

张婆：嘿，看你高兴以为是为了钱呢，倒想起人家的小姐来了，这话我怎么好说，不行，不行，我是个开店的又不是说媒的，让人骂，让人……

周国能：张妈妈，就当小生求您了，这儿有一锭银子，事成之后还有重谢。

拿出一锭银子献上。

张婆：不是我不帮你，可这话不好说啊，哪儿有赢棋赢婚事的，这不听着像卖自己吗?

周国能献银，张婆终于接了，说：不是我好利啊，成不成的你可别恼我。

周国能：您去没有不成的，小生在此专候佳音。

张婆：嗯，这一晚上我个老太太跟个梭子似的跳来跳去的。别睡了，张老头，快起来，给周公子打点儿酒去。

周国能：不用叫老伯了，我自己去，自己去吧。

拿起酒壶送张婆出门。街上漆黑。张生看来是喝多了，边晃边唱地在街上走着。周国能正好走过来，两人撞个满怀。周国能一把抱住他。

周国能：哎，是张生吗？是……

张生：啊，大师是你呀，你不够朋友。

周国能：怎么讲？

张生：你赢得我好惨。

周国能：怨你学艺不精。

张生：你不会让让我？

周国能：怎么跟你家老师一样啊，你又不是个女的。

张生：棋输了哎，勾栏里的女子都看不起我了，这么晚了还轰我回家。

周国能：人生一世，自己看得起自己最要紧，其他别想。

张生：你说对了，我连自己都看不起我自己了。

周国能：走，不说了。

张生：我……我不走，我要罚自己在街上睡一夜。

说完倒在周国能怀中。

周国能抱着他，有点儿吃力，问：真的吗？

张生：真的。

周国能：那也没什么坏处，好好罚自己吧。

周国能就两手一松，张生扑通摔在地上睡着了。周国能迈过张生，唱曲而行。

这时妙观棋舍二楼里，妙观也还没睡，与月儿和张婆说话。

妙观：月儿，你怎么能这么办？为文也好，为棋也好，最看重名节，现在可好，人家钱不要，倒拿婚事来羞辱我了。

月儿：原以为他只为钱来，谁知动了这坏念头。

张婆：小姐，我可不是当着你们说好话啊，这话听了我也生气啊，但再烂脚的话也得传不是。他是我房客，你们的话我传了，他的话也只好传了。话说在明处，我可什么好处也没得他的。

妙观：大胆狂徒，这种话也说得出口，真是越想越气。

月儿：小姐，你别生气了，怨我考虑不周。

妙观：也不怨你，我原也只是以为他老远地来了是为图利呢，谁知还有这么不识相的。张妈妈，既然好话坏话您都传了，不妨再多传一句，告诉他休想！

张婆想应又觉没面子：那……也好，行，我这就告诉他去，我也是多事，这么晚了瞎忙什么呀。

张婆站起边走边说：小姐你就想通了吧，左不过输给他了，让满临安城的人知道，他的棋最厉害。

月儿：张妈妈，这话怎么讲的，怎么就一定是我家小姐输啊？

张婆：呸，呸，看我这乌鸦嘴，是啊，怎么就一定是小姐输呢？他要有心，怜香惜玉真让了呢？

月儿：哎，更不对了，他不让我家小姐难道就赢不了了吗？张妈妈，您这话怎么总向着他说啊？

张婆：咱们是老街老坊的，我怎么会向着他呢？小姐呀，我下棋不行，但办事许比你要伶俐一些，不真答应他，还不能假答应他吗？

妙观：张妈妈这话妙观是越发地不懂了，答应就是答应，不答应就是不答应，怎么还有个假答应啊？

张婆：嘿，你真是下棋人的脑子转不过来俗事儿。

月儿：对呀，假应下他来，等棋下完了再说啊，反正他输了。张妈妈这主意好。

妙观：我不听。

月儿：小姐，你歇着去吧，这事儿你别听了，我跟张妈妈办了。

妙观：你们爱怎么办就怎么办，反正我不会嫁给他。

张婆：你放心吧，你放心吧……我想了，咱得给他写个字据，不能让他挑出理儿来。

月儿：对，再给他个字据，让他都信了。

张生真倒在马路上睡着了。周国能在不远处也睡着了，此时站了起来，摇晃着高兴，唱着古曲带身段，无意踩了张生一脚，浑然不觉还在上边站了站，过去了。

周国能：怎么好像有人在踩我呀？不管了，回家听好消息去。

明明是在踩别人，他竟不觉。

早上，周国能醒来，昨夜醉酒之事已大半忘掉。

张婆、张伯在紧张地为周国能换衣服。周国能大爷样地伸伸手，动动身子，着急问：张妈妈，衣服事小，您看看对面的人出去了吗？

张婆：没有，没有。女人出门哪儿有这么快的呀？寻常日子衣裳事小，今天可事大。

周国能：反正事都定了，衣裳不衣裳的无关痛痒了。

他珍惜地拿出字条来，读诗：初日净金闺，先照床前暖。斜光入罗幕，稍稍亲丝管。云发不能梳，杨花更吹满。倘若下手松，温情在今晚。

哎，张妈妈这诗可真好，真好。温情在今晚。张妈妈，这真是小姐写的？

张婆：亲眼得见，那还有错吗？

周国能：哎？这字，后两行写得怎么有点儿不一样啊？

张婆：要应你事心里一紧自然就写得不一样了。一个人写的啊，别瞎想了，想想下棋吧。

大相国寺大门前，冠盖云集，车水马龙，众名士三三两两下车下轿，来看棋。张师爷、李公子迎接着。

流云院轿子至，红拂还没撩轿帘，张师爷赶了过来：哟，这不是红拂小姐吗？今天都惊动您了？

红拂出轿：是啊，这么大的赛事，我要是不到还热闹吗？

张师爷：那就坍了一半的台了。得，我给您引路。

红拂：慢着，铃儿把彩头拿出来。

铃儿端出一盘银子来。

张师爷：哟，您人来了就是他们的光彩了，还破费。

红拂：添个小彩吧，二百两银子。

李公子：红拂小姐二百两彩头啊。小姐你押谁胜？

红拂：不是我向着外人啊，我也是为的热闹，我押汝南周棋士。

张师爷喊：红拂小姐，押汝南周棋士银二百两呀。

寺内棋室，钟磬和鸣。周国能与妙观坐于席上相互赛前行礼。

周国能沉浸其中，高兴地看着妙观。

妙观眼观鼻，鼻观心，静默一会儿问话：周棋士，我们怎么开棋？

周国能心没回来：嗯？

妙观：我们谁先？

周国能：这样的良辰美景自然是……什么谁先？

妙观：香已经点上了，要开棋了，谁先走？

周国能：当然是小姐先走了。

妙观：你是客人。

周国能：咱们都这时候了还分什么主客啊？娘子……

他高兴得忘乎所以，乱叫。

妙观：请棋士自重。

周国能：啊，走嘴，走嘴了，还不到时候。

妙观：什么？

周国能：嗯，不是这意思，下棋，下棋，先下棋。我说过的，请天下高手一先。

妙观：你像是说的“让天下高手一先”？

周国能：别人是让，娘子……不，小姐这儿自然是请了，小姐请。

妙观：那我就不客气了。

她静神敛气，抓起一子儿砰地落下。

一声锣响，李公子在门口大喊：开棋了，妙观小姐先，星位。

相国寺院中挂了一个大盘。

张师爷应一句：妙观小姐先，星位。

众棋迷静静围住了看。

相国寺禅房内，红拂心平气和地看着空枰。张生急急赶了进来。

张生：第六手了。

红拂：他们走得倒快啊。

张生：白下了着天元。

红拂：天元？开玩笑。这角都不占了下天元，这岂止是让一先啊，让了有一子吧。

外面喊：第八着白大飞……

红拂：又落子了，你快去看看。今天这棋怎么只看出怪，没看出妙啊。

周国能一下起棋来，还是认真如石佛一般。香在旁边燃着。妙观身子后仰，用眼瞄着他。

妙观内心话语：能这样专注看棋的人，毕竟还是有一点点的可爱之处吧，只是在棋盘之外却显得那样的轻浮。书读得不多之故，怪不得《三字经》都没背下来。

周国能极认真地拈起一枚棋，落子。

妙观内心又说：这哪是让我啊，先还做个样子，现在倒一步紧似一步了。这着棋，这着棋……我的心怎么静不下来呀？

她紧张得闭目。相国寺院中大枰前众人静静看棋。

甲：李公子，这会儿谁优？

李公子：依我的眼光看，黑棋有势，白棋有空。

乙：哎，谁好下些？

李公子：如果让我选，我选白棋。

甲：这么说妙观不占优了？

李公子：也不能那么讲，只是各有下法。

乙：等于没说。

李公子：高人的棋嘛，哪能轻易就看懂了。我要是能说透了就不在这儿讲了，去里边下去了。不到最后分不出高下。

禅房，张生一头的汗，跑进来传棋。

张生：八十白单跳。铃子姐给我点儿水喝，这一天跑了有百十里路了。

红拂：八十单跳？哪儿跳？

张生放下壶指点：这儿呀。

红拂：哎，怎么会这么走，明明在右下角守一下便大优了，这周棋士怎会出这样的昏着儿？太怪了吧。张生，这棋让你去下都该赢了，怎么来了一着儿单跳啊？张生？

张生：没心思看棋，渴。

红拂：这么精彩的棋，你还知道渴啊，终归是有不了大造就。

棋室里已点上灯了。

周国能讨好说：小姐，局面简单了，我这手单跳是问题手。

妙观不领情：是吗？你可以拿回去重下这着儿。

周国能：让我悔棋，那怎么可以，我周国能做人是有准则的，不单下棋不会悔，说出去的话也从不悔。所以……小姐你放心。

妙观：我没什么不放心的，下棋又不是坐天下。打吃。

禅房内，红拂拿起果盘摔在地上，怒道：这明摆着是让棋嘛，前后半盘判若两人。

张生：姐姐别生气，老虎也有打盹的时候。

红拂：没想到男人见了女人，不只是路走不动，棋也走不动了。我算看透了，这男子与女子之间比的就不是棋了。真没想到你们那吃素的师父也还有媚功呢。

张生：姐姐，何必这样呢？

红拂：我倒不是为了自己出的二百两银子，那算什么？我是为他们的棋德，这不是欺世吗？

棋室内蜡烧了一大半了，香灰无数。周国能与妙观静静观棋，两人入定睡着了一般。相国寺院内，明月当空，灯笼一排，一片辉煌。

甲：下了一天了，不见胜负，也难为两位了，棋力相去不远啊。

张师爷：夜战女人恐力不支。

甲：谁说的，女人是惯夜战的。

张师爷：你话说着就远了，妙观小姐此次要胜了，也是咱临安城的面子，愿她能顶住。

棋室内，周国能已在心中数过目数了。周国能拿起一枚白子，随意往棋盘上一摆，投了认输了。妙观不动声色。周国能那投子的手没有收回，慢慢移着想去摸妙观的手。刚要摸上，妙观将手抽回。

妙观：李公子，请进来。

周国能：小姐毕竟棋高一筹，我输了，日后当再请教。

李公子听到喊急急进来。

李公子：怎么终局了？

妙观：周棋士承让了。

李公子：周棋士您？

周国能：输了，我输了。八十那手单跳是败着儿。输得很愉快，临安这地方真是人杰地灵，人杰地灵。我输了。

李公子搓手高兴：败亦可嘉，败亦可嘉。

急忙出屋去院子里报信：第一百七十九手终局，临安妙观胜。

一听妙观胜了，相国寺院中，众人起而欢呼。

甲：来酒，我早就说了临安毕竟是临安，来酒。

乙：妙观果然不凡，快来酒，来酒。

张师爷：请二位大师出来吧，请出来。彩头抬上来。

彩头抬上来了。正热闹时，红拂小姐在院门口上了轿，谁也不理，愤愤而去。

此时两位棋手走出，来到灯下，那输了的周国能，像是比赢了的妙观还高兴呢，不断地挥手、抱拳。妙观冷静地看着他。

周国能房中，外间已布置得红红火火了，红烛高照，“囍”字也贴出来了，酒啊菜的都摆好了。周国能穿了一身华服，先是静静坐着，像个新郎等新娘一般。慢慢从怀中掏出那首诗来，高兴地大声念起来，原是写初日的诗竟读得很色情。

周国能：初日净金闺，先照床前暖，床前暖。斜光入罗幕，稍稍亲丝管。好诗，好诗，亲丝管，真好。云发不能梳……

刚读到这儿，张婆冲进来了，张伯在后学话。

张婆：来了，来了。

张伯：来了，来了。

张婆：快，快，周相公来接着吧。

张伯：接着。

周国能：来了吗？快请，快请。

周国能冲了出去，只见月儿一身新鲜的衣裳，领着几个干净的学童抬着那下棋赢了的花彩进来了。

周国能：快请，快请。

没有看到妙观，觉得奇怪，让过了进来的人，自己往后去迎。他从过道里往外看，安静的街上，风如往常一样地吹过，哪儿有人，更没有妙观了。对面妙观棋舍，灯好像都关了。周国能急反身回房，想找月儿问个明白。

月儿打岔说：哟，我们苦心巴力地送了东西来了，连个座儿也不让啊？

周国能：坐……坐。你要是坐了，你们小姐还坐不坐啊？

月儿：小姐？小姐不用坐，早就睡下了。

周国能惊讶道：什么？小姐睡了……哎，一人睡了？

月儿：当然是一人了，难道还两人不成？

周国能急忙掏出诗来：你……你们怎么说话不算话啊，不是说好了吗？倘若下手松，温情在今晚。

月儿：哟，送你一首前人王昌龄的诗，你就当真了。

周国能：什么王昌龄的诗，不是你家小姐写的？

月儿：字是我家小姐写的，诗是唐朝的老头子作的。

周国能：哎，温情在今晚，你家小姐这话不算了吗？

月儿：别人说的话怎么能算？再说了我家小姐看你输得可怜，不是把赢的彩头都送给你了吗？告诉你下棋的，别不知足啊。

周国能：什么？我输得可怜？我……我……我不跟你理论。张妈妈快去把妙观小姐叫来。

张婆：周公子，她不是说小姐睡了吗？

周国能：睡了？我去。

月儿腾地站起来：你不能去。

周国能：哎，跟你说，我周国能做人是有准则的，我绝不强求任何人，尤其是找媳妇更不会强求，但我要找小姐把话说清。

月儿：再清楚不过了，我家小姐不喜欢你，不爱你，不想理你，东西送你了，拿着走吧。说清，谁想跟你说清啊。

周国能：这……这是你家小姐说的话？

月儿：对了。

周国能：好，好，东西我不要，你们给我抬回去，我什么也不要。我是个外来的，我……我不像你家小姐重名不重棋。告诉她我输得起，棋我输得起，找老婆我……我也输得起。

月儿：你爱输谁输谁去，东西你不要我们抬走了。

周国能气得掏出写诗的纸来在蜡烛上点着了。

周国能：欺负我不会读《三字经》是不是？可我棋德比你家小姐高。

妙观棋舍二楼内，也是一根红烛。妙观显然是听了月儿传的话，心中有愧，静静地坐在那儿发呆。

妙观：月儿，他真是那么说的，你家小姐重名不重棋？

月儿早伏在桌上睡着了，蒙眬中应道：啊……是……你都问了三遍了。小姐，睡吧，反正棋赢了他了，气死他。

妙观：不是那话，不是这个说法。你们……你们没把事儿办好。

月儿：哟，小姐，你……你怎么还心疼他了？他那样的人，不值得心疼。睡吧，啊。

周国能在房中，酒已喝多了，边抖着袖子边舞边唱：初日净金闺，先照床前暖啊，暖啊……斜光入罗幕，稍稍亲呀亲丝管呀……只要下手松……松啊，温情在今晚啊，晚啊……啊。

啪，摔躺在地上，醉倒了。

早上，妙观棋舍一楼，学生们知道老师赢了，更勤奋打谱，响起啪啪的落子儿声。妙观无心教棋，一双眼睛时不时地看对面的张婆家，寻找周国能的影子。此时周国能蓬头垢面躺在床上，醒了摇酒瓶，没有酒，砰地把酒瓶扔了，翻身又睡。张婆送来的饭他一口不吃，睁眼看天棚，直看到明月入窗。

周国能在房内小便桶撒尿时，张婆正进来。

张婆：哟，大白天的也不出门去尿，瞧，这屋都快成牲口棚了。周相公，都一整天了，你也该出门看看去了。

周国能：您别叫我相公，叫得我真成了相公了。给我买一壶酒去。

张婆：还喝啊。别喝了，周……公子，那事你可别怪我，我也以为……

周国能：我谁都不怪，怪我自己。外边天儿好吗？

张婆：好极了，您出门……

周国能：先给我打壶酒来。

张婆：这就来啊。

妙观棋舍一楼内，一个小学生举着书，正在问妙观棋。妙观根本没听见，一双眼睛只是看着张婆的门。

小学生：老师，这手尖，跳行不行？老师……老师？

妙观：啊？什么……什么？你先回到座位去，老师等会儿过去看。

她心想：都十天了，他像是一次门都没出过。

这时，街上锣鼓喧天，张师爷、李公子带着人抬着一块匾来到了妙观棋舍门口。妙观被学生们拥出来接匾，匾上是“棋坛圣手”四个大字。

妙观：众位高士，这块匾不敢当，不敢当。

张师爷：你不敢当还有谁能当啊？伙计们受累抬进去啊……

众人也不理妙观了，往里就抬。此时妙观像是无意，又像是习惯性地往张婆门口一看，只见周国能蓬头垢面地站在门口。这边的景观他都看到了。两人无意间都看见了。妙观低头，准备回棋舍。

周国能抽出袖着的手，把那“让天下高手一先”的招子取了下来，大声告诉张妈妈：把这东西中午煮饭烧了。

妙观听到后，低头站着有些不忍。风起，吹着她的头发。

流云院红拂屋内，红拂正在问张生：你……你说你们老师动心了？

张生：我看是，要不怎么一天天地看着张婆的大门眼珠都不错啊？

红拂吃着桂圆说：没想到吃素的也有凡心啊。哎，小张生，你说，那周棋士，周公子，他人怎么样啊？

张生：姐姐，你都问了十多遍了，跟你说了，不怎么样。

红拂：不怎么样，能让吃素的动心？哎，你给我带个信儿啊，让他过来教教我下棋。

张生：我不带，你这不是吃着碗里的看着锅里的吗？

红拂：呸，你也算碗里的呀，你看看你的棋都下成什么样了。再说了，我们勾栏楚馆里的人可不就是吃着碗里看着锅里的吗？你还怕我动心啊？嗯？

张生：怕有什么用。要带也行，给我吃颗桂圆。

红拂：这不是多的是吗？吃吧。

张生：姐姐，我要吃你嘴里的。

红拂：你这小子啊，棋没学好，人倒坏了。行，来吧。

两人拥吻。

康王府内，康王正看着周国能与妙观的棋谱，对一旁的刘管家说：哎，这……这个棋士的棋也很不错嘛！前半盘，就是放了一子天元，棋也是占优的呀。

刘总管：王爷明鉴，此人棋原就是很高的。

康王：这人不能放他走，如能留下，乃我临安城之一大幸也。

刘总管：回王爷，他走不了。

康王：怎么讲？

刘总管小声在康王耳边嘀咕。

康王：是这样吗？有意思。这就叫天不留人，人留人。有什么好消息告诉我啊。

妙观棋舍二楼内，妙观打开一只首饰箱，从里边拿出一对金镯子来。

妙观对张婆说：张妈妈，妙观几年的积蓄也就这些了，麻烦您带给他，让他回乡吧。

张婆：哟，小姐你可真犯不上，这可够分量的啊。他走不走的，让他住着，早晚还不得走啊，用得着这么破费……

妙观：他早走一天，我……我心里踏实一天。

张婆：有什么不踏实的？有什么话跟张妈我说说。

妙观：没有什么话，张妈妈麻烦您了。

说着往窗口无意走去。

张婆拿着镯子跟过来：行，交给我了，有这对镯子，再加上妈妈我一张嘴，没有劝不走他的。

两人说着话，都看见“流云”两个字的灯笼引来了一乘轿子。

张婆一看轿子着急：那什么，小姐你忙吧，我下去了。

妙观：等等，张妈妈……他……他叫了流云院的姑娘了？

张婆装傻：没有呀。

妙观：那……这轿子？

叉杆这时打着灯笼正敲周国能的门：周大师，周大师，我们小姐的轿子在门口恭候了，恭请您到流云院手谈。

周国能一身鲜艳的衣服出来了。

叉杆：周大师，我们红拂小姐的信？

周国能：啊，收到了，收到了。字写得蛮漂亮的，好字。小姐在等了吧，起轿，走。

说完往楼上看了一眼。

众人抬轿走了。妙观与张婆是看得一清二楚。

妙观：手谈？张妈妈您可没跟我说过流云院的红拂写信来要什么手谈啊。

张婆：哎，这事我给忘了，是有信啊，一早送来的。到底是位名妓，那信纸都是香的，可香了。

月儿：再香也没我们小姐香。

妙观一把抢过金镯子说：行了，我看这镯子不必给他了。他走就走，不走就留着。

月儿：张妈妈，您忙去吧啊。

张婆：哎，我忙去，我这是瞎忙。

红拂屋内，一片红光，红拂着意地把屋子收拾过了，香茗、烟炉、上好的棋具。红拂正与周国能见礼，雅得很。

红拂：周大师，小女子红拂这厢有礼了。

周国能：不敢，不敢。小生浪迹天涯，以棋会友，以棋会友。红拂小姐，你这儿真是典雅得很，温馨得很。

红拂：大师取笑了吧，都是些粗俗的傻家具，不堪入眼的。

周国能：很好，很好。

红拂：看茶，很好就常来啊。

周国能：常来，常来。

红拂：大师，你看这副棋具是否合意？

周国能对棋具是喜欢的，一听棋具，大大咧咧地拈出棋子，啪啪地拍在棋枰上。

周国能：嗯，好桐木的，声音沉雄。这好棋枰啊，打个比方就像张好床一样，看见了就想睡上去。

红拂做娇羞状：呀……大师……您……

周国能：啊，啊，我不是那个意思，不是，此时此地此话说得有点儿不当了，不当，请小姐见谅。

铃子大大咧咧过来，端着茶说：没什么了不起的啊。说渴了吧？

周国能：渴了。

铃子：得，喝茶吧，喝完了下棋。

周国能：哎，哎，谢谢姐姐，姐姐是？

铃子：别叫我姐姐，我可没那么大。我是丫头子，叫我铃子吧。

周国能：丫头子？天底下的丫头子都是很凶的。

铃子：哟，还有谁的丫头凶啊，告诉我。

周国能：啊……没谁……没谁，小姐落子吧，落子。

红拂拈起一子，砰地一落。

妙观噩梦惊醒，说梦话：哎，掌灯，掌灯，他回来了，给他个亮。

听见喊声月儿跑了进来。

月儿：小姐，小姐，怎么了？怎么了？

妙观说完了又躺下。月儿伸手摸头。

月儿：谁回来了？也不发烧啊，行了，睡吧啊，小姐，睡吧，这……这是想谁了？

五

红拂房中，周国能打瞌睡，惊醒。

周国能赶快睁眼说：失礼，失礼。

红拂专心看棋，说：大师哪有失礼的地方啊，只有我这块棋失了粘了。你真狠心，就把我这块棋断了？

周国能：断了。

红拂：吃死了？

周国能：吃死了。

红拂娇媚相：你怎么就不让让我啊？

周国能：红拂小姐，小生做人是有准则的，下棋就是下棋，从不让人。

红拂：是这样吗？

周国能：千真万确。

红拂：不见得吧？

周国能：平生……平生一次除外。

红拂：哪次啊？告诉我。你能让别人就不能让我一次吗？难道红拂我不……

周国能：呀，几更天了，晚了，晚了。下次，下次重新来过，下次我让子。失陪，失陪。

铃子：哟，这就走啊，家里有人等吗？

周国能：没有，没有。

铃子：没有着什么急呀？

周国能：困……困了。

铃子：你倒是有理，下回睡足了再来。

周国能：小生记住了，下次睡足了来。告辞，告辞。

他仓皇而出，红拂把一粒棋子扔在棋盘上。

妙观棋舍内，月儿正侍候妙观喝水。

月儿：小姐，你没睡好吧，净说梦话了。

妙观：是吗？他回来了吗？

月儿：谁回来了吗？对了，你总是问他回来了吗，他回来了吗，你问的这是谁呀？

妙观：对门的周棋士。

月儿：哟，那咱哪儿知道啊，你为他操什么心啊？

妙观：他……他不是去了流云院了吗？

月儿：他就是去了太医院咱也管不着啊，他是他，咱是咱。你前一段不是还盼着他走呢吗？

妙观：他要是真走了，我心里倒静了。

月儿：去流云院你心倒不静了，怕什么？

妙观：没怕什么。

月儿：是呀，这就对了，睡吧啊。整个临安城的人都睡了，您这儿还为古人担忧呢。

妙观睡不着了，睁眼看着窗外的明月，自言自语：什么手谈啊，不知谈什么呢，天下男子最无情。

一盏红灯上写着“流云”二字，在前引路，一乘小轿在后，顺街而来。

轿中传出周国能哼唱豫剧，快到张婆门口了，周国能声音反而大了，下了轿故意地大声说话。

周国能：谢了，谢了。回去跟红拂小姐说一声，她就这么下，不出半个月必是另一番天地。回吧，回吧。

他不由自主地抬眼看妙观的窗户。妙观在棋舍二楼听到了说话的声音，急急地从床上爬起来，掀开一点儿窗帘往外看，看见周国能像是故意地，又像是无意地，边说着话边就背过身去，冲着墙根撒尿。

周国能：这好酒和坏酒就是不一样，坏酒上头，好酒走肾。

妙观看到这儿大窘，赶快放帘子。

妙观：真是个无赖子。

嘴上骂，但心中因周国能没在外过夜而有些高兴。

流云院红拂屋内，老鸨边说边风风火火地进来了。

老鸨：哟，昨儿一夜没睡吧，中午我来看过一次了都没敢叫你。

红拂：没睡好。

老鸨：那再睡会儿。

红拂：头都梳了，还怎么睡啊？

老鸨：待会儿有个茶围。

红拂：妈妈回了吧，我身子不爽。

老鸨：可是刘总兵家的。

红拂：谁的我也不去。

老鸨：下棋下累了？

红拂：有点儿。

老鸨：心在棋上，我没说过你，但心可不能放在一个人上啊，咱们这儿是吃百家饭的。

红拂：妈妈呀，这理我懂，可这心要真动起来了，甭说您管不住了，神仙来了都管不住。

老鸨：得，那我不管你了。

张婆往外送人回来，周国能边系着衣服边跟张婆交代着什么。

张婆：哟，今晚上又不在家吃啊？

周国能：不吃，流云院备了酒席了，我去她们那儿吃去。

说着话出了大门，看见对面的妙观正在与学生们一起上门板，一眼也不往这边看，说的话像是在嘱咐学生，其实有说给周国能听的意思。

妙观：夜里呀，千万不可贪玩儿，下棋呢最要有精神，贪玩儿呢，让人心乱，心一乱呢，棋就下不好了。再说了，这世界上除了棋，哪还有什么好玩儿的啊？听见了吗？

众童生：听见了。

周国能听得仔细，也想跟同学答应一声。忽觉不对，笑着走，刚一走又听见妙观在说学生：还有啊，人大了，不能随地小便，污秽且不说，人有这行径就不雅了。记住了吗？

众童生：记住了。

周国能知道句句说自己，不由自主捂了下体快走。

康王府花厅内，康王正与红拂下棋。

康王：不来了，不来了。红拂啊，你……你棋艺真是大长了，让三子都可杀老夫了，不来了，你一点儿面子都不给我。

红拂：王爷得罪了，红拂下棋不让人。

康王：不让好，不该让。你必有高人指点了，否则哪会这么凌厉。

红拂：王爷慧眼，红拂这些日子在棋上没少费功夫。

康王：谁教的，透个口风给老夫吧。

红拂深情地说：早晚带来见王爷。

康王：好啊，我等着那天呢。

红拂：王爷，那红拂告退了。

康王：哎，不陪老夫吃饭了吗？

红拂：不了，家里有客。

红拂屋中，酒菜还没尽，旁有一桌棋。

周国能边喝酒边教着红拂定式。现在两人似很熟了，也不拘谨了。

周国能：这着双飞燕，应的着儿有上百种变化。我觉你原来的逃出不错，但跳不好，尖就可以，尖过后外可逃，内可守，很实惠的。

说着话，伸手进棋罐里抓棋，没想红拂也是正好用手去抓棋，两人的手抓到了一起，惊得周国能酒都快洒了，两人赶快都抽了手。红拂也有脸红的时候，此时可以看出她是真动了心了。

红拂假作镇定道：不是高人指点，小女子是难想出来的。铃子快给大师添酒热菜。

周国能借故想逃：啊……不必了吧，天……天不早了，我回……

铃子：又是回，天天听你这话我都听烦了。杯子放桌上，我给你倒酒。

气氛有些尴尬。

红拂真的动了情，说：大师先不忙回，有句话想问你。

周国能：尽管说吧，不妨，不妨。

红拂：大师常来此地，可知我这勾栏的名称吗？

周国能：知道啊。不瞒小姐，我到临安城，第一眼看到的就是流云院啊，好名字！

红拂：知道流云是哪两个字？

周国能：知道，流走的流，云彩的云，颇有趣味。

红拂：说得不错。流云，对有些人，红拂是巴不得他流走，再别回来了，可对有的人又恨不得他留下来。这……这样的人在红拂的一生中很少。

周国能：那……那像我这样的一定是巴不得流走的了。

红拂：大师玩笑了。

铃子：他装傻呢。

红拂：话到这会儿了不妨直说吧，小女子想让大师留下。

上来拉了周国能的手就要往里走。周国能先还趁酒劲走了两步，突然打住了。

周国能：留……留……留不得。

红拂：为什么？

周国能：这边留下，那边就睡不着了。

红拂：哪边？你说的是妙观？

铃子：你……

周国能：啊，不不，我跟她可没什么关系。她……她看不起我得很啊，我跟她没什么关系。

红拂：大师是想跟她有关系了？

周国能：想也白想。哎，我不是那个意思。

红拂变色道：哈，没想到啊，我红拂棋倒是不如妙观，这做女人做得也不如妙观了。我可真是白在这勾栏里混了。铃子，送客。

铃子：哎，走吧，这回没人留你了。

周国能：我……

铃子：走。

周国能：好，不送，不送。我走，走。

这回轿子也没有了，周国能自己一个人走了回来，边走边自语：跟女人相交像变戏法似的，早晚有变漏的那一天。情这东西，一步棋就可翻盘，像与高手交战一样。

到了门口了故意大声喊张妈妈开门：张妈妈开门，想撒尿。

一想白天妙观的话不撒了。门根本没关。回头望了眼妙观的窗户，径直进门。妙观在棋舍二楼隔帘子看得清清楚楚的，心想他倒听话，高兴地回床去睡。

康王府大门外，红拂根本不管刘总管拦不拦，径直往里走。

刘总管：红拂小姐，再熟也得容我报一声啊。您等等，等等啊。

红拂等不及，往里闯。

康王府花厅内，康王听了红拂的话，惊讶：什么？你……你说他是辽国的探子？

红拂气呼呼地说：对，探明了他是辽国的探子。

康王：可惜了，棋下得不错。

红拂：下得再不错也是个探子。

康王：那……依着你怎么办？

红拂：是探子就该抓起来关到牢里去。

康王：老夫看不至于吧，前些日子不是还在与你彻夜手谈呢吗？

红拂：红拂不管，抓，您给我把他抓起来，先抓起来。

康王：好，抓，抓。刘总管，快去，去把那个下棋的人抓起来。

又小声对刘总管说：左不过想留下，抓起来更牢靠……行了，别哭了，人给你抓起来了，红拂啊，你像是动了心了呀。

红拂：没有，一个风尘女子，哪儿还有心可动。咱下棋吧。

康王：好，好，下棋。

红拂：我让您四子。

康王：四子呀？好，好，今天你是到我这出气来了。让四子，让四子。

张婆门口围了很多的人。正议论时，官兵锁了周国能出来了。

牢头：让让，让让。

周国能边走边回头说：张妈妈，哎，您别哭了，我托您的事儿，可一定要办啊。

张婆：放心，你去吧。哎，你说这一个下棋的他是犯了哪门子王法了？

妙观棋舍内，妙观惊讶地隔着窗户看见抓人了。

妙观：张生，这……这是怎么了？啊？怎么把人抓走了？

张生：老师，我……我也不太清楚，风闻是得罪人了。

妙观：得罪谁了？得罪谁也不能乱抓人啊。

张生：老师，要不我出去问问？

妙观：你不用去了，我去问问吧。

周国能房内，张婆正坐在周国能的床上大哭。

张婆：多好的客人啊，一不爱财，二不惹事，手脚又大方。凭什么抓人啊？

妙观进来劝：张妈妈，张妈妈，您别太伤心了，回头哭坏了身子，这到底是怎么了？您说说。

张婆：怎么了？说是得罪了流云院里的红拂小姐。这倒好，教棋倒教出仇来了。一个窑姐，她……她怎么就有那么大的能耐啊。

妙观：就因为这？不会吧。

张婆：怎么不会，牢头都跟我说了，红拂小姐非说我们周公子是个辽国的探子，这哪挨得上啊。这明明是追不上人，编的瞎话。

妙观：探子？这也太不成话了吧。

张婆：是不成话。妙观小姐，不是我张婆子说你啊，多好的一位公子啊，一心地想你，你不理人家。人家这么要紧的时候还想着你呢。

说着话打开了缎子包，里面是一副围棋。

张婆：喏，这东西他让我交给你。哎呀，好人没好命啊，这一进去可就不知道怎样了。

妙观见棋如见人，摸着那些棋子，眼泪流出来了。

妙观：张妈妈，您别哭了，咱……咱把他接回来。

张婆：能成？

妙观：他成，我怎么就不成？

康王府大门口，刘总管追着妙观。

老总管：哎，妙观小姐，您得容我禀报一声不是？哎，这是怎么了，来了都虎着脸，都往里闯，您听我说啊。

妙观：不听，我要见王爷。

康王花厅内，康王、张师爷、李公子等几个棋友在。康王劝妙观别生气。

康王：人啊一生气就显老了。你是轻易不来一回，来了就这么大的火，哎，什么时候我还得向你讨教一盘呢。

妙观：王爷，妙观即使生气了也不会嫁祸于人。按理呢，这事儿不该我出面，一个男子原与妙观没什么干系。但事关礼仪，事关咱们临安城的声名，所以妙观也就顾不得了。

康王：这个面出得好，出得好。要没这事，老夫想请你还请不来呢。你的意思？

妙观：妙观以身家性命担保，那周国能只是一个棋士，绝不是什么辽国的探子。

康王：那又该怎么样？

妙观：请王爷做主，把人放了。

康王：按理说呢，放个人是本王一句话的事。但这临安城中，一个红拂姑娘，一个你妙观小姐，都是老夫最看重的棋士，临安城当然指望你们两人支撑了。现在一个要关，一个要放，你说老夫怎么是好？

妙观：关人无理，放人有据。

王爷：话是不错，但老夫想，你们两人的面子都不能伤啊。要么关阵子再放了？

妙观：现在就该放。

王爷：两个人都是这么理直气壮，张师爷你有什么法子？

张师爷：下官以为此事可化繁为简，化无趣为有趣。

王爷：噢，怎么讲？

张师爷：不如让红拂姑娘与妙观小姐手谈一局吧，谁胜听谁的，一来呢事算了了，更要紧的是我们这些棋迷可看一盘好局啊。

王爷：妙，妙，这办法好，妙观小姐如何，给老夫我一个面子吧，也算让老夫凑一回趣了。

妙观：我……我不怕，就怕她不敢应战。

王爷：好，定了，烦你二位快去流云院传个消息啊。不挑日子了，明日开战，地点就在我这儿，快去，快去。

妙观一脸的坚毅。

牢内，周国能一身囚服，边哼着小曲，边用麦秸拼了个棋枰，用黑白瓦砾在摆定式。

周国能：能在这牢狱之中，破祸为局，碎瓦为子地打谱，哎，也是人生之一大体会啊！有趣，有趣！

牢头引着个挑食盒的店小二进来。

牢头：来，来来，放这儿啊，放这儿。周先生，周先生，不单有趣了，这会儿还有酒有菜了。

周国能：哎，是吗？怎么这么快啊？还没过堂就要杀我吗？

牢头：杀您？问问这临安城谁敢杀您啊，亲还亲不来呢。跟您说啊，这是德意楼的酒菜，想您爱您的人送来的。

周国能：是吗？谁啊？

牢头：告诉您，您都不信，流云院的红拂小姐。

周国能：不管谁，打开了，咱先吃。来，一起吃，有酒吧，有酒好。

牢头不客气地坐下。

牢头：我正饿了，您不让我，我也得吃。哎，周先生，我问您个事。

周国能：问。

牢头：您说这事儿说得清吗？是红拂小姐一气之下给您送进来的，她想关您，这关也就关了，可还往里头给您送这么好吃的饭菜，这是为吗？

周国能：为……为吗？女人的事，谁说得清啊。来吧，送来了就吃，吃啊。

流云院红拂房中，铃子问：小姐，您怎么就应了？

红拂正梳妆：铃子，这主意好，我现在可不怕她妙观。要真是让我把棋赢了啊，一呢，棋不如她的案要翻过来；二呢，备不住周公子他……他就回心转意了。

铃子：哟，又不真是个什么王孙公子的，一个下棋的你还就真动了心了……

红拂：你懂什么，男人啊，聪明智慧比什么都能动我的心，别说了，快把明天的衣裳行头收拾好了。我呀不单棋要比她好，人还要比她鲜亮，我就不信会输给她了。

牢内，周国能和牢头正吃喝得欢，外边有人喊了：刘头，里边有个叫周国能的吗？

牢头：哎，有呀。什么事？正吃饭呢。周先生您吃，您吃。

周国能：哎，喝酒。

牢卒：周国能，有人探监啊。

牢头：又有探监的了，送了吃的就行了，还探什么呀？瞧这份儿乱的。请进，请进，放进来吧。

妙观一身清素进，月儿跟在后边，拎着食盒。

周国能原没想到是妙观，正吃着肘子，看到妙观，先惊后把肘子放下，以袖子擦嘴，忙乱不堪。

牢头：哟，来了，您这是探哪……

妙观：看周棋士。

牢头：嗯，看出来了，别的人也没这么风光。周先生，妙观小姐探您来了。你们探着，说会儿话，东西我先抬下去。不打扰……这饭就怕吃一半，吃一半难受。你们说着啊。

两人相见先有点儿陌生，然后妙观定神走近。

周国能：小姐，你……你来了，在……在这种地方见面，真是委屈你了，连个坐的地方都没有……

妙观又走近，说：当初让你走，为何不走？

周国能：事情没办完，想走也走不成。

妙观：什么事？

周国能：离家时，曾对父母应下了，要带一位儿媳妇回去。这事不办了，我哪儿也不去。

他牢里也不忘风流，看见妙观的手扶在栏杆上，假装无意想摸上去，没想妙观也假装无意地挪开了。

妙观：你……你说我重名不重棋？

周国能：一时意气之语，小姐千万别当真。

妙观：你说对了。这话自听到的那日起就如针刺在心。你说得对。

周国能：没那么严重吧。

妙观：你听我说完。博弈之道，术当然是关键，但高手之间过招儿，术并不是关键，关键是境界高下之比。我境界还没到忘名利之时，还教别人下什么棋。你说对了，我重名不重棋。

周国能：没想到一句话，倒把小姐的心得勾出来了，我倒没想那么多。

妙观：明天我与红拂有一局棋。

周国能：好啊，可惜我身陷囹圄不能前去观战。

妙观：我若是输了就还要关着你。

周国能：是吗？那小姐若胜了呢？

妙观：放你出来。

周国能终于把妙观的手按住了：小姐愿我出去吗？

妙观手不动了：愿意，只怕难赢红拂。

周国能：容易。

妙观：怎么讲？

周国能：我在你脚下摆了个新定式，你不妨看看。

妙观低头，看见了那个麦秸和瓦砾摆的棋式。

康王府大门外，许多有身份的棋迷像是赶庙会似的，急急往里奔。门口张灯结彩，仆人迎候。

甲：呀，李大人来了。

乙：这局面能不来吗？开了吗？

甲：快了，说是三刻开，快了。

康王府花厅内，棋子摆好，香烟点上，两人起座行礼。红拂抓起黑子罐推给妙观。

红拂：姐姐请先。

妙观：还是妹妹你先吧。

红拂：长者先，姐姐请。

康王：哎，不要让了，听老夫一句吧，猜先，猜先。

红拂抓起一把棋子，拳头放在棋盘上。妙观轻拈一颗黑子放在棋盘上。两人动作如出刀出剑。大堂内挂了一副大盘。众棋迷都站着。

张师爷：猜先了，红拂小姐猜的黑棋，先，星位。

众人不说话了，看棋。

红拂与妙观正襟危坐，一个朴素，一个花哨。

红拂专注拈起子来砰地落于枰上，心说：没想到一个冷面人真热起来，是这么炽烈呢。人非草木，孰能无情。这哪里是在比棋呀，实在是在比情呢。

妙观轻拍一子应对。

妙观也心说：她果然是下了这种飘逸的定式。周国能啊，别的棋我可以输了，这盘棋，你佑我胜吧，名誉不想了，能救你出来已是我唯一之愿了。

大堂内，棋挂了几步，一些棋迷已经吵起来了。

甲：哪见过这种定式啊，跟把腰刀似的。

乙：人家走的新棋，管他像什么呀。这棋看着不好应呢。

甲：好应，好应，挂……挂一个。

乙：臭，挂了就给人走厚了，臭。

牢内，张生跑进来。周国能在睡觉。

张生：大师，你起来看吧，起来，十八单飞。说着低头看着木栏外摆着的棋盘，惊讶：呀，大师，你都摆好了。

周国能：下一手都摆好了。围棋前三十着儿，不必太细看。这二十着儿大师这么走，新手大概也这么走。你先别跑了，坐下喝杯酒。

张生：大师，我……我一生大概只是个给人传棋的命了。一到大局，人家是下棋的，我是传棋的。

说着伤心喝酒。

周国能：怎么说这话？

张生：棋没有长进。

周国能：话也不错，下棋这行，倒是要天分。下不成就不下，非挂个棋士的虚名干吗？去给人讲讲棋传传棋不是也很好嘛。再不行，哎，对了，你喜欢话本吧，去给人写话本呀，把我的故事写了。

张生：大师。

周国能：怎么？

张生：原以为你会安慰我两句呢。

周国能：哎，我这话不够安慰吗？干吗要人安慰？我跟你说啊，所谓安慰的话大多是假话，再说了安慰的话是要承人家情的呀。所以今天这盘棋她们谁胜了，我都不高兴。

张生：为什么？

周国能：我要承她们的情啊。尤其不喜欢你们老师胜。

张生：承个情算什么，大师你好像……

周国能：岂止是承情啊，比如你们老师回头嫁给了我，平日里万一有个口角，她一定张嘴就说："当年要不是我下棋把你救出来，你现在不定还关在什么地方呢。"这话你受得了吗？我做人是有准则的，到时听这种话很伤男人心的。

张生：大师，你……你这未免想得远了点儿吧，我们老师没说过要嫁给你呀。

周国能：是吗？说不说的你哪儿看得出来。她是嘴上没说，心里说了。来，来喝酒。

花厅内香烟袅袅。妙观专注看棋。红拂看着棋，突然把手上的翠镯子放在桌上。

红拂：王爷您请尊驾近前，红拂有话说。

康王：有什么话？

红拂：妙观姐姐与我正在中局，胜负难分，我索性再把心里话说出来。关周棋士原不是我本意，实在是求爱不成走的下策。今天这局棋既然要赌，索性赌个大的。棋若是万幸，我红拂胜了，由王爷做主，我跟定了周棋士从良。若是妙观姐姐胜了，我再不问他的事，永不相见。王爷您觉得如何？

康王：哎，好，我没不准之理呀，这是佳话啊，看妙观小姐的。

妙观：虽觉唐突，但今天棋既下到这儿了，话也说到这儿了，我妙观没什么不敢应的。到时还要王爷做主。

褪下手上念珠，摆在桌上。

王爷：好，好，太好了，这个媒我来做。今天不管你们谁胜，把日子定下来，就借我这大堂把婚事办了。好，佳话，千古佳话。你们下吧，我出去传个消息，你们下。

大堂内，众人正吵棋，王爷到。

王爷小声神秘地说：众位棋友，静静，静静。今天棋局之后谁也别走，有更为热闹的喜事要办……

甲：谁的喜事？

众人：新郎是谁啊？

王爷：新郎现在还关在牢里，不急，一会儿就放出来了。

乙：谁是新娘？

王爷：也还不知。奇就奇在这儿了。红拂、妙观之中胜者为新娘。

众人：啊，佳话，好事。

牢内，周国能、张生酒已差不多了。

周国能：嘿，一个大男人被两个女子像赌博的彩头一样赌来赌去，你以为这有意思啊？这是天下最伤人自尊的事儿了。

张生：大师，你今天说话是不是太酸了啊？怎么今天学生听你说的都是些便宜话啊。多少男人想还想不成呢，你……

周国能：呸，那是些小男人，像我这样的大男人，万一被赌了去，那以后成婚的话就是方才那么说的了，肯定是“你凶什么凶，你还不是我下棋赢来的彩头”。你听听，一个彩头，多难听，就差说你是个粉头了。

张生：终归是好事，管她怎么说呢。学生真是羡慕大师，我恨不得当彩头。来，喝。

周国能：这就是传棋的与大师之不同了。张生，你说说谁会赢？

张生：刚才看了棋还看不出来，两人相当。

周国能：你们老师会赢。

张生：怎……怎见得？

周国能：两个人啊……情真、情切者必胜，所以你们老师会赢。

张生：为什么？

周国能：哪儿还有为什么啊，天道如此嘛。来，喝。

花厅里，红拂、妙观两人啪啪地落子。突然静了下来，蓦地传来喧闹声音。原来康王府大门前，唢呐吹响，鞭炮大放，张灯结彩。大堂已把大棋盘换了个大红“囍”字。锣鼓喧天，众人也都披红戴花。一片热闹。

司仪：吉时已到，迎新郎。

喜乐高奏。周国能穿红戴冠有七分醉地出来了。

出来就给众人行礼。众人往上扔彩条，欢呼。新郎刚归位，司仪便喊：迎新娘！

周国能：等等，等等，慢奏乐，慢，慢。王爷，众位同好，周国能有话要说。

张师爷：你还说什么话？高兴就是了。

康王：让他说。

周国能：谢王爷恩准。今天真是大吉之日啊。

众人：大吉。

周国能：国能在此之前，时时刻刻想……想……说出来也不怕，想结婚，没想到今天就糊里糊涂地做了新郎了。

康王：做新郎还不都是糊里糊涂的，我们还不都是一样。

众人：都一样，结婚嘛，总是要发昏的事。糊涂好，好。

周国能：国能与众位还是有点儿不同吧，国能到现在还不知新娘是谁。

甲：是谁还不都一样，这才有趣。

周国能：说句咱们大男人体己的话，刚才是她们两个人以赌棋的方式挑了我了，一会儿能不能让我也挑一下她们？

康王：怎么讲？

周国能：王爷，实在是小生为了以后的日子好过些，否则我这男人怕做不下去了。

众人大笑。

康王：今天真是大吉之日啊，想什么有什么。周国能，你不挑还不行呢。

众人：和棋？

康王：对，她们两人下了一盘百年难遇的和棋。所以这新娘啊，还得你自己挑。

周国能听了这话，酒都吓醒了。

康王挥手说：迎新娘。

屏风后一左一右各出来一位蒙好了盖头的新娘。

周国能：真……真要挑啊？

众人看着他。他看看这个，又看看那个。

周国能：这哪能挑出来？

甲：闭眼抓一个吧。

周国能：你说得对，我闭眼吧。

周国能闭眼，近近地闻妙观，妙观一动不动。

周国能：呀，这个香，香。

周国能又闭眼去闻红拂，红拂略躲。

周国能：呀，这个不香。

周国能轻轻地把那香的绣带拉起。

周国能：香的是我妻。

但盖头始终没摘。那不香的被引下去了，也不知拜天地的是谁。

司仪：拜天地。一拜天地，二拜高堂，夫妻对拜。

周国能只管磕头，拜了天地。

一年后，妙观棋舍一楼，周国能在扫地。

楼上有人喊：郎君，郎君怎么还不上来？

周国能：来了，来了，这就来了。

他上了妙观棋舍二楼。妙观挺个大肚子在泡脚，对他说：先给我把脚洗了，要么水该凉了。

周国能高兴地为妙观洗脚：哎，哎，洗脚洗脚洗脚。

妙观：郎君啊。

周国能：哎。

妙观：高兴吗？

周国能：哎，高兴高兴。

妙观：要是没有我那盘棋，哪儿有你的今天呀？

周国能：是啊，是啊，那时我要不选你，也没有今天啊。我做人是有准则的。

妙观：今天好不好？

周国能：好！

妙观：那就对了，把洗脚水倒了。

周国能答应着把水倒了，自言自语道：挑也白挑，什么人什么命，该倒洗脚水就得倒，想躲啊躲不了。

正是：国手唯争一着先，个中藏着好姻缘。

那周棋士与妙观的姻缘啊，实在是红拂成就的。你想啊，男女之事不就是这样吗？一个人看着不吃，两个人抢着才香呢。这周国能啊，不仅深谙棋道，在求爱之道中也是个智者吧。

风 筝 误

一

茂陵县城玉茗茶馆。

茶客颇满，其间有两位客人戚老员外与詹烈侯老将军都是地方士绅。

詹烈侯：小二，上盘果子。哎，我怎么能跟你比，虽说是有两房内眷，可一个儿子都没有。这没儿子也就算了，能有个清静日子也是好的，没有，没有啊，天天闹，天天吵。我不怕家丑外扬。

小二端盘果子没敲门进来。

詹烈侯一看生气了：哎，出去，谁叫你进来的，以后我们说话，不叫你不要进来，一点儿规矩都不懂……

小二：老爷，不是您要果子来的吗？

戚员外：去吧。

詹烈侯：我怕什么家丑外扬啊，也是逼的。可说出来有什么用，回家还是听她们吵架，说句心里话，老了老了不愿回家。

戚员外：不是那话，不是那话，有儿子有什么好，我有儿子还不是一样操心，你是听人家吵，我是跟儿子叫，一样的。这些日子我好好想了想，这一辈子有几分心思用在我自己身上的，还不是顾东顾西地顾到好日子来了，钱也有了，吃也足了，也老了。牙都没了，年轻时没的吃，现在有的吃了，摆一桌子菜，看着，吃不动了。我们都一样的，前辈子欠他们的。

詹烈侯：友先书读得怎么样？

戚员外：人倒是不笨，只是不好好念。我们这种人家不好好读书不是让人笑话吗。

詹烈侯：不急，不急，好好教他。懂事了就好了，大了就好了。小二，算账。我……我先走了。

戚员外：怎么让你算？小二，记着吧。走，我也走。说是说，气是气，惦记还是一样惦记，到时候就想回家了。

两人分头出了茶馆。

茶馆外大街上。北墙根蹲着一个小孩，面前放了只要饭碗，拿一根棍在地上写字。街上人来人往。突然一辆大车飞快地跑着，冲了过来，把在地上写字的小孩带倒了。

戚员外跑过去，把小孩扶起，所幸没事。詹烈侯及众茶客跟过去。

戚员外：这是谁家的孩子，怎么没人管啊？

小孩抬头睁大眼看着，不说话。

小二跑进来：哎，回老员外，城东韩家的。

詹烈侯：家里没大人了？

小二：回老爷，可怜父母一个月内都过世了，没人管了，这些日子吃的也是百家的饭，两位老爷看着可怜给收了吧。

戚员外听过话后放手：天下可怜的人多了，想收也收不过来。

詹烈侯：收，我自己还想让人收呢，这种事还不是天天有。走吧。

戚员外将走未走时，无意中看见了小韩世勋在地上写的字：天地玄黄，宇宙洪荒。

戚员外站下了：等等，这是你写的？

小孩忙用脚涂着。

戚员外：是你写的吗？

韩世勋：是。

戚员外：读过《三字经》吗？啊，来，来，写给我看看。

小二：快，写写，写写。

小孩蹲下，认真地写着“人之初，性本善”。

戚员外：你叫什么？

韩世勋：晚辈韩世勋，蒋沈韩杨的韩，世间万象的世，功勋的勋。

戚员外：嗯，好，好，说得好，这孩子懂礼啊，有什么病吗？

小孩摇了摇头。

戚员外上来拉手：跟我走吧。

众人：这下好了，戚员外领人了。

韩世勋想拿地上的要饭碗。

詹烈侯：不要了，不要了，到他那儿就有饭吃了。

小二：戚老爷，您把他领回去吧，赏他口饭吃。

众人：戚老爷，您这是做善事了。

戚员外：饭，我一定给他吃，但，这也不是什么做善事。他会认字，年龄又与我家友先相仿，让他们两个一起读书，算个伴吧。走吧。

众人：这下可好了，不单有饭吃，还有书读了。

小二：孩子还不快磕头。

小孩要跪，戚员外拦住。

戚员外：千万不可，这大街上，我不成了沽名钓誉了吗？不可。

詹烈侯：这种名也不是一般人能沽的，沽得好。孩子这个头一定是要当着大家磕的，磕吧，磕了这老戚就不能反悔了。我们大家都做个证。磕。

韩世勋：晚生韩世勋，给恩公叩首了。

说着跪下磕头，很懂事。

戚员外：快起，快起吧，真懂事啊。好了，各位给做个证，人我戚家收了。好，走吧。

小孩起来，跟着走。

詹家院子里，一盆汤砰地从大奶梅氏的门中扔出来，砸碎在了地上。

梅氏在门里走来走去，一会儿撩帘子，一会儿又放下。

梅氏：明明刚还看见厨下有那么一捧的燕窝，到了我这儿就剩下银耳了。吃去吧，吃独食长“坏病”的货。

詹家东屋里，二奶柳氏听了梅氏的叫骂把勺轻轻放回汤盆里，很平静很有主意地把汤盆端起，大大方方撩帘子往院中去。

柳氏把汤盆放在太阳地里，站在窗下看着盆说：说起来，哼，不是大户人家出来的，也是在大户人家住了这么多年的，谁不知道燕窝一煮就化啊。不开眼的，出来睁开眼睛看看，有什么不同。

说着话，把汤盆放在太阳地里，回身进屋。西屋的梅氏撩帘在看，东屋的门帘还在晃着。突然，柳氏抱了个胆瓶出来了，一点儿不犹豫，砰地砸在地上，连刚才的汤盆也砸了。此刻正赶上詹烈侯由外边进来，一应东西摔在他眼前了。

詹烈侯生气地看着：哎，这是又干什么呀，不过了？摔，摔光了才好呢。我……我他妈的真是贱骨头，说不回来，又回来了。好，都摔，使劲地摔。

说着话冲进中堂，拿出个帽筒摔在地上：摔吧！跟你们说清楚了，我现在是称病还乡，真有一天我奉调进京，你们一个也别想跟我走，我一个也不带，说话算话。

说完了自己进屋。一个正房、两个厢房此时都安静了，一地摔坏的东西在地上。

戚家中堂，戚员外正与教师姜先生说话。

戚员外：姜先生，你请几天假我准，但你不能走。友先呢，大功名不敢为他想，官做不做也无妨，家业大嘛。但起码一个秀才要做到的，连个秀才都不是，岂不让一县的人笑话我教子无方。现在先生你要多费心，哎，那个书童也来了不少日子了，人怎么样？

姜先生：回老爷，那个书童倒是个读书的料。

戚员外：哎，你不能这么说呀，谁不是读书的料啊，友先淘是淘了点儿，但人……人还是聪明的。我花这么多银子请你来，可不是为了让你教书童的啊。

姜先生：这个在下明白。

戚家书房，九岁左右的戚友先在对着镜子画脸。八岁的韩世勋在一旁作文章。

戚友先：哎，我这脸画得好不好？

韩世勋：你总是画脸干什么？

戚友先：你不懂，一个人要是生下来就一张脸多乏味啊，多几张脸，一个人不就变成几个人了嘛。来，吃点儿东西，文章快作。我画完了，你就得作完，要不然中午饭我不让他们给你吃。

韩世勋飞快地写着。

戚友先：你要作得好，中午饭我菜里的肉都给你。

韩世勋奋笔疾书：好了，我给你念念。

戚友先：啊，这么快。哎，你脑袋里装了不少的文章啊。我爹捡你回来算捡对了，一呢你有吃的了，二呢你还可以读书，三呢我从今不用再写这些狗屁文章了。哎，我这脸画得怎样，像不像张飞？

韩世勋：张飞是黑脸，你这脸太白了。

戚友先说着话抽下文章：那就是吕布吧。啊哈嘿，不用念了，我给先生看去，他保证夸我。

戚员外看着先生给他的戚友先的文章。

戚员外：这文章是他写的？

先生：是他写的。

戚员外：我说是我的儿子嘛，不会错的，人无非有个开窍早晚的事。他要能写出这样的文章，我倒错看他了。快，快让他们来，我……我要好好考考他们。

詹府东屋内，柳氏病了躺在床上。小淑娟在为柳氏用冷毛巾敷头。

柳氏：别管我，去写字吧。其实写得再好又有什么用呢，你要是个儿子该多好。

小淑娟：儿子、女儿有什么区别？

柳氏：你要是个儿子，我就不会在这家人中受气了。

小淑娟：儿子不听话，还不是一样的生气。妈，您坐起来吃药吧。

戚家中堂，戚员外、先生、友先都坐着。韩世勋站在一边。

戚员外原想考考儿子高兴高兴，没想儿子的文章自己念不下来。

戚友先正大声读着：盖闻智者……须什么……而什么……谋什么策，愚者什么什么理……什么而什么动。

他把不认识的字，一概读什么。戚员外大惊。先生大窘。

戚员外：停，停。哎，友先你……你自己写的文章都读不下来吗？别急，慢点儿，慢点儿读。

戚友先：我不读了。

戚员外：不行，要读。

戚友先：让他读吧。

把文章给韩世勋，自己坐下吃东西。

韩世勋：山川之美，古来共谈。高峰入云，清澈见底。两岸石壁，五色交辉……

戚员外：打住，打住。五色交辉，五色交辉？姜先生。

姜先生：在。

戚员外：你书教得怎样，我先不说了，你连文章是谁写的都弄不清，这我可没法留你了。

姜先生：戚老爷，在下有违师道，有违师道，话不用您说了，我……我辞馆，辞馆……

韩世勋跪下道：老爷，此事不怨老师。文章原本是晚辈自愿为少爷代写的，不关老师的事，请老爷不要辞了老师，罚晚辈吧。

戚员外：大胆，真是大胆！这……这文章是可以代作的吗？友先你……你还吃，还不一起跪下，告诉你，我……我可不会袒护你。

戚家院子。詹烈侯气鼓鼓地进来。

詹烈侯：你家老爷在做什么？

管家：不敢瞒大人，您听啊，老爷在发脾气，训儿子。

詹烈侯：训儿子啊，来得不是时候，不是时候，你别报了，我走。

管家：詹老爷，您别走啊。后园子里逛逛，一会儿就好了。

詹烈侯：是吗？好，好，这可真是家，家前边该加上冤字才对，冤家。原想到他这儿来躲清静。有家眷有儿女的哪儿有清静啊，我先在园子里转转吧。

戚家中堂。戚友先根本就没跪，站着还在吃东西。

戚员外：你就别吃了。

戚友先：我不吃我饿。

戚员外：好，吃吧，吃吧。我不管了。

韩世勋跪着。

戚员外：世勋你也起来吧，你这一跪我倒是想明白了。我不能罚你，你写出这么好的文章，该夸奖才是。人间之事，大概如此吧，有心栽花花不开，你一个书童，上无爹娘，下无弟兄，能写出这么大气磅礴的文章，真应了夫子的一句话，有教无类。

先生请罪：老员外，此事实在……

戚员外：先生你也不必谢罪，一样的教法嘛，书童倒比书生学得好，天下奇闻，看来还是人不争气。友先，我呢，现在也懒得说你了，现在我的心思啊，恨不得你们两个调个个儿，换一换。啊，当然，人家的儿子终归是人家的儿子，自己的还是自己的，没有换的道理。但……但我可以收他为义子呀。怎么样？这总行吧，做什么书童啊，干脆做我的干儿子吧。

正说到此时詹烈侯不报自入，听到后一句话边鼓掌边说：好，好，我今天来得好，有吃酒的理由了。训儿子训出个义子来，好。哎，孩子还不给你干爹磕头。

戚员外：哈，老詹你可真会赶时候，快请坐。

詹烈侯：真是好事。我有两个女儿，你还不该有两个儿子吗，要说烦恼，大家的烦恼，谁的也不多，谁的也不少。快，快跪下，叫他一声爹。叫过他爹，咱们好喝酒。快呀。

原来韩世勋还犹豫，此时不犹豫跪下了。

韩世勋：爹爹在上，受小儿一拜。

戚员外：啊，好，好，这回多了一个指望了。快起，快起。

戚友先边吃边说：哈，这回我有了个兄弟了，哈。

詹家西屋，爱娟正拿着母亲的化妆品画嘴唇，照着镜子问梅氏与奶妈冯妈。

爱娟：妈，妈，奶奶，你们说淑娟妹长得好看，还是我长得好看？

梅氏：那还用说吗，当然你长得好了，她那么瘦像个病秧子。

爱娟：可看门的刘保儿说她长得好。

冯妈：他是乌鸦嘴，胡说，当然是我爱娟小姐长得好了，我看比戏里的西施还好看呢。

爱娟抹红了嘴，闭也不敢闭，张也不敢张，噘着个嘴出门。

爱娟：好，那我出去跟他们说去。

詹家东屋。淑娟一笔一画地在描红模子。爱娟噘着个嘴进来了。

爱娟：妹妹，你在干吗呢？

淑娟一句话不说还在描。

爱娟：妹妹，刚才，我妈说了，我奶奶也说了，我两个妈都说了，我比你长得好看。

淑娟生气地放下笔想走。爱娟看着笔墨，手也痒了，拿起笔蘸了墨汁，刚要写，被淑娟一夺，墨汁甩到了爱娟的脸上，顿时脸上又红又黑。爱娟大哭。墨汁也溅到了书上。淑娟的一只小手在抹书上的墨，越抹越黑。

八年之后，私塾。长成青年的戚友先伏在桌上睡觉，流着口水。韩世勋在私塾中慷慨激昂地走来走去，回答问题。

韩世勋：夫子曰，“己欲立而立人，己欲达而达人”，学生以为这是夫子“仁”之精髓。所谓欲做仁爱之人，当先为别人着想。

私塾先生听得入神，不由自主地跟着在教室中走来走去。

韩世勋继续说：范文正公所谓“先天下之忧而忧”大概源于此。上两句若是仁者之铭的话，“己所不欲，勿施于人”便该是常人之铭了。

先生：嗯，精彩，精彩。你这仁者之铭与常人之铭，说得好，说得好，接着说，接着说。

先生兴奋，一戒尺打在睡觉的戚友先头上。

戚友先：呀！干吗打我？

姜先生：高兴，有人说出这么精彩的话难道不该高兴吗？

戚友先：天底下哪儿有这样的事，高兴就打人。

姜先生：打你是轻的。你与世勋比一比啊，每天从一个门里出来，从一个门里进去，书读的是一样的书，教书先生是一样的先生，论吃穿你还要比他好上一些，但学业怎么就差成了天上地下了呢？

戚友先：这有什么奇怪，他穷，又没爹娘，自然只有读书了，他不读书不是要穷三辈子呀。我有钱，这辈子把钱花尽了，下辈子再读不迟。

姜先生：有道理，你书没读好，歪理倒学了不少。哼，你出了这门，告诉人家我是姜先生教出来的，我这脸有多么光彩。哈，伸手！

戚友先：慢，先生您要做什么？

姜先生：还要做什么？打你。

戚友先：不行。

姜先生：我开馆到今天，还没有不能打的学生呢，今天非要打你，就要打你。

戚友先：不能打，要打也行，我问一句话你再打不迟，先生，你是先生吗？

姜先生：这里就我一个先生，我当然是先生。

戚友先：你……你是先生是不是应该教别人呀？

姜先生：这个自然，难道让你教我不成？

戚友先：你是先生还跟着韩世勋身后左一笔、右一笔地记他说的话，像个孔圣人的学生似的。先生，先生跟学生学还叫什么先生？所以说你的学问也没做好，你要打先打自己再打我不迟。

众学生跟着起哄：对，对，说得好。

姜先生没想到戚友先会说出这番话，愣在那里：也对，也对，你这话也不错啊。想我授馆多年，深有体会的是做先生的有两种学生教不了，一个是像世勋这样的好学生，老师教着教着就没得教了；一个就是你这样的坏学生，原就不想学，教有何益？好，今天我不打你了，说白了打你也没用。

韩世勋看老师伤心，不忍：先生，要么我来代友先受打吧。

姜先生：为什么？不能这样啊。你在戚家也总是代他受过，真到了圣人堂前也要这样吗？不可，世勋你要记住一句话，穷且益坚，不坠青云之志。

韩世勋：先生的话学生谨记。

先生：好，今天谁也不打了，放学。

众人：啊，好啊。

傍晚，街上。年关将至，张灯结彩。街上妓女三三两两。韩世勋与戚友先回家。戚友先坐着滑竿轿子，韩世勋在下走着。

戚友先看韩世勋往另一条街走，奇怪地问：哎，怎么那么走啊？这边。

韩世勋：那边清静。

戚友先：下轿，下轿。这些天清静得还不够啊，这边走。黄头儿，滑竿抬回去吧，我与二公子走回去。

众妓女一看戚友先，一下子过来把戚友先围住。

妓女甲：戚公子过年了，要发花红啊。

妓女乙：戚公子，身上可有钱吗？让我摸摸。

戚友先挣扎：有，有，伸手，伸手，伸手的就有。啊，好痒，好痒。哎，问你们，她怎么没出来？

妓女甲：她是谁啊？

戚友先：黑牡丹啊，明知故问。

妓女乙：人家是头牌，能出来站街吗？

戚友先：扫兴。来，你的，你的，这是你的，钱没了，真没了，别摸了。哎，我那个朋友呢？世勋，世勋。

妓女甲：找谁呀？

戚友先：刚还跟我在一起走，怎么转眼就不见了。

妓女乙：是不是那个？

戚友先：哪个？

妓女乙：冲墙的那个？

韩世勋冲墙站着。

戚友先：就是，就是。

妓女甲：你这朋友真是银样镴枪头，这么好的姑娘不看，去看墙缝了，假装的。

韩世勋面壁而立，口中念念有词。此时名妓黑牡丹出门，立于门阶上。

韩世勋：子曰，笃信好学，守死善道。危邦不入，乱邦不居。天下有道则是……

戚友先一拍他，他吓了一跳。

戚友先：说你是装的吧，你次次过，次次都这样。说你不是装的吧，天下的男子哪有见了女色不看的。来，回过头来，看看又怎么样？回头，回头。

韩世勋：夫子曰，食色，性也。我岂是个无情性的人，但这些丑妇，我实在看不下去。

正好被黑牡丹听了，听了后心有不快，但又觉韩世勋说的有些道理。

戚友先回头看见黑牡丹，高兴：我看她们不丑。你看那个头牌出来了。牡丹小姐，哎，牡丹小姐。

黑牡丹：戚公子，你这位朋友倒是有些好眼力呀。

戚友先：你就别夸他了，他刚还褒贬你们呢。他没什么本事，除了书比我读得好些，其他一概不知，没见过世面，土包子。你可出来了，我跟你进去。

黑牡丹：不劳戚公子大驾了。你这位朋友都把我们说丑了，我们就不必再贱了。姑娘们回院子吧。

众妓女飘然而回，街上空落了。

戚友先：多有味啊，黑也黑得俏。哎，哎，你小子我看是装的，这么漂亮的姐儿也不看人家一眼，还说别人丑。你别走啊，慢点儿。

詹家中堂。大房梅氏领爱娟坐于右，二房柳氏带淑娟坐于左，詹烈侯居中而坐。空气沉闷。

詹烈侯清清嗓子说：算来呢，我在家已赋闲八年有余了，以为京城中的那些遗老早就把我忘了，谁想就凭了吏部的一句话，万岁又把我想了起来。詹安，把吏部的文书给两位大娘看看。

詹安拿文书给两位看。

詹烈侯：我这次是要入京为官了。

两娘子都期待地望着他。

梅氏：实在是恭喜老爷。

柳氏：贺喜老爷。

爱娟：娘，咱可进京城瞧热闹去了。

梅氏：听着。

詹烈侯：嗯，我想了想，进了京谁知能不能待久，做不长呢还要回来，所以……所以家眷我想了，一个不带。

两娘子惊讶。

梅氏：老爷，那怎么成？谁照顾您的衣食呀？妾愿……

柳氏：老爷……

詹烈侯：打住，有詹安就够了。说句心里话，在家八年，每年三百六十天，有三百五十天听着你们在怄气、吵架，我是一年一年地不快。如今可好，我也乐得出去躲一躲。既不带就都不带，我是谁也不偏谁也不向，就这样。

爱娟：娘，娘。

梅氏生气：干什么？

爱娟：京城去不成了。

梅氏：就你明白！

说罢拉起爱娟生气地出屋。只剩下柳氏与淑娟。

詹烈侯看柳氏在掉泪，便说：你也别哭了，把淑娟带好。我走呢别的不操心，一是担心你们再吵，二是担心两个女儿出嫁的事。不过这些事，我会安排好了再走。

柳氏：你走吧，你什么也不用管，我们死了，你才省心呢。

说完拉着淑娟出去。詹烈侯听完一愣。

詹安：老爷，这是不是太过了点儿？

詹烈侯：别劝我，不过，你没受过罪，你哪儿知道。

戚员外中堂外。詹烈侯来拜访，戚员外从书房迎出。

戚员外：恭喜，恭喜。本当我去贵府道贺的，怎么劳动您倒先来了，来，书房里坐。

两人相携入书房。

戚家后院书房内。韩世勋正背书，摇头偶看窗外，觉得奇怪，再近了往外看，窗外戚友先正脱光了上身在晒太阳。韩世勋急急出去看究竟。

戚员外中堂内，二人落座叙谈。

戚员外让着茶说：请用。听到消息，一是为你喜，再是出于私心有些不快，你我这些年少有这么清闲的日子，来来走走的倒是很快活呀。

詹烈侯：受命于朝廷，实在是身不由己呀。我……我其实也很舍不得呢。

戚员外：那是，那是，你是官，我是民，你是在朝的嘛，什么时候起程？我为你摆酒呀，壮行色。

詹烈侯：明天吉日。

戚员外：啊，这么快。那家眷呢？

詹烈侯：来去匆匆，家眷就不带了。

戚员外：哎呀，你有家眷怎可不带？

詹烈侯说着拿出一信：一言难尽，我也正有一事相托呢。

戚家后院，韩世勋边转边看着一本正经晒日头的戚友先。

韩世勋：我再猜不着，我就不猜了。你一定是觉得自己书读不成了，想弃文从武，先练练筋骨，所以晒晒太阳，对不对？

戚友先：更不对了。

韩世勋：不猜了。

戚友先：我告你，那天过院坊街，咱们看到谁了？

韩世勋：黑牡丹。

戚友先：这你倒记得。哼，黑牡丹怎么样？

韩世勋：黑牡丹自然是黑了。

戚友先：说对了，她要是黑我不黑，岂不是不般配吗？

韩世勋：啊，你这大冬天地晒日头，就是为了晒黑了去逛秦楼楚馆啊？

戚友先：你又说对了，我把自己的脸看得比什么都重，脸是门面嘛。这回我得晒黑了去见她，两个人黑到一起去，多么有意思。晒不黑不去见她。

韩世勋：友先，不是我说你啊，脸是门面倒也不错，可没见你这么修理门面的。

戚家中堂外边，詹烈侯边走边说：留步，留步。所托之事都在信中，说好了，明年十月再拆，不到十月不要看啊。

戚员外：你搞什么事呀，还要等到明年十月，这真是闷杀人了。喝了酒再走。

詹烈侯：不了，兄长留步，来年见，来年见。

戚员外：多保重。

詹家院子里，瓦匠在哗哗地和泥砌墙。好好的一个院子，中间一道墙隔两半了。墙在长高。柳氏轻撩窗帘看外边。

淑娟：娘，爹干吗让把院子隔了？

柳氏：爹怕两房再闹。

淑娟：咱干吗非要与大娘闹？

柳氏：女儿，你不懂，娘我是穷人家嫁过来的，一不识字，二没嫁妆，让她们看不起呢，再不争争就更没个活头了。有些事儿你别管。娘盼你体体面面嫁个好人家，给娘争气。

淑娟：这种气不争也罢。

柳氏：你……你这孩子怎么这么说话啊？娘要是不争这口气，现在还指不定被她们欺负成什么样呢。

西院梅氏屋门口。爱娟抹了口红、胭脂在门口站着看工人砌墙。

爱娟：那块砖歪了，对，对，那块。

瓦匠们头也不敢抬地听着她说话，把砖摆正了。所有的工人不敢正眼看爱娟，都低着头干活。

爱娟：嘿，你看那线没拉直，北边高了，对，高了。你们干活怎么不抬头啊？

所有的人头更低了。干活不敢抬头很别扭，瓦匠头实在忍不住了，低头过来说：小姐，您是这家的小姐还是大姐？

爱娟：我？当然是小姐了。

瓦匠头：您是小姐能不能回避一下？要不我们做力巴的不敢抬头。

爱娟：为什么？

瓦匠头：在大户人家做活，这是规矩。您看见那个独眼的了吗？丁三，过来。小姐，您看看，就是他去年在裘府干活多看了眼小姐，眼就给打瞎了。

爱娟：哎，我不在乎，你们看吧。没关系，随便看啊。

众瓦匠慢慢抬头看，一看爱娟全晕过去了。

韩世勋伏在书房条案上睡着了。纱灯还亮着。抹黑了脸的戚友先闷闷而归，一袭黑衫加上一张黑脸很像鬼，飘飘地站在韩世勋的条案前。风过，韩世勋醒，抬头一看戚友先吓了一跳。

韩世勋：啊，啊，有鬼。

戚友先：哪儿来的鬼，有鬼倒好了。是我，友先。

韩世勋：友先，是友先吗？

戚友先：是。

韩世勋：你黑黑的脸，怎么这么丧气？找我干吗？

戚友先：找你说话。

韩世勋：晚了，明天说吧。

戚友先：不行，非得今天说。

韩世勋：好，说吧。

戚友先：妈的，这世道真是他妈的变了，你说说一个窑姐的架子也端得像个仙女似的了。那个黑牡丹我为了去见她，晒了三天太阳，怕不黑，还抹了一层淡淡的松烟。你看我这脸够黑的了吧？除此之外，我还带着大大的一锭银子去的。我……我知道啊，有爱俏的，有爱钞的。你猜她怎样?

韩世勋：还能怎样，银子收了，卖笑于你呗。

戚友先：那倒好了，她是钱也不要，笑就更没有了。

韩世勋：为什么?

戚友先：只一句话，“你还年轻，又是个知书识礼的，何必来这秦楼楚馆消磨，为什么不去取个功名啊”。你听听这像是个窑姐说的话吗，比先生说的还酸呢。

韩世勋：倒是句有见地的话。

戚友先：屁见地。功名，谈功名还谈到青楼里去了。放着窑姐不好好做，充起圣人来了。我后悔，后悔白白地为她晒了三天日头。我好恨，恨自己现在还……还在想着她。

韩世勋：能想想就行了，这世上能有一个人惦记着，不是件很幸运的事吗?你现在无非是爱恨交加。

戚友先：啊，你前世是个和尚吧，素惯了的，连女人都不想。

韩世勋：谁说不想的。你我虽不是亲兄弟，但好歹一起长大的，见地不同，但都是男人不错。说句实在话，我想的女人不是这样的。

戚友先：什么样?说说。

韩世勋：我想的女子，天姿风韵两件都少不得。有天姿没风韵，那像个泥塑的美人；有风韵无天姿最多是个花面女旦，天姿风韵要相配才好。

戚友先：呀，呀，你不想是不想，一想就想到天上去了。天姿风韵，还想什么?

韩世勋：天姿风韵只是一半，还有一半是内才。我无论如何要找一个能识字、作诗的。

戚友先：这越发地要上九重天了。内才好这是二了，还有什么都说说。

韩世勋：还有，若要议亲，此人必要我自己亲试过她的才，见过她的貌才行，不见不试也不要。

戚友先：我……我……

韩世勋：怎么样?

戚友先：我该给你找块冰来降降火才对。我想女人都不敢想这么多，你可倒好，内才、天姿的，你以为你是谁啊?画饼充饥的家伙。哎，今夜全天下最倒霉的是我，在青楼听了通气话，这边又听了席疯话。原指望你能安慰我一二的，谁想到把我的火倒勾出来了，我走了。

詹家西院，爱娟睡眼惺忪出来，看那堵大墙，愣了。

爱娟：冯妈，冯妈，那些砌墙的工匠呢？

冯妈：来了，来了。工匠？干完活都走了啊。

爱娟：闷死了。爹走了之后，门不能出，窗也不能望，平白地院子里还多了道墙，说话的人都没有了，这让人可怎么过日子啊？

冯妈：我这就来，我给你猜谜。来，我给小姐猜谜啊。

爱娟：谁要你猜谜啊，你那谜我从小猜到现在了。

郊外，纸鸢飘飘，众儿童在放风筝。

戚友先头上罩了块黑纱，骑马与书童抱琴看着。

抱琴：少爷，刚街上卖肉的老李还问我，你家少爷平白地戴纱干什么，家里是不是出事了。

戚友先：呸，他懂什么。家里出事有我这样的吗？我这是前日晒黑了，人又没摘到手，这两日我不把自己再捂白了岂不是更吃亏吗？

抱琴：少爷，我也是这么跟他说的。

戚友先：别理他，俗人什么也不懂。抱琴啊，今天天真好，你骑马回去让世勋画只风筝来放。

抱琴：那您今天不去读书了？

戚友先：读书？这么好的天，读书岂不是辜负了嘛，快去。

韩世勋在书房大声朗读《报任安书》，豪情万丈。

韩世勋：盖文王拘而演《周易》，仲尼厄而作《春秋》，屈原放逐乃赋《离骚》……

突然抱琴闯入，吓了韩世勋一跳。

韩世勋：怎么了？

抱琴：二少爷，少爷要放风筝，让你画一个。急等，快着点儿啊。

韩世勋：哪有时间。

抱琴拿过一个白风筝：那不是现成的嘛。你好歹画一个，快点儿吧。

韩世勋：抱琴，我跟你说啊，读书人有两种气不可打断，你知道不知道？一是文气，二是志气。我正在滔滔不绝读前人典籍时，哪有心思画风筝，真是不可理喻。

他很生气，拿笔想想，写了一首诗。

漫道风流似谪仙，伤心徒赋四愁篇。

未经春色过眉际，但觉秋声到耳边。

好梦阿谁堪入梦，欲眠竟夕又忘眠。

人间无多埋忧地，题向风筝寄予天。

郊外，风筝正高，戚友先高兴地放着。突然一阵风来线断了，主仆两人狂追。

詹家东院，柳氏在缝纫，淑娟在窗前提笔写字。正写着，忽听一声响。

柳氏：是什么响啊？淑娟你快看看。

淑娟看院子里落了只风筝，便跑出门去。爱情两字，就如春光一样，关也关不住，拦也拦不得，当来时自然会来，来的方法却不同。有时一首诗、一只风筝就可牵出一串恩恩怨怨、柔情蜜意的故事来。

二

郊外，戚友先与抱琴气喘如牛地追风筝。

戚友先：不追了，真是事事不顺，放个风筝也跑了。抱琴，我没兴致了，你……你去给找回来吧，我先回了。

抱琴：少爷，要是找不着呢？

戚友先：那我一定揍你。

说完上马走了。

詹家东院，柳氏拿着风筝看。

柳氏：上边写的什么？

淑娟：是首诗。

柳氏：什么诗？

淑娟：说自己不得意呀，又愁又苦的。

柳氏：世上愁苦的人也太多了些。

看淑娟把那风筝中间的诗正剪下来，又说：哎，你这是干什么呀？

淑娟：诗好字也好，留下来呗。

柳氏：那怎么行？一会儿人家来找风筝呢？

淑娟：落下来的风筝还来找啊？妈，您怎么不早说呢？您看，这都剪破了。

柳氏：你这孩子见着字就喜欢，人家姑娘都爱个花儿什么的，你就爱看个字。

淑娟：我给它补上。

淑娟在补好的纸上写诗，立就。

柳氏看着高兴：我女儿就是能，会写诗作画。你写的什么呀，不会惹事儿吧？

淑娟：随便一首诗而已。

詹家院外，抱琴在敲门，大喘气。爱娟、冯妈出来应。

冯妈：谁呀？谁呀？哟，小哥儿啊，干什么？找谁？

抱琴：老妈妈，我家公子的风筝落在您院子里了。

冯妈：风筝？哪儿有呀？院子里没落风筝啊，没有。公子？你是哪家的？公子叫什么？

抱琴：回妈妈，我是戚家的，公子是戚公子。

冯妈：呀，戚家的童儿啊，怪不得这么嘴甜呢，俊。你等等啊，备不住落在东院了。柳奶奶，淑娟小姐，您那院里落了风筝没有？

爱娟听了喊也往东院望。

柳氏在东院屋内听见喊，说：呀，真有人来找了，快给人家吧。

淑娟忙把糊好了、换了诗的风筝给拿出来。

柳氏忙答应：哎，有，有，风筝破了，我们淑娟给补上了，这就给你啊。

淑娟急急送风筝出来，没想到抱琴也跟着冯妈进来了。淑娟一看有男童，进也不是退也不是。

冯妈：哎，你怎么进来了，外边候着，这可是二小姐的闺房，退回去，退回去。淑娟小姐呀，交给我了。

冯妈接过风筝，交给抱琴，说：是不是这个，拿着吧。

抱琴：谢妈妈。

冯妈：别谢我了，谢小姐。

抱琴谢了小姐，然后看风筝上的诗。

韩世勋正在屋里着急地作诗：井莲当夏吐，窗桂逐秋开。花飞……花飞……花飞低不入，鸟散远时来。还看云栋影，含月共……徘徊。好句子，好。

他兴奋地拍桌子，抬头看戚友先头上蒙着纱从窗口过。

韩世勋又吓一跳问：谁？那是谁呀？

戚友先推门而进，脸上抹过粉，他说：我。你又在作诗呀？会作诗也好，有喜怒哀乐都交给诗句了。

韩世勋：你昨天还像个灶爷似的，今儿个怎么变成白无常了？

戚友先：刚抹了些白粉。人生本是无常事嘛，黑黑白白的，阴阴晴晴的，千万之人不就这么过嘛。

韩世勋：呀，你……你这两日倒是略见些文采了。

戚友先：情字使然。写诗何难，唯情一字会把天下的人都逼成诗人。

韩世勋：你……你这就不通了，天底下又不只是一类诗，除了情诗，还有……

戚友先：不听，不听，除了情诗其他都不是诗。你说我不通，我就不通了。做一个不通的人也没什么不好。我走了，只要能走就是通的，走也。

他飘飘地又出去了。

韩世勋自语：一个黑牡丹嘛，青楼女子，真就把人弄成这样了。

拿笔，却写不出字了：相思可真苦，害得我把刚吟出的句子全忘了。

把一团纸扔到地下。

抱琴抱风筝推门进来说：二少爷，风筝，风筝要回来了。你用功呢？少爷呢？风筝……

韩世勋：不知道。放在桌上吧。

抱琴放下风筝：你没事儿，那我退下了。

韩世勋接着写诗，无意看了几眼风筝，觉得不对，马上叫抱琴回来。出了门的抱琴又回来了，问怎么了。

韩世勋：这风筝，不是刚才的那只。

抱琴：怎么不是呀？看这架子，不就是你的那个胖沙燕吗？你瞧这上边还有字呢。

韩世勋：有字是有字，但这诗不对了。

抱琴：什么？诗不对了？这……这我可不知道。

詹家西院中，爱娟抬头望天。冯妈也跟着望。两人看了好一阵子了。

冯妈：哎，来了，来了。

爱娟：哪儿呢？哪儿呢？

冯妈：你瞧那不是吗……哟，不是，是只鸽子。

爱娟生气不看了，回屋，冯妈跟着。

爱娟边走边说：背时透了，天天呢走的路到不了三步，吹进来的风不过五尺，好容易落进个风筝来，还跑到东院去了。冯妈，你当时怎么就……

冯妈：我的小祖宗哎，这风筝往哪儿落，能怪我吗？

爱娟：你当时要是说风筝落咱家了，那戚公子的童儿不就上咱家来要了吗？

冯妈：那咱家也给不了人家风筝呀。

爱娟：给不了真的，给个假的，先让他拿走。假的拿走了，公子一看不是，再回来换真的，这一来二去的不就能混熟了嘛。

冯妈：我……我哪儿能想到那么多呀。

爱娟：你……你什么都不想，你们把我养大了，往这儿一放就不管了，人家愁，人家闷，人家那什么……都没人管。

说着说着她哭了。

梅氏听到哭声进来问：怎么了，好好的，这又是怎么了？

爱娟：怎么了？我……我都十八了。

梅氏：这我比你清楚，但婚姻事总要有父母之命呀。你爹他走时还说要安排，这也不给安排到哪儿去了。别哭了，妈比你还急呢，别哭了。

爱娟：赔我风筝。

梅氏：冯妈，你也真是的，好容易有个机会，还是戚家的，你怎么都没多搭一句话呀。一到这时候心眼儿都没有了。

冯妈：哎，怨我，都怨我。得，我……我去院子里再等等。

梅氏：等什么呀？

冯妈：等等看还有没有风筝落下来。

梅氏：别去了，做饭吧。天底下哪儿有那么巧的事。

韩世勋在屋内正问抱琴话：这么说，那……那个二小姐你是亲见了的？

抱琴：亲见了的，就像过年集上卖的画儿一样的，真美，美得我都不敢看她，她也不看我。

韩世勋：是啊，能写出这般诗的人绝不会是个丑陋之辈。好，真好。

抱琴：二少爷，这诗里都写了什么？

韩世勋忙把诗掩向胸口：没什么，没什么，无非是天气、飞鸟、落花什么的。你不懂诗，不知道也好。

抱琴：那有什么呀，又没对你说句话什么的，看你高兴的。

韩世勋：不然，我看句句话都是对我说的。

柳氏与淑娟在院中折一条被单，一折一折地叠，两个越叠距离越近。

母女俩手相触，两人心都有所动。

柳氏：说不准什么时候，这折单子的人就换了呢。养女儿小时盼她大，大了又盼她小。

淑娟：娘，我不嫁。

柳氏：别说傻话，真要那样，那娘就不是娘了，是个狼了。

淑娟：娘，我真不嫁。

柳氏：那是气话。

淑娟：与其嫁个生气的，倒不如……

柳氏：理也是这个理。我在娘家虽穷，但还算舒心，真嫁过来也没过什么好日子。应名儿是个官宦家的太太，连个洗单子的下人都没有。

淑娟：自己动手岂不更好。

柳氏：但苦了你了，事事都要自己做，还要读书写诗的……走，回屋吧，外边有风。昨天你说戚家公子的诗好，到现在还没读给我听呢。

淑娟：我这就找出来给您读。

韩世勋拿着风筝要去郊外放，抱琴跟着。

韩世勋又有些反悔：抱琴，我觉此事或有些孟浪了，有违圣人教诲。

抱琴：你说什么呀？要来也是你，来了又悔也是你。你和少爷就是不一样，少爷是没谱的事从来当有谱的办，你可好，有谱了还要说什么圣人、教诲。放吧，真放起来，能不能落进去还两说呢。

抱琴举风筝，欲放，看见诗又停。

抱琴：哎，等等，二少爷，你们这来来往往的字，我一个也不认识，好歹你也把这首诗的文字念给我听听，也不枉我是个保媒拉纤的。

韩世勋摇头晃脑地念：好，就念给你听。飞去残诗不值钱，索来锦句太垂怜。若非彩线风前落，哪得红丝月下牵。

抱琴：听也是白听，不懂，行，放吧。

刚要放，抱琴似又想起什么：哎，二少爷，还得等等。

韩世勋：你……你怎么这么多的等啊。我这好容易不犹豫了。

抱琴：不是我多事，但得把丑话说到前头。回头风筝没落进去，一切不谈，要真落进去了，我要风筝时还得打着戚公子的旗号，不能说是你韩公子的。

韩世勋：岂有此理，难道我韩世勋的文章比别人差吗？

抱琴：你的文章一点儿也不差。但现在这些人势利得很，家财第一，文章再好也在其次之其次。

韩世勋：那这只风筝不放了。

抱琴：哎，二少爷，你别生气呀。我说的不是诗貌俱佳的二小姐这么看，我是怕他们家的冯妈、丫头什么的，你想想啊，阎王爷好过小鬼难缠不是。放吧，放吧。

两人将风筝放起。

詹家西院，冯妈坐在椅子上还在张眼望天，自言自语：再来不了，回头我给她买一个去。一个没影的风筝能把日子给闹翻了天了。

郊外，韩世勋与抱琴放起了风筝。

韩世勋：抱琴你可看准了，是不是那家的院子？

抱琴跑前跑后地看，连说：是，是。

韩世勋：你看好了风，再看看风筝怎么样。

抱琴：差不多了。

韩世勋：拿剪子来。

抱琴拿过剪子，韩世勋一剪下去，风筝飘飘而坠。

詹家西院，天上一只风筝飘下，欲东欲西。世间不如意事常八九，一点儿不错。倘若那天风儿再大一点，风筝再高一点，那讲故事的人大概就要换个故事来说了。也不是风筝有意，实在是天意使然。那只风筝飘来飘去，啪的一声在西院墙边落下。

冯妈早就望天而眠了，一点儿不知。爱娟在屋内听到响声，拉开窗一眼看见了，冲出来，急急地捡起风筝，小声自语：呀，真是有诗的风筝啊，真是有诗。拿胭脂，冯妈，快调胭脂。来了，真来了，快，快把我的绣鞋拿出来，快点儿，快。

冯妈正睡，惊醒，椅子倒了，摔了一跤。

冯妈：怎么了？这是怎么了？哎呀，摔死我了，怎么了？

爱娟到门口摇了摇风筝：风筝来了，风筝来了。

冯妈：哈，真来了，神了。这下好了，这下好了，这下更有罪受了。挣扎起来，哎哟哎哟地叫。

郊外，韩世勋与抱琴踮足望着。

韩世勋：你看见真落入詹府了？

抱琴：不会错。

韩世勋：这可怎么办？

抱琴：那有什么不好办的，二少爷你回家去听信，我去要风筝。

韩世勋：是，是啊。那……那你还不快去。

抱琴：急什么？风筝不才落进去嘛，她们不还得写诗嘛，写诗总要想一想的吧。真麻烦。

韩世勋：说得是，说得是，那……那你再等会儿，我先走了。

回头就走，又说：哎，别……别太像是经意的啊，别太像故意的。和……和上回一……一样就行。

抱琴：你放心吧，这事我会办，你走吧。

韩世勋：那……那我走了。

抱琴：走吧。

爱娟屋内，爱娟重重地抹了胭脂、口红，穿了花鞋等着。

爱娟：冯妈，冯妈，他们怎么还不来呀？

冯妈：别急呀，风筝丢了得找找不是吗？

爱娟：他……他们不是经意往这儿放的吧？

冯妈：是经意的，也得假装找找不是。小姐你哆嗦什么呀？

爱娟：我……我有点儿怕见人。您看我这妆行……行吗？

冯妈：行，挺好。哎，对了，待会儿来了人，你也不能出去，哪有小姐上去就见面说话的？

爱娟：那我化这么漂亮不是白化了？

冯妈：也不白化，留着晚上用。

爱娟：怎么晚上还用吗？

冯妈：可是得用，等会儿我就把你说成是二小姐啊。

爱娟：干吗说我是二小姐？我不愿意。你们不是都说我比淑娟漂亮吗？

冯妈：你听我说呀，约他晚上来见面啊。

爱娟：今天就见啊，冯妈，我……我怎么想尿尿呢？

冯妈：别怕，打铁不得趁热嘛。你听我说啊，今夜以二小姐的名义见见他，他人要是好呢，咱就定下了，人不好轰出去，就是坏……也坏二小姐的名声。

有敲门声。

爱娟：冯妈，快去，有敲门的了……冯妈，您的主意好。哎，要是他本人来了，您咳嗽一声，我……我想看一眼。

冯妈：哎，来了，来了。别怕，别怕，还指不定是谁呢。

韩世勋屋内，韩世勋焦急地等着抱琴，面对门闭目坐着。

门开处进来的是戚友先，戚友先吓了一跳。

戚友先：啊哈，你会有工夫发呆呀，你练什么功呢？哎，你的脸色怪得很啊。

韩世勋：你先看自己的脸色吧。

戚友先：我……我正常啊，我正是花残月缺的时候嘛。你……你这个样子好像也被情字所恼了？

韩世勋以为被看破，掩饰道：没有，没有。我怎么能言情啊，笑话，没有。

戚友先看到桌上淑娟的诗，拿起就要走：正好，有福之人不用忙，春满楼的李三鲜要我作首诗送她，你这首诗借我用用吧。

韩世勋：哎，不行，不行！

戚友先：一首诗你也这么小气。你在我家可是吃了十几年饭的，我拿你一首诗难道不该吗？

韩世勋：不是这话，这首诗你送女人不妥。

戚友先：为什么？

韩世勋：它……它是一位女子送给男子的。

戚友先：女子给男子？什么样的女子，什么样的男子……好啊，有女子给你写诗了？

韩世勋：没有，没有。不要搅，不要搅了，没有的事。得，我给你写过就是。

自语道：人一沾上情这个字，怎就会鬼鬼祟祟起来了？

戚友先：你说什么？

韩世勋：没什么，我在找韵，找韵，昂、江、扬。

詹家门前，冯妈拿着风筝在与抱琴说话。

冯妈：千万记住，说二小姐的诗一定要向戚公子讨教，是戚公子吧？

抱琴：绝不会错的。

冯妈摸出一锭银子：小哥儿，詹戚两家原也是通家之好的，这块银子留着买果子吃吧。

抱琴：谢了，是今天晚上吗？

冯妈：是，小声点儿，哎，我问你，你家公子怎么样？

抱琴：那可是没说的，才也高人也好，万里挑一……

话还没说完，这爱娟听见咳嗽，作态出来了。

爱娟：冯妈，是谁啊？

冯妈：哟，你怎么出来了，快回去，快回去。

抱琴一看到爱娟吓了一跳。

抱琴：呀，妈妈，这是谁啊？

冯妈：啊，那什么，一个亲戚，一个亲戚。

抱琴：二小姐的亲戚？

冯妈：啊，啊，长得是不是有点儿像……

抱琴：像什么呀，妈妈，我说话您可别不爱听，这位长得有点儿对不起人。

冯妈：行了，别说了，快回吧。

淑娟正用心在屋内刺绣。

柳氏：淑娟，快去把泡着的药煎一煎，妈这会儿又头疼起来了。

淑娟：妈，您快躺下吧。药我已煎上了，这会儿可能快好了，我去看看。

柳氏：你倒想得周到。

冯妈人未到声先到：二小姐，柳太太。

柳氏：是冯妈，进来吧。

冯妈：哟，歇着呢？

柳氏：有事儿吗？

冯妈：柳太太，二小姐夏天做的那双红绣鞋在吗？

柳氏不高兴：干什么呀？

冯妈：我们那大小姐想借用一下，自己又不好意思，非让我来说。

柳氏：那双鞋，我们淑娟做完了，还没上过脚呢。

冯妈：啊，我们也是当个样，当个样。

说着话，淑娟已从里屋把鞋拿出来了。

淑娟：亲姐妹的，还说什么借不借的，姐姐要用就拿了去穿吧。

柳氏不高兴。

冯妈：哎，还是咱们二小姐懂事，谢了，谢了。画完了就给您送回来啊。

韩世勋忙忙地在屋内翻找《乐府》。抱琴在一边看着。

抱琴：二少爷，你找什么呀？

韩世勋：《乐府》。这小姐可是不同寻常，倘若晚上她出两联险韵的句子让我对，我岂……岂不尴尬？

抱琴：没有的事儿，这茂陵城，别的不说，就论作诗，谁比得了你呀？别找《乐府》了，我看你这身衣服倒是要换一换。

韩世勋：衣服？衣服？我只有这一件蓝衫是好的呀。二小姐不是说去谈诗吗？衣服不重要吧？

抱琴：说句心里话，二少爷，我抱琴虽是个童子，但还真真地就喜欢你这憨劲。要不是你的事儿，我也不管了。虽说我得叫你声少爷，但谁不知道啊，你除了读书与少爷一样，其他的衣食住行，你哪儿有个少爷样呀？我们做下人的不心疼你这样的，心疼谁呀？来吧，这儿有一身团花的袍子，你先穿上。

抱琴拿出一件好袍子。

韩世勋：啊，这……这不是友先的衣裳吗？

抱琴：管他是谁的，你先穿上。他衣服多着呢，不用为他想。

韩世勋边说边穿上了，好看。

抱琴：真就不一样，衣裳还是那件衣裳，穿的人不同，它就不一样了。

韩世勋左看右看：我……我这是要去做什么？不是就去谈诗吗？

抱琴：你这么想，那边可不这么想。

韩世勋：她若是个知书识礼的，她……她也不会在乎一件衣裳吧？

爱娟屋中，衣服扔了一床一地。冯妈撅着屁股还在箱子里往外掏。爱娟坐在床上生气。终于拖出件葱心绿的罗裙来。

冯妈：找到了，找到了。衣裳多了也有衣裳多的坏处，穿不过来。来，来，穿上裙子，再穿上淑娟的鞋。这双鞋有点儿紧啊，使劲给她穿。

爱娟：紧了好。

冯妈：不难受啊？

爱娟：穿大了就不用还她了。

冯妈：说得是。哎呀，多俊啊，红鞋绿裙。站起来看看，亚赛个俏西施。嗯，好，好。

郊外。抱琴打了个灯笼在前，韩世勋穿了身新袍子在后，手里卷着一册《乐府》。二人磕磕绊绊地走。

韩世勋：抱琴，抱琴慢点儿，掌灯的人该在后边。

抱琴：在后边你又不认路，不还得我带着你吗？跟紧点儿吧。

韩世勋：抱琴，你说，到时候谈诗真谈到《乐府》我要答不上来怎么办？哟，慢点儿。

抱琴：别想诗了，到时候谈什么还不知道呢。

韩世勋：会谈别的吗？谈别的，我……我也不会呀。

抱琴：到时候就会了。

抱琴心说：我们家这二位爷呀，一个太迂，一个又太放荡。

于是大声说：你呀就顺着她谈，她说天你就跟着说天就是了。

韩世勋：行，行，哎哟。

抱琴：怎么了？

韩世勋：崴了脚了。

抱琴：来，我背你吧。

妓院春满楼，戚友先把脸抹了些白粉，正与李三鲜调笑。

戚友先拿出诗来，李三鲜假作害羞。

戚友先：三鲜啊，你叫三鲜，我叫友先，两人躲不过一个“鲜”字。我这儿给你作了一首鲜字歌啊。

众嫖客：读读，读读。

戚友先：鲜梨、鲜枣、鲜桃，身段无比窈窕。一朝来到君侧，鲜上加鲜没得挑。

众人哄，喊好。

戚友先接着读：他先、你先、我先，三先我来得最早。

詹府外，抱琴打着灯笼敲门。刚打一下，门骤开。

冯妈：呀，可来了，哎呀，这位是戚公子吧？

韩世勋：不才韩……

抱琴打遮拦，拉韩世勋：啊，寒啊，寒冷，这晚上真有点寒冷。

冯妈：那快进去吧。童儿，你在这门房等会儿吧。灯笼借我，公子跟上。

韩世勋：抱琴，我……我有点儿怕。

抱琴：少爷，不碍的，你去吧，我等你。去吧。

冯妈：快来吧。

韩世勋跟上。

爱娟屋内，一盏灯没点。

门开处，冯妈打着灯笼把韩世勋往里一送，噗一口把灯吹灭了。

冯妈：公子请吧，哟，灯灭了，我再去取个灯啊。

韩世勋突然被关在屋里，又惊又恐，一动不动，黑暗中原地给小姐请起安来：小……小姐，小生这厢有礼了。

冲桌椅行起礼来。

爱娟在屋中最黑暗的床那边，按捺不住喜悦与急迫，低声道：这儿，在这儿呢。

韩世勋赶快转头：小生这厢有礼了。

爱娟：别那么多礼了，你过来吧。

韩世勋犹豫，乱摸，摸着一盆架以为是椅子：不劳小姐惦记，小生就在此坐了吧。

说话间回头一坐，盆架稀里哗啦地倒了。

韩世勋：小姐见谅，小生失礼了，小生失礼了。能否借灯一照，借灯一照……

爱娟大咧咧地过来拉韩世勋，说：要什么灯啊？来，我领着你。

手就伸过来了，韩世勋不敢摸，没想那爱娟一把就给抓住了，拉着他走。

韩世勋被强拉至床上坐下，坐又不敢坐，不坐又什么也看不见，便说：小姐，我们将坐于何处？

爱娟：你摸摸。

韩世勋真摸起来，感到软软的、暖暖的，不像椅子。

爱娟：是床啊。

韩世勋刚一听是床，一下就坐地上了：小生失礼，怎可乱坐小姐的绣床？失礼，失礼。

他爬起来，又胡乱摸向前去，终于摸到了一只小凳，坐下。

爱娟：我都不在乎，你还那么在乎。

韩世勋：夫子曰，男女授受不亲，床岂是可乱坐的。小姐也是个知书识礼的，我们还是谈诗吧，谈诗。

爱娟：好吧，谈吧。

下床悄悄找椅子往他这边靠去。

爱娟门外，冯妈遮了灯过来，察看动静。

爱娟屋内，韩世勋说：夫子曰，诗三百，一言以蔽之，思无邪。小生以为所言极是。初读《诗经》，以为像《静女》那样的诗是在说男女情爱，现在倒觉得十有八九是在说一种梦想中的……

手一挥，正被悄悄过来的爱娟接住。

爱娟：戚公子，现在你我不就在梦中吗？

韩世勋抽手：啊，小姐请自重，小姐自重。

他开始在黑暗中摸黑逃。爱娟拉住了袖子不放，弄得桌翻椅倒。

爱娟：你已经夜入闺房了，还有什么自重不自重的？

韩世勋：小生有……不当之处，原以为为谈诗而来……现在看这终不是谈诗之处了。小生告辞，小生告辞。

爱娟：哪儿有那么容易，说走就想走。

爱娟摸黑追，韩世勋摸黑躲，不小心一掌摸打在爱娟脸上，清脆一声。

爱娟：好啊，还没成亲呢，你……你就敢打我？你……

韩世勋：哎呀，这……

冯妈拿灯冲入，一片光明。

冯妈：什么？什么？打了小姐了，你胆子也太大……我看看。

爱娟此时手捂着脸还看不出丑来。韩世勋也正在又惊又气中。待冯妈提灯进来，爱娟手放下了，韩世勋一看脸上花里胡哨、穿着红配绿的爱娟，差点儿没晕过去。

韩世勋：你……你……你怎么是这样？你绝不是那个写出“必有心传雁字”的人。

爱娟一看韩世勋风流俊美，一下装起羞来。

爱娟：冯妈，把门关上。

冯妈回手把门关上了，说：是也罢，不是也罢，今天这闺房是你进来的，就要把我们小姐的婚事应下了。

韩世勋：我……我原是应命而来的。再说婚姻大事，无父母之命、媒妁之言……

冯妈：谁说没有的？冯妈我就是个主婚。

爱娟：你那只落进来的风筝就是媒人。

韩世勋：……

冯妈：到这时候你想脱身都不好脱，晚了，应下来再走……

韩世勋：我……我……

突然门口响起抱琴的声音：少爷，已交二鼓，我们……

韩世勋大喊：抱琴救我！

站起往门口冲去，夺门而逃。

戚员外书房，夜里，戚老员外突然被惊醒。

戚员外：戚安掌灯，几更了？

戚安：交三更天了。老爷，这么晚了您还不安睡呀？

戚员外：戚安，这些日子，你听没听到过外边有人说我什么？

戚安：没有啊。

戚员外：别怕，有就说。

戚安：真没有。

戚员外：我可听说了，说教子无方，教子无方。刚才我又梦见人在背后说我。来，穿衣，我今夜倒要他们看看，我是怎么教儿子的。

戚安：老爷，您为这值得生气吗？您睡您的，他们说他们的，别去了，劳神。

戚员外：不行，我要去看看。

韩世勋边跑边脱袍子，已到了郊外。抱琴在后边拎着灯笼追。

抱琴：韩少爷，你看着点儿路，看着点儿脚下。

韩世勋：自取其辱，自取其辱，我这真是自己找的。

边跑边把衣裳扔了：读圣人书都读到爪哇国去了吗！你个贪色忘礼的人！

说着打自己。抱琴赶快把衣服捡起来追。

抱琴：这有什么呀，就发那么大的火，人不是没伤着没碰着的吗？

韩世勋：抱琴，这事不怨你，我……我自己不是东西！哎哟！

摔个跟头。

抱琴：二少爷，别跑了，摔得不轻吧，得了，我背你吧。也怨我多事。

戚员外轻轻走到戚友先书房门口。戚安打着灯跟着。

戚安：少爷也许睡了。

屋里黑着，戚员外示意别出声，说：他要睡了，我看一眼就走。

轻轻推开门，悄悄进去。戚安用灯一照，床上无人，哪儿都没人。

戚员外：书也没读，觉也未睡，去哪儿了？

戚安：不知道。

戚员外：怪不得别人说呢，这么晚了不在家里。戚安你……你去给我把他找回来。

戚安：是。

戚员外：慢，我……我再去看看那个儿子。

戚安打着灯引戚员外气哼哼地去看韩世勋。在园内刚走几步，正碰上韩世勋衣衫不整、灰头土脸地从岔路上转过来，一下被戚安的灯照住。

戚员外：世勋？

韩世勋先还拿手遮光，看见是老太爷，一下跪下。

戚员外：你……你……你从什么地方来？讲！

韩世勋：孩儿，孩儿……一言难尽。

抱琴想把手中的袍子藏起，被戚员外看见，问：抱琴，你拿的什么？

抱琴无奈，拿出袍子。

戚员外看到花袍，冷笑道：哈，哈，昔日汉祖说锦衣夜行，今天我真是开了眼了，穿了这么花的衣裳晚上出去，还能做什么好事！戚安，叫家丁把这逆子绑了。

回头欲走，又回过头来说：再去把那个逆子给我找回来。我……我这哪是养儿子呀，养了两个吃我心的狼，狼都不如！真让人给说中了，我……我教子无方。

妓院里，正与李三鲜春宵度暖的戚友先被家丁急急拖起。

戚友先：大胆，这是干什么？哎，我的裤子，裤子。回去小心老子收拾你们。放开，放开！

家丁：少爷，对您不住了，老爷发大火了，把韩少爷都给捆了。

戚友先：捆他干什么？他是一个书呆子。再说了，他犯了事干我什么事？

戚友先被家丁带走。

戚家草屋，被绑了的韩世勋躺在草堆上，望着窗外。抱琴也被绑在一边，睡了。

韩世勋：抱琴，抱琴。

抱琴：少爷干吗？

韩世勋：害你也吃苦头。

抱琴：少爷，有你这话就行了，也是我多事。

韩世勋：怎么能怨你。我平时自认为书读得不错，圣人的教诲已烂熟于心了，其实远得很呢。想想今天这事做得多么苟且呀。我……我真是对不起死去的爹娘，对不起供我读书的义父。

抱琴：这等话不想也罢了。闹不明白的是，那么好的小姐，怎么你出来反而不高兴了？

韩世勋：什么好小姐？快别提了，那绝不是能写出那首诗的女子。

抱琴：少爷，你……你太以诗取人了吧？

韩世勋：绝不会错。

外边传来戚友先与戚员外的声音。

戚友先：什么？让我睡草屋？我不去，我睡不着，我不去呀。爹，我睡不着，我不去。

戚员外：好，算了，算了，回来了就好，戚安送他回房吧。

戚安：那二少爷呢？

戚员外：关了的也就关了。

抱琴：戚少爷也回来了。二少爷你听见了吧，还是不一样，老爷，还是有偏有向。

韩世勋：应当的，义父今天没有打我，打我一顿才好。我已知耻了。

月上中天，狗吠声声。一只风筝飘呀飘的，就落偏了那么一点点，四个年轻人之间的事儿就变得完全不同了。命运弄人，也助人。若没有那一夜，大概也就没有以后的故事了。

三

詹府东院洒满阳光。淑娟素衣素鞋，在晒书与旧字画，雅得很。柳氏在一边看着。

柳氏：自古晒书都是书生的事，没想到我女儿也要做这种雅事了。

淑娟：娘，怎么非要是书生啊？淑女不是一样要读书认字的吗？

柳氏：嫁出去都是人家的了，读书又有什么用？

淑娟：娘，我可不这么想，我读书可不是为了待价而沽。读书为的是明理。打个比方，不读书时，女儿的世界大概只有这几间房子、这半个院子大。真读了书，这世界就不知比这要大多少倍了呢。

柳氏：女人的世界要那么大干吗？

淑娟：话不是这么说了，娘，我问您，这辈子可觉得随心？

柳氏：随心，从不敢想，下辈子就指望着你，能让我顺心，我就随心了。你爹也真是的，就这么上任了，我的事他可以不管，女儿的事他总该管吧。

淑娟：娘，人生在世，什么事求是难求了，一切随缘吧。

私塾，众学生正襟危坐，先生手握戒尺慷慨激昂。

先生：有辱圣教啊，有辱圣教。当年夫子弟子三千，教出有名有姓的贤人七十二。我开馆已二十余年，自己，啊，自己没有功名，不是进士也就罢了，一个进士也没教出来，这样还有什么脸再开馆授书，还有什么资格去解惑、授业啊？人过留名，雁过留声，我会留什么样的名声？

说到这儿，他跟戚友先挤挤眼，让他起来说话，准备与戚友先合演苦肉计，来激韩世勋。

戚友先：大不了是个无进士先生，没什么了不起的。您先生不好，我们学生也不争气，都不好。

先生：放肆，你不争气也就罢了，还要说风凉话。

戚友先：先生，我是在为您宽心啊。

先生：这种心是你来宽的吗？坐下。眼看科场又近，你……你们里边是富的不想去，穷的去不起，一个想去、敢去的都没有。我……我真是对不起圣人啊。

韩世勋沉思不语。先生把自己的左手伸出在空中，右手持戒尺狠打。

先生：今天，我不怪你们，只怪我这先生无能，可怜。我……我……

戚友先：先生。

先生：怎么样?

戚友先：别打了。

先生：你要代我受过吗?

戚友先哭道：这学生代不了先生。

先生：那你哭有何用?

戚友先：打在先生手上，疼在学生心里，学生自然要哭。

他回头鼓动众学生，都大哭起来。

戚友先：先生您打吧，您打得越疼，我们就记得越牢，越自责，越觉自己不是东西。您打吧，您打自己吧。来，我来帮您打。

众人边看韩世勋边哭。韩世勋声色不动。

戚友先拉着老师的右手打起老师的左手来，众人边哭边数数。

先生被打疼了，小声说：轻点儿，轻点儿啊。让你演你怎么真打啊。

众人边数边看韩世勋，韩世勋终于坐不住站起来了。

韩世勋：先生。

先生：哎，好了，放手吧，放手。

他边揉边说：韩世勋，你有什么话说?

韩世勋：先生，众位同窗，在下不是不想去考取功名，实在有难言之隐。

戚友先：有什么难言的说出来。实话讲，若我们要说去考功名，说也是白说。只有你可以去。你再不去不只是先生没光彩，我们都没光彩了。

韩世勋：先生，众位同窗，听我说，世勋八岁父母俱丧，族人无人收养，多亏义父如亲人一般待我，养我十年，又入馆读书八年有余，每年要吃要穿要用。我原想读罢了书，就如先生般开一间塾馆，以教童生，一可以自立免去义父负担，二可以长守于义父身边，以尽孝道。功名之事，读书人如何不想，只是此去京城几千余里路，盘缠、路费要花实实在在的银子，到了京里能不能考取还两说，所以不好向义父开口。

戚友先：世勋，你这就太小看我爹了。好赖咱们兄弟一场，只要你开口说想去考功名，其他不用多想，我会去说。

先生：尺有所短，寸有所长。好，好，有缺钱的，有捐钱的，这不就结了。今年你韩世勋若要去会考，今天我这手就算没有白打呀。肿了，疼。

一个特小的小童生站起来说：先生，我来了。

先生：干什么？

童生：您忘了，童子尿最化瘀。

先生伸手接童子尿。

先生：这……这我倒忘了。韩世勋我再问你一句，你到底去是不去？哎，再尿啊。

童生：先生，没了。

戚员外书房。戚员外拿着詹烈侯留下的信，想拆又不好拆。

戚员外：这个老詹不是急死人了吗？留下了一封信又非得让我十月才能拆。明摆着他有两个女儿，我有两个儿子，现在人都大了，好好地可以做一回亲家，偏要一句话不说就走了，留下这信让人等又等不得，急又急不得。

戚安：老爷，你要么就拆了吧。你要不方便，我来拆。

戚员外犹豫：这……这倒是个办法。

把信递给戚安。戚安刚要拆，戚员外又反悔了。

戚员外：啊，不妥，不妥。既应了人家了，就要等，否则不是君子之道。不拆也罢，本来是可以等的，只是世勋这不是马上要走了嘛。

正说到这儿，韩世勋在门口请安：爹爹，儿给爹爹请安。

戚员外：正要让人去找你，你却来了。行李都备好了吗？

韩世勋：蒙爹爹惦记，都准备好了。

戚员外：你坐，你坐。戚安，把盘缠给世勋吧。

戚安端出一盘银子来，韩世勋跪接。

戚员外：这是二百两银子，你带着路上用吧。

韩世勋：爹爹，有五十两就够了，用不了这些。

戚员外：哎，穷家富路嘛，再者不是说京城米贵嘛，宽裕点儿好。

韩世勋磕头：孩儿谢爹爹。

戚员外：我不要你谢，我若要你谢，一个谢字也当不起我收你养你的十来年。

韩世勋：……

戚员外：但我有一事让你答应我。

韩世勋：但凭爹爹吩咐。

戚员外：此去不论是金榜题名，还是名落孙山，婚姻事要等回来后，我为你操办。

韩世勋：婚姻事儿还……还不曾想过。

戚员外：想不想的都等回来再说吧。

韩世勋：儿谨记了。

戚员外：好了，起来吧，路上可小心着，我可是等着你衣锦还乡呢，也算你给爹爹争口气。

韩世勋：爹，您放心吧。

詹家西院。爱娟一只手扶着墙如东施效颦般地从屋门内出来，假作柔弱无比。身上绑了个大口袋，里边都是吃食。

爱娟边娇羞地走着，边吃口袋内的东西。一边擦泪，一边吃。

冯妈：小姐，你要难受就别出来了。

爱娟：不行，在屋里想他想得更厉害。

冯妈：要想，就少吃点儿，省得积食。

爱娟：不行，越想他就越想吃，不吃心里就更难受了。

冯妈：那个傻小子，没一点儿福气，害我们小姐都这样了。

爱娟：我想，他……他也好受不了多少。见过了我的人，他心里能放得下吗？

冯妈：一定，一定的，他相思比你一定厉害呢。娟啊，他要想你就别想了。

爱娟：不行，冯妈，扶我起来，太阳别把我晒黑了。

冯妈：对，对，咱回屋去，咱回屋。

戚友先穿红戴绿地骑马在街上横冲直撞，抱琴等家丁跟在后边跑。到了戚家原韩世勋的屋子，戚友先边喊韩世勋的名字，边推门就入。

戚友先：世勋，世勋，快来看，我买了一个好蛐蛐罐子……

韩世勋已走了两天了，戚友先总不习惯，回家先要叫韩世勋。

戚友先一看人去屋空的房子，才反应过来。

抱琴：少爷，二少爷都走了两天了，你还是记不住。

戚友先怅然若失：从小一起长大的，没分开过，乍一走了，不习惯。这小子不知走到哪儿了。

抱琴：也是，韩少爷在时，你们出双入对的，吵归吵，终归是个伴。

戚友先：是啊，就知道读书，有什么好，还得去赶考。走了，走了也好，省得爹管我，他也管我。这下我书也不读了，索性玩个痛快。

抱琴从桌底拿出个盒子，打开了是银子，说：少爷，韩少爷走时，让我把这钱两天后给你，让你还给老爷，他说要不了那么多钱。

戚友先见钱高兴：他真是个苦命，有钱也不会花。行，给我吧，抱琴，你知道就行了，别跟老爷说了，这可是我们兄弟之间的情分。

抱琴：哎。

大路上，韩世勋自己背了个书箱子，正步行向京城赶路，大汗淋漓。

碰上一路边茶摊，放下书箱，掏出干粮，买茶水喝。

小二：相公，要点儿果子就茶吧。

韩世勋：谢了，有茶水就好。小二，再往东是不是去京城的大路啊？

小二：对着呢，相公是进京赶考的吧？给你雇匹牲口吧？

韩世勋：不了，来得及，走快了到京里也是住店，还要花销，自己走着好。

小二：说得是，说得是。

詹家东院屋内，柳氏大声地哭，从里屋哭到院子，从院子哭到里屋。

淑娟在劝母亲。

柳氏：这可怎么好，这丧一定是要去奔的，可家中留下你，我怎么放心得下？

淑娟：让母亲一人上路，女儿也不放心。

柳氏：这……这叫什么家呀，老爷一甩手上京了，留下个大女儿在家怎么得了？

淑娟：娘，既然都不放心，我倒有一办法。

柳氏：除了不去奔你姥爷的丧，还有什么办法？

淑娟上前耳语。

柳氏听过后问：那样能行？

淑娟：行。

东院梅氏、爱娟、冯妈都把耳朵贴墙上在听。

梅氏问：她们说了什么？

冯妈：不知道。

爱娟边吃边说：走了好，走了才清静呢。

京城詹府内，皇上封了詹烈侯为蜀西招讨史。太监正在读圣旨。

太监：奉天承运，皇帝诏曰，近来蜀西异族，频仍战事，致使朕寝食不安。特封詹烈侯为蜀西招讨史，即日赴任。

詹烈侯：臣遵旨。吾皇万岁万万岁。

太监：接旨吧。詹大人，你可有家眷同往？

詹烈侯：回公公，没有，老夫家眷都在家乡。

太监：那你就择日上任吧，越快越好。

詹烈侯：老夫明日就起程。

客店院内，小二正敲韩世勋的窗。韩世勋在窗内夜读，听见敲窗出来。

小二：韩相公，几位相公叫了坊子里的姑娘们在喝花酒，让相公也去上房呢。

韩世勋一看上房，灯火通明，传出笑唱之声。

韩世勋：谢几位相公美意，我就不去了。

小二：同是进京赶考的，不妨去见见，误不了功名。

韩世勋谢绝了。回身看见有一窗内也有一人在读书，是个剪影，心想：呀，不是我一人在夜读，那一位相公不是也在读吗？这么大的月亮，不妨叫他出来一叙。便吩咐小二：你去摆张桌子，我去请他在这院中赏月吧。

韩世勋上去就敲窗，门开处出来是女扮男装的淑娟，两人见了都有些惊讶。

韩世勋：学兄打扰了。在下韩世勋，也是进京赶考的举子，隔窗见学兄在苦读，值此明月之夜，我们不如在月下喝杯酒，谈谈文章吧。

淑娟有点儿扭捏道：多谢学兄相邀，是不是太晚了？

韩世勋：不晚啊，正是明月当空时。请吧，我已让小二摆了桌子了。

淑娟：那就叨扰了。

韩世勋：学兄大名？

淑娟：在下姓谢，谢无忌。

韩世勋：谢兄请了。

青楼。抱琴在敲门：少爷，二更了，回吧。

戚友先与一妓女正春宵度暖，听见喊起身穿衣。

戚友先：二更了，我要走了。

妓女：来了这么多次，没睡过一次囫囵觉。

戚友先拿出块银子放在枕边说：我还是个没成婚的人，整日夜宿青楼，茂陵这么大个城传出去不好。

妓女：屁话，骂起来说我们是又要当婊子又要立牌坊。你们这些人才是呢，又要当嫖客又要念《三字经》，假正经。行了，走吧。

戚友先急着起来，出去。

客店院中，一张桌子摆在明月下。韩世勋与女扮男装的淑娟在月下饮酒。

韩世勋：天象中我最喜两物，谢相公不妨猜猜看。

淑娟终归是乍扮男装，有些不好意思，说：一生最怕猜谜。韩相公不妨直言告之吧。

韩世勋：谢相公，有没有人说你像个闺中的女子呀？一定有吧，方才你那左右躲闪的样子很像个女子呢。

淑娟先惊后镇定：许是生在妇人掌中之故吧。

韩世勋：是了。

淑娟：不说这，那两物是什么，韩相公不妨相告。

韩世勋：一是这中天的满月。青天如水月如空，月色天溶一皎中。人间有明月使人生出几多联想啊。倘若空中无此物，人怎么能与这方青天做交谈的对象呢？谢相公以为如何？

淑娟：所言有理。不过在下以为月之善解人意处，还不在满，而在亏，或说既不在满又不在亏，在于它的阴晴圆缺之变幻，大概如人的喜怒哀乐一般，生出多少的滋味在其中。所以爱月当爱其变幻。

韩世勋听愣了：哎呀，妙呀，你这番解释真是独到得很，使我有焕然一新之感。来，喝酒，我先喝。有趣有趣。刚我还觉你像个女子，要是我此生遇到你这样的女子，什么功名利禄通通不要了，每天与你浅斟慢饮，论道吟诗。

说着兴奋地要抓淑娟手，淑娟似无意地躲开。韩世勋觉得有点儿奇怪。

韩世勋：一说到月亮，我就想起小时的儿歌来了。我们来拍手唱唱吧，来。

淑娟无奈，与其拍手而歌，颇感羞涩。明月当空，花香满地。

两人对唱：月儿弯，一手牵，牵到哪儿，问天仙。月儿圆，抱不全，转到哪儿，娘子三更枕头边。

二人似乎缱绻无比。

客舍上屋，众举子乱喝花酒，已很不堪。

院中，二人言语投机。

韩世勋：我喝酒，我喝酒，天下真有这么知心的朋友，难得啊，你竟连我喜欢的第二物是落日也猜出来了。不出门不知道，出门遇到你这样的朋友真是美谈。来，你喝。

淑娟：韩相公恕我不胜酒力。

韩世勋：哪儿的事，不但要喝酒，今天你我就该在这明月之下共结金兰。

说着过去拉淑娟饮酒。淑娟怕，乱躲。

韩世勋：小二，摆香案！小二！

淑娟一看，忙拦住：韩兄慢！

韩世勋：为何？难道你……你看不起愚兄吗？

淑娟：绝无此意，但也不必非要结为兄弟。

韩世勋：为何？

淑娟：如不是兄弟，能在遥远的地方各自惦念，不是更胜似兄弟吗？

韩世勋：说得也是，不过不结兄弟可以，但总该有件东西相交换才好吧，就为今夜这一席谈话，也该如此。

淑娟：这倒是可以，我就将手中这扇送与仁兄吧。

韩世勋把扇子打开，看那笔迹。

韩世勋：好字，学过二王的，我……我很眼熟啊。

淑娟：俗字才眼熟吧。

韩世勋从脖上取下一玉蝉。

韩世勋：不对，是眼熟，一时又想不起来了。这是我父母走后留下的一件东西，送给谢相公吧。来，我不妨给你戴上。

趁着酒意要给淑娟戴。

淑娟吓坏了，忙说：我……我自己戴吧。

韩世勋：哎呀，害什么羞嘛，你我已是兄弟，今夜不妨抵足而眠。戴上。

淑娟：不可，不可，我还有老母要照应。

韩世勋：谢兄进京赶考，还要老母陪着不成？

淑娟：我不是进京赶考，我是陪母亲奔丧。

韩世勋听到这儿差点儿摔倒。淑娟无奈赶紧扶。

韩世勋自语：天下的苦人儿是一家啊。你……你这样的大学问怎可不去赶考，那样不是可惜了吗？

淑娟：人生如此吧，不如意事常八九，只有认命了。不说了，我们各自歇了吧。

韩世勋：谢兄，你……你有什么难言的事不妨说出来，哥哥我为你排忧。

淑娟：没，没有。

心里话：真是个傻哥哥。

茂陵街上古董铺。戚老员外正在街上的古董铺子里边喝茶边看字画。

老板：东坡的字，假的多真的少，这幅我旁的人没给看过。就从这纸来说，真已经十有八九了。

戚员外：纸、字都看着没问题，章也对。

老板：那您还不拿着玩儿去。

戚员外：印泥不对，那时候印泥朱砂里兑的不是蓖麻油。

老板：嚯，您这眼力。

戚员外无意往街上一看，见戚友先穿了一身的红袍，脸还是白粉脸。后边一堆街上的混混跟着他，有抱斗鸡的，有牵哈巴狗儿的。一群人找一群人去打群架。街上，两队混混相会。

戚友先：小的们，打，打完了凤春楼喝花酒，我请客……你他妈敢欺负洪姑娘，那……那是我小时候的情之所至。打……

两拨人打将起来，鸡飞狗跳。戚员外在铺子里看呆了。

戚员外：李老板，李老板。

老板：什么事？

戚员外：许是我……我眼花了，你快帮我看看，那个……那个……

老板：哪个？

戚员外：那个穿红袍带头打架的，是……是不是我的儿子？

老板：戚老，您开什么玩笑啊，那……那……

戚员外：不是？

老板：怎么会不是呢？那不就是贵公子友先嘛。戚公子街上是有名的，不会错。

戚员外：什么？真是啊！

戚友先与那帮混混打得不可开交，袍子也扯破了。

戚员外：他……他还是个打出了名的？

老板：当然有名，日日走马斗鸡呀。

戚员外：他……他日日这样，哪儿来的钱？

老板：这……这得问您呀。

戚员外：对，对，该问我，我有钱。有钱人就该养这样的儿子吗？你说，李老板你说说，你说说。

老板：您别冲我来呀，他又不是我的儿子。

戚员外：对，不是你的儿子，是我的，我教子无方。住手，给我住手！

拎着手杖打了出去。

早晨，客店院子，背着书箱出来的韩世勋看着淑娟住的那间屋门。

小二：这就走啊，韩相公，我雇个人给你赶脚吧？

韩世勋：不用了，我背得动。这是店钱。

小二：谢您了。

韩世勋：我再与谢相公道个别。

小二：不用了，谢相公一早就走了。

韩世勋：走了？他……他没留什么话吗？

小二：没有，跟着老太太走了。韩相公，这回您一定能高中。

韩世勋：怎见得？

小二：这么多赶考的举子也没有像您似的自己背书箱，所以您能高中。

韩世勋：真中了，回来还住你的店。

小二：谢了。

韩世勋：他……他没留话也没留信吗？

小二：没留，什么也没留。

韩世勋：啊，啊，那……那我走了。

戚家中堂。啪，一只茶碗摔在地上。戚老员外大怒，头上搭着湿毛巾，坐在太师椅上。戚安侍候着。面前，戚友先袍子也破了，脸也伤了，与抱琴都跪着。

戚员外：都……都说我宠你，我什么时候宠过你呀？你妈死得早，我照看你多倒是真的，没想……没想到你变成个混世魔王了。

转而骂抱琴：都是你们这帮下人的错，掌嘴！

抱琴打脸，戚友先无动于衷。

戚员外：你，还有你，也掌嘴。要不人家又要说我不会教儿子了。

戚友先：我不打。

戚员外：大胆，你为什么不打？

戚友先：我……我是我妈生的，是我妈的心头肉，我打我，就等于打我妈，我不打。

戚员外：你……你读书竟读出歪理来了，好，你不打，我打！

下座伸手要打。

戚友先一点儿不在乎，把脸伸过来说：您……您打吧，我妈在坟里看着您呢。

戚员外手伸得高，看着戚友先打伤的脸又不忍：我……我……我……好，我不打你，我……我打我自己还不行吗。

说着话，动手打自己的脸：我不要脸，我没本事，我养了这么个儿子。

戚安：老爷，老爷，可不能，可不能，有话说话，您别气坏了身子。

戚员外：好，好，我不生气，我不生气。戚安，你……你先找点儿伤药，把他脸上的伤先包了。

戚安：哎，哎。

戚友先起来，大摇大摆下去了。

戚员外：气死我了。这……这……戚安你说说，这是我惯的吗？

戚安：老爷，您怎么会惯孩子呢？您不会惯孩子，无非是每次训他，说打他总是打您自己。

戚员外：我怎么能打他啊？他可怜呀，从小就没了娘，我一想打他，手就先软了。哎，你说，你说他这样是谁教的呢？

戚安：谁也没教，谁也没惯，他这是胎里带出来的。

戚员外：就是嘛，就是……可这话更难听了。戚安你说有什么法子能给他扳过来吗？

戚安：老爷，您要听我的，我就说。

戚员外：别卖关子了，说。

戚安：有个办法，快给少爷找房媳妇。

戚员外：找媳妇，对，对，找媳妇。对，找……找媳妇。但一时间也不是那么容易找的啊。

戚安：您想想老朋友，老门老户的家里有什么待嫁的闺女。

戚员外拿出信来了：啊，有啊，有啊，老詹家里现成的有两个呢。这老詹，光留了封信，什么话也没有。现在几月了？

戚安：八月。

戚员外：啊，八月了，八月，也顾不了那么多了，这信非要等到十月拆，我……我儿子就真变成流氓了。老詹对不住了。

把信撕开。

詹家西院，依旧做相思状的爱娟扶着墙走，还在边走边吃，吃着吃着摔个跟头。梅氏从屋里出来，大惊小怪。

梅氏：冯妈，冯妈快出来，小姐又摔了。

冯妈：来了，来了。哟，小姐，小姐，起来，坐会儿。

爱娟：没事，没事，我越来越弱不禁风了。

梅氏：冯妈，这是……这是怎么回事呀？好好的怎么害了什么病了？

冯妈附耳。

梅氏：这老爷也真是，自己走了，女儿的事一点儿没办。这不是急死人吗？

戚老员外兴奋地读完信。

戚员外：哈，大喜，大喜。这话还有什么说的，詹家有两个女儿，我有两个儿子，好姻缘啊，好姻缘。戚安，快，快拿着这封信去詹家下聘。告诉他们，我家有一个儿子不在，现有一个儿子在家，让他家两个女儿不拘哪个，嫁一个过来。这个老詹，还跟我卖关子，非要等到什么十月，好事不能再等了，我儿子要成了流氓，对他也没什么好。快去，快去。

戚安：彩礼怎么办？

戚员外：你看着办，不怕花钱，只是要快。

戚安：老爷急也不是这么个急法，詹家要就只有一个姑娘也罢，两个姑娘，总要选一选吧？

戚员外：你怎么傻了啊，到时他家两个姑娘都要娶过来的，都要做我的儿媳妇，有什么可选的，白菜豆腐、豆腐白菜一锅搅，去吧。

戚安：那我就去办了。

爱娟屋内，一张大红喜帖。爱娟在读喜帖。一地的彩礼。冯妈在院子里送人。

梅氏高兴地道：这下可好了，我想老爷他也不会那么放下就走的。

冯妈进屋赞叹：哎呀，这人家，这人家，连送礼的都那么体面。

梅氏：爱娟，爱娟。

冯妈：小姐，你等会儿再读那帖子，你倒是愿意呀，还是不愿意？

爱娟把喜帖放下，脸上热泪长流。

梅氏：这是怎么了？好好的，别哭啊。

冯妈：你说句话，你说句话。

爱娟凝神般地自语：我早就知道了，自那次他见过我后，心里准放不下了，这不是急着下礼来了？

冯妈：是啊，说了，说了，要快要快。

梅氏问冯妈：见过了，什么时候见过了？

冯妈假装不知：啊，没什么。想过了，想来着，想。

戚友先在屋内，对着镜子照自己。抱琴手上搭着一堆衣服在旁边侍候着。

戚友先：奇怪呀，你……你怎么见过詹家的小姐？

抱琴：少爷，你忘了，咱不是有只风筝掉在了他们院子里吗？

戚友先又往脸上扑粉：长得好吗？你知道一般二般的女子动不了我的心了。

抱琴：到时你就知道了，没见过那么贤淑、清丽的了，又美又雅。

戚友先：比春满楼的李三鲜怎么样？

抱琴：那怎么能比啊。不是我说你啊，那青楼里的女子冲你笑不都是冲着你的钱笑呢吗？

戚友先：你倒是什么都懂了啊。穿衣。

抱琴为戚友先穿衣服。

戚友先：她喜欢黑脸还是白脸的？

抱琴：小的说不准。

戚友先：有了，要不结婚那天，我以一张红脸出现如何？关老爷那种红脸，多英武。对，对，红脸，红脸好。抱琴，你还不懂，脸是很重要的，人活在世上，就仗着这张脸呢。

边说边把脸上的白粉给卸了。

戚友先：哎，红脸好。红脸，红脸怎么弄，怎么才能把脸给弄红了啊，抱琴？

抱琴：不知道。

戚友先：你快给我打听打听去，快去呀！

抱琴：你别急啊，这事儿我得想好了上哪儿去打听呀。好好的把脸弄红了，谁这么想过啊？

京城国子监，众考生排好了队准备入考场。有人在点名，有人在搜身。韩世勋来晚了，边整冠边跑过来。

点名：茂陵韩世勋。

韩世勋：来了，来了。

搜身，只一管笔一方砚，放进去了。

郊野，丧锣声声。柳家送殡的队伍，柳氏与淑娟走在其中。

柳氏：淑娟。

淑娟：娘。

柳氏：刚收到茂陵的信了。

淑娟：怎么说？

柳氏：我真后悔这次带你出来了。

淑娟：母亲何出此言？女儿……

柳氏：不是你做得不好，是咱们这次出来耽误了你的一桩亲事。

淑娟：能耽误了的亲事，就不是亲事了。

柳氏：你倒是想得开。好了，你爱娟姐在家已经出嫁了。男家是戚公子，好人家呀。如你要在，让他们选的话，必然是你了。

淑娟：娘，女儿的事，您就别多虑了，一切由天吧，是谁的就是谁的。

淑娟下意识地摸了一下玉蝉。送葬的队伍在行进。

考场内，别人都在奋笔疾书。韩世勋坐着闭目养神，纸上一个字没有。

监考的过来了，问：这位考生，有什么不妥吗？

韩世勋睁眼说：没有，没有，感觉甚好。

监考看白卷：那你……

韩世勋：腹稿，在打腹稿。不劳费心，此时已成就了，成就了。

说完，韩世勋提笔蘸墨，奋笔而书。

大街上，迎亲的队伍喜气洋洋。戚员外在府门口高兴地迎接宾客，应酬。花轿到，鞭炮齐鸣，众人簇拥着花轿。

进入戚府，提调高喊：吉时已到，新郎新娘，拜天地了。

戚友先红袍红靴红脸出来，众人欢呼。

甲：戚公子，恭喜，你这脸变得好啊，透着喜兴。

乙：亚赛关公啊。

戚友先：同喜，同喜。我这张脸还要大家来捧啊，同喜。

新娘罩着盖头出来，身段很胖。戚友先一看觉得不对，叫抱琴。

抱琴：少爷有什么事吩咐？

戚友先小声说：抱琴，看着身段是不是重了？

抱琴：爷……爷，带了一身嫁妆呢，自然就重了。

戚友先：是这道理？

抱琴：必定是这道理了。等会儿你洞房里才能见真佛呢。

提调：一拜天地，二拜高堂，夫妻对拜。

众人欢呼，热闹无比。

天下事，好事巧，坏事也巧。就有那苦苦地等，苦苦地盼，结果与心相反的事。这四个年轻人，说是命运使然，还是姻缘前定，其实在我看是种瓜得瓜，种豆得豆，各自有各自的结果。

四

考场，监考在收卷子。有的考生交了，有的考生没写完苦求。

收到韩世勋这儿，看韩世勋早伏在桌上睡得打呼。

监考：这位考生，这位考生，收卷了，收卷了。

韩世勋醒了：呀，收卷了。不好，口水流在上边了。

监考：不碍，不碍。你很奇怪啊，考前也睡，考毕也睡，可这文章却写得不短。

旁边又有求再容一刻的考生。

韩世勋：见笑，见笑。平日也如此，写起文章来倒把是科考的事儿忘了。

监考：像你这样处乱不惊的考生少见。

韩世勋：谈不上。我可以退场了吧？

监考：请便。

韩世勋站起来，高兴走出。

洞房，爱娟一人孤独坐于暖帐之中，盖头盖着。红烛正旺，一片喜气。爱娟坐着累了，把二郎腿跷起，又放下。掀开点儿盖头找吃的，发现条案上有果盘，左看右看没人，下地，掀着盖头抓起条案上的吃食塞进嘴里，盖上盖头大嚼。

大堂，喜宴正欢。戚友先红脸已被汗弄得有些花了，在敬酒，喝酒。

甲：戚公子，新娘……在何处？你不去陪陪吗？

戚友先：这喜宴上最跑不掉的就是新娘，天地拜过了的，跑到天涯也是我的老婆。

乙：人才如何，听说是能诗会画呢。

戚友先：啊，你们也听说了。惭愧得很，诗画倒不是最要紧的……

乙：什么要紧？

戚友先：人才，啊人才。我一生就求个漂亮，你们几位明天来看看嫂子啊，明天来。

众：好，好，明天看嫂子。

洞房里，盖着盖头的爱娟依旧坐着，已经烦了，叫：冯妈，冯妈……一个人也不见，我都饿了。

发现床上有花生、枣、栗子，伸手在床上摸来摸去，把这些干果都摸到近旁来，刚把一颗枣塞进盖头里去吃，突然门外有声音。

戚友先：你打着灯回去吧，我不叫别来了。

抱琴：哎，少爷，那我回了。

门轻轻一声开了。戚友先看到屋内高兴地说：真喜兴。娘子我来陪你了。

爱娟因嘴里在吃着东西，发音很怪：相公请了，请了，请了。

戚友先坐在了爱娟对面的一个凳上，看着新娘。

爱娟：相公请坐。

用手拍了拍身边的床，嘭嘭响。

戚友先：好，好，没想娘子还真……真……

爱娟把口内的枣核吐出来，从盖头中掉到衣裙上。戚友先看了觉得奇怪。爱娟又用手摸到一颗花生扔进盖头下的口内。戚友先更感奇怪。

爱娟边嚼边说：怎样？

戚友先回过神来说：娘子，真直率，率真，率真。

看着她吃东西，往外吐皮，问：娘子，你是不是饿了？

爱娟：承蒙相公惦记，刚才确实饿了。如今有这些干果垫着，可以再撑一会儿了。

说着又抓起一个栗子，咔咔地咬着。

戚友先从条案上把点心也端了过来，放在爱娟旁边。

戚友先：那些东西不管饱，这儿还有六合酥。

爱娟伸出大胖手抓点心，抓不着。戚友先看着那只胖手，不知如何帮她，没办法抓那只手去抓点心。

爱娟：呀，刚是你的手吗？

戚友先：得罪了，得罪了。你若不好意思不如吹了灯，把盖头掀了。

爱娟：你的手好冷。你……你好像心有点儿慌啊？

戚友先：啊，有……有一点儿。

爱娟：天下男子见我没有不慌的，说说为什么？

戚友先：听说娘子诗画俱佳，小生我于此一道……

爱娟：我知你能诗会画，你不用在我面前显摆，俗话说女子无才便是德。

她一块一块的点心吃进去，戚友先看着有点儿惊讶，晃头又看，点心盘空了。

爱娟又说：诗画又不当点心吃，不会就不会了，有一个会的还不成吗？

戚友先：这样最好，最好。

看着她吃东西实在不便，便道：娘子，你若还有些怕羞，我……我就把蜡吹了，去了你的盖头，索性吃个痛快。

爱娟：又不是第一次见，有何可害羞的。我知你们男人一见了美人倒是不大敢看的。不碍的，来吧，你把我这盖头掀了。

说着伸手拉戚友先。戚友先再大方也有点儿不知所措，逃又逃不掉，被爱娟拉入怀中。戚友先轻掀盖头，爱娟一张胖脸涂得鲜艳，嘴上沾满了酥皮，露了出来。两人先还是假作不好意思，再一看，两人都大惊。

戚友先：啊！

爱娟：哈！

戚友先：你！

爱娟：你！

戚友先：你……你就是詹家小姐？

爱娟：你绝不是戚家公子！

戚友先：啊，啊，抱琴，抱琴！

爱娟：冯妈，冯妈！

戚友先：你要怎样？

爱娟：你……你不是戚家公子？

戚友先：你怎知我不是戚家公子？

爱娟：春天那夜戚公子来我这儿取过风筝。

戚友先：什么？好个淫妇，你已有春天那夜了。爹，爹，抱琴，这样的媳妇我不要！

爱娟：你不要我，我还不要你呢，必还有一个戚公子，还给我。

戚友先：抱琴！

爱娟：冯妈！

两人大喊大叫。

京城街上，众举子争先看榜。

有突然大笑的：我……三榜二十八名，我，我，那是我。

有相拥抱头大哭的：仁兄，我们怎么就是考不下来呀？

有上来扯榜的：一定错了，错了。

扯榜的人被抓走。

客栈，三报齐集大门口，众举子拥在门口看。

三报：请状元出来接报。

众人：请状元出来接报了。

店主高喊着：来了，来了。

三报：请状元老爷茂陵韩世勋接报。

店主擦手欲接。

众人：这个状元不起眼嘛。

三报：慢，您是韩老爷？

店主看着喜报高兴，说：我不是，那穷相公不在，我给接了吧。

三报：大胆！

店主：哎呀妈呀！

三报：胆敢乱接御报吗？

店主：不敢。

三报：还不快快去找来。

店主：遵命。各位爷快帮忙，找找去吧，谢各位爷，赏钱我出了。那穷相公怎么到这会儿了都不着急啊？快快找状元啊，快啊！

郊外，纸鸢高飞，一派祥和。平静的韩世勋在放风筝。

他一边看天，一边把淑娟的那首诗拿了出来，边读边欣赏。看了一会儿突有所悟，把淑娟赠的扇子打开，两个字一比较，有些吃惊。

韩世勋自语：天……天底下竟有这般相像的字啊！是一般模样吗？奇怪，不会啊，该是一男一女才是，不会吧。但……但也许是个女扮男装，不……不会吧……

正自己说着话，店主、店小二及数人向这边跑来。

店主：韩相公，韩相公，你真有闲心啊！

小二：什么时候了，你还在这儿放风筝？

店主：韩相公你高中了，快回去接报。

韩世勋：哟，把今天看报的事儿给忘了。各位年兄，我中了吗？

众人：中了，中了！

韩世勋：中了就好，中了就好，待我把风筝放过了就回去。

店主：你还有心放风筝啊？你中了头名状元了。

韩世勋：啊，什么？是头名状元啊！

众人：是啊！

韩世勋：那可不简单，好，放过风筝去接报，各位不妨先行一步吧，我心中有事，再放一会儿。

店主：什么？你还要放风筝啊？小二给他把风筝剪了。来几位爷，劳驾了，咱们架着韩老爷回店吧。三报都齐了，你快回吧。

众人上前，扯线的扯线，架人的架人，把韩世勋架着往回跑。

街上，韩世勋披红戴花，跨马游街。

店主跟在后边喜形于色，逢人便说：这位状元爷是住我的店才得中的，以后我的店就叫连升店了。大家常来啊，常来。

街上人争看状元郎。

詹家西院，梅氏、冯妈、爱娟、戚友先都在。两口子回门，气氛尴尬。

梅氏：女婿，你有什么不高兴的事儿，不妨当着我，也当着大家明明白白地说出来，若是我女儿的不是，我绝不护短。

戚友先：女婿？我可不敢当。今年春上你家的女婿已经有人做了。

梅氏：这是什么话？我们詹家可是高门大户的人家，就是想做那样的事，也难。爱娟，你说说。

爱娟：妈，他不是那个戚公子，真的戚公子我见过的。

戚友先：您听听。

梅氏：大胆，你一个闺女家家的怎么说出这种话来？

爱娟：是真的，您不信问冯妈。

梅氏：冯妈，这事你也掺和进去了吗？

冯妈：我……我……

戚友先：你女儿不守妇道，这媳妇我不要了。

说着话要走。

梅氏：慢走，事儿还没说清，再说了，你说要就要，说不要就不要，也没那么容易。

爱娟：妈，他不要拉倒。

梅氏：你少说话。三媒六证，父母之命，拜过天地的，你们谁不愿意也不成，你们就是夫妻。现在女儿的事，我来管。女婿，我还得叫你一声女婿，这婚事，聚起来不那么容易，真要散也不是那么说说就能散了的，不管怎样，牵扯到了咱们詹、戚两家的通家之谊。你说散，你们老爷怕不会应，我们老爷虽不在，也不会应。

戚友先：老婆是我的，又不是他们的，我不管。

梅氏：那……那你要怎样？

戚友先：我……我……不散也行，我要纳妾。

爱娟：妈呀，他……他这是刚与我结婚就想着娶小老婆了，我不干！

戚友先：不干拉倒，我回去写休书。

梅氏：站住！好，真是冤家呀。爱娟你先别哭，回头有话问你。女婿，这回算是我怕你了。你别走，纳妾之事，今天你们圆了房，三天之后再议。

爱娟：妈呀，女儿要受气了，不干！

梅氏：你活该！

皇上在宫内接见新科状元、榜眼、探花。韩世勋跪于正中，大红袍着身。

皇上：众爱卿平身吧。状元郎，没想到你文章写得好，人也是仪表堂堂啊。

韩世勋：谢万岁。

皇上：据监考官说，你入场就闭眼打盹，退场又是鼾声如雷，你倒是把朕的考场当作客店了，可有此事？

韩世勋：臣该死，臣不识进退。

皇上：哎，很好，不妨看作一段科举佳话呀。能睡着觉就把朕出的题写得如此之结实而有文采，足见你是个人才。朕能在这么多的人才中点中你，也证明朕独具慧眼啊。

韩世勋：谢万岁，臣诚惶诚恐。

皇上：先别谢，佳话难得，有一不妨再生出个二来。你可听说过金殿招亲的故事？

韩世勋一听到这儿，有点儿慌了：听说过……

皇上：那我就再给你做回媒人如何？人我倒是没见过，可却是当朝一品大员宰相洪大人的女儿。

洪大人：谢万岁。

众人：谢万岁，万岁万万岁。

韩世勋不小心扇子掉了下来，想起什么，不动，跪下不起。

皇上：如何？状元郎你要点了头才算啊。

空气凝结。

韩世勋：臣……我……臣……

皇上：难道朕的面子还不够大吗？

韩世勋下定决心：回万岁爷，臣……臣有难处，说出不知对不对。

皇上：说吧。

韩世勋：臣来应科前，义父曾说过一事，别的都可应下，唯婚姻事要等他来决定。

皇上龙颜不悦：啊，朕的面子实在不够大。也好，百善孝当先，父命不可违，此事另议吧。

一使眼色，太监端了一个盘子上来。原来状元名下是翰林院的编修，皇上把纸拿开，扔掉了。众朝臣都很紧张。

皇上：本科状元韩世勋听旨。本着教化青年之目的，选你任蜀西招讨史詹烈侯麾下参军一职。

众朝臣一听，都议论起来，知是韩世勋没应下婚事闹的。

皇上：即日起程。

韩世勋叩头：谢吾皇万岁万万岁。

詹府一辆大车停在了门口，车把式往下搬箱子。淑娟先下车，然后扶柳氏下车。淑娟已换了女儿衣服。母女还是丧服。

柳氏：这坐车就是不方便，轿子能抬进家门里边去，这还得上下。

淑娟：妈，就这么几步路，还……

正说着话，大门开处戚友先挥着扇子气呼呼出来了，两边人都吓了一跳。柳氏以为进错门了，一看大门没错。

柳氏：怎么像走错了门了？

戚友先本是生着气出来的，一看淑娟就高兴了问：哎……你们找谁啊？

正赶上冯妈出来，淑娟、柳氏赶紧回避。

冯妈：哟，你们还不认识呢。这位是东院的柳太太，这是爱娟的妹妹淑娟小姐。咱这位呀是新姑爷，我们爱娟的夫婿，你姐夫，戚家的大公子。都见过，见过了。

戚友先：见过太太，见过……妹妹。

淑娟：见过姐夫。

戚友先：啊，不敢，不敢。哎，有什么拿的，我给你们搬进去。

柳氏：不劳姑爷了。

柳氏、淑娟上台阶奔东院而去，戚友先高高兴兴地也要跟进，冯妈给拦住了。

冯妈：姑爷，你不是有事儿要出去吗？

戚友先：这不是亲戚回来了吗，怎么也得客气客气呀，帮帮忙什么的。

冯妈：人家刚回来，乏了要歇息。再说你会帮什么忙啊！

戚友先：我怎么就不会帮忙，得看帮什么人。

冯妈：姑爷，我跟你说句话，东院你可不能去。

戚友先：为什么？

冯妈：告诉你，这两院不和。

戚友先：她们不和她们的，我不管。

冯妈：不行，你该干什么干什么去吧。

蜀西道上，韩世勋在风雨中风餐露宿，很苦。

一个老仆人跟着他。下雨了，主仆二人想找一地方躲雨。

韩世勋：老秦，你这么大的年纪，害你受苦了。

老秦：没事，我没什么。谁能想到你一个当今的新科状元，会连匹马都雇不起呢？

韩世勋：走走好，走走心静。

老秦：老爷，你读书是为什么呀，还不是为了利禄吗？书读得那么好，文章写得那么好，皇上忍不住都要给你提亲，嘿，你可好，连皇上的面子都不给，你可真行。

韩世勋：老秦，那儿有座亭子，咱躲躲雨吧。

两人跑上亭子。

韩世勋：身上都湿了。

老秦：这回老天爷都不照顾你了。

韩世勋：那事我不后悔，婚姻事，我觉得乃我一生之大事。当官不是一时的事嘛，婚姻是我生死相伴的。要选就自己选，不但是外貌，一定要有内才，选中了的我可不会因为一个什么官就把她放弃了，那样不是很俗吗？

说着又掏衣服里的诗和扇子。一个油布包，里三层外三层，打开了看，还好。

老秦：我猜你是心里有人了。

韩世勋：何以见得？

老秦：要不你不会一次一次地看这张纸和扇子。

韩世勋：看也白看，人是有，谁知道还见得着见不着啊。

詹府东院。柳氏在院子中间烧纸，母女俩向天一拜。

柳氏：淑娟，七七四十九天过了，你身上的孝可以除了。

淑娟：再穿两天吧。

柳氏：不好，你一个姑娘家的穿那么素不好，来，我先把你这素袍脱了，回家换件粉红的去。

柳氏帮淑娟解袍时，发现了韩世勋给她的玉坠儿。

柳氏：哟，这是什么呀？我没记得你有这件东西啊。

淑娟脸红，说：娘，咱别在当院说，进屋去说好不好？

詹家西院。戚友先一直在墙这边的一道墙缝往东院看，头转来转去直到看不见，感到惋惜。回头看见爱娟边吃东西边看着他。

爱娟：人没了，看不见了吧？

戚友先：看不见怎么了？看不见了可以想。

爱娟：想也是白想。

戚友先：白想也比看着你强。你说说，啊，你们哪点像姐妹呀？人家那女儿是怎么长的怎么教的，说话是什么声音，走路是什么样子，再看看你，整天除了吃还就是吃。我真是倒霉啊，错听了爹和抱琴的话，娶了你这么个媳妇。

爱娟：你后悔，我还后悔呢。

戚友先：抱琴说詹家小姐如何如何美，他见过的……他见的是淑娟妹吧？哎，我明白了，本来是要把淑娟嫁给我的……不是你，不是你。

爱娟：呸，我哪点比她差？天底下就你一个人说我比她丑，你欺负人。

上来与戚友先扭打起来，一胖一瘦一男一女谁也不让谁。冯妈与梅氏冲出来。

冯妈：好好的怎么又打了，放手。

梅氏：快放手。都在一起多少天了，是狗也该熟了。小冤家呀，别打了，别打了。

詹府东院。柳氏拿着玉坠儿在灯下看。

柳氏：也看不出怎么宝贝来，还至于你天天戴着。谁送的?

淑娟：说不上。

柳氏：说不上?一个生人的东西你戴着它干吗?

淑娟：妈，您也知道的，就是在客店里碰到的那个非要在月下喝酒的书生，也不知他考得怎么样了。

柳氏：噢，听你说起过，就是那个进京赶考的穷书生。

淑娟：对。

柳氏：真是的，也不知考上了没有。淑娟啊，一个男人的东西，你姑娘家家的戴着不好，取下吧。

淑娟：他从没把我当成个女的。

柳氏：我倒把你女扮男装这事儿给忘了。对，对，他一直把你当个兄弟看呢。你没问他是什么地方人?

淑娟：不用问。

柳氏：为什么?

淑娟：一听口音就知道了，是咱茂陵人。

柳氏：茂陵人，是吗?那就好找了，问问谁进京赶考不就清楚了吗?别的先别问，先问有人考上了没有，他要没考上啊，妈跟你说你可不能想他。

淑娟：妈，这事还不成个事呢，您怎么想那么多啊。再说了，没考上又如何，考不上有大作为还不是一样?

詹府西院，爱娟、梅氏、冯妈三个人在绑戚友先。

戚友先：你们给我松开。从小到大我爹一根指头都没动过我，你……你们敢绑我！哎呀，勒死我了。

梅氏：姑爷，对不起了，你们俩天天这么闹，我们总得绑起一个来。

戚友先：那为什么不绑她?

梅氏：爱娟是我生的，我当然要绑你。

冯妈：爱娟是我奶大的，我怎么能绑她?

戚友先：爹，爹，您来，快来救我，抱琴，抱琴。

正说着爱娟把一块破布塞进他嘴里了。

爱娟：别喊了，喊也没用，我要是你呀，就索性睡会儿。

戚府中堂，戚老员外正在与戚安下围棋，边下棋边打盹。

戚安：老爷该您了。

戚员外：哎，不下了，无趣，无趣。戚安。

戚安：老爷。

戚员外：你说友先这场婚事高兴不高兴？

戚安：高兴啊，高兴，结婚能不高兴？

戚员外：瞎说。你们下人啊，恨不得他早点儿有人管早点儿出去呢，你们好省心。我看他是不太高兴。

戚安：为什么？

戚员外：那詹家的小姐好像不那么……

戚安：不怎么？

戚员外：不那么太像大家闺秀。

戚安：我看与少爷倒也般配。

戚员外：这话说得也是。不下了，睡觉。

詹家梅氏屋中。

梅氏：我千想万想也想不到，你们曾招过一个假戚公子上门来。这下可好，把柄在他手里了，他真要写休书也有一百个道理说给人听啊。倘若真被休了，就别想再嫁了。

爱娟哭，梅氏劝她别哭了。

冯妈：夫人，我倒有个办法。

梅氏：说吧。

冯妈：他不是闹着要娶小吗？

梅氏：前一段是这么说的，可这一时他又不闹了。

冯妈：为什么，您知道吗？

爱娟：他……他瞧上东院的淑娟妹子了。

梅氏：哪有那么便宜的事儿。

冯妈：事儿是没那么便宜，不过您要反过来想想，要娶个生人不如娶个熟人。再说了，要真能让他们东院的嫁过来了，她也是个小，不还是让咱小姐压一头吗？这也能让这姑爷安稳了不是？省得到时不知娶进个什么人来，更麻烦。

梅氏：东院就那么容易答应吗？

冯妈：她不答应，咱不会逼她答应？

梅氏：你有什么主意？

冯妈：我……我有一个主意，你们听听，行不行？

三人聚在一起听冯妈说。

淑娟正在临窗画扇面，扇面上蝴蝶双飞。

冯妈风风火火地跑进东院，人未到声先到：二小姐在家吗？

柳氏在床上歪着问：谁啊？

淑娟：冯妈妈，您来了。

冯妈：您要方便我就进来了。

柳氏看着她烦，进里屋去了。

淑娟：您请外屋坐吧。

冯妈：呀，看小脸捂得煞白，也不说出门走走。

淑娟：冯妈妈，您坐，我给您倒茶。

冯妈：干什么呢？画画儿呢吧？

淑娟：随便涂抹了两笔。

冯妈：光在屋里画哪行啊，该出门去看看，出出门。你娘呢？

淑娟：不太舒服，在里屋睡下了。

冯妈：那咱说话小点儿声。

在淑娟耳边嘀咕。

淑娟听罢，说：这可不好，姐姐不是有姐夫陪着呢吗？

冯妈：你姐夫他出门了，不在。哎哟，你姐姐她说了，没嫁人呢，倒不觉得姐妹怎么怎么亲，真嫁了总想跟妹妹你亲热亲热。

淑娟：倒是该与姐姐好好亲热才是。

冯妈：好，那就说定了，明儿一准。得，我走了。

淑娟：哎，冯妈。

冯妈：你就别再犹豫了，说定了。

淑娟：冯妈慢走。

这一日，爱娟、淑娟双双来到三台庙前，爱娟假高兴，大大咧咧地下了轿。淑娟轻下。

爱娟：妹妹走啊，来早了就是好，头一炷香给咱留着呢。

淑娟：姐姐先请。

爱娟：好，你跟着我。

进入庙内大雄宝殿，爱娟磕完了头站起来就走，突然又回来。

爱娟：坏了，光想磕头了，忘了许愿了，我再来一遍。

冯妈：哪有再来的。算了，再说今天也不是为许愿来的。

淑娟在一旁虔诚地磕过了头，站起，退下。

爱娟大声叫：妹妹走，咱上后花园看荷花去。

二人来到荷花池，淑娟边走边看，自言自语。爱娟早走累了，坐在一边嗑瓜子吃。

淑娟：微风摇紫叶，轻露拂朱房。中池所以缘，待我泛红光。这荷花原来说是那么独自的。

爱娟：妹妹，你……你怎么有自己跟自己说话的毛病了？找……找个伴就好了，哪怕是个管一时的呢。

淑娟听了这话不高兴，说：姐姐，咱们回去吧。

冯妈在远处招手，爱娟看见了。

爱娟：不忙，不忙，到那边坐坐，到那边坐坐啊。既出来了，不尽兴哪儿能回去呀。歇会儿再回去吧。走。

她拉淑娟来到净室。室内无人，但看床帐轻动，此时空气略紧张了。爱娟引淑娟入。

爱娟：来，来，歇会儿再走。

淑娟：姐姐，这是什么地方，恐不方便吧。

爱娟：有什么不方便的，都是相熟的，说好了的。哎，妹妹你看这儿还有书呢。来，你坐会儿，看看书。

她突然捂肚子说：我……我可能吃坏了，你坐，我……去去就来。先看书啊。

淑娟看见室内有书有画，也就不紧张了，先翻了翻书，又去看画。突然一双手伸了过来，要从后面抱她。淑娟大惊。

淑娟：什么人无礼！

戚友先：妹妹，别躲，是我，是我。别怕，是我啊。

淑娟冲去拉门门不开，又躲：你……你是什么人？快开门。

戚友先：妹妹救命，妹妹救命，我是你姐夫友先啊。别怕，别怕，自那日见你，姐夫我寝食不安啊，妹妹救命。

淑娟：姐夫，你真是姐夫吗？

戚友先：看啊，我不是你姐夫吗？来，别怕，来。

淑娟：爱娟姐，爱娟！

她拼死打门，挣扎。

戚友先脸伸过来道：喊也没用，这……这是你姐姐的美意。

淑娟一听大怒，拼死推开：你……什么？你再说一遍！

戚友先：说也不怕，这是你姐姐的美意。她说娶妾不如就娶她妹妹。

淑娟：她真是这么说的？

戚友先：我干吗要骗你，否则我怎么会在这儿？来吧，既是一家人，何不就做了一家亲。

淑娟一眼看见墙上的宝剑，拼死冲过去，拔剑往脖子上抹去。

戚友先大叫：啊，千万别，千万别。啊，快开门，要出人命了，爱娟，你他妈的开门！

他用一把扇子把剑隔住，冲门外大喊：救命呀，救命呀！

冯妈、爱娟在净室外一听，突觉不妙，二人开门冲入。

冯妈假意骂友先：怎么了这是？怎么一家人还闹起来了？

爱娟：出去，出去。你敢欺负我妹妹啊。

戚友先有嘴难辩，愤愤走出。

冯妈：没事儿的啊，二小姐，没事儿，一家人没事儿的。

淑娟怒喝：一家人，你们还拿我当一家人吗？

爱娟：你是我妹妹啊。

淑娟：说得是，我是你嫡亲的妹妹，你们竟这样设了计来害我。跟你们说明了，我们这姐妹从今往后一刀两断。

说罢掷剑在地，愤愤而出。

说是姐妹，竟会闹得连陌路人都不像了，就是路人也不应这样吧。天下事想害人的结果到头来总是要害己的，绝不会错。

五

西蜀夜帐，詹烈侯深夜在等战报。

韩世勋在侧旁的一张条案前坐着，看着那把扇子。

詹烈侯：何人值更？

韩世勋猛醒，答：回大人，参军韩世勋今夜值更。

詹烈侯站起看他：我怎么没见过你？

韩世勋：回大人，我是新来的。

詹烈侯：听你口音，好像是茂陵的嘛。

韩世勋：大人，您耳音好，在下确是茂陵城人。

詹烈侯：啊，在此深夜边陲之地竟遇到乡亲了，难得难得。来酒。

兵丁端酒上。

詹烈侯说：我也是茂陵人，我真的看你眼熟啊。

詹家东院。淑娟在灯下看那首诗，想起自己的婚事，很伤感，一脸茫然。

柳氏：淑娟，几更了？快睡吧。

淑娟：哎，娘，我这就睡。

柳氏：你……你自陪你姐姐逛庙回来后就不高兴，怎么，她欺负你了？

淑娟：没有，娘睡吧。

柳氏：你点着灯我怎么睡啊。

淑娟：那我把灯吹了。

淑娟吹灯，黑暗中独自流泪。

詹烈侯与韩世勋在帐中高兴喝酒。

詹烈侯：啊，你就是那个戚家的养子，我是见过你的，哈，我说怎么眼熟呢。这可真是巧了，老戚的儿子派到我帐下来了。来，喝。

韩世勋：大人，小侄不胜酒力。

詹烈侯：不要叫大人，叫……叫世伯，世伯啊。你出来时，你爹没……没与你提起过什么事吗？提过没有，啊？

韩世勋：提什么事？大人明示。

詹烈侯：你是几月出来的？

韩世勋：四月。

詹烈侯：四月，啊，那早了。他没提婚事吗？

韩世勋心有不快：爹爹未提。

詹烈侯：这老戚也真老实，让他十月看信，他就真要等到十月，这不是误事吗！啊，你就是那个不应皇亲的当今的状元吧。不应得好，不应得好啊。跟你说，我们两家是世交，我呢有个女儿……

韩世勋一听更怕：啊？大人，小侄实不胜酒力，恕我要告退了。

詹烈侯：怎么这么不能喝，啊，你……你该不是装的吧？

韩世勋：实在是不胜酒力。

詹烈侯：这老戚，没把儿子教好，那你……你先退下吧。

韩世勋退下。

詹烈侯唤来中军吩咐：快，快拟，着参军韩世勋速速回家休假。

中军：大人，他来了没有几天。

詹烈侯：我知道，一天也耽误不得，明天就让他走，让两个人送他啊，要速速赶回家……

又小声说：这老戚真是糊涂啊，把个儿子放出来了，我家的女儿岂不空等。这提亲的话我也说不出口啊。让他快回。

中军：大人请再说一遍，怎么还有儿子、女儿？

詹烈侯：没有，底下的话不必记。让他明日就走，快马送他。

中军：是。

詹家西院爱娟处。戚友先垂头丧气坐在床上。爱娟高兴地化妆，对他说：你给我看看，这枝花可是别低了？

戚友先：不知道。

爱娟：嘿，还生气呢，生气也白搭。不是我不帮你，忙我是帮过了，为帮你一个妹妹都与我绝交了。怪你没本事。

戚友先：缘分，缘分，没缘没分啊。

爱娟：说对了，现在呢，我也想通了。你这样的才子呀，大概只有配我这般的佳人了。从今以后呢，咱谁也别嫌弃谁了，好好过日子吧。

戚友先：这……现在让我都不好见她了。都是你出的主意。

爱娟：不见就不见，见也是空想。哎，都说是苏杭一派风光好，咱们去苏杭一游如何？来，再把那朵花也给我戴上。

戚友先：哎，避避也好。哎，可听说世勋要回来呢。

爱娟：哎呀，来得及。看，我这花正不正？

戚府门口，热闹非凡，张灯结彩，一大横幅上书“衣锦还乡”。

戚员外一身华服在门口等韩世勋回来，迎候众位高邻。

甲：戚老爷，这下可好了，你状元儿子要回来了。

乙：恭喜，恭喜，可给咱茂陵都添彩啦。

戚员外：同喜，同喜，请。

家丁：报老爷，二少爷进了东门了，说话就到。

戚员外：来，敲打起来。

吹打热闹，远处韩世勋骑马披红至。韩世勋滚鞍下马，给戚员外磕头。

韩世勋：不孝子给义父叩头。

戚员外：起来，起来，我这俩儿子呀，一人一个样，谁说我不会教儿子的，我不是教出个状元来嘛。来，给众乡邻行礼。

韩世勋回身给乡邻行礼。众人欢呼，放炮。

詹家西院梅氏屋内，梅氏问：冯妈，爱娟他们走了几天了？

冯妈：都……都三天了。

梅氏：不知吵没吵嘴。

冯妈：不会。姑爷、小姐都想通了，没的吵了。太太，听街坊说，戚员外那个状元儿子回来了。

梅氏：什么？他还有个状元儿子呀？

不小心给针扎了手：扎死我了。咱们怎么没要这个状元儿呀？冯妈怨你太着急了。

冯妈：咱们那时哪知他会中状元啊。再说这个是个义子，那时想中不了状元，回头家财也没有，咱爱娟不是更吃亏吗？再说也没容咱们等啊。

梅氏：这下可要便宜东院了。

冯妈：什么人什么造化。

梅氏：你这话什么意思，你是说我人不好连造化也不好了？

冯妈：啊，看我这嘴，把真话说出来了，哎，呸，呸，我不是那意思。

戚家书房，戚老员外喝了酒高兴，引韩世勋进来。

戚员外：哎，你回来了就好，不是分在老詹名下你也回不来这么快，坐。这事啊，就是巧，老詹他当官也有私心。

韩世勋：爹爹请坐。

戚员外掏出詹烈候的信看：哈，这老詹比我还急。也是，他是女儿，我是儿子，我的儿子又是个状元，哈，他怎么能坐得住。

韩世勋一听就有点儿怕。

戚员外：世勋呀，我养你这么大真没白养。不是说中状元这回事，这都不重要，关键是，你能够听为父一言，敢在金殿拒婚，荣耀，荣耀啊，爹没有白收养你一回，你这么做可是大大的不易呀。

韩世勋：爹，您也听说了？

戚员外：何止我，全天下大概都知道，当朝的状元郎为了其父亲的一句话而拒了御点的婚配啊。高兴啊，让人高兴。

韩世勋：也是一时没转过弯来。

戚员外：好，百善孝当先，你这是孝。这次你回来了，爹爹不日就为你把亲事办了。我看了日子了，就在后天。

韩世勋：爹，爹，也……也太快了，不知……不知女家？

戚员外：哈，本地最大的大户，詹家的小姐，詹家的小姐。你还不知道吗？

韩世勋：啊？真的啊，知道，太知道……

戚员外：高兴吧，詹家的小姐是全城有名的……你怎么了？

韩世勋：儿……儿不想结婚。

戚员外：哪儿有这种道理？你金殿拒了婚，难道也要拒到家里来吗？不行。

韩世勋：儿子功名未成，实在不想。

戚员外：还要什么功名？该不是你对詹家小姐不中意？

韩世勋：爹，说……说得也有理。

戚员外：什么有理呀，你难道见过詹家小姐？

韩世勋：啊，啊，啊没有。

戚员外：那就听爹的了，后日成婚。

韩世勋在韩江岚夫妇墓前跪着说：爹、娘，儿子回来了。儿子没给您二老丢人，衣锦还乡了。自爹娘过世后，多亏了义父将我养大成人，现在……现在他又要给我选媳妇。不管什么样的媳妇，我……我只有接受了。他对我的恩犹如再造爹娘，我只有这样了。儿在这件事上真是……真是委屈极了，没人可说，只有对你二老说说了。

说罢大哭，掏出扇子和淑娟的诗看着。抱琴远远地跑过来。

抱琴：少爷，少爷，家里裁缝都等着你呢，你怎么跑到这儿哭来了。哎，哭什么呢？快跟我回去吧。

詹家东院内，一群裁缝在给淑娟做衣服，有跑过来量身段的，有紧着缝、紧着剪的，热闹无比。

柳氏：哪有这么急的，咱们急，这边老爷也急，刚给个信儿就要成婚。这……这衣裳可量准了啊，没时间返工。

内阁中淑娟闷闷不乐，淑娟的宁静与外屋的热闹形成对比。淑娟拿出韩世勋给的玉佩，想起两人在月光下的情景，不禁伤感，有泪流出。

柳氏：淑娟，淑娟，你怎么跟没事人似的，你平时绣的那些缎子呢？再来不及也得给新郎官做双袜子呀。啊？怎么了，哭了？别哭，别哭，没准备好是不是？妈也没准备好，事儿就是这样，说来就来了，咱就别多想了。

淑娟：妈，我不想嫁。

柳氏：傻话，按说妈也舍不得你，但哪有不嫁的道理呀。别哭了，据说新郎官还是个新科状元呢。

淑娟：状元也没什么了不起，我也不想嫁。

柳氏：可不能这么说。状元天下就一个，有多少人想还想不到呢。你还拿着那块玉佩不撒手啊。那人有什么好，我是没见过，真见了也没状元好啊。再说了，茫茫人海咱上哪儿找他去啊，别想了啊。

韩世勋正大睡。抱琴悄悄进屋，说：少爷，少爷，大白天的还睡呢？

韩世勋翻个身：你该改口叫我老爷了，哪有叫有功名的人还叫少爷的。

抱琴：那不是叫惯了嘛，等你结了婚再改口吧。

韩世勋：别提结婚的事儿。

抱琴：人家结婚都高兴，咱家两位爷真怪。一个是结了婚生气，一个还没结婚呢，就生气了。

韩世勋：友先他……他不是一直想结婚吗？怎么结了婚反而生气了？

抱琴：别提了，咱们家大奶奶实在……实在是……

韩世勋：丑得很。

抱琴：你怎么知道？

韩世勋：詹家的人知其一，便知其二，怎会有好的。哼，我们哥儿俩算是倒了霉了。

詹家淑娟屋内，淑娟正化妆，美艳无比。

柳氏：快点儿吧，快点儿吧，喜轿到了。

冯妈进来说：二小姐要出阁了，这是我们西院奶奶的一点心意。

拿出一对枕套。柳氏不屑。

冯妈说：留着给小姐垫箱子底儿吧。

淑娟：谢谢冯妈妈惦记。

冯妈：不用，不用。哪儿有这么巧的事儿呀，姐儿俩嫁给了哥儿俩。在娘家是一对姐妹，出了门还是一对姐妹，真好，真好。

柳氏：在娘家也不亲，出了门更是各过各的了。

冯妈：那是，那是。

戚府。又是张灯结彩，喜气洋洋，戚家大办喜事。

贺喜的对戚员外说：你这府真是一喜接一喜呀，不光您高兴，我们也高兴，总有酒喝。

戚府喜堂，提调高喊迎新郎。韩世勋穿红，但并不喜悦地出来。

甲：呀，又是状元又是新郎，看着不太喜兴啊。

乙：那是，好事儿都让他占了，高兴也不在脸上，在心里呢。

提调：迎新娘。

淑娟出来，柳氏后边两丫鬟扶着。两人手牵绣球拜天地。

提调：新人拜天地了。

韩世勋总是慢半拍。柳氏看在眼里。

江南客舍，爱娟与戚友先正在对饮。

戚友先：这下，我真是死了心了。淑娟妹妹嫁人了，没我什么事儿了。

爱娟：压根儿就没你什么事儿。

戚友先：嫁了好，嫁了好。嫁别人我还不放心，天底下要嫁就嫁我这个兄弟，我这个兄弟聪明，有才。虽不是亲的，比亲的还亲。淑娟妹子嫁给他我就放心了。

爱娟：来，喝。没想到你还是个怜香惜玉的人呢。

戚友先：那当然，我一生对女人心总是软的。

爱娟：对，对别的女人心软，对自己的女人……

说着欲哭。

戚友先：哎呀，我这不是陪你出来了吗？放心，从今往后咱们俩好好过日子。

爱娟大哭，感动，两人相拥，终于和好。

戚家洞房，极静。红烛正燃，一派春光。淑娟雅静地坐于帐中，一动不动像是等待着什么，又希望那个时刻不要到来。洞房在只有一人时有种火热中的凄凉感。

门终于响了。韩世勋如最寻常的那种人一样进房。进门后，反身把门关上。淑娟的盖头微抖，那一刻到了……

韩世勋把头上的新郎帽去掉，置于帽筒上，像只有一个人在此房中一样。韩世勋把便鞋找出，靴脱下，找出脸盆洗脸。倒水的声音，搓毛巾声音，盖头中的淑娟都听到了。这个新郎并没有进门就掀盖头，淑娟在等待中孤立无援。韩世勋洗完脸后，又倒水洗脚，咔嚓，咔嚓，搓脚的声音在响。淑娟依旧一动不动。

韩世勋洗过脚后，两次路过床帐，从淑娟身旁过时，犹如此人并不存在。淑娟放在膝上的手有些抖起来了。韩世勋宽衣，揽镜一照，往脸上抹了些油脂。

终于要上床了。韩世勋从坐于正中的淑娟身侧，小心谨慎怕碰到什么般地爬上了床。钻被窝之前，噗的一口把一支蜡烛吹灭，韩世勋管自侧身而睡。

屋子黑了。黑暗中淑娟心也黑起来，比黑更黑，悲凉漫遍全身。韩世勋很快地发出鼻息声。淑娟在夜中坐着，不知要坐到什么时候。

詹家东院。柳氏的新丫鬟喜儿在给柳氏打水。柳氏看看屋中女儿没了，伤感。

柳氏：喜儿，先别打水了，先把小姐落下的那枚玉蝉给我收起来。

喜儿：哎。

柳氏：喜儿，我问你一句话，你可得实说。

喜儿：奶奶您问吧。

柳氏：你看着今天大喜的日子，那新郎官是不是有点不太高兴啊？这话我本不该问，但心里实在是放不下呀。

喜儿：回奶奶，我也看出来了。

柳氏：这要是入了洞房还这样，那小姐……小姐……

喜儿：小姐该受气了。

柳氏：对，该受气了。不行，我嫁过来就受了一辈子气，小姐可不能再受气了。我今夜不睡了，明天看看去。

喜儿：奶奶，总要等到明天，您何不睡着等呢？

柳氏：睡？睡不着更着急嘛。

洞房内，黑暗中鼻息更重，韩世勋自己睡着了。淑娟依旧坐着。在重重的鼻息中淑娟静静地站起来了，盖头也不摘，摸着黑往门口而去。

淑娟摸到桌子，碰到椅子。床上鼻息略轻又起。淑娟悄悄地摸到了门口，拔出门闩，毅然往月色中走去。

天亮了，韩世勋依旧大睡。突然敲门声大作。韩世勋惊醒，忙穿衣开门。韩世勋门一打开，怒火冲天的柳氏带着丫鬟喜儿站在门口。柳氏一把将韩世勋推开，与喜儿进入，坐于太师椅上。

韩世勋：见……见过岳母大人。

柳氏：不敢当。我问你，你不就是考上了个状元吗？状元有什么了不起？状元是读圣人书的，更应明理知事。我看你……你连个贩夫走卒都不如，狗屁状元！

韩世勋：请……请岳母大人息怒。

柳氏：这怒息不了。告诉你我做人一辈子就悟出一个道理来，软的欺负，硬的怕。我问你，我女儿与你是不是三媒六证，正正经经地娶过来的？

韩世勋：是。

柳氏：我女儿难道与你八字不合？

韩世勋：没有。

柳氏：我女儿昨日难道有什么不检点的吗？

韩世勋：也没有。

柳氏：好，既都没有，你摆的哪门子状元架子？你今天给我从实说来。说不清楚，你想罢休，我还不罢休呢。

韩世勋：小婿实在……实在难以开口。

柳氏：啊？这时你开不了口了。你说，你不说我将来一定告上金殿去，说你不懂礼教。

韩世勋：我说，我说了您别生气。

洞房门外，戚员外被抱琴引着急急地过来了。

戚员外边走边说：亲家母，亲家母您来了怎么也不知会一声？怪我，昨夜多喝了几杯……

刚到门口，门砰地开了，柳氏气冲冲地出来。

戚员外：哎，亲家母，坐会儿。

柳氏：不坐了。亲家公，今天这事儿，不管我们将来做得成做不成亲家，我有一句话，这几天的礼道该怎样还怎样，该回门时一定让你状元儿子来我家一趟。

戚员外：看这话说的，哪能不去呀，一定去，一定去。

柳氏：好，喜儿咱走。

戚员外：再坐坐，吃了饭啊……

来到詹家大门，柳氏急急下了轿。柳氏脸嘴歪斜地进院，也不让喜儿扶，急急往家去，脚步又快又凶。

淑娟屋内，淑娟正拿着玉蝉发呆。

突听柳氏喊：淑娟，你个冤家呀，还不给我跪下！

淑娟大惊，出内屋迎接。柳氏已坐于太师椅上。

柳氏：淑娟你跪下，我……我从小没打过你，今天，今天我非打你不可。

淑娟：母亲，母亲，孩儿有哪儿做得不对的地方，您尽管打无妨，但请先说清楚。

柳氏：喜儿，拿藤条来。我……我问你，你去年是不是在这院拾到过一个风筝？

淑娟：有，妈妈您不是也看见了吗？

柳氏：对，我看见了，但晚上的事儿我可就不知了。你是不是为那风筝作过一首诗？

淑娟：女儿作过。

柳氏：好，这就更实了。你……你竟然以诗为名，私约男子深夜相会，说出的那些话……我……我能不打你吗？

举手就要打。

淑娟更镇静了，说：慢，母亲，拾过风筝不假，换过诗也不假，但我什么时候约过男子来会？此话不说明，女儿……女儿只有一死来洗清。

说着话就要往桌子上撞。喜儿眼快抱住。

淑娟：别管我，连自己的母亲都不信我了，只有一死。

喜儿：小姐，不能，小姐不能啊！

柳氏藤条一丢，自己也哭起来了：哎呀，我怎么这么命苦啊！这叫我听谁的好啊！

洞房门口，戚员外气恼地走出来。

戚员外：老詹家怎么会出这样的女儿，我不信，你……你别给我讲《三字经》。不管怎么，我答应了的，明日回门。

韩世勋：这门还要回吗？

戚员外：闲话少说，明天你必须给我回去。我再问你，你心里是不是有了别人了？

韩世勋：实话回爹爹，有。

戚员外：在哪儿？

韩世勋：孩儿也不知道。

戚员外：不知道你想什么想？明天回门。

詹家东院。

柳氏：这可是冤枉了我的女儿了。我也想起来了，那夜你还发了烧呢。快起来吧，快起吧，咱们找他戚家说理去。

淑娟：与这样的人还有什么理好说？女儿宁可终身不嫁，也不再进戚家门了。

柳氏：也好，先看看他们明天有什么动作再说。

江南路上，戚友先与爱娟在轿车中睡着了，外边一派山光水色，十分美好。

戚友先醒了，叫：夫人，夫人醒醒，醒醒。

爱娟：正做梦呢，梦过再说。

戚友先：梦什么梦，外边一派山光水色不比你梦得好？

爱娟看外边，说：好什么，整天地还不都是一个样，看也看腻了。友先，我想……

戚友先：想什么？

爱娟：想回家了。

戚友先：想回家了？正好我也想了。好，咱不看了，回家吧。我那个傻弟弟备不住还回来了呢。

詹府门口，门环叩动。门环又叩。喜儿应门，见是抱琴，开门。韩世勋从轿中极不情愿地出来。

抱琴：少爷，你请吧。

韩世勋进了詹府大门就想往西院拐。

喜儿：姑爷往这边走。

韩世勋嘟囔：这边吗？我……我记得是这……抱琴？

抱琴：你别问我，我不知道。

柳氏正在太师椅上坐好了。

韩世勋无奈跪下：岳母大人在上，受……受小婿一拜。

柳氏：不敢，你也别叫我什么岳母了。今天你来了，我得谢你。你能把这桩从心里本来就不愿意的婚事拖到拜了天地之后再说，现在好了，我的女儿也嫁了，你连看都不看一眼就不想要了，你……

正说到这儿，抱琴在外边喊戚老爷到。

柳氏：这是怎么话说的，回门哪有公公跟着的。

刚说完戚员外进来。

戚员外：亲家母，老詹他又不在家，我也顾不得那么多礼数了。这婚事，世勋，你……你先别起来，到底要怎样，你今天当着我与亲家说个清楚吧，要不省得我好心办不了好事。不为别的，要紧的是你不是我亲生的，要是亲生的我可不怕你委屈。

柳氏：对，亲家，你也坐，话说开了也好。韩公子你起来吧，你说去年见过淑娟，可我回来问过了，淑娟说并无此事。我问你，你还记不记得她的容貌？

韩世勋：记……记得。

柳氏：如何？

韩世勋：说出来别……别当真，不……不好。

柳氏：什么？

戚员外：你怎么这么说话？我气死了，我……我揍你。

柳氏：戚员外先息怒。既已见过，模样也记得，且天地也拜了，就再见一面。是美是丑反正嫁过了，都不算什么了，反正这喜事已经办成愁事了。喜儿叫小姐。

喜儿：回奶奶，小姐说了，人绝不想见了，有亲笔文字一幅，请老爷、新姑爷过目。

递给戚员外一幅字。

戚员外：怎么闹成这样了？我不看，给他看。

喜儿递给韩世勋。韩世勋先也不看，再一侧目，不看则已，一看笔迹大惊，飞快地从怀中掏出扇子，再一看，一点儿都不错。

韩世勋：啊，啊，有这样的巧事吗？不会吧。这就对了，我们确实见过。

柳氏大怒：好，到现在你还是一口咬定见过。这案子我断不了了，亲家公对不起，你把这宝贝状元儿子带走吧，我们高攀不起，我们不嫁了。

韩世勋：岳母大人，小婿错了。小婿有一句话相问，问清楚后，是小婿的错，小婿一定请罪。

柳氏：还有什么好问的，你走吧。

戚员外：亲家母，就求你让他问上一问吧。

柳氏：……

韩世勋：岳母大人，我那娘子去年三月是否扮过男装？

柳氏：你怎么知道？

韩世勋：是否扮过？

柳氏：扮过。

韩世勋：是不是路过天一镇？

柳氏：你说对了，是路过啊。

韩世勋站起来就要往屋里冲：啊，这就对了，这就对了。岳母，娘子在哪里？我……我要见她。真让人不敢相信啊，娘子，你在哪里？这可真像梦一样了。娘子，娘子！

他直直地往里屋冲去，没有，又冲向大门，疯了一般。

柳氏：站住，亲家公，你儿子怎么这样的，该见时不见，不该见时又急不可耐了。这是状元啊？我看像个疯子。

戚员外：谁知道啊？哎，算了，他们的事，咱别管了，让他去呀，让他去。

詹家东院外，月华如水。韩世勋急急冲了出来，喜儿跟着，秋叶飞飞。

韩世勋：在哪儿？在哪儿？

喜儿指窗户：别乱跑，那儿，那儿呢。

淑娟的屋内有灯在亮着。韩世勋飞奔而去，拉门拉不开。

韩世勋急了，扑通一声跪于门口：娘子开门，娘子开门，娘子！

韩世勋：娘子，娘子，小生请罪来了，小生请罪。万望娘子原谅小生，小生实在是大大地错了。娘子，我……我这儿已经跪下了，求娘子开门。

淑娟屋内，依旧是红烛一对，依旧是一袭红衫。

淑娟微怒地听着韩世勋的话语，端庄坐于坤椅之中。

韩世勋：人生如此，常有那造化助人，也有造化捉弄人的时候，小生也不顾体面了，恳请小姐开门。我……我跪下了，我给你磕头，磕头谢罪。小姐，我想你呀，虽不是时时，但也是夜夜。

韩世勋一边磕头，一边说：为小姐我可在金殿拒婚，得罪了万岁，让世上人说我呆。我呆，我给你磕头了。

正磕头，头撞门板，门突开。韩世勋看到一双绣鞋，欲抱。绣鞋躲，是喜儿的脚。

喜儿：看清楚了，拿脑袋撞门也叫磕头啊。去，小姐说了，那儿有石板，上那边磕去。

韩世勋真的往石板而去，磕了一下疼得不得了，说：娘子，我错了，你不生我的气才怪呢。你今天生我的气，生得对，我自己现在也在生自己的气，我恨不得让你打我呢。你要不打，我自己打，你听，我打我了，听啊，听啊。

韩世勋咚咚地打自己。

柳氏在屋内看：哟，怎么这样了，状元就跟别人不一样，这回好了，该我女儿治他了。

戚员外：治得好，治得好。亲家母，差不多就行了，不能太那什么了。

淑娟在屋内依旧无动于衷。

喜儿：小姐，你听见了吗？他打自己呢。

淑娟：……

喜儿：外边怪冷的，要不让他……进来。

淑娟：再冷也没有人的心冷。喜儿，他……他一时为什么又变得这样了？

喜儿：我也闹不清楚为什么会这样。这读书的人看着就是怪。他看了你的字，就拿出一把扇子来一比，人一下子就变了。

淑娟手捏玉坠：什么扇子？一把扇子？

喜儿：对，是扇子，有字的扇子，画了蝴蝶。

淑娟：他长得什么样？

喜儿：小姐，我要说出来你可别生气啊，长得俊。

淑娟看着自己女扮男装的那件斗篷：难道真……是他？喜儿，你刚说什么？

喜儿：我没说什么啊，说……说他俊。

淑娟：你刚说外边……冷？

喜儿：对，冷。

淑娟：那把这斗篷借他一披吧。

喜儿：哎。

韩世勋依旧跪着，凄凉地说：我自小父母双亡，多亏了义父将我养大，让我读书。我说句心里话，考不考功名，都不是那么重要，人生求一知己足矣，何况是红粉知己。人家都说我傻，放着那么好的亲事会拒绝了，我倒不这么想。

喜儿来给披衣服，示意他往门口靠一点。韩膝行近门口，看到在红光中的淑娟，接着说：婚姻大事，怎么能让功名利禄给其染了杂色。娘子……

看袍子突然想起那夜两人唱月亮拍手歌的情景：娘子，你……你在听吗？你没看到今天的月亮多好啊，好大的月亮，如我没想错，你一定还记得吧。

他唱起两人在客舍时唱的儿歌：月儿弯，一手牵，牵到哪儿，问天仙。月儿圆，抱不全，转到哪儿，娘子三更枕头边。

儿歌一唱，淑娟终于坐不住了。淑娟从屋内的椅子上慢慢站起，款款地从屋内走了出来。淑娟牵着韩世勋的衣领。韩世勋膝行至台阶。淑娟双手扶起韩世勋。两人喜悦进入淑娟屋内，一人一边缓缓将门关上。

柳氏屋内，柳氏与戚员外还在看。

柳氏：好了，好了，你说说这么快又好了？

戚员外：搞不懂。

柳氏：年轻人。

戚员外：真是搞不懂了。

正说着话，戚友先和爱娟回来了。

戚友先：爹，爹，我们回来了，我们回来了。世勋在哪儿？世勋在哪儿？世勋，世勋。

戚员外迎出来：哎，小声点儿，小声点儿，刚进洞房。

戚友先：不是昨天结的婚吗？

戚员外：是啊，昨天结婚今天入洞房有什么不可以的？你们回来了？

爱娟：爹，二娘。

戚友先：我……我要见世勋。

戚员外：他们这会儿要想见你们才怪呢。去，去，明天吧，明天。亲家母，咱们走，咱们走。年轻人搞不懂。

淑娟屋内。淑娟与韩世勋两相对看，笑。红烛高照。

韩世勋：真可惜了。

淑娟：怎么讲？

韩世勋：昨夜已过，哎，再无昨夜了。

淑娟：一夜而已，用一生来补吧。

韩世勋：一生也补不回来了，可惜。

淑娟：那就时时珍惜吧。

韩世勋：对，我们时时珍惜。

绿牡丹

一

说书人：哎，古人说不患无唯患不均，什么意思？就是说人间最怕的事就是不公平。随便一件事，比如我排了半天的队，心急火燎，腰酸背痛，哎你来了就买，这就不公平啊！凭什么你就可以有特权？你胳膊粗？你嫁了个好老公？都不是，那对不起，后边排队去。别以为这种事小，心里火起了，也许就出人命。排队加塞儿这不算是大事，天底下有一件不公的事最不能做。你问什么事啊，作弊，作弊最不能做。哎，人家是十年寒窗苦啊，你是夜夜在跳舞啊，不一样的。结果你弄了些题来抄，或者让老师捉刀——这样的老师也贱——居然你的分比别人家的还要高！你去了清华读书，他去了华清池给人搓澡，人生都不一样了，这是大不公平啊！这种事不能做，为什么？伤天害理，做也做不长，早晚报应。

赌场。热闹无比，有掷色子的，有推牌九的，有一翻一瞪眼的，有吵的，有叫的，有笑的，乌烟瘴气。

说书人：话说浙江吴兴，城中有几个大户人家，城东柳家，城西车家。柳家公子叫柳五柳，叫着拗口，人多叫他柳大。车家公子车尚公，多好的名字，他也自称车大。两人不喜读书，专门走马斗鸡，干些浮浪的事情。

车大、柳大两人在与贝先生玩儿掷色子押宝。一个宝盒，内有三个色子，哗哗一摇，下注的人在几点，几点上押。

柳大：贝先生，刚才您押了十一点，您现在还押十一点？

贝先生：这你管不着，今天晚上我就押十一点，十一点不出来，我不回家。

车大：您不妨押个十三点试试。

贝先生：你不用变着法子地骂我，骂也没用，我听不懂。摇吧。

柳大：贝先生，您还有钱吗？

贝先生：没了，就这么多，全押上了。

柳大：您就不再想想了？押好了？

贝先生：怎么这么啰嗦啊，不想，开吧。

车大：等等，我押三点，豹子。

慢慢放钱，故意吸引别人看。

车大就押豹子：三点啊，三点。

桌下，柳大把靴子脱下来了，脚指头夹了个大磁铁，两手放在桌上，脚指头贴上了桌子底。

贝先生：柳大，你不押吗？

柳大：不押了，你们赌吧。

宝盒摇过，放在桌上，众人静下来看，一点儿动静没有，柳大也看。突然那宝盒中有微微的一声响，再不动了。

车大故意神秘小声：开吗？

贝先生头上汗都出来了，也小声：开吧，开吧，开吧。

宝盒掀开——三点，一个豹子。众人欢呼，贝先生无语跌坐。

柳大动作很小地把脚放下，要穿靴子。

车大：贝先生不客气了，今天就到这儿吧。

贝先生很沮丧，突然拍桌子：等等。

人家以为他看出有人作弊，但不是，他从怀里掏出一张图来：车大、柳大，再赌一把。你们不是就想赢我的这张图吗？不错，这是先父死时留下的一张图。临死时对着我耳朵说的，万贯家财都在里边。你们要是想赢这张图把身上的钱都押上。我今天要输，就输个干净，成全你们，万贯家财不要了。

车、柳两人交换了个眼色。

柳大：贝先生，都是场面上的人，玩儿也不是这么个玩儿法，钱我们倒是有，但你家里有老有小，这不合适。令尊留下的东西，你还是留着吧。

贝先生：废话少说，赌不赌？

柳大：都是出来玩儿的，你说这话就太客气了，哪儿有不赌的道理？赌。

车大要上手，柳大拦住了。

柳大：车相公，此等豪壮之事，怎可让你一人专美，让老兄一试吧。

说着话，桌下这边脚丫子伸了过去，那边鞋刚好脱了，两人把磁石就交接了。柳大站起，哗哗身上的钱都掏了出来，很威风，有架势。

柳大：贝先生，请吧。

贝先生：你请。

两人郑重分头把钱、图押上，哗哗地摇着宝盒。全赌场的人拥向那放着宝盒的桌子。

司赌：开了，开了，开了！

边摇边喊：贝先生押十一点。柳相公押十八点。开了！

司赌：开，十八点，柳相公中。

繁花楼内堂。一个锤子把色子砸开了，里边是铁心，又一个色子砸开了还是铁心。从靴子里掏出磁石，一放，啪，那铁珠一下子吸了上去。

柳大：车弟，图呢？

灯下藏宝图打开了。

柳大：万贯家财，车贤弟，是这么说的吧？

车大：万贯。

柳大：真要等八月十五月圆之时吗？

车大：图上是这么说的。八月十五子时宝塔尖影子印正的地方，深挖五尺，乃是万贯之家财。

柳大：没几天了。

车大：没几天了。

柳大：万贯家财啊，想想等一天都……长。

车大：是啊，这……这么多钱，恨不现在就在手里了。

柳大：有……有一个法子，贤弟能让咱不急了，让我这手不抖了，让这几天咱们高高兴兴地过，过得觉着日子不长，过得高兴。

车大：仁兄，你说。

柳大：咱们就当现在，就是这会儿啊，钱都得着了，万贯家财，一人五千贯，得了这么多钱，咱该干什么？

车大：仁兄还用问吗？高兴地花吧。

柳大：咱们高兴地花吧。

车大：对，咱花吧，自当是钱已经挖出来了。来人。

哗，突然暖阁的活动门瞬间拉开了。红灯香烛，灯红酒绿一片，华衣小姐有端酒的，有挑灯的，有打扇的，有端脚盆的，一下子鱼贯而入，一堆锦绣女人梦幻一般，上来捶背、灌酒、夹菜、脱鞋洗脚，全面侍候，两人不亦乐乎。

车大：柳哥哥快活吗？

柳大：快活，快活！

车大：就这么把日子等过去吧，自当钱已有了。

柳大：对，自当宝已挖到了。

夜晚灯市上，热闹无比，正是八月十五看灯的时候。人多而挤，车静英跟了钱妈也在人群里看灯。走到猜灯谜的地方，两个人高兴地跟着人猜。

车静英：钱妈，等会儿，这儿有猜灯谜的，等会儿啊，我看看。

钱妈：嗨，这灯谜有什么好猜的，怪费脑子的，不猜了，那边多少灯啊，看灯去啊。

车静英：钱妈妈，我们就猜一个嘛，猜准了再走。

钱妈：那要是猜不准呢？

车静英：那……那就再猜一个。

钱妈：小姐，你就要我吧。

两人正说着话，那边贫穷的书生谢英边看边踱了过来。

车静英：钱妈妈，咱们两个一块儿猜，谁猜对了听谁的，好吗？

钱妈：哟，我可没你那么大的学问，你念吧，我听听。

车静英：钱妈妈，您看看这个啊，“存心不善，有口难言”。

钱妈：打一什么呀？

车静英：打一个字。

钱妈：哟，打一个字啊，这是个什么字啊，我原本就认不了几个字，这不是难为我吗？还是什么存心不善，有口难言的。

车静英：您想想呀，我也想想。存心不善，有口难言……

谢英一直在后边看着，倒不是看女子，也是文人好逞强。

谢英：该是一个亚字，亚父的亚。

钱妈：嘿，这个字我认识，可我怎么就想不出来啊。

车静英一看生人，赶快拉钱妈：钱妈妈。

钱妈：没事，让他说说。

谢英：这位妈妈，您看啊，这亚字，加个心字不就是恶吗？

钱妈画字：噢，这么个存心不善啊，加个心可不就恶了，那有口难言呢？

车静英：妈妈，走吧。

钱妈：别急，听他说完了。

谢英：亚字左边加个口可不就是哑巴的哑，可不就是有口难言吗？

钱妈上下打量谢英：哈，可真对了……对对，有意思，是个亚字。你可真行啊。

谢英：谢妈妈夸奖。

钱妈：夸奖，我拿粪勺子夸你，你还真就当真了，谁问你了？我们这儿猜着玩呢，谁让你猜了？哟，看你能的，存心不善，我看你就是存心不善。以为我们不会呢，告你啊，比你学问可大了。

谢英吓得躲开。

车静英：钱妈妈，您……

钱妈：不怕，这路的后生小子哪儿是来看灯的啊，不教训教训他们，他不知我钱妈的厉害。乱搭个话，以为我们不会呢。

谢英：这位妈妈，小生只是……

钱妈：只是什么只是？小姐，你别拉我，我叫当差的去，别拉我啊，我……

谢英：你这个妈妈，真是不可理喻。

边说边挤出了人群，跑了。

钱妈：哎，你别走，有种别走。

被静英拉住。

车静英：妈妈，您就别再追了，是您不讲理呀。

钱妈：哎，怎么是我不讲理了？小姐，对这路人啊，就得凶着点儿，越凶越不嫌凶。哎，别走啊。看，跑了吧。

静英也不由自主地看，有点儿失落。

钱妈：得了，没了，咱们看灯吧。

车静英：钱妈妈，我不想看了，咱回家吧，省得哥哥操心。

钱妈：他会为你操心？只有你为他操心的份儿，谁知他这会儿去了哪儿了。

荒野外。塔的暗影中，慢慢看清了，柳大、车大拿着锹、镐等着子时，两人快睡着了。

车大：仁兄，我……我怎么直抖啊？你冷不冷？

柳大：冷倒不冷，只是有些高兴得忍不住地抖，一会儿见到了钱，大概抖得还要厉害。贤弟，几更了？

车大：快了，哎，听有鼓声子时了，柳哥哥，快，挖去吧。

柳大：哎，快，挖去。看清了塔尖的地方，找准了，找准。

两人爬起来，直奔塔尖的阴影而去。两人看准了塔尖卖力地挖了起来。

繁花楼账房。一只手熟练地打算盘，声音清脆，仔细地记账。

掌柜：一共多少钱？

账房：三千六百贯。

掌柜：不对吧，还有灯火钱、胭脂钱呢，你再算算。

荒野外，车大已挖了一人深的坑，柳大坑边上问他：贤弟，有……有了吗？

车大：哎，有了，有了，是一只大瓮。

柳大：我来，我来，来，拴上绳子往上拉。小心点儿，小心点儿，可找到了，好，好，太好了。

繁花楼账房，还是算盘哗哗地响。

账房：算出来了，五千三百贯。

掌柜：差不多，什么时候结？

哗，算盘收起，毛笔记账。

账房：说是明天。

掌柜：过了子时了，该说是今天了。不怕，他车家、柳家都是大户，人跑不了。

荒野外，大瓮已搬出了，两人抱着放在地上。风吹着，月圆而明。

车大：仁兄，这……这像是不沉啊。

柳大：看着也觉有点儿怪。

自己安慰自己：谁家也不会傻得把一万贯钱都埋起来。

车大：是金子？

柳大：金子用不了这么大的瓮，大概是银票。你想啊，一万贯的银票不过就几张，那能有多重？

两人边说边开始剥瓮外边的泥封。

车大：哥，你说得对。

两人把泥封打开了，黑黑的瓮口，风从瓮口吹过，发出嗡嗡的响声。两人看着都不敢下手。

车大：仁兄，你……你先吧。

柳大：不客气，贤弟你来，你来。

车大：哥哥，你长我一岁，这好事，你当仁不让啊。

柳大：兄弟，你干吗那么客气啊？哥哥我什么时候不让着你呀，要么咱们俩一块儿伸手。这瓮口大，口大，一块儿伸吧，谁也别让谁了。

车大：那好吧。

两人一起伸手，越伸越深，越伸越深。两人的胳膊都伸进去了。突然晴空闪电，干雷炸响，两人忙着跑可是胳膊又都抽不出来，越急越抽不出来。两人大惊，乱叫，索性抱起瓮来，砰，在石头上把瓮砸开了。砰，瓮砸得稀碎。雷电大闪。两人抱头蹲下，吓得直抖。哗哗大雨下来。

繁花楼账房。繁花楼掌柜正在打开一个锦盒。透过打开的锦盒看见正得意喝茶的柳大、车大各架了一条伤了的手臂。掌柜的打开盒子，里边有张纸，两人看到纸后都放下杯子盯着。

柳大、车大马上一齐问：在山上天黑看不见，掌柜的是多少？

掌柜的读纸：什么多少？

柳大、车大：银子啊。

掌柜看着两人：你们自己看吧。

纸签递过。

街上，人来人往，各架了一条手臂的车大、柳大各用那条好手臂举着那条子在读。

车大：输去心中苦，输去心中苦。

柳大：赢来众口馋，好像说赌钱的事儿，赢来众口馋。

车大：到头终一败。

柳大：辛苦为谁甜。

车大：柳哥哥，什么他妈的银票啊，哪儿有一万贯啊，这贝家老爷子拿这当一万贯教训孩子呢，咱可被人给蒙了。

柳大：兄弟，咱被人骗了。

生气地把那纸撕得粉碎，把那锦盒扔在地上。两人狠命地用脚踩着，边踩得粉碎边骂。

柳大：一万贯，一万贯，我让你一万贯，我让你一万贯。

车大：他妈的，空欢喜，空欢喜，让你空欢喜，让你空欢喜。

街上的路人都围上来奇怪地看着这两个吊着胳膊的人。

柳大：看什么看，走，走！

车大：去，去，滚开！

两人轰着人往外走，走了几步，突然有人恶作剧。

甲：哎，二位东西掉了。

两人马上回来：什么？什么？

乙指着地上的破盒子、破纸：一万贯。

众人：一万贯，一万贯，一万贯，一万贯，一万贯，车大、柳大一万贯。

两人推开人疾走。

车府回廊之下，花红柳绿，美丽的淑女车静英边绣着花边轻吟昆曲。

车静英：蔷薇露，荷叶雨，菊花霜冷香庭户。梅梢月斜人影孤，恨薄情四时辜负……

边唱边绣，人不觉得有些眉眼轻动。

远远地，钱妈妈悄悄走过来，看着小姐高兴，自己也高兴，跟着曲子慢慢摇头往近靠。小姐唱最后拖腔时一抬眼正看见妈妈过来，一下羞红了脸。

车静英：呀，钱妈妈您可真坏，跟个猫脚似的，来了您也不咳嗽一声。

钱妈：想咳嗽来着，怕惊了你的曲。小姐啊……你这儿花开着，手绣着，曲儿唱着，眉眼笑着，远看可真像一幅画儿呢。

车静英：妈妈您又玩笑了。

钱妈：可画儿是画儿，依我看啊，就是不十二分的完美……

车静英：怎么讲？

钱妈：这旁边啊，要再立上一位俊俏的公子给你打着扇子，摇着檀板，那可就是天上的神仙了。

车静英：钱妈妈，您总是拿人家开心。

说着倒有点儿伤心了。

钱妈正色：我钱妈哪儿舍得拿小姐开心啊。真心话……我虽说是个老妈子，但绝不是那种不知进退的下人，我说这话是盼着有那么一天呢。

车静英：钱妈，咱不说这个好吗？

钱妈：好，不说，不说。不说是不说，要是真说起来了，先一个该怨的就是你那不争气的哥哥。老爷、太太过世得早，他长兄一个，就知道自己出去耍。

车静英一听哥哥两字，一下想起什么了：呀，钱妈妈，哥哥他……他好几天没回家了吧？

钱妈：五天了……该回来了。

车静英：你怎么知道的？

钱妈：这还用问吗？他没钱了可不就该回来了。不过这回出去的日子也长了点儿，我算了，过五天了。

车府堂屋。车大吊着胳膊探头探脑地悄悄进来，怕屋里有人。

仆人车安：那是谁啊？

车大在自己家倒是吓了一跳：哎，哎，我，我……什么谁啊，少爷我。

车安看胳膊伤了，上来拉：呀，少爷你这是怎么了？

车大：哎，别动，没眼力的狗才，拉得我好疼。小姐呢？

车安：在后花园廊子里呢，我给你叫去。

车大：别，别别。哎，车安，问你话啊，小姐今天高兴吗？脸上笑不笑。

车安：不知道。

车大：呸，臭狗才，什么都指不上，我使你干吗？哎，爷我再问你，就现在爷我这个样，你看清了啊，这样，能不能问小姐要出钱来？

车安看了看：不把牢。

车大：什么不把牢？说。

车安：奴才看欠点儿火候。

车大：是啊，你说说哪儿欠？

车安：爷，不是我咒你啊，你要是再弄伤了一条腿，估计把握更大点儿。

车大挥手要打车安，又牵动了伤臂，疼得咧嘴：哎，呸，你小子可是气死我了。

柳大心事重重地在街上走着，也架着手臂。柳大急着走没看脚下，不想哐地一下绊倒了，摔了个前趴虎，起来就开骂。

柳大：他妈的不长眼的东西，响天晴日的，敢把脚伸到爷爷我的脚下，你吃了豹子胆了。

谢英在街头上卧着看书，镇静道：是你的脚撞到了我的脚。

柳大：哈，小子嘴硬，今天你是撞在刀口上了，看爷我怎么揍你。

谢英鲤鱼打挺儿起来，身上哩哩啦啦又是袋子又是书：嘿，别动，您要是两条手臂都架起来可就不好看了。

一本书掉在地上。

柳大也为下台阶，低头捡起书：哈，怎么着？叫板啊？你是个读书人？

谢英：是又怎样，不是又怎样？

柳大：要是个读书人，你今天算中了头彩了。

谢英：怎么讲？

柳大：爷我就舍不得打你了，这一上午我正找一个读书人呢。

谢英：做什么？

柳大：好差事，当我先生。

谢英：那要看我愿意不愿意。

柳大看着穿得破破烂烂的谢英：你指定了愿意。走，跟我走。

车府堂屋。车静英正为车大包扎。车大夸张地表现疼。

车静英：哥哥，您这是去书院里读书了呀，还是去哪儿打架了来的？

车大：哎呀，妹妹，哥哥我除了会读书，别的再没有会做的，我是去读书来着，学古人头悬梁、锥刺股，我夜读时困了就悬梁。

车静英：那人家是头悬梁，可你怎么伤在胳膊上了？

车大假哭：啊……是啊，是啊，怎么就……多亏伤在胳膊，要真伤了头，妹妹啊，这世上你哪儿还有亲人啊，现在不就哥哥我一人是你的亲人了吗？

钱妈：什么亲人啊，亲钱。

车大：啊，对啊，钱妈妈您怎么猜出我缺钱？

钱妈：哟，大少爷这还用猜吗？你那眼泪比金子还值钱呢。每回呀甭管真的假的，只要掉上那么几粒，什么亲人啊、妹子啊地这么一叫，哪回是空着手回去的呀？怎么还不得哭出大小一个数目来呀。

车大：钱妈妈，您怎么把话说得那么实啊，这说得我们兄妹俩好像不是亲人，像是路人似的。

钱妈：亲的倒不假，可有些话你妹妹不好说，我虽是个外姓人，但小姐是我从小看大的，太太死的时候，也交代过了，我钱妈今后就是半个娘，当半个家。对不对，小姐？

车静英：对，钱妈妈，您当我整个的家。哥哥，有话说吧，虽说母亲死时把咱们两人的钱分开了，可只要是妹妹的钱，你随时可用。

车大：哎，还是我的妹妹亲。妹啊，哥天底下就觉着你好。

钱妈：呀，嘴好甜，大少爷，你可真好意思啊。

车静英：但有一句话，钱要用在当用之处，倘要是挥霍逍遥，那可别怪妹子我不承你的情。

车大：哥哥我除了读书，旁的不会，妹妹，好妹妹，这回哥哥借钱，可是用在当用的地方了。

车静英：做什么用？

车大：给你……给你……给你娶嫂子啊。

车静英：这是天大的正事了，钱妈开箱子数钱。

钱妈：我还以为是聘妹夫呢，敢情还是先想着自己。这种哥哥啊，当得怎么像个小辈啊？

车大：是吗，钱妈，多小？

钱妈：非让我说啊。

车大：您说吧，我不生气。

钱妈：我可真懒得说你……要多少钱？

车大：两千贯。

钱妈：这么多。

车大：钱妈，这可是我的终身大事，总不能太草率了，是吧？

车静英：钱妈妈，给哥哥。

车大：哎，听见了吗？给哥哥。看我这妹子，多亲。

柳府正房，柳老爷坐在正中，柳大垂手而立。院子里谢英站着。

柳大：爹，孩儿给爹请安。

柳老爷：免了，你的手怎么伤了？

柳大：孩儿在街上看到早年的学长潦倒被人欺负，出手相援，伤着了。

柳老爷：那院中站着的是你学长吗？

柳大：正是。他不单书读得好，文章也好，只是家中破落，父母双亡，至今还欠人两千余贯钱，被人在街上追打。

柳老爷：欠这么多钱？

柳大：是啊，孩儿虽不长进，但忠孝节义还是知道的。孩儿……孩儿看他实在可惜、可怜、可叹，想……想助他一助。

柳大跪下。院子里的谢英不知什么事，根本听不见，也跪下。

柳老爷：钱嘛，虽多了一些，但难得你的一片明月之心，好吧，爹准你。

柳大：谢爹爹。孩儿还想收学长入外馆读书，以便随时请教，也算个伴读。

柳老爷：好啊，我正有这想法，你倒说出来了，只要你能好好读书，这点钱不算什么，爹什么都应你。

柳大：谢爹爹。谢英学长请进，请进，来见家父一面。

叫谢英上台阶。谢英堂正而上，恭敬施礼。

谢英：老伯在上，小侄这厢有礼了。

柳老爷：免了，免了，看座。

两人坐下。

柳老爷：贤侄贵姓？

谢英：小侄姓谢，单名一个英字。

柳老爷：书读到什么地步了？

谢英：四书五经俱已读过。

柳老爷：读得通不通？

谢英：不敢妄说，只能说读过了。

柳老爷想试试他：昨夜老夫翻书，觉《论语》中有两个字最难对，就是“色难”，“子曰：色难，有事弟子服其劳”的“色难”两个字。

说过后很得意。

谢英不动声色，略想一会儿：容易。

话一出柳大也惊。

柳老爷：噢？是吗？老夫想了很久没有对上，贤侄不妨一对。

谢英：容易。

柳大：哎，学兄容易你倒对呀，别只容易容易地说白话。

谢英还是慢慢地：我已对过了，容易。色难两字不是恰恰地对了容易吗？

柳老爷：容易？啊，好对，好对，敏捷，敏捷。脱口而出，果然是恰到好处。色难不是正对容易嘛，准确。好，谢贤侄你就在老夫的书馆住下吧，早晚与五柳一起读书。

谢英：谢老伯。

柳老爷：不用谢了，你们去吧。

柳老爷站起要走。

谢英突然打躬：老伯慢走一步，老伯既要让小侄坐馆，能否取老伯身上一件饰物？

柳老爷：干什么？

谢英：小侄年轻，取老伯一件饰物作为行止之权威。

柳老爷：啊，好，好，当尚方宝剑是吧，想得好。这把扇子给你，只要你能教好了五柳，老夫还有重谢。五柳啊，听到了吗？我再加一句，你有不尊之举，爹爹我这儿还有钱财上的重罚。

柳大：孩儿……孩儿我听到了。

学馆内，柳大坐着生气，谢英正读自己定的课堂规则。

谢英：凡无故缺席者，闲谈乱步者，窃抄旧文者，传递作弊者，一律重罚。

柳大：哎，哎，我说谢兄，我给你找了吃住读书的地方，你……你不但不谢我，还拿个棒槌就认起针来了。哎，我可不吃你这一套啊。什么罚啊，你给我歇了吧。

谢英：正因你给我找了吃住的地方，在下才这样啊。天底下读书最不讲情面，话我说在前面了，你若有不敬，那我就扇子侍候了。

啪，扇子收起，举起要打，吓得柳大抱头。

沈家后花园。沈老翰林老眼昏花，手持烟袋先在一个假山石后探出头来，看见一个俊俏后生的背影在山石上坐着，后来站起来走了。沈老翰林瞄住了追。

那后生走着走着刚要回头，老翰林吓坏了，拉过一枝树枝来遮挡，狼狈得狠。后生打开扇子看见一只蝴蝶，追，逮着了。压在扇子底下正抓时，突然头上遭烟袋锅噼里啪啦地打。

沈翰林：哪家的野小子，往我家里来野跑，敢不是来追我家小姐的吧，打，打！

婉娥抬了头赶快站起来跑：哎呀，爹爹是我，是我，打错了，打错了，是我。

沈翰林烟袋扔了：谁……谁？婉……婉娥啊。坏了，坏了，打疼了，打疼了。你怎么穿了身男人的衣裳啊，害得我跟了你半天。打疼了吧？来，爹看看。还以为是哪家的野小子呢。

婉娥：我不是想出门方便一点儿嘛，才换了这身衣裳，谁知道这家里倒不方便了。

沈翰林：爹也是怕哪家的野小子学那个司马相如翻墙放风筝什么的，坏了咱家名声。疼不疼？

婉娥推开爹的手：疼，疼死了。

沈翰林：哪儿疼啊？

婉娥：心疼。

沈翰林：哎呀，打的是头啊，怎么心疼起来了？

婉娥：可不是心疼吗？你以为你女儿是卓文君啊，还有人会爬墙进来。爹，您干脆把我关笼子里，挂起来听叫算了。

沈翰林：哎，哎，这是怨我了，怨我没给你找人家是不？莫急，莫急，爹心里有数，心里有数，爹不给你找一个才高八斗、学富五车、貌比潘安、才过秦观的，爹能给你嫁出去吗？要是那样爹怎么能放心得下？

婉娥早就整了衣冠逃了，沈翰林还在说，说完了回头人没了：哎，人怎么走了？婉娥，婉娥。

婉娥：爹，我出去玩玩儿。

繁花楼大堂，歌舞升平。楼下大堂中众姬歌舞吟唱，楼上拥满了男男女女的看客，围着栏杆边看边喊好。女扮男装的婉娥拉着女扮男装扮仆人的丫鬟香儿，一起从人群中挤了出来，伏在栏杆上看下边的人歌舞，高兴鼓掌，一片繁华。

婉娥男装极为俊美，刚一出现，众美姬正抬头看见了她，跳得更加起劲，彩绸飞舞，繁花飘落。舞得好，众人欢呼。突然大堂中央，花飘之处，俊美的秀才顾灿，长长的曲笛横陈，吹起《鹧鸪飞》来。曲子欢快、轻灵。那楼上的婉娥托着腮像是听呆了，看着俊美的顾秀才自是喜欢。待那笛声刚刚尽时，婉娥一个不小心，抬手想鼓掌，手中的折扇飘然而坠。那扇子在空中哗地打开了，画着一扇的红梅。扇子慢慢飘下时，众美姬都把目光转向了女扮男装的婉娥，哗地就把怀中、手中的香罗帕、水果等等都扔起来了，一片五彩。抛了东西的美姬们都提着裙子，往楼上挤着冲了上来。

青楼的规矩，这后生一掉扇子，众美姬便知道他有意了，纷纷往上冲。先还高兴的婉娥一下觉得不对。那香儿更知规矩，怕露了馅，拉起小姐就连藏带躲地钻桌子、躲凳子地跑。

香儿：小姐快跑，这是那些姐姐们都看上你了，快跑。

婉娥：为什么呀？

香儿：你的扇子掉了，人家以为你有意呢。

楼下那把扇子正落在顾秀才手中。顾秀才打开先看，再抬头并没见到楼上的什么人。哗，扇子合上收了。大堂还是一片热闹。

从青楼里跑了出来的婉娥和香儿高兴劲儿还没过去，边拉边跑地在街上疯着、唱着、笑着。

婉娥：几年无事傍江湖，醉倒黄公旧酒坊。人间纵有伤心处，不到刘伶坟上土。

两人疯着，看见一间酒馆还挑灯夜卖。

婉娥：哎，香儿，香儿。

香儿：哎，小姐。

婉娥：做男人也真好啊，这么晚了还可以在街上疯，来，喘口气，喘口气。

香儿：对啊，就是自由自在的。小姐，好容易出来一趟，咱们索性喝了酒再回去吧。

婉娥还是有几分怯意：是啊，好，咱先进去看看，反正出来了，咱进去……

酒馆内，众酒客有热闹的，有闷的。婉娥、香儿进得门来，两人看着就有点儿担忧，看一屋大男人有点儿不敢走了。

小二：二位爷，喝酒啊，还是用餐？给您找个座。

两人一眼就看见了顾秀才一人坐在一张桌上喝酒——正是刚刚的吹笛人。香儿不由自主地就要过去了，婉娥回过神儿来拉她。

婉娥：哎，检点点儿。

香儿：小……哎，相公，那儿有空座，咱坐那儿去吧。

小声：咱现在是男人，不怕。

拉了婉娥就往那儿走。

小二：请吧，请吧。都是少爷家家的，没什么不方便的，请。

这话又提醒了婉娥，对，自己是个男的，不该害羞啊。大大方方地过去了。

婉娥：请问兄台，这儿是否还有客人？

顾秀才一直正襟危坐：除了你来，再没别人。

默默饮酒，看一册书。

婉娥：若没什么不便，小弟就在这儿坐了。

高兴刚要坐下，顾秀才：厅中多有空座，何必挤在一桌呢？

婉娥尴尬，香儿急了。

香儿：嘿，这是什么话？我家相公就爱坐这儿，就看着这儿好，你要不愿意啊，你挪地方。小二，来，就这桌，上酒。

婉娥坐下：安儿，不得无礼。

顾秀才眼睛都没离开书，转身自语：世界之大倒是天天要遇到些不可理喻之人啊。

香儿生气要发作，被婉娥止住。

婉娥：话是不错，但太刻薄了些。这位仁兄，读的可是《唐诗鼓吹》？

顾秀才这次算正眼看了一眼：噢，看不出来，你倒有好眼力啊。正是。

婉娥边给自己倒酒，边说：这书不可读。

顾秀才一听有意思：此话怎讲？

婉娥：此书编者狭隘，其间竟未收杜工部的诗，哼，不可读。

顾秀才：话不能这么说吧。工部诗原就不是被当时人看重的，他自己也未必不这么看，否则他怎么会说"白也诗无敌"呢？

婉娥：太白诗高标，自然有一读便动人心魄之处，但说其无敌大概是工部的自谦。

顾秀才：有意思，仁兄也是读书人吧？

香儿：这话怎么说的，是读书人还看不出来吗？眼睛长哪儿去了？

顾秀才：可有功名？

香儿：功名算什么，不愿考，要想考早考到殿上去了。

婉娥：没有功名。

顾秀才：不曾考吗？

婉娥：也不尽然，有其不……不便之处。

香儿：哎，对了，我家相公不稀罕，不方便。小二，菜呢？快拿上来。

顾秀才：是啊，仁兄真是超脱得很。值此永夜，又不期而偶然相会，有酒有诗，仁兄，我们喝上一杯吧。

这婉娥原是做样子的，一看倒的白酒有点儿怵了，不喝又似没理由。

顾秀才：酒倒好了。来，仁兄，举杯同饮吧。

婉娥举起来不喝，发慌：啊……好……好……这是白酒啊？

顾秀才：好白酒，烈而不燥，来，先干为敬，我这里喝了。

一仰脖喝下。

婉娥再没办法，端起要喝：仁兄……你……你真豪饮啊。那……我……该我了是吧？

香儿：相公……慢点儿，慢点儿。

婉娥一咬牙一闭眼，哗地喝进去，立在那儿，咽不下去，终于咽了，先还没事，突然咳了起来：不……不怕……不怕。

顾秀才下意识地抽出汗巾来给婉娥擦。

顾秀才：仁兄真是不胜酒力呀。

又捶又擦嘴，婉娥倒没觉得什么，香儿觉得是在吃小姐豆腐。

香儿抽出怀里汗巾：哎，哎，别动手，别动手，用不着你啊。去，去。你坐你的，别动手。

婉娥：不怕，喝急了。仁兄见笑了，见笑了。

顾秀才坐下看着满脸红红的婉娥，哗，把他接婉娥的那把扇子打开了：仁兄，你像是第一次喝酒呢。

婉娥：酒倒喝过多回，只是刚……刚才急了。这位兄台，你这把扇子可不错啊！

顾秀才哗地把扇子收起：是吗？仁兄要是喜欢送给你吧。

婉娥：为什么？你难道不喜欢吗？

顾秀才：不是什么上品物件，乃是一轻薄之物。

婉娥：这话怎么讲？

顾秀才：繁花楼上飘下的东西。倘是一男人之物，此扇画得有些女气，若是一女人的东西，那样的地方，不是太不自重了吗？所以是一轻薄之物。仁兄……

香儿：啊……啊呸！小二，这是什么菜，怎么这么酸啊？给我换了，撤了，什么破馆子，破地方，破人。

婉娥：相公所言，倒是有些道理。倘若不喜欢，那就转送在下吧。

顾秀才：好啊，不妨拿去。

扇子一合，递了过来。婉娥真是收也不是，不收也不是，伸手接了。香儿看着生气，啪，一块银子拍在桌上。

香儿：相公，你还没吃出来呀，我都吃出来了。这馆子的菜不行，咱们换一家吧，换一家。

拉婉娥走，婉娥倒还没有马上就走的意思。这一拉没办法，只得走。

婉娥：这位仁兄，别过了，别过了。

顾秀才还有点儿莫名的依依不舍：哎，话若投机，何必在乎菜。怎么就走了……真走了，哎，再会。

赌场内，车大、柳大还是两人联手在玩掷色子。

柳大抱着宝盒飞快地摇着：快下注，快下注。开了，开了啊。

只听那宝盒先还在响，而后静了下来。车大两手放在桌上，像是没事。桌下脚在夹着磁石吸那宝盒中的色子。这么半天了，那宝盒中的色子又响了一下，这声音像是全场都听见了。台面上钱很多。

柳大：开……

话还没说出，早盯着宝盒的一个大胡子，伸手哗把宝盒抢了过来，抱在怀中。

大胡子：这色子有假？

柳大：玩了半天，怎么会有假？刘胡子你放下宝盒，放下，放下。

车大：放下。

大胡子一看有人来抢宝盒，一开盒盖，抓起一把色子也顾不上找东西敲了，放嘴里拿牙一咬，砰，色子裂开了。大胡子从碎了的色子中找出一粒铁珠来。

大胡子：看清了，大家看清了，色子有假。

众人：啊，有假。

柳大、车大一看不好，使个眼色翻了桌子就跑。

众人追打，两人抱头鼠窜，打得赌场一片大乱。

说书人：以为天底下就自己聪明呢？俗话说真的假不了，假的真不了，话虽简单是句真理。这《绿牡丹》一开篇，出场人物可真不少，一二三四五，有男的，有女的。哎，谁好了，谁没好，这会儿可讲不清了。别着急，下回分解。

二

说书人：哎，各位，上回书说到车大、柳大赌钱作弊跑了出来，几乎丧命，这倒是把两个人吓出了几天的老实来，实在没事回房读书了。人家把读书当正事，他们俩把念书当被迫的，书读不好也就罢了，天底下又不是只有读书一条路，怕的是书没有读好，反要以读书为晋身之阶，这不是欺世盗名是什么？

书馆内。谢英坐在桌前在潜心临帖。柳大摇头晃脑在背《木兰辞》。

柳大：唧唧复唧唧，木兰当户织。不闻机杼声，唯闻女叹息。问女何所思，问女何所忆。女亦无所思，女亦无所忆。

不读了，吓了谢英一跳。

柳大：问女，问女，谁问过我来。

谢英：怎么了？

柳大：谢先生，这么多女呀女呀女的，读起来让人伤心。

谢英：他女他的，你伤什么心，觉得大丈夫不如女子？

柳大：我才不想什么如不如的呢，我想自己的事。

谢英：自己什么事？

柳大：谢兄你还看不出来吗？我柳大要貌有貌要相有相，至今孑然一身，他那里可好，女忆呀女思的，读不下去了，真读不下去了。

谢英：人家思、忆的乃是替父充军，保家卫国，你想哪儿去了，沾个女字就想偏，你这种人啊书也难读。

柳大：不管，反正不读了，我换一首。

谢英砰地把笔放下：没的可换，我倒不明白了，读书能读出南辕北辙来，换一首“六宫粉黛无颜色”，你还不更是想入非非了。没的换，没的换，读。

哗，那把扇子打开了。

柳大：好，好，你凶，你凶。不换我也不读了，本书生今天要做文章。

谢英笑：好啊，难得啊，看看，你这书读的，让你作文时你推三阻四，让你读书时你又要作文，好，很好。

哗，扇子一收，往窗外一指：窗外牡丹开得正闹，触景生情，你今天就写一篇牡丹赋吧。作好了有奖，作不好要罚。

啪，一扇子打在桌子上。柳大缩头只有作文章。

柳大：什么先生，比赌场的司赌还凶。

谢英：说什么？

柳大：没说，我写，不就是牡丹赋嘛，有什么了不起。

车府回廊下，车大抱着一只大胖猫正打瞌睡，像是神驰八方。车静英与钱妈站着看他，车大在做美梦，口水流出。

钱妈等了半天，实在看不过去了，咳嗽一声：嗯哼。

车大惊醒：嗯，哈……哈，呀，这大白天倒一觉睡过去了。我这不才刚起吗？怎么又睡了？缺觉，缺觉……哟，妹妹，你没歇会儿啊？

车静英：哥，惊了你的好梦了。

车大：没梦，早不做梦了，不会做了。

钱妈：刚可看见你笑来着。

车大：是吗？笑了？可惜了，想不起来了，为……为什么笑啊？可惜好梦忘了。

钱妈：大少爷，你可不是该笑笑了嘛，那个彩礼下了？

车大被点着要害了：噢……噢，你们是说孙家那小姐啊，没错，没错，彩礼全下了，下了。都送去了，花了不少的钱。

车静英：哥哥，按理说做妹妹的不该问哥哥这婚嫁的事，可怜咱们父母走得早，世上就你我是亲人了，所以妹子我……也就多事了。

车大假哭：应该的，应该的，妹妹，你要再不问，哥哥我就可怜死了。咱们俩可就真不能客气了。

钱妈：说得是，真有不客气的。哎，大少爷你也真是啊，梦里边笑，醒了就哭，说来还就真来了。我虽是个外人啊，可我问句家里的话，你可别多心。那……那孙小姐有了回话了？她的八字批了没有，拿给我们看看？你下礼的礼单，花了那么多的钱，东西见不着了，我们倒是听听都有什么啊。

车大：啊……啊对，对，瞧……瞧我这记性，这些日子真是忙昏了，原想着跟妹妹说来着，给忘了。那什么，八字，啊，对八字，哥哥我礼都下了，才托了人看了八字，您猜怎么着？

钱妈：还用猜吗？

车大：您猜着了？

钱妈：谁都猜着了，钱花了礼送了，到这会儿了，八字不合。

车大：对，对啊，钱妈妈您猜得可太对了，八字不合，您可真神了。您怎么知道的？

钱妈：这么说孙家小姐婚事吹了？

车大：只有吹了。钱妈妈，我知道您心疼我，咱总不能找个八字不合的，坏我一生的运道吧。

钱妈发怒：大少爷！

车静英：钱妈妈，您别……

钱妈：小姐，你别拦着我。大少爷，我家小姐现在孤苦伶仃，你个当哥哥的可别再往苦孩子的心口上撒盐了。

车静英：钱妈，您……

钱妈：小姐，你听我把话说完了。大少爷，话我今天一定要当着你的面说，老爷、太太留给你的钱，你花多少留多少我们不管了，今后，一千贯、两千贯地从我们小姐这儿拿钱，可再也不许了。我们不管你孙姑娘、许姑娘的，从今往后再不问了。

车静英：钱妈妈，不能这样，他是我哥啊。

钱妈：他是你哥，他是个吃人不吐核儿的好哥哥！大少爷，你，话我给你说明了，有我钱妈在，你就不能得了逞！

说完气得昏过去了。车静英赶快抱住。

车静英：钱妈妈，钱妈妈。哥，你快去叫人啊。钱妈妈，哥，你快去啊。

车大借机跑了：哎，我叫人去，我叫人去。

沈府闺房内。婉娥静坐，心情像是很好，一折一折地把那把扇子打开。

婉娥自语：扇子还是那把扇子……这被他那么一用过，倒是显得不一样了呢。

轻扇小风，有些陶醉样。

香儿悄悄过来，吓婉娥：嘿！

婉娥：呀，死香儿，吓我一跳。

香儿：哟，就那么不禁吓啊。小姐，你想什么呢？

婉娥：想什么来着？忘了。

香儿：忘了我告诉你。

婉娥：本小姐想什么你会知道啊？

香儿：不是吹大话，我家小姐说是忘了的事，本丫头全都知道。

婉娥：好，说来听听。

香儿学顾秀才样吹笛：是想那个酸书生吧。

婉娥：是又怎样，不是又怎样？

香儿：小姐，跟你说啊，谁都能想，那人不能想。

婉娥：是吗？说来听听。

香儿：那人太傲，你瞧繁花楼那么多人歌啊舞啊的，就显出他来了，笛子一吹那个劲儿。酒馆里那么多人喝酒，也就显着他了，手里拿卷子书，边喝边看，瞧着太傲气。

婉娥：那不正合了玉树临风、卓然不群这几个字嘛。

香儿：临什么风啊？醋雨酸风，不喜欢，他要是真当了我姐夫啊，我天天得打酸嗝。

婉娥：真是的，八字还没一撇呢，你倒想得远了。

香儿：八字……小姐，想要一撇吗？我说了虽不算，你要真想要一撇，香儿我给你撇出来。

婉娥：呸，话都是你说的，酸了撇了的，不玩笑了，拿笔来，我要写字了。

香儿：哎，写字好，写字心静。

婉娥：咱俩有一个心不静的。

书馆内。柳大正写“牡丹赋”三个字，写得难看无比，这赋的最后一点刚要写出来，正赶上车大喊着他进来，写重了，成了一个黑的大圆点。

车大说着进来：柳相公，柳相公，柳哥。

柳大写不出来，正没人可怨，字又写坏了，笔一扔：早不来，晚不来，我这儿文章刚要出来，你倒来了。

生气地往那儿一坐。谢英在看一册书，不理。

车大：什么要出来了，我看看。

伸过头来把“牡丹赋”全都读错了：杜马贼。杜马贼这人是谁？

柳大：杜马……哼，杜马贼？还车马贼呢。三个字你念错了一对半。

车大：这不是杜马贼是什么？

柳大把文章卷了：懒得理你。知道的是你读错了，不知道的以为是我柳五柳写错了。车相公拜托请坐一会儿啊，本相公要写文章了，写不出来先生要罚的。

车大：哎呀，冲撞了，冲撞了，要作诗了对吧，可……这马贼有什么可写的？

柳大正要落笔，一听马贼真气不打一处来，差点儿气昏过去，笔扔了：哎哟，车相公，你……你就别捣乱了好不好？平时我……我要跟别人在一起啊，我觉得自己学不精而语不速，是个庸常之人，可我只要一跟你在一起，我还真觉自己就有点儿杰出呢。车大啊，这点你知道不知道？

车大：知道啊，这有什么，我不穷酸，我直率我当然知道，可话说回来了，你干吗非要写什么马贼啊？

柳大：哎哟，还说马贼，害死我了，这文章没法儿写了。

谢英实在看着可笑，出来圆场：车相公，不是马贼，柳相公要作文，叫牡丹赋。喏，是这三个字。

推出自己已写出的一篇给车大看。

车大：啊，牡丹赋啊，不就是作诗吗？这有什么难的？别的不敢说啊，作诗乃吾之长项。你们不知道啊，我妹妹诗写得很棒很棒的，别人都收去印书呢。有其妹必有其兄，我岂会差了。谢先生，借笔墨一用，快，快，啊，我这诗已到喉间就快要蹦出来了，借笔墨一用。

车府闺房内。车静英轻轻移开钱妈头上的手巾。钱妈眼中泪流出来了。

车静英：钱妈妈，您千万不可生气啊。

钱妈：小姐，钱妈妈……哪儿就那么愿意生气啊。天底下哪儿有你这么不争气的哥哥啊。

车静英：钱妈妈，我扶您起来吃药。

钱妈：好，我要吃药，小姐，我……我不能病……更不能死……你钱妈妈不是怕死，钱妈妈要真死了，谁还护着你呀？我吃药，我可不能死。

车静英回头流泪：钱妈妈，您……您可别这么说，咱们谁也不说这个……吃药。

钱妈：好，吃药，吃药。小姐，钱妈妈想好了，打从现在开始，钱妈妈要给我家小姐选婿了，虽说这世道中，男人不争气的多，可我要把这吴兴城翻遍了，必定要找出一个配我家小姐的相公来。

如喝壮别酒一样地把那碗药喝了：小姐，你记住了，要是找不着，你钱妈妈还就不死了。来，扶我下地。

车静英：钱妈妈，您再歇歇。

钱妈：不歇了，想通了，找人，找女婿，你哥哥不娶还不兴咱们先嫁了？再不嫁，这点儿钱全得被他惦记光了。

书馆内。一炷香燃着，车大、柳大在埋头做文章。两人较起劲儿来，一炷香工夫要写出一首诗来。谢英静静坐着，拿着一册书边看边等。突然门外顾秀才高兴地喊他。

顾秀才：谢兄，谢兄。

谢英马上离席，迎了出去，顾秀才正进，谢英马上以手指示嘴，告诉顾秀才噤声。

顾秀才：谢……兄，您这是？

谢英小声：正开文章会，一炷香写一首诗。来，来，先坐一会儿吧。

车大、柳大专心而写，时而撕了张纸，时而重来，煞有介事。那炷香已很短很短了。顾秀才坐下随手拿起谢英写的《牡丹赋》看起来，边看脸上边露出喜色。看到高兴处举手要击节，谢英手疾眼快把坐着的垫子垫在桌上，顾秀才拍得没有声音。谢英示意安静。正此时，香灭了。

谢英：时辰已到，交卷吧。

车大抢着想看：哈，正好写完。柳兄，你呢？哎，你让我看看，让我看看。

柳大捂着不让看：恰恰也写好了。

谢英：好，交上来吧。

车大：谢先生，不念念吗？诗光看有什么意思，要吟啊，放声而歌。柳兄，如何？

柳大：随你。

谢英：好，不妨一聆雅句。

顾秀才不理，看谢英文章。其实谢英不太想让他们读，又搭上顾秀才在场，但磨不开。

车大轻咳嗓子，嘴角抿抿，运中气：牡丹诗……远看花一朵……远看花一朵啊……近看一朵花……近看一朵花啊，花名叫牡丹……卖了有钱花。牡丹赋啊，有牡丹必富，否则为什么叫富贵花呢。

柳大：狗屁不通。

车大：嘿，怎么不通，不是这么说的吗？牡丹富贵花，自然要卖钱。

柳大：《牡丹赋》的赋乃是诗词歌赋的赋，跟富贵有什么关系，狗屁不通，你真给朋友丢脸，给读书人丢脸。

车大：哎，这花不是叫富贵花吗？

柳大：牵强附会，不讲平仄，好了别再说了，我读了。

轻咳嗓子，拿起纸来一本正经念：落尽残红始吐芳，美名唤作百花王。竟夸天下无限艳，独立人间第一香。

车大：啊，听着像是有点儿不错啊，有听不大懂的感觉，有点儿像诗。柳兄，你还真有点儿行啊。

谢英：皮日休的《牡丹诗》？

柳大：不全是，改了几个关键字。比如他叫佳名，我改为美名，我觉美名更恰。他说无双艳，我改为无限艳，似与后来的独立更有对比。见笑，见笑。

谢英：倒是不敢见笑，见仁见智，但无论如何，这诗不该算是你写的吧，说是你改的，我附议，可说是你写的……

刚说到这，那顾秀才原就没听，这时看完了谢英的《牡丹赋》，十分兴奋，又要击节，一掌下去又拍在垫子上，生气地把垫子随手扔了，又重重一击非要击出声来不可。

顾秀才：好诗文，好诗文，难得。谢兄，原就是为索诗而来，不想这样好的诗文无意间得之，快意，快意。

谢英：顾兄索诗何干？

顾秀才：谢兄啊，你不知道啊，我正在编吴中俊才诗，搜集了十余家的诗文，就缺你了。

那车大、柳大一听急了。

车大：吴中俊才，哎，不光缺谢先生的吧，我的也没有。

柳大：刚才我那一首诗也可以收进去吧？顾先生，还有我啊。

车大：该有我啊，这首不行再作一首，实在不行你帮我作一首，我给你润笔钱。吴中俊才怎可没有我们俩？

柳大：白纸黑字写出俊才印成书了而与我们不相干，岂不小看我们也是读书人了？

顾秀才袖起那张谢的诗文：哼，读书人与读书人可不一样，“读书人”这三个字可不是说你是你就是的，欺世盗名的人天下多了。告辞。

谢英：慢走。

顾秀才：留步。

车大、柳大各拿着张纸，在发呆。

柳大：嘿，嗑瓜子儿嗑出个臭虫来，他充什么人啊。是不是读书人怎么他说就算啊？

车大：毛驴子穿大褂，他这是假充圣人啊。吴中俊才，我不是吴中俊才吗？我以为自己一直是。

繁花楼雅室内。柳大、车大生气地喝酒，也有八分醉了，边生气边喝。

柳大：吴中俊才十余家，竟然没有你我，这要印成书，一代一代传下去……哎，贤弟，将来我的孙子，孙子的孙子，一翻这书，嘿，这书上没有我祖宗的诗，岂不上对不起祖先，下对不起后人，我们一辈子活什么了？

车大：英雄末路，怀才不遇，想起顾秀才那个傲慢的样子我就生气。什么东西，你看见了啊，我车大吟诗的时候他连听都不听，仁兄，你说说……哎，我的诗就真的那么差吗？

柳大：就是，那什么差是差了些，也不至于差成了那样，差强人意，差强人意而已吧。

车大：哈哈，仁兄你的话我也能听懂，避亲，避亲是不是？咱们两人情同手足，自然地哥哥你对我要求要严一些。但收入吴中俊才我们该是绰绰有余的吧。来，喝一杯。

柳大：绰绰有余，当然绰绰有余。喝。

婉娥看来是女扮男装出来上瘾了，又扮了男装出门。婉娥在原酒馆那牌楼的立柱后，悄悄地移了出来。先还以为只有她一人，后面香儿依旧扮了个小童也移出来了。

香儿：小姐，没那么巧吧，今晚他还会在这儿？

婉娥说着要出来：在不在的，不去哪知道。

香儿一把拉住了：小姐，想好了，见面说什么？

婉娥想了想：一是撞，二算是碰，三就该说是缘分了吧？

香儿：可不能这么说……哎，小姐，你将来要做夫人的，这么说了将来怎么拿得住他啊。这不是给人家留了短儿了吗？不能这么说。

婉娥：那依着你呢？

香儿：依着我，你什么也别说，到时看我的。

说完自己先出柱子，一整衣襟，向酒馆而去，婉娥跟上了。

酒馆内，香儿看见一个顾秀才模样的背影，伸手就拍。

香儿：嘿，真是不是冤家不聚头啊，越不想碰，就越碰上了。哎，你怎么总是追着我们啊？

话说得大咧咧，看也不看，再低头一看，是女扮男装的车静英。正赶上车静英也女扮男装出来了，车静英扇子一打开，一回头，香儿、婉娥都愣了，认错人了。这两人刚要道对不起，那边端着酒刚要过来的钱妈也扮成个老头，看个正着，以为自家小姐受欺负了，砰，酒一蹾，叫起来。

香儿：啊，认错人了，对不起，对不起。

钱妈：嘿，干什么呀？伸胳膊打背的，以为见了你舅老爷了呢？这么亲，要亲你们回家亲去，这可不是你该亲的地方。

香儿嘴不饶人：你才见了舅老爷呢。

钱妈：嘿，怎么着？你认错了人还有理了，小子，别看我岁数略有一些，这拳脚啊可一点儿都没丢，怎么着，来两下？

胡乱地在身上拍打了几下，摆个架势。香儿也不忿，顶了上去。两家的小姐适时地出现，哗，都把扇子打开，将两人隔开。

婉娥、车静英：不可，不可，千万不可。

婉娥：沈安快给这位少爷赔个不是，是你的不对嘛。

车静英：车安，你怎么能这么讲话？人家也是无意的，快道个歉。

两个下人谁也不让谁，各自生气背身。两家的小姐倒不好意思起来，相互抱拳。

婉娥：这位相公，实在对不起，我这下人缺心眼儿，刚才冲撞了。

车静英：哪里哪里，我的家人不太会说话，多有不敬。

两人边道对不起，边相互看。因都是来找男人的，又都是女扮男装十分俊美，所以都对对方有十二分的好感。

婉娥：这位仁兄也是夜来无事来饮酒的吧？

车静英：长夜难消，闲而无绪，出来小饮一杯。这位仁兄大概也是如此？

婉娥：仁兄说对了，百年莫惜千回醉，一盏能消万古愁。

车静英：几为芳菲眠细草，曾因雨雪上高楼。既如此，何不就在这儿坐下，同饮一杯。

两个仆人这时都看出来了，都为自己小姐高兴，因为对方真是又雅又美的男子。

钱妈：哎，对，对，哈，不打不相识，我们下人打我们的，你们喝你们的，来……来坐，坐。看我这事闹的，哎，小后生，我就这脾气，是越老越改不了了，你别在意啊。

香儿：少爷，那你就坐下吧。大叔，看您说的，是我的不是，您可千万别往心里去，刚才我说的什么自己都忘了。

车静英、婉娥都坐下了，不知为什么，两人突然同时都有了几分害羞。

婉娥：来，仁兄，请，请。

车静英：仁兄，请，请。

钱妈：对，对，喝一杯，喝一杯。哎，不怕啊，不是什么烧刀子、老白干，是玫瑰露。咱们可不能学那些大老爷们儿，喝烈酒……

话有点儿说漏了嘴了，四个人全都惊讶。车静英、婉娥互看。

钱妈意识到了，赶快找补：哎，我是说您二位是书生，文文雅雅的多好啊。咱不学那帮子使力气出臭汗的力巴啊，我是这个意思。哟，瞧，这位少爷，长得多么的俊啊，你今年多大了？

车静英：哎，钱……车安，你真是越来越不懂事了，怎么见面就问人家年龄？

香儿：没关系，没关系。我们也想问相公你有多大呢。既碰上了，架也吵了，酒也喝了，再问问年龄什么的不是更亲上加亲了吗？最好把娶亲的事也说了，最好了。

钱妈和香儿谈得火热，两人又说又喝酒，搂脖子，拍肩膀。

两个主人倒没话了，相互看着，脸上都有些绯红。

车静英：仁兄，请……请。

婉娥：仁兄，这杯算我敬你的，望有再见之日。

车静英：人生得意须尽欢。

婉娥：莫使金樽空对月。我们喝了吧。

繁花楼雅室内。柳大也正是喝罢了放松，车大已然睡了。此时夜深，已然安静了。

柳大生气，砰一拍桌子：不收老子的，那还叫什么吴中俊才，老子……老子难道不是俊才？你说我不是，我……我……自己……有了，有了，有了！

车大惊醒。

车大：哎，怎么了？怎么了？

柳大：有了，贤弟有了！

车大：什么有了？什么有了？

柳大击掌叫人：美娘，美娘，美娘快来！

美娘：哎，来了，来了。

应声而入的是一极丑的老鸨：哟，别急，来了……二位爷都吃好、喝好了呀。要不要叫两个姑娘陪陪啊？

柳大：两个怎够？哎，美娘，把那些会唱曲的不论美丑都给叫来，越多越好。

美娘：哎，越多越好，行，我叫去。

柳大：等等，带着纸笔墨砚过来。

美娘：哟，二位大爷，我们这可是青楼，要纸笔墨砚干吗呀，咱这是要开诗文会是怎么着？

柳大起身兴奋：你……你猜对了，就是要开诗文会，去吧，越快越好，越多越好。

美娘高兴下去，柳大高兴地搓手。

车大：柳哥哥，你……你没事吧，你这是要干吗？

柳大：干吗？贤弟你想啊，他们会印书，我们难道不会吗？白纸黑字我们也可以印啊。有钱还怕印不成书？

车大：这咱不是想过了嘛，可哥哥哎，咱们能印不假，咱拿什么印啊？总不能印了白纸给人家吧？咱印没问题，可没写过那么多的诗文啊。

柳大：所以啊……让姑娘们都来，把她们平时唱的莺歌燕曲都抄下来，一晚上凑足了，印它八大本，看谁气魄大。他们知道文章千古事，难道咱们不知道吗？他们叫吴中俊才，我们不妨叫……贤弟，什么比吴中这两个字更大？

车大：吴越，吴楚。

柳大：不行，太小，江北都让出去了，不行，还要大。

车大：两江，中原。

柳大：还小，还要大，大，越大越好。

车大：再大就是神州赤县，是国家的意思。

柳大：好，好神州，吴中算什么，就叫神州赤县才俊……不好，他们用过的词咱不用……双杰诗词歌赋精选录，怎么样？

车大一直在数手指：好，好，字儿多，字儿多，气魄也大，气魄也大，双杰比他们俊才可好多了，响亮，响亮。是杰出的杰吧？

柳大：那当然，神州赤县双杰诗词歌赋精选录，就是它了。来，再喝一杯，再喝一杯。

酒馆门口。钱妈和香儿分别被自己的主人扶着出来了。钱妈跟香儿倒是喝多了，两位主人扶着。那两个下人还在边说边热情地告别。

钱妈：嘿，跟你真投缘，没喝好，还得喝。

香儿：哎，真是没喝好，咱回去再喝，回去再喝去。

回身还要去，被婉娥拉住。

婉娥：不急，不急，还有喝的时候，今天不喝了，走，走。

钱妈：我也还想喝，玫瑰露多……多玫瑰啊。瞧你家相公长得跟朵花似的。

香儿：光说我家相公了，你家相公不也跟花似的嘛。

钱妈：他们俩要是好了，咱可就有喝酒的机会了。

香儿：那敢情好，咱们回去喝去啊。

车静英：不喝了，不喝了，走，走。

钱妈：我可没醉。

香儿：我也没醉。

车、婉：没醉，都没醉，今天不喝了，走吧。

两人边扶着人，边相对一望。

车静英：仁兄见笑了，就此别过。

婉娥：多有得罪，多有得罪。

两人把各自下人拉走，又同时回头各看了一眼，两个都怀疑对方是女的。两人看完后笑笑，再告别。

繁花楼雅室内。一群丑的美的妓女都花花绿绿地排好了，一个个搔首弄姿。

美娘：都站好，站好了，听好了，叫你们来是要听两位大爷的啊。

车大、柳大旁边有一位拿着笔准备记录的叉杆。

柳大：好，好啊，好啊，都来了啊，好好，谁会唱曲?

众妓都往前拥：我会，我会。

车大：别别，站着别动，一个一个来啊。好，都会都会，真好。

柳大：听好了，谁唱得多，今天挣得就多啊。看见了没有，一支曲，十大枚，唱完了领钱。谁先来啊?

柳大从怀里掏银子，车大也掏。

车大：要快啊。

话没落音，一群人又都往前拥要抓钱。车大、柳大两人把钱一下捂住了。

车大：慢，一个一个来，唱完了给。

话音刚落，听到一个尖细的嗓音在圈外唱了起来。

丑女：瓜子尖尖壳里藏，姐儿剥了送情郎。姐道郎啊郎，瓜仁上个滋味便是我呀，哥哥你舌尖上香甜那么仔细尝。

众人回头看那丑妓女正在深情地唱着。大家欢呼，车大、柳大高兴，叉杆在飞快地做着记录。

车大：好歌，好歌，十大枚啊，十大枚。

伸手把钱给了，众妓女用手给丑妓传过去，热烈非常。

沈府闺房内。香儿猛地坐起来要吐，婉娥拿着盒赶快要接，呕儿下没吐出。婉娥赶快捶背，香儿吐不了又躺下。

婉娥：躺下，躺下歇会儿，躺下吧。

车府闺房内。钱妈浑身披红戴花，醉了，在屋子里扭来扭去地跳秧歌。脸画个红脸蛋，头上堆满花，嘴里哼着锣鼓点。车静英看她摇摇晃晃的怕她摔着，忙着给挪桌子，搬板凳。

钱妈：哐才哐才哐才哐，找到一个好婿。哐才哐才哐才哐，全听我家小姐的话。哐才哐才哐才哐，一定能够倒插门。哐才哐才哐才哐，养老送终为我钱妈妈。

累得车静英搬来挪去，钱妈是哪儿不好走越往哪儿走。

沈府闺房内。香儿终于吐出来了，抬起头来一把眼泪一把鼻涕的。婉娥给她擦。

香儿：嗯，嗯，小姐……你别……我自己来，自己来。

婉娥：还要来呢，再来我可真就招架不住了。快躺好了。

香儿：哎，我躺下。小姐……咱这顿酒，喝得不亏。

婉娥：是不亏，瞧，全都倒出来了。

香儿：不管怎么着找着一个好姐夫，你瞧瞧他可有多俊俏啊……大姑娘小媳妇都长不出那个样来。

婉娥冷冰冰：说对了。

香儿：什么说对了？

婉娥：香儿，我看她跟咱一样。

香儿：跟咱怎么一样啊？

婉娥：你是真醉了还是没看出来，她们也是女扮男装的打扮。

香儿：什么？不会吧？

车府闺房内。

钱妈：什么？不会吧？

钱妈已经扭得累了，车静英也搬累了，两个胡乱坐在一堆桌椅中。

车静英：钱妈妈，您光喝酒了，您哪儿看得出来呀。

钱妈：她是个女的？哎，不对呀，她扮个男的干吗？

车静英：钱妈，您以为天底下只有您家小姐一人想要找人家呢？

钱妈：哎，她找她的我不拦着，可她跟咱们学干吗？

车静英：谁跟咱学啊？人家还备不住说咱跟她们学呢。

钱妈：嘿，也对呀，这下可好，这酒我老妈妈算是白喝醉了。不行，回头我得找那个丫头子说理去，可不能跟着咱学了。

沈府闺房内。

婉娥：她跟咱学倒不怕……就怕……怕……

香儿：怕什么，你倒是说啊……小姐，这一晚上可气死我了。

婉娥：不说了。

香儿：不说，你不说我也知道了，你是怕她也看上那个什么顾秀才的人了，是来酒馆等的，来跟我家小姐抢的。

婉娥听香儿说对了，倒不说话了。

香儿：哼，她……她也配？小姐，你不用着急，漫说一个什么顾秀才了，就是比那个顾秀才强十倍、百倍的那个什么……潘……潘什么？

婉娥：潘安。

香儿：对了，潘安，她们就是再来一帮子也不是个儿，也不看看我们家小姐是谁。小姐，拿吃的来。

婉娥：哎，好个小蹄子，你倒快，这边才吐了，那边又要吃。你不单没心没肺，连肠子肚子我看都没有。

随手拿出点心盘来，两人各抓一块点心吃起来。

香儿：我这心里呀什么都有，就是没有那个顾秀才。小姐，不是我气你啊，他真不算什么。

耀华堂书铺内。砰，一块雕好了的书版扔在台子上，柳大、车大正跟掌柜的争执。

车大：他顾秀才有什么了不起啊，他让你印你就给印啊！什么吴中俊才啊，我看是吴中蠢材！停了，停了，都给我停了！

车大、柳大一早就到书铺来，一是要停顾秀才的书，二是要花钱印自己的书。

掌柜：哎，两位先生，话不是这么说，这十几位秀才都是咱吴兴一等一的高手呢。再说了我们开买卖的，人家出了钱让印，我们就只能给人家印，没有不印的道理不是？

柳大：他出了多少钱啊？

掌柜：大行大市，这一册书，他出了五十两银子。钱一分没少给，那我们不能不给人印啊。二位爷您瞧瞧，这版都刻好了一多半了。

车大拿起书版来，突然扔在地上一块一块都给踏断了。

掌柜上去拉：哎，这位爷，您这是干什么呀？您这是……这咱们可要见官了。

柳大一把把掌柜的抓住，从怀里掏出一张银票：掌柜的别急，这是张一百两的银票。他不是给你五十两让你印吗，爷我给你一百两不让你印。不用刻版，不用费纸，只要不印了，这一百两银票就归你了。拿着，拿着啊。

掌柜：这……这……这不合适啊。

柳大：没有什么不合适的，还有合适的事让你干呢。

说完一使眼色给车大。

车大掏出一大堆诗稿：掌柜的这边瞧啊，这是我们俩——神州赤县双杰的诗稿。好好地刻，好好地印，八卷一函用上等的缎子做封套，用象牙做签。纸要最好的，刻大号的宋体，外加一牛皮封，总之不怕花钱。掌柜的，问你句题外话，一年挣多少钱啊？

掌柜：这个铺子一年下来，也就挣个四十多两。

车大：这回让你挣够了，这儿有五百两银子，够不够，不够再给你添点儿。

掌柜一看钱：要……要不了这么多吧，印多少啊要五百两。

柳大：拿着，跟你说纸钱还不用你花了。

掌柜：这话怎讲？

柳大：听过洛阳纸贵的典故吧？

掌柜：知道，知道，那是晋代左思的事呀。

柳大：过不了多久这典故就要在咱们吴中一带重现，叫吴兴纸贵。吴兴纸贵说的是我柳五柳和车尚公的故事。

掌柜：怎么讲？

车大：还不明白啊，吴兴一带的纸我们都给包了。

掌柜：全吴兴的纸？

车大：对啊，十几车全拉来了，别的书想印也印不成了，神州赤县双杰诗词歌赋精选录，一时吴兴纸贵。

掌柜：还有这么包纸的。这下可真是吴兴纸贵了，好个吴兴纸贵啊。

说书人：哈，插一句话啊，到底是有钱的好办事啊，先花钱把自己造成个文化人，再至精至奢侈地印上一本书，洛阳纸贵这样的典故都能花钱让他重演，这不是越有钱的就越成了大文人了嘛。那位说这总比拿了钱去赌好。我看更坏，赌钱害的是自家，垃圾书害的是大家。那位又说了，自古到今都有花钱印书的，有什么稀奇，倒也是，不过你印几册书送送朋友，不算个事，但非要说自己是什么神州双杰，这就有点儿欺世盗名了吧。插话结束，大家接着看戏。

沈府堂屋内。婉娥与香儿正在挨沈翰林训斥。

沈翰林：婉儿，昨夜到底去了哪儿？说！

婉娥：爹爹息怒，孩儿我去了酒……

香儿一看要说实话着急了，马上把话抢了过来：去看明月。老爷您不是总让小姐学作诗吗？小姐一时作不出来，就想啊看着明月啊跟着它走走。园子里太小，想去街上走走，您想啊天上明月多大啊，这么一走一走啊就走出咱们的府门了。

沈翰林：这么说昨夜迟归不该怨你们，该怨明月了？

香儿：哎。

沈翰林：明月很远是不是？

香儿：对呀，对呀。

沈翰林：老爷我想怨明月也怨不着对不对？

香儿：那也不是，今儿个晚上它要是出来了，您怨它也不迟。

沈翰林拍戒尺：好嘴，好，那我再问你，明月给你们带出去的，那谁又给你们带回来的呀？讲！

香儿：老爷，您听我说啊，哟，出去走着好好的，突然来了一片云，结结实实地把月亮给遮住了。小姐一看月亮没了，看不见了，得了，咱回家吧，于是就回来了。

沈翰林：好，好，编得不错，我不问了，我要再问你呀，什么爪哇国的事儿都能编出来了。香儿你会编，我最后问一句，追月亮难道还要换了衣裳出去吗？

香儿：不用。

沈翰林：不用，那这两身衣裳是做何而用的？来人，给我戒尺侍候。

管家婆拿了戒尺上手就打。香儿疼得龇牙咧嘴。

香儿哭了：小姐，你别心疼我，我不疼……哎哟……我不疼。

婉娥赶快上前跪下：爹爹，不怨香儿，是我自己要出去的，要打打我吧。

沈翰林：不着急，都有份儿。

沈府花园内。花园中一树绿牡丹开得正艳。

沈翰林：婉儿，你乃是大户人家的小姐，爹爹从小一根指头都没动过你的，想让你有个大户的淑女样，所以只打下人不打你。虽说不打你了，但罚，今天你是躲不过的。爹是个读书人，罚也没什么好罚的，罚你看着这绿牡丹作一首诗吧。

园中姹紫嫣红，一树牡丹正绿。婉娥低头沉思。世界无限美好。婉娥坐在一只绣墩上静闭双眼，心驰神往，其实一直在想别的事情，思绪飘忽，旋转。正迷醉时突然一声扇子响，是沈翰林等得不耐烦了。

沈翰林：哼，作不出来了吗？作不出来了说一声，省得大家陪你在这儿晒太阳啊。

婉娥：爹……不知要女儿作七言还是五言？

沈翰林：你那里一言还没言呢，还讲什么七言五言……只要写绿牡丹即可，几言随你。

婉娥：绿牡丹……

沈翰林说着自饮一杯酒：对啊，说了几遍了，你在想什么？

婉娥看了爹饮酒就念出一句：小饮花前好句催。

沈翰林：倒也贴切啊，贴切，贴切而已。好句催，这会儿诗倒催你了，也还新鲜，只是不太自谦。

婉娥：匆匆愧乏谢家才。

沈翰林又饮：来了，你倒快，实话，有谢家的半分，爹爹我就知足了，可说到现在一句绿牡丹还没靠上呢。看你怎么说。

婉娥：春衫不共花争艳，翠袖今从别样裁。

沈翰林刚才还很不屑，这会儿杯到嘴边一听这两句，惊了，酒洒了：什么？什么？春衫不共花争艳，翠袖今从别样裁。哎哟好句，好句，好诗啊！可圈可点，可圈可点。春衫不共花争艳，翠袖今从别样裁，这不正是绿牡丹嘛！哎哟作得好，妙妙。快，快拿笔，拿笔来。

管事拿过墨笔。

沈翰林：哎，毛笔，毛笔，要大大地圈点，大大地圈点。

毛笔拿来了找不着诗，口占的还没写出来呢。

婉娥：爹爹有话褒奖即可了，不必流于形式非要圈点了吧。

沈翰林：那怎么行，那怎么行，要圈点，一定要圈点。

找了半天没地方圈点：哎，婉儿把手伸出来，伸出来呀。

婉娥伸了出来，沈翰林就在两只手上各画了一个红圈：哎，到底是我的女儿啊，不输谢家才，一点儿也不输谢家才。

管事：老爷，厅内有客求见。

沈翰林：是啊，就去。婉娥诗抄了给我，很好很好。

起身走：春衫不共，真是妙啊……

说书人：哎，这老翰林也实在迂腐，辩嘛辩不过香儿，罚嘛也罚不出新意来，女儿大了要找婆家嘛，这点他都不懂，还为什么人父。不说了，不说了，这样的老爷子必定要弄出些笑话来，且等下一回吧。

三

说书人：哎，上回书说到车大、柳大诗文作不出来，看人家一出书没有自己又气愤不过，反正有钱，有钱能使鬼推磨，花钱让别家的书停了，又花钱印什么双杰诗文精选录。杰不杰的谁知道，反正出过书，好家伙出过书啊！文章千古事，那还了得。不说了，看戏，看戏，大家看戏。

沈府客厅内。顾秀才看沈翰林进来了，马上站起施礼。

顾秀才：老伯在上，晚生这厢有礼了。

沈翰林：免礼，免礼。都是读书人，没那么多的客套。坐，坐。

顾秀才：老伯请坐。

沈翰林还没从刚才的高兴劲中出来：天气真好啊，春衫不共……好，有什么事儿吗？

顾秀才：老伯，前回跟您说过给吴中俊才诗作序的事，此次稿已编成。原想边刻版边求您序文，不想中途有变，值此之时更想借您的序文一说公道。

沈翰林：一说公道？写诗作文，哪儿有什么公道不公道的，见仁见智嘛。当朝的文人没有不吵的，都死光了就不吵了，谁的诗好，谁的不好，过两代自有分晓。好，放下吧。问你件事，你年轻常在外走，最近听说我们吴兴出了两个大诗人，一时有吴兴纸贵之说，是吗？

顾秀才傲气又上来了：吴兴纸贵，两个一窍不通的白丁而已，花钱买纸欺世盗名。老伯不说也罢，晚生实在不想提起他们一句。

沈翰林：是吗？老伯我听说的可不像你所言啊。年轻人争强好胜，不轻易流俗是好的，但不可走了文人相轻的俗路子，当说好时一定要说人家好，倘若真是像你所言，怎么能传出吴兴纸贵这样的美谈呢？如人家确有超人之处，不妨努力追上嘛。

顾秀才：老伯所言，就道理来说全然不错，但此二人晚生早有领教，确实是天下第一等的庸才，实不敢恭维。此事有关是非，恕晚生不得不坚持。

沈翰林啪地一拍桌子：哈，老夫我讲了这么多的话你还是如此傲慢吗？有关是非，这倒像老夫愿意搬弄是非似的，你年纪轻轻如此狂傲，诗文拿走，写序之事老夫不敢当。

顾秀才：老伯，您序文可以不写，但晚生实话是要说的。如若不信，你可叫上二人来当面考对，看晚生说的是实还是虚。

沈翰林又要拍桌子，中途变了主意，把手轻放。考人家这事怎么能做，不过开个文章会倒还可以：好啊，好啊，你这主意也不错。当面比对，看谁强。顾秀才，不是老伯不信你话，实在是为你好，为人谦逊总会更招人喜欢些吧。年轻人，谁不是觉自己是天下第一过来的。来人，下帖子请人。他们叫什么？

顾秀才：车尚公，柳五柳。

沈翰林：车、柳两家啊，还都是大户人家呢。很好，很好，请车、柳二公子择日文章会。

内心话语：不单要比对文章，到时还要比对出一个女婿来也未可知。

沈府闺房内。一双被打得红肿的手，一双画了两个圈的手，都伸着。

香儿：小姐，你的手也红了，画了红圈了，老爷又夸你了。

婉娥：一首诗而已，香儿，你手打得疼不疼啊？

香儿：不疼，看为谁、为什么事挨打的了。

婉娥：呀，还分得出个亲疏呢。

香儿：当然了，为小姐挨打不疼，为小姐的婚事挨打就更不疼了。

婉娥：呀，嘴可真甜，好了，好了，小姐我欠你的了，行不行？来，抹点儿万花油吧。

香儿：你要是结了婚可不能不理我了啊，可不能扔了我啊。

婉娥：没影的事，备不住你先嫁了呢。

香儿：又开玩笑了。我嫁，我嫁给风，吹我。小姐。

婉娥：说啊。

香儿：这次我香儿要是喝醉了酒，又挨了打，可你的婚事还没有一点儿进展，那我才亏了呢。不过好歹有了信了。

香儿卖关子。

婉娥一听信真就一惊，抹油的手停了：又胡说了。

香儿：怎么是胡说啊，小姐，这回是真的了，不信你问问我……你问问啊。你好好地求求我，问问我，也让我高兴高兴。

婉娥：问你有什么用？求你有什么用？

香儿：哎，你就问问吧。

婉娥：好，好，问问你，问问你。香儿，本小姐的婚事可有了消息了？

婉娥一问，香儿高兴得不得了，抽回两手：哈，小姐呀，你听好了，有消息了。小姐，这回可有好消息了，刚才刘管家说了，择日老爷要办文章会呢，请柳公子、车公子，还有一个人……三个人一起办文章会。

婉娥：这跟我的婚事有什么关系啊？

香儿：当然有关系了，到时不单要比文章，还要比出个女婿来呢。

婉娥：去，除了车、柳二公子，还有一人是谁啊？

香儿：那可是个你日思夜想的人了。

婉娥：我谁也不想。

香儿：骗人，不跟你说了。

婉娥：是顾秀才吗？

香儿：还说不想呢，是顾秀才吗？不是。

婉娥变色。

香儿：不是才怪呢！哈哈，吓着了吧。小姐，你想就想，怕什么的。男人可以想女人，女人就不可以想男人呀？

婉娥：羞不羞啊。

香儿：心里想不羞，说出来就羞啊，这是哪家的道理啊？你们做小姐的就是比做下人的拿样。

婉娥：不理你了。

香儿：别呀，我手还没抹完呢，疼，疼，快抹啊。

婉娥：天底下哪儿有你这样当丫鬟的？

香儿：都是你惯的。

婉娥：可不是嘛。

香儿：小姐，到那天啊，什么车啊、柳呀的一定都不行，顾秀才诗文一定能比个第一。

婉娥：你倒会算了，但愿吧。

婉娥脸色绯红。

香儿：说实话了吧。小姐，别人的事我算不来，你我可都在心里呢。

大饭馆内。车大、柳大正摆席面，请了很多的不三不四的文人帮闲。书还没出呢，就让这些人造舆论，给自己捧场。

车大拿起一册书：几位文兄诗友，至爱亲朋，在下车尚公与挚友柳五柳的小书即将付梓，此为小样，就不便一一发放了。各位似都有耳闻吧，此书尚未出已有佳话频传，一时有吴兴纸贵之说，见笑，见笑了。

纸商：岂止是吴兴纸贵啊，周边县府一时俱无纸可卖了，二位先生的诗文一出已是吴兴无纸了。太佳话了，佳话。

众人：喝酒，佳话。

柳大：洪先生是做纸生意的，他的话当不会错。当然也多亏各位捧场啊。所谓文友文友，当以文而结友，相互提携，相互鼓吹，乃至相互啊……相互，总之是互相的。今日所到之友朋啊，我柳五柳与车兄为表谢意，也略备了一点小意思，酒宴后发放，不成敬意啊。来来，大家共饮一杯。

众人干杯：哎，来，满上，满上。来，干了。

甲正挨柳大近：哎，柳相公。

柳大：您说。

甲：不是我没根由地夸您啊，虽然您的诗文我没读过，但就看这酒席的排场，将来您一定能红。

乙：花占一枝春，您还一定是大红。

丙：当年在赌场，您就不含糊，如今混迹文坛也该是一等一的材料。

柳大：不提那个，不提那个，多谢几位捧场。来，喝一杯，喝一杯。

几位又喝，有划拳的，有砸丁壳的。

车大看着热闹，拿起一只碗来，当当一敲：几位爷吃着喝着啊，借个耳朵听着。还有一件事，自吴兴纸贵之说传为佳话后，本地文坛泰斗沈翰林老先生十分高兴，已给我与柳兄下了帖子，与本地秀才顾灿，后天……咳，咳，柳哥你接着说。

柳大：后天于沈府开文章之会。顾灿自称是吴中俊才，我与车兄并称神州双杰，这回沈老先生能为我们开一文章之会，原本就是天大的荣耀。在下与车兄考虑再三已欣然应战，就在后天了。

甲：双杰必胜。

众人：双杰必胜。

车大：喝酒。

众人：喝酒。

柳大：喝酒。

众人：喝酒。

一片乌烟瘴气。

乙：双杰必胜。

众人：必胜，必胜。

两人其实心里没底地高兴着。

繁花楼雅室内，一支红烛烧着。车大、柳大各躺在榻上想心事。

车大：柳哥哥，你……你睡着了？

柳大：哪睡得着啊。你不该把要开文章会的事儿说出去。

车大：怕什么？

柳大：不是怕，知道的人少，到时咱就是输了，也不难看。

车大：为什么咱们会输？

柳大：哎，你以为你真会作诗啊。这几天的日子过得你还当真了啊。你会作诗，我就当状元了。

车大：当真不当真的不输他不就行了吗？

柳大：你有什么本事不输？你懂得平仄吗？你会押韵啊？

车大：我有鸽子，到时把题绑在它身上一放，就有诗飞回来了。

顺手从身边包里掏出一只鸽子。柳大真在屋里把鸽子扔起来，鸽子刚一起来，飞了两下，被一枪打死，落在地上。是柳大放的自制木枪。

车大：你干吗？哎，你这是？

柳大吹吹枪管：你以为沈翰林想不到啊。到了那天，别说鸽子了，一只鸟他都不会放过。

车大：那……那依你呢，就这么认输了？

柳大大衫一撩，白绸子里边写的都是密密的小字：我当然有办法。这么多前人古句，到时移花接木也可稳操胜券。

话音刚落，一杯水泼上来，是车大干的。

车大：你以为沈翰林不懂这些啊。刚一进门肯定要给你的袍子过水的。看字都洇了吧。

气得柳大撕衣服。

车大：想得都不错，可不行啊。

柳大：那就认输了。

车大：输怎么能认？当年在赌场怎么干的，这次还怎么干。

柳大：怎么干？

柳大、车大同时：作弊！

车府闺房内，车静英站在一张书案前正写毛笔字。车大悄悄进来，钱妈在一旁瞌睡着。车大不敢惊动妹妹，也不敢惊动钱妈，静悄悄地讨好地看着。

车静英一个字写完：哥，你要么就站远点儿，要么就走近点儿，别偷偷摸摸的行不行？

车大：哟，还是我妹妹，就是耳聪目明，我这才进来，你就知道了。呀，妹妹呀，你的字是越写越好了。

钱妈醒了：得，这是又有事儿来求了。你这当哥哥的又短钱花了吧？

车大：不短，不短。钱妈，您真会开玩笑，我一个当哥哥的哪儿能总问妹子要钱啊，是不是？

钱妈：嗯，要得不多。

妹妹：哥哥，有什么事？你说吧。

车大：看我这妹子就是体谅人，就是怕我这当哥哥的受委屈。好妹子哎，哥哥我今天求你一件小事……

书馆内。柳大让下人搭了被子、褥子、食盒、文房小件等一应物品来了，正忙着分派。

柳大：快，快把床上的被子、褥子、枕头都换了，都换了。这是怎么话说的，写这么好的文章，还有人爱没人疼了。我……我就瞧不惯这个。谢先生，您别动手，让他们忙去。您看书，您只管看书，我给您沏茶啊，沏茶。

谢英自始至终没动，手卷一册书：柳兄，你这是干什么？

柳大：干什么，心疼您一回成不成？来呀，点心、酒菜都端上来，这些粗陋的文具呀都给换了。

拿了砚台、笔要扔。

谢英：哎，这个不用换，粗是粗糙了点儿，我用惯了，用惯了。柳兄，你到底有什么事？不妨说出来呀。

柳大：谢先生，看您说的，嘿，我对您好，怎么就一定有事儿求您呢，您瞧您把我看的，势利了吧。不过话说回来了，您要非得让我求您件事……那我也不妨说一件小事，这可是您让我求的啊，要不您心里不落忍是不是？谢先生还是您心疼我。

谢英：说吧。

柳大：事儿不大，对您来说是举手之劳。

谢英附上耳去。

沈府大堂外。众家人站成两排，果然有手里举着长火枪的，有端着盆水的。管家来一人，高喊报一人。

管家：吴兴柳五柳柳相公到。

说完赔笑。柳相公解开大氅，抬抬手，一搜没东西，让进。

管家：吴兴顾灿顾秀才到。

说完了又是同一套。

管家：顾秀才，您解开大氅，抬抬手。

枪端着，水端着，又过去了。车大急急忙忙跑进来。

管家：吴兴车尚公车相公到……

还没说呢，车大自己把大氅撩开，手抬起了。管事顺着他的胳膊，往上一下抓住他的一把扇子打开看看，上边有字。

管家：车相公，实在对不住了，这把扇子先给您留下了，回头还您。

车大根本不在乎：留吧，留吧。

大咧咧地进去了。

沈府大堂内。沈翰林端坐正中，车、柳、顾三人叩拜。

车、柳、顾：恩师在上，学生这厢有礼了。

沈翰林：免礼，免礼。请起，请起。几位贤侄，话不多说了，老夫已按天地玄黄分了方位。三位贤侄，五柳，你年长就坐在天字位吧。

柳大走向天字位：谢老师。

沈榆林：尚公贤侄你坐地字位。顾秀才你坐玄字位。老夫在黄字位监考。

三人都坐定了。

沈翰林：今日出题也简单，以文会友嘛，会友乃是目的，以文为由吧，几位既已坐好，那老夫就出题了。今日作诗，七言绝句一首，以“绿牡丹”为题，中午饭后交卷。不得剽窃，不得耳语，不得代笔，如厕可去，这儿有出恭签。饿了饭也可吃。好，开始吧。

话刚说出，柳大举手。

沈翰林：什么事？

柳大：恩师，学生一进来紧张了，文具在门口下人手中忘记带进来了。

沈翰林：如不嫌弃，老夫这儿倒有一套。

柳大早有应对：学生用惯了的笔砚，换了怕写不出字来。

沈翰林：也算文人之一癖好吧，传柳五柳下人送笔砚。

门口下人应声而入，车大此时掩护。

车大：恩师，必是绿牡丹吧？

沈翰林：只可是绿牡丹。

顾秀才鼻子一哼不屑。那边柳大的下人刚把文具摆好，偷接了柳大传的条子，退了出去。车大、柳大正襟危坐，默想。顾秀才在自己研墨。沈翰林一看安排好了，闭目养神。

沈府闺房内。

香儿：小姐，快，快点儿吧，咱不用换衣裳，是咱在暗处看他们，又不是他们看咱，换得再漂亮也没人看咱。

婉娥：是啊，那我这花都摘了吧。

香儿：戴都戴上了就别摘了，快走吧，怕去晚了手快的写完了走了呢。

婉娥：行，那快走，快走。

两人急急出门。

大堂中。车大、柳大假装写字。顾秀才还在研墨。

车大离席上前行礼：恩师，学生内急，请出恭签一支。

沈翰林拿出一支出恭签：去吧，快去快回，一场只可去两次。

车大：学生谨记。

拿了签跑出去。

沈府花园中茅厕。只看车大急急冲进去，又急急地冲了出来，显然没找着人，拎着个裤子假上厕所。

车大自语：哎，人呢？人呢？这不要命吗！车安，车安，车安！

车安坐在围墙树上呢。

车安：少爷，我在这儿呢。

车大包块石头把纸扔了上去：好小子，急死我了，快接着。哎，待会儿送饭时把东西送回来啊，千万不能把大爷的事儿误了。

车安：哎，您等好吧。

砰，从树上跳出墙外。车大急急拎着裤子，边系边跑回。

车府大堂后窗。婉娥与香儿在窗户看着，两人移过来，悄悄地看着。窗内，顾秀才在正襟危坐地写着字。那两人左顾右盼，写两个字团了，写两个字团了。沈翰林已经在闭目瞌睡。婉娥看过了，拉着香儿走。

车府回廊外。婉娥、香儿跑了过来，边喘边笑。

香儿：小姐，小姐，赢定了，赢定了。看那个车相公、柳相公长的那个俗样子，胖的喘，瘦的咳，哪儿像书生啊，像杀猪的。

婉娥：你这嘴也真厉害，人不可貌相，谁知道哪个能胜啊。

香儿又不说真话了：小姐，你是愿意让顾秀才输啊？

婉娥：谁知他能不能赢啊，看他那写字的样子倒是个正人君子呢。

香儿：什么君子啊，郎君吧。他一定赢，我算定了。

书馆内。谢英在书桌前写字，下人在旁边等着。

谢英对沈府下人：拿去。这样的题目还值得求人吗？

下人拿了走。

车府闺房内。车静英把诗写好了，钱妈赶快接了。

钱妈：甭管谁家的小姐，你哥哥要是真赢了，娶了亲，咱们就算把瘟神送出去了，最好那个倒霉小姐也能看中他。车安啊，快拿走。什么题啊？

车静英：绿牡丹。

钱妈：嗯，好，这回你那傻哥哥一定拿第一了。

沈府大堂。车安与柳府下人都把饭盒各自摆在自己主子的桌上了。柳大看准机会故意把汤碰翻，正乱擦时，车大先从一个馒头中掰出了诗稿，藏起诗稿，吃起馒头来。柳大也趁下人擦桌子时，从他手里接过了诗稿。

说书人：别动，作弊自古就有，不公平啊，这是有关终身大事的。嘿，两个平日里吃喝玩乐的白丁，倒是要比下苦功的人便宜了，世界要都这样子怎么得了。

沈府大堂内。车大、柳大、顾大恭恭敬敬地把卷子交了。沈翰林收了，夹在匣中。

繁花楼雅室内。

车大：哥哥，你那诗写得怎么样？

柳大从怀里找出皱的原稿，打开：总不会差吧。你的呢？

车大也翻出来：我妹子的还会错，一定勇拔头筹。

柳大一听妹子，高兴了：车贤弟。

车大：哥哥，有话说。

柳大：车贤弟，读书人讲的是齐家治国平天下，哥哥我……我还没成家呢。

车大：找啊，天底下好姑娘可真多，看不过来。

柳大：我说就咱俩这关系，焦不离孟，孟不离焦，应该更近一层吧。

车大：话怎么说？

柳大：哥哥我呢其实也不是那么在乎，就是当了你妹夫我也能认。

车大先要急，又变卦了：啊，啊，是啊，让我当你大舅哥，那也行啊。不过听说沈翰林的小姐美而有才，要是我亲妹妹给你了，沈家小姐这头儿你就不能跟我争了，怎么样？怎么样？还有一条啊，你要真是娶了我妹妹可不能在外边胡来啊，那我可不答应。

柳大：你小子，真精。行，行，我没什么，就怕顾秀才。

车大：顾秀才，顾秀才这回一定歇菜了，让他狂。来，哥哥咱们喝一杯。

柳大：来，喝一杯。

沈府回廊。沈翰林在回廊中太师椅上坐着看诗。婉娥在急着问他谁第一。

婉娥：爹，就三首诗，您还没分出个一二三啊？

沈翰林颇费心思，到现在没有定论。

婉娥：有什么难的，女儿帮您裁定一番如何？

沈翰林：好啊，正要借你的慧眼呢。你先读这一首。

婉娥接了轻吟：纷纷姚魏敢争开，空向慈恩寺里怀。这还真爱用典呢，是个大男子所作。雨后卷帘看霁色，却疑苔影上花来。哎呀，却疑苔影上花来，这可是太妙了，怎么想的，却疑苔影太好了。

沈翰林：不错吧，你再听这首。不是彭门贵种分，肯随红紫斗芳芬。胆瓶过雨遥天色，一朵偏宜剪绿云。剪绿云怎么样？

婉娥：也好得不得了，我再看一首。

又拿过一首来，刚要读。

香儿：小姐，你和老爷都读了，也让咱读一首吧，怪好听的。

婉娥：好啊，香儿认字的，把你忘了，香儿你读，你读这首。

香儿嗽嗓子：碧于轻浪翠于烟，如此花蓉自解怜。仿佛姓名犹可忆，风流错唤李青莲。

婉娥：也好啊。哎，都好啊。爹，这三首都不俗。

沈翰林：婉儿，是都好吧。所以爹在这儿半天分不出一二三来，你来时，才刚刚有了眉目。

香儿：老爷，顾秀才第几呀？

沈翰林：我先不说，婉儿这三首你也排个序，看着是否相同。

香儿：我排好了，顾秀才第一，那两个第二、第三。

沈翰林：香儿，你这是认人不认诗了，让你小姐排排。

婉娥闭目回忆着繁花楼那一幕，沉醉：三首各有千秋，但女儿觉得，却疑苔影上花来太妙了，该第一。

沈翰林：哈，果然父女所见略同，看我写好了天字第一。

香儿：天字是谁啊？

沈翰林：等一会儿再告你。这第二呢？

婉娥：剪绿云虽女儿气了些也很好，该第二。

沈翰林：啊，又对了，地字第二。

香儿：顾秀才到底第几啊？

婉娥：第三首文字一流不会错，但稍嫌直了些，太过直接了，屈居第三吧。

沈翰林：全对上了，玄字第三，好，婉儿你可大有长进了。

香儿：哎，顾秀才第几啊？快说呀。

沈翰林：顾秀才……玄字啊，第三。

婉娥：什么？顾秀才……第三？

沈翰林：对啊，风流错唤李青莲那首是他写的，你不是也判了第三吗？

香儿：顾秀才第三啊。哎，不会错吧，那两个呆瓜居然拿了一、二，一定错了。

沈翰林：哎，人不可貌相啊。好，就这样宣布了，要说我一个人看错了还有可能，这是两个人看的，不会错吧。

香儿：小姐，这……这可怎么好？

沈府大门外，长号一吹，红花乱撒如结婚一般。

柳大先出，拿了一纸金边奖状，上书“文章会第一”得意而出。紧跟着车大也拿了一纸银边奖状，上书“文章会第二”也得意出。再观顾秀才，奖状随便拎在手中，出了府门右一拐生气地上马走了。对面街上，又是女扮男装的婉娥和香儿，看着沮丧的顾秀才骑马走了，跟着伤心。

香儿：小姐，怎么会这样？看那两个人轻薄得意的样子，他们是写出那样的诗的人吗？真让人想不通。

婉娥：文章最怕要说出个一二来，其实都不错啊。我也想不通，那两个人是看着俗啊。

车府闺房内，车大高兴地冲了进来，举着第二名的奖状高兴得又蹦又叫。

车大往里边去找：哎，妹子，妹子，钱妈，钱妈，哎，快出来看啊，快出来看啊！

没想到车静英和钱妈从外边跟进来了。

钱妈：什么事儿啊，这么大呼小叫的，中了状元了？

车大：呀，你们在外边呢。差不多，差不多，比当了状元还高兴呢！看看这奖状。

车静英：不看，一首诗而已。

钱妈：小姐的诗去了，哪能不拿头名啊。你这当哥哥的也真不开眼，这种事还用叫？

车大：不是头名，第二名，那顾秀才彻底栽了，只得了个老三，太高兴了，太高兴了，让他傲，傲，比他个最后一名。

车静英一听第二名有点儿意外，愣愣地站着再不听哥哥说的什么。钱妈一听第二名也不高兴了。

钱妈：什么？小姐的诗只得了第二名？哟，就这你还大呼小叫的呢，反了，谁得第一，拿来我看看。

车大：也不是外人，柳哥，柳哥哥得了第一，您看看。

把诗给了钱妈，钱妈拿在手中煞有介事地看着。

车大：钱妈，您拿倒了，这么是正的。

钱妈：可不是倒了吗？我们小姐能得第二，这个柳哥哥是什么人也太能耐了，小姐你看看。不都是字嘛，这个就能比咱小姐强？

车静英接过诗来读。

车大想起要给妹妹做媒，故意夸大柳大：这个柳大，做哥哥的也不让着点儿我这当兄弟的。嚯，人人看了都说好。妹妹，他的诗怎么样？哎，他的人也长得不那么简单。

钱妈：不简单，长得不简单是什么样？可别长乱了，不好看。

车静英：哥，这诗真是平日里跟你走得近的柳五柳写的？

车大：那还有错，他玩儿是玩儿，可人啊，聪明，比你哥聪明多了。

钱妈：那……那也叫聪明？小姐，咱不管第一、第二的了，回屋休息。

车静英：哥，你走吧。

车大：哎，哥先走了。

车静英自语：怪了，写这么好诗的人，怎么会跟我哥哥走在一起？

酒馆外，街对面，显然是女扮男装跟了一天顾秀才的婉娥、香儿，看着亮着灯笼的酒馆。

婉娥：香儿，你看见他真进去了？

香儿：那还有错啊，跟了一天了，还能认错了。

婉娥：香……香儿，咱……咱们跟进去吗？

香儿：当然跟进去了，你不是说怕人家寻短见吗？

婉娥：那只是我猜的，也许没那事呢。

香儿：别犹豫了，小姐走。

酒馆内，顾秀才还是那张桌子，自己在喝闷酒。突然一把扇子一敲，是香儿。

香儿：哎，还认识我吗？

顾秀才：认识又怎样，不认识又怎样？

香儿给正在门口的婉娥招手：相公来啊。

婉娥过来，施礼。

婉娥：这位相公，在下这厢有礼了。

顾秀才还那么牛：彼此，彼此。坐吧，坐吧。

婉娥坐下，香儿向她耳语。

香儿小声：还那么傲，让他得了个第三活该。

大声：小二，来菜啊。

婉娥怜爱地看着顾秀才。

婉娥：这位仁兄，今天看着像不太高兴啊？

香儿自语：他哪天看着高兴过。小二，快点儿。

顾秀才半天低头：贤弟，你说对了，今天顾某心中颇为惆怅。

婉娥：为着何事，说出来听听。

顾秀才：于读书人来说，实在是个丢脸的事，不说也罢。

婉娥：人生在世哪有天天脸上风光的时候，丢一两回脸，不算什么大事吧。活一辈子谁能不丢脸呢？

顾秀才：贤弟，你这话一说倒是真宽我的心，但此事实在让我生气，生自己的气。来，贤弟先喝一杯。

香儿自语：嗯，知道生自己的气，还有救。

书馆内，柳大给谢英摆了一桌酒。谢英正喝，已差不多了。

柳大：谢先生再喝一杯吧。

谢英：差不多了，宿酒害身，不可多饮，这么说那诗得了第一了？

柳大：得了第一，实在有劳谢兄。

谢英：那第二的诗是谁的？

柳大：车大，车大得了第二。

谢英：能否借过一观？

柳大：在这儿呢，您看看，您看看，比您差多了。

谢英读诗：胆瓶过雨遥天色，一朵偏宜剪绿云。呀，好句子呀，好句子。车大，是那次顺口溜都写不通的车大吗？哎，几天不见怎么这样地精进了？

柳大：哪是精进了啊，是他……他妹子代写的，就跟我是您代的一样。

谢英：车大的妹子？果然这诗中还真有些闺房之气呢。那样的哥哥怎么会有这样杰出的妹子？

柳大：是啊，我……我也有点儿想不通，您瞧他哥哥那个憨样子。来，喝。

车府闺房内，车静英在灯下把玩那首诗。

钱妈：小姐，这诗就真有那么好吗？

车静英：好得让人只可意会，难以言传。

钱妈：那……那这柳大还真有福气了呢。

车静英：钱妈，这话怎么讲？

钱妈笑：钱妈妈我是说啊，过几天正好有事要去柳家看看去，随便看看，万一要碰上了啊也捎带瞧瞧，瞧瞧。

车静英害羞：钱妈，您这是？

钱妈：什么是也不是，钱妈我看见一点点霞光了，天要亮了，小姐踏踏实实地睡觉。诗再好咱也不怕，越好越不怕。

酒馆内，顾秀才看酒已经喝得不少了。

顾秀才：考前，在下曾领教过的，那二人确是白丁呀。那个车大作诗是这样的啊……一朵牡丹花，牡丹花一朵。作这样诗的人怎么会让我上心呢？总觉随随便便写一首，怎么会比他差？谁能想到一个写了却疑苔影，一个写了剪绿云。

婉娥：你觉那两首诗……比你那首如何？

顾秀才：好……这个字虽很不愿说出，但确实是好。

婉娥：那这么说评判是无误的？

顾秀才：评是评得无误，但……但也有不实之处。

香儿：嗯，你这个秀才说话真的就让人不愿听，人家比你好，你也认了，评得无误你也认了，到现在你还是不认输啊？

顾秀才：那……那个借酒劲糊涂的翰林沈老头儿，他考场看得太松……

婉娥：你刚才叫什么？

顾秀才：糊涂沈老头啊，怎……怎么了？他又不是你爹。

香儿：你怎么知道不是爹……就说不是爹你也不能这么说啊。相公走，不理他了，一个大男人输不起，没气度。这样的人还跟他说什么，走。小二，结账。

顾秀才：你们走吧……账我结。

香儿扔下块银子：你结，我们还不领情呢。相公走。

婉娥看着桌上打转的银子，确实心里有点儿伤感，慢慢站起来走了。

沈府回廊。婉娥一通喊着爹进来，沈翰林正在打瞌睡。

婉娥：爹，爹，爹。

沈翰林：干吗？干吗？

婉娥：爹，有人家说您文章会监考监得太松了。

沈翰林：不会吧，枪也备了，水也备了，身也搜了，怎么还松？

婉娥：这我知道，那他们就不能作弊了？您想想。

沈翰林：除非上厕所、吃饭的时候。哎，谁说爹监考松啊？

婉娥：人家外边说，那柳、车两个相公从来不读书的。

沈翰林：胡说，不读书能写那么好的诗文？外边，外边说的话怎么能信，外边……

沈翰林反应过来：外边的事你怎么会知道，婉儿，你是不是又偷跑出去了？讲。

婉娥：没有，没有……爹，我读书去了，您歇着吧，歇着吧。

婉娥赶快跑了。

书馆内。钱妈打扮得花红柳绿的，拿了块汗巾子扭着进来了。

钱妈直眉瞪眼就往里走，往里看：有人吗？哎，有人吗？没错啊，说是柳家书馆啊。哎，有人吗？

谢英：这位妈妈，您找谁？

钱妈是一门心思要看书馆里的人：不找你……哎，有人吗？

谢英：您找哪一位？

这时钱妈才反应过来，一回头，看见一个俊俏无比的书生在自己眼前。

钱妈先自己下意识地拢头正花：哟，怎么话说的，人……在屋外呢。

谢英：出门办事方才回来，老妈妈，小可这厢有礼了。

钱妈：哎，看这书生多懂礼呀。还礼，还礼，老妈妈我这儿还礼了。

谢英：老妈妈，您找哪一位？

钱妈：这儿可是柳家的书馆？

谢英：正是柳家的书馆。

钱妈：看看我找对了吧。

钱妈说着话从怀里往外掏诗：这位书生啊，你先别说你是谁，我给你看个东西，看是不是你写的，你看看。

终于掏出来了，给谢英看。

谢英：这……这诗确实是我写的。

钱妈：哈，找对了人了吧，你是柳大柳公子。

谢英：老妈妈错了。

钱妈：错了？

谢英：这诗是我写的，可我不是柳大。

钱妈：柳大的诗是你写的，可你不是柳大？骗谁啊。上门提亲的人多了是不是？编个瞎话挡一挡，躲一躲，是不是？柳大公子……

谢英：我不是柳大。

钱妈：你听我把话说完，你不是柳大，这诗是不是你写的？

谢英：是。

钱妈：是就是吧，你不用躲啊，听我把话说完。提亲的人再多也不怕，我们家可不是一般二般的人物。

谢英：妈妈贵姓？

钱妈：免贵姓钱。我姓钱，我们府上不姓钱。

谢英：府上？

钱妈：府上姓车。

说书人：哎，乱了，乱了。作弊做出喜事来了，喜事又弄出误会来了。一来二去，有情人总会像这个拼图一样，左拼右对，拼合适了，就拼在了一起。那没缘的再往里边摆，摆着也不合适，拿出来扔了，一扔两扔自有他自己合适的位置，婚姻这事啊，不可强求。

四

说书人：知道大家急着看戏，话我不多说了，就一句话啊，好心人未必就真能办成好事，有些事啊不看你心好心坏，心好一样裹乱，当然坏心是绝对不能有的。钱妈就是一例，她呀心好，也心急，非要认这谢英就是柳大，认错了还要把自家的名号报得响响的。不说了，大家看戏。

谢英：您府上是……

钱妈：车府，听说过吧。

谢英一下不高兴了：名头还挺响呢，领教过。

钱妈：领教过，哟，好像挺熟是吧？你什么时候领教过了……噢，你说的是哥哥车大吧？那不作数，哥哥笨啊，不见得妹妹笨；哥哥丑啊，也不见得妹妹丑。

谢英：笨不笨的不干我的事，您请回吧。

钱妈：哎，你怎么这么说话呀？呀，长得好，有学问，被张家、李家的媒婆惯坏了是不是？告诉你啊柳大，我们车府的小姐可不是一般二般的小姐。

谢英：我不是柳大，这位妈妈，您有话找柳大说去吧，请请。

将钱妈让出。

车府闺房内。啪，钱妈生气地把团扇摔在桌上。

钱妈：哟，狂傲得没个边了，到底也不承认自己是柳大，说了，诗是我写的，可我不是柳大。不是柳大是谁？长得好，小姐咱不挑长得好的，长得好的人可没好心眼儿。

车静英：钱妈妈，您……您是不是说了什么不合适的话了？

钱妈：哟，我这张嘴你还不知道啊，什么时候说过不该说的话啊？我钱妈妈可没干过那路不知进退的事。你听我说啊，我这才一提车府他脸就拉下来了，说是认识你哥，哎，我说了，哥哥可不能跟妹妹比。说了一大车的话，他也没好脸。话说回来了，你这哥也真不给你争气，妹妹的婚事管不了吧，还招人看不起。

车静英：钱妈妈，不说了，这几天哥他上哪儿去了？

钱妈：还能去哪儿啊，拿了你的一首诗得了个第二，整天地在那儿庆功呢。说话都庆祝了五天了，也该回来了。庆多了他也该烦了吧。

酒店内，帮闲的文人、不三不四的人都在喝酒庆贺。

车大高兴地冲上台中央：各位，静静，静静啊，沈翰林的文章会得了头名、二名容易吗？真是大大的不易啊。既有荣誉便该流芳，既要流芳就要有凭据。来人呀，抬上来。

大红绸子扎的团花大匾抬上来了。

车大手一掀把绸布掀开了，上书“吴中盖世”：各位，此匾乃小弟我车尚公敬献给柳五柳大哥的。请大哥柳五柳。

柳五柳高兴地上台接匾。一切都很正规，一切都像自己逗自己的玩笑。

柳大：多谢，多谢，多谢各位啊。在下不才，偶然折桂，小事，小事一桩。多谢，多谢。

车大刚要下去，柳大说：车贤弟留步，慢一点儿。虽然你屈居第二，实在是让的，让的。来呀，抬上来。

匾抬上来之前，先有几个丑姑娘献花，然后也是一块大匾抬上来，车大上手掀开，上书四个金字“文章独领”。

车大：文章独领，过誉了，过誉了。柳哥哥你在前啊，我哪能独领呢，见笑了。

柳大：贤弟你不必过谦了，你我谁跟谁啊。好，咱们兄弟共同谢谢大家吧。来，举杯啊。

酒席前边出现好几个穿着黑衣裳领掌的人。领掌的人一鼓掌，大家一看有人领掌都站起来鼓掌。

甲：哎，哥哥哎。

乙：兄弟，你说。

甲：咱这是吃了几天了？

乙：嗨，忘了，管他几天呢，他们俩天天地这么摆桌庆祝，我都没意见，有吃有喝就行。不就鼓鼓掌，喊个好嘛。好！

甲：哎，我记着你送我、我送你地这么来来回回各送了二十多块匾了吧，这不跟自己逗自己似的吗？

乙：可不就自己逗自己吗，你才想明白啊。不管，咱们是带张嘴来，有咱的吃喝就成。噢，好噢，快鼓掌。

甲：怎么听着跟起哄似的。

车府闺房内。车静英已无心写字了，写了两个字“无心”，写得很不满意，把纸团了扔了。正打瞌睡的钱妈吓了一跳。

车静英：钱妈妈，能不能见这个柳大一面？

钱妈：哟，这可不行，姑娘家家的咱见他干吗呀？犯不着跟他生气。

车静英：气也是闲着生出来的，既生了，不出气，我……我这火可压不下去了。钱妈妈，我们想办法见他一面好不好？要不他倒以为本小姐真是个呆傻愚昧的丑人儿呀！

钱妈：得，这是动了心了。这男女私情啊，有时夸你两句不管用，闹个气，使个小性倒是记挂上了。得，小姐别生气了，交给我了，钱妈妈想办法给你办了就是了。

车静英：谢钱妈妈。

钱妈：先别谢我，这主意我还没想出来呢。

书馆内。钱妈又来了，这回是一定要激谢英一次。

钱妈啪地把团扇拍在桌子上：我家小姐说了，你的诗啊根本就不怎么样，拿了第一实在是走了老翰林的门路，人家看在情面上照顾你的。

谢英：什么？照顾的？无稽之谈，岂有此理。这位妈妈您请回吧，我要读书了。

钱妈：你读你的书，我说我的话，我可没碍着你什么。我们小姐还说了，你不单诗一般，人品也不好。

谢英：哎，怎么还说到人品上去了，这话您怎么讲？

钱妈：你可不是人品不好吗？牵强附会，胡编乱造，东拉西拽，没见过我们小姐呀，还就说起褒贬的话来了。所以呀，我们家小姐说了，你呀，心胸小，没什么大出息、大作为。

谢英：哎，更加地岂有此理，岂有此理了，这书读得好好的，倒读出是非来了。这位妈妈请起，请起。这是书馆，读圣人书的地方，实在不能留您了，请起。

钱妈故意把一张诗稿落在桌上：不愿意听了是不是？让我走啊，我还不待着了呢。哟，诗丢出来了，就是诗多，浑身往外掉，你可不许看啊，这可不是小姐写的，是小姐的丫鬟写的。小姐丫鬟叫英儿，也会写个诗啊词啊什么的，跟小姐可没法比。

钱妈说是不让人家看，故意边说边拿了诗稿到谢英的桌前，拍在人家桌子上边。

钱妈：你想啊，一个丫头能写出什么好句子来？无非是什么池塘生春草呀什么的，不对，串了，那是一个姓谢的古人写的。肚子里的诗太多串了，英儿写的诗叫什么来着？

故意地拿话勾谢英看那诗，谢英也就真的先还斜眼扫，怕钱妈看见，一来二去看进去了，高兴，拿起来读了。

谢英：雨后无端满穷巷，买花不得买愁来。呀，呀！妙，妙！妙，妙啊！

钱妈上手抓回来：瞧见没？妙了吧。哎，没和尚哪儿来的庙（妙）啊？这伙子读书人啊好蒙，别谈诗，一谈诗就妙了。哎，哎，说好了不让你看不让你看，干吗偷着看啊？给我，给我！

钱妈抢过去了。

谢英两手空着，着急：啊，钱妈妈，这诗是谁写的？

钱妈说着要拿诗擦鼻子：不跟你说了吗，小姐的丫鬟英儿写的，整天乱涂乱写，不好好干活儿，没什么了不起的。这也算是诗？

谢英赶快抢过来了：不可，不可，千万不可。有辱斯文，有辱斯文。钱妈，这……这英儿，不知能否……能否……

钱妈：能什么？想见是不是？真是牵着不走打着倒退。行，见一面吧。一个丫头子你想见，没什么大不了的，钱妈妈我给你办了。

谢英：多谢钱妈妈。

钱妈：先别谢我，我可不是给你们保媒拉纤啊。这英儿啊也是受命于小姐，要见你一面。所以你们俩见面，可都为的是正事啊。

谢英：什么正事？

钱妈：小姐说，或许我看人没看准，再让英儿看看，看你个读书的人是不是真就那么不懂事。告诉你看是看，可不能有私情。

谢英：好，好，谢钱妈妈。

钱妈：别谢了，诗你留下吧，我走了。

沈府闺房内。婉娥正梳妆，扮的是女装。

香儿：哟，小姐，你这是要出门啊？

婉娥：出门。

香儿：见人啊？

婉娥：见人。

香儿：呀，小姐，你这么花枝招展的，抛头露面出去见人可不合适。

婉娥：本小姐出门去见买卖人，又不是去见婆家人，有什么不合适的？

香儿：哟，小姐，你别冲着我来呀。我不怕，我怕什么呀，我是说咱们好歹是翰林府的大小姐，是怕人家说闲话。

婉娥看着气汹汹的：正是要摆个翰林府的小姐样给他们看看，要不这翰林小姐当得有些无趣呢。

香儿：这是要出门打架去了。好，小姐，你都不怕，我怕什么。等我会儿，我梳了头咱走。

书铺内，香儿正颐指气使地把车间的工匠都呵斥跑了。

香儿：闲杂人等都先回避了啊，都出去，出去，把掌柜的叫来。小姐，你坐，你坐。有丫头没有？倒杯茶来，掌柜的怎么还不来呀？这开的什么买卖啊，一点儿场面都没有。

掌柜跑着：来了，来了，来了。

茶也倒上来了。掌柜的一看是翰林家的小姐，赶快垂手低头。

掌柜：不知翰林小姐驾到，有失迎候，请小姐见谅。

婉娥：客气了，你是这书铺的掌柜？

掌柜：小人姓刘，是这书铺的掌柜。

婉娥：问你件事，顾灿顾秀才的吴中俊才诗文录，为什么印着印着又不印了？

掌柜：回小姐，此事实在是事出有因，您要不急呢，我慢慢给您回。

香儿：不急，你说吧。

街上。车大、柳大披红挂彩，跨马游街。前边长号齐鸣，后边各抬了很多的匾，什么文章第一、诗坛泰斗、吴兴荣耀等等一片匾。车大、柳大在马上向各色人等招手致意。

甲婆老眼昏花：刘妈妈，这是干吗呢？

刘妈：说是写首诗得了第一。

甲婆：哟，怎么看着跟中了状元似的。呀，那不是柳大吗？

刘妈：啊啊，说是柳府上的公子。

甲婆：这他妈的坏小子啊，早年间还偷过我家的鸽子呢，不行，我找他去。

刘妈：哎。

一把没拉住，甲婆冲出去。

甲婆冲到柳大前：柳大你好风光啊。

正觉不热闹的柳大一听有人认识他还叫他，高兴了。

柳大：邢妈妈，您还认得我啊，谢谢，谢谢，快赏钱。

甲婆想说的话还没说出来，一贯钱赏出来了。

甲婆：哟，这是怎么话说的，喊你一声还给钱啊，柳大？

柳大：哎，众位乡邻，在下柳五柳，从今往后望多多支持。

众人一看认识柳大给钱，都拥上来喊。

众人：柳五柳，柳大，柳大。

柳大掏出钱来一把一把地撒。失了风光的车大没人理了，骑在马上在一旁生气，气得下马，拉着马挤出人群，走了。

书铺内，婉娥正色：这么说他车大、柳大二人就仗着自己有钱有势，把人家的书停了，自己的印出来了？

掌柜：回小姐，这也不是小的愿意的，实在是被逼无奈啊。

婉娥：好，你把吴中俊才的诗稿给我，我就不信印不出来。

香儿：快拿来吧。

掌柜把诗稿呈上：哎，实话对小姐说，想印也不是印不出来，只是吴兴的纸已被车大、柳大两人包了，没有纸，想印也没办法。

婉娥看着那些印成的书：就为了印这等的烂诗吗？

香儿：他包，他包得了吴兴，还包得了天下吗？我家小姐还就不信这邪。

婉娥：香儿，走吧。

香儿：哎，小姐，你这边，看脚底下。

车大因柳大抢了风头气得要死，正边走边吵架。

车大：柳哥哥，怎么是我心眼儿小呢？哎，我可是一直敬你如兄长，可你也不能就这么抢风头，压你兄弟吧。

柳大：这怎么是抢风头呢？人家当街认出我来了，给我道贺，我不能不谢人家吧。

车大：凡是认你的都给钱，咱们俩一起游街，你热闹了，还不是把我扔在一边了吗？你这让我的脸往哪儿搁？

柳大：这话我可不爱听，要想风光还不容易，想辙啊。我扔钱，你扔银子啊，谁钱使到了谁风光。

车大：这可是你当哥哥说的，行，咱比着来……

话刚说完，也到了书铺门口，一眼看见正从书铺里出来的婉娥、香儿。两人不约而同地一句话也不说了，看着婉娥临上轿前将纱巾撩起——花容月貌。车、柳二人看傻了。车大流口水。待看着轿子走远了，两人同时反应过来，飞快往书铺里冲，生怕落后。掌柜的正在发呆，听见车大、柳大二人喊着冲了进来。

车大：刘掌柜，刘掌柜。

柳大：掌柜的，掌柜的。

两人从小门中挤着谁也不让谁冲进来了。

掌柜吓坏了，以为出事了：怎么了？怎么了？出什么事了？

车大：刚才有人来了？

掌柜：对啊。

柳大：是位小姐？

掌柜：是啊。

车大、柳大：她是谁家的？

掌柜：就问这事啊？

车大、柳大：对呀，对呀。

掌柜：翰林府的千金小姐，沈婉娥沈小姐。

车大、柳大：啊，果然。

两人回身就跑。

掌柜：果什么然啊，这不是裹乱嘛。

某茶室雅间内。谢英早到了，红烛高照。谢英等得有些心焦。边等边想着应如何行礼，有谦恭的，有矜持的，有深鞠一躬的，有薄施一礼的。谢英这次是冲着门行大礼，还在练习，再一看一双绣花鞋在眼前，这头还不知怎么抬呢，听见钱妈的声音。

钱妈：哟，瞧这书生就是不一样，大老远地就知道我来了，这礼都行好了，等着妈妈我呢。别起了，就手再行一个，给英儿的。

谢英不抬头：钱妈妈请。

钱妈：哎，这……这是我们小姐……的丫鬟英儿。

谢英不敢抬头：英儿小姐请。

钱妈：就别叫小姐了，叫大姐吧。

谢英：英儿……姐姐请。

钱妈：哟，怎么还叫起姐姐来了？得了，爱怎么叫怎么叫吧……我在外边碰着一个熟人，我出去聊会儿天啊，你们说说话。

谢英一直没怎么敢抬头，钱妈的鞋进来了又出去了。钱妈一走，谢英胆也大了，抬头一看，红烛下不是一个大大的美人吗？心里高兴，正看着，那小姐一抬头，两人眼一对都害羞，都低头。

谢英赶快上来要斟茶：英儿……姐姐喝茶。

车静英忙想起身份：应当我来才是。

说着两人都抓壶，一抓手碰上了都缩回。车静英站起斟茶。

车静英倒水时情绪一好，轻吟诗句：夜后送陪明月。

谢英马上对上，这种对诗的情绪就像内心对话一般，也是较量，也是交心，也有些搞笑味道：晨前命对朝霞。

车静英：洗尽古今人不倦。

谢英：将知醉乱岂堪夸。英儿小姐真好学问。

车静英：不敢当，依着先生，英儿这样的身份倒是不该吟诗诵词，只管沏茶倒水就对了。

谢英：哪里，哪里，诗词歌赋怎可以身份而论，经心会意者才是诗的知音呀。想你在那车府虽为下人，但一府的灵气大概都汇集于你的一身了，怎可只沏茶倒水呢？

车静英：先生对车府颇有成见啊？

谢英：成见不敢说，有幸见识过倒是真的。

车静英：车府只有兄妹两个，父母双亡，你见过哪一个？

谢英：见过哥哥，说句实话，顽俗不堪。

车静英：那妹妹呢？

谢英：实在不是背后褒贬人啊，也好不到哪儿去。

车静英：为什么？

谢英：英儿小姐你想啊，本是同根生嘛，怎么会结出两样果来？

车静英：说得也有道理，贸然问先生一句。

谢英：英儿小姐请讲，请讲。

车静英：先生觉得我这车府的下人如何？

谢英：你，英儿……英儿小姐，小生也说句实话。谢某虽未生在官宦人家，可世面倒也见过一些，可自看到小姐的第一眼，小生我就觉得大开眼界，大开眼界。英儿小姐，在下实在是心有所动，见了你就激动，有些话也就不藏躲了，请恕在下直言吧。

车静英既高兴又羞：不妨说之。

谢英：古话有十步之内必有芳草之说，想我谢英已然活了二十有余，行的路也有千里万里了，何止百步、千步、万步，真真的一棵芳草未见。今天得见英儿小姐一面，如沐春风，如遇天仙，如饮甘露，如升九天，实在是心动得很，很心动，激动。

说着撩袍子要跪。

车静英镇静：先生慢些，先别动吧，小女子还有一句话想说。

谢英：请……请讲。

车静英：按先生的道理，车府一家的俗人，我英儿一个下人在那儿岂不应该是俗上加俗吗？有其兄必有其妹，有其主不是必有其仆吗？

谢英：啊……啊，也……也……不尽然，眼见为实，眼见为实。你哪儿有一点儿的俗相？

车静英：这就怪了，那先生为何对未见之车家小姐下此结论，这不是太不公平了吗？

谢英激动：英儿小姐，恕在下直言，见了你哪儿还管什么车小姐不车小姐的。他车家一府的人俗也好，雅也好，实在不愿再想了，现在小生心中只有一想，请英儿小姐救命。

砰地跪下。车静英赶快躲，谢英跪着追。

车静英：先生不可，先生不可。

谢英：小姐救命，小姐救命。

这一跪追，追着钻桌子，绕凳子，又追到门口了，还是钱妈的那双鞋，钱妈进来了。谢英一下不说了，起也不是，不起也不是。

钱妈：哟，谢先生您可真不禁夸，又知道我来了是不是，这么会儿怎么行上大礼了……快起来吧，起来吧。

谢英：钱妈妈救命。

钱妈假装乱找：呀，我这才出去一会儿，就要出人命了，谁呀，谁呀？呀，这屋里不就你们两个吗，谁要你的命了？

谢英：钱妈妈，小可烦钱妈妈作伐，此生非英儿小姐不娶了。你要是不应，小可绝不起来。

钱妈：好，这读书人要不讲理起来，也够不讲理的，你可真够赖的。话跟你说清楚，媒可以给你做，但总要问几句话。

谢英：钱妈妈请讲。

钱妈：一呢，我们可是车府的下人。

谢英：不管什么府，也不管上人下人，非英儿小姐不娶。

钱妈：好，你是个读书人，将来许有金榜题名的那一天，真的跨马游街，披红戴花了，主意还改不改？

谢英：就是点了状元，做了宰相，主意也不改。

钱妈：话倒说得实诚啊。不过婚姻之事，当是你恩我爱的才好，你这儿是一厢情愿了，我也得问问我们英儿的意思啊。英儿……英儿啊。

车静英一直背对着他们。

钱妈：英儿啊，谢先生你也看见了，他那么寻死觅活的你也知道了，你倒是应得下应不下来呀？给妈妈我一句话。

这边谢英跪行。

车静英：钱妈妈，话还不到该说的时候。

突然转身，正色问：小女子只想问一句，倘我就是车府的小姐，车尚公的妹子，谢先生该如何看？你是看人呢，还是看名分？

谢英何等聪明，知错了：啊，啊，不管是谁，绝没有二心。倘若真是车家小姐，谢英……谢英说错了话，到了那天效法古人负荆请罪。

车静英：那好，就等那么一天吧。钱妈妈，咱走吧。

说完走，钱妈跟上。

钱妈：跪着吧，跪明白了算。

剩下谢英一人呆想。

谢英起来：车家小姐？不会吧，小姐哪有这般泼辣，最多是个自比小姐的丫鬟。要真是小姐我也不怕。小二，结账。

书馆内。柳大悄然进了书馆，哗地一撩袍子，一盏灯在怀里亮了。柳大想趁屋里没人，来偷谢英的诗集。

柳大：有人吗？有人吗？谢先生，谢先生。没人，正好下手。

柳大在桌边左翻右翻，翻出《罗山诗抄》，下有一排小字吴兴谢英，高兴地揣入怀中。噗，灯一吹，趁黑跑了。

车府闺房内。车静英正在不高兴，钱妈正劝着她。

钱妈：小姐，依着我看啊，这人迂不错，但迂得真实，不造作，倒是有几分的可爱了。

车静英：哪儿有什么可爱啊，实在可恨。

钱妈：恨也遭人恨，你瞧为了讨好你什么都说，不想为了讨好，反而把人给得罪下了。

车静英：大大地得罪了，不单可恨，还有几分无赖。

钱妈：这怎么讲？

车静英：钱妈妈，这还用讲啊，第一次见面他就……

钱妈：他就怎么了，啊？

车静英：您看见了。

钱妈：你说是跪了？

车静英：是啊。

钱妈：就是跪了，那是够无赖的，其实看见小姐高兴。算了，小姐，咱不理他不就结了，犯不上跟个闲人生气。

车静英：那……那也倒不是。

钱妈：这又不是了，到底怎么是啊？

车静英：你不是说他迂得真实吗？

钱妈：哟，就这点儿还舍不得呢。是吧，好，那……那咱再跟他交往交往。可有一句话啊，不能太便宜了他。

车静英：妈妈……您说得真对。

钱妈：那可不是对嘛，你这老不说，支支吾吾的，我再不说对了。

两人这才松口气，车大耷拉脸进来了。

车大：妹妹好，钱妈妈好。

说完拉个脸站那儿。

车静英：哥哥，你这是怎么了，拉着个脸？

车大：没事。

钱妈：没事？耷拉个脸好看啊是怎么着？

车静英：哥，你倒是说话啊，怎么了？

车大：没事。

车静英：你要再说没事，你就出去吧。

车大：妹妹，钱妈妈，我车尚公想明白了，我恨我自己。

车静英：怎么了？来，哥，坐下好好说说。

车大：妹妹，哥我这么好的家境，不好好读书，不给妹妹你作脸，害得我后悔得想哭。

说着咧大嘴叉子哭。

车静英：不悔，不悔啊。苏老泉二十七岁发愤读书也不迟啊，你还不到悔的时候，来得及，来得及啊。哥不哭。

车大哭：我对不起我自己还不算什么，关键是妹子我对不起你，让妹妹你提起这么个哥哥脸上无光。

车静英也要哭：哥你别哭了，别哭了。

钱妈看得清楚：小姐，你可别哭，他这是开篇，正出还没出呢。听听你再哭，备不住又是借钱。

车大：妹子，从今往后我要发奋了，再不问你借钱了。

钱妈：新鲜了，那借什么？

车大：借书。

钱妈：这回可是真新鲜了。

车大：妹妹，人家都说你的诗好，哥哥我要借你的诗集好好读读，哪怕学你的一半也好。

车静英：哥哥，有这心就好，自己家里人的诗书，还谈什么借呀，我这就给你拿去。可有一句话，闺房之语不可传给外人。

车大：哎，我自己看，不传人。

车静英拿诗集给车大，车大高兴回。

酒馆内。谢英约了顾秀才来喝酒，自己却在发呆，两眼发直。

顾秀才：谢兄，谢兄，哎，喝呀。你约了我来喝酒，自己怎么一口不喝？

谢英：我怎么这么糊涂。

顾秀才：怎么了？

谢英：一言难尽，来，顾兄喝酒。

顾秀才：谢兄，烦恼事大家都有，说出来就好了。我还不是一样，自那文章会输给那两个呆子后，凡人见我已然矮了三分，想来想去这口恶气难消。

谢英：没别的法子，只有以诗文打动了。

其实在说自己的话，不想歪打正着，说进顾秀才心里了。

顾秀才：对了，以诗文败，只有以诗文再胜这一路了。谢兄你看这样行不行？

上前附耳而谈。

谢英还是没从自己的处境中出来，听着点着头：嗯，嗯。

沈翰林府大门口。车大、柳大穿着花哨，各夹一包，一东一西骑着马过来了。两人谁也不看谁，各自一马，夹着包往翰林府走。

车大终于忍不住：柳大，你来干吗？还嫌自己不风光啊？

柳大：风光哪儿有嫌多的，来了自然有事。

车大：什么事？该不是也要送诗稿吧？

柳大：哎，这回你猜对了。

车大拉住柳大往边上走：什么？哎，柳大，咱们可是有言在先的，我妹子那么高的才学嫁给你也就嫁了，这沈家小姐可是你说了要让我的，你还往这儿送什么诗？

柳大：不错，这话我原来说过，但……但你那妹子一不让我见，二不找媒人来说合，凭什么我就信你要把她嫁我？我改主意了。

车大：我一个好妹子，能随便让你见吗？那我这做哥哥的不是太贱了？再说找媒人是你的事，哪儿有女家找媒人的，告诉你，你……你要是脚踩两只船可不成。

柳大：那又怎样，吃果子谁不想拣好的，沈家小姐我是见到了，告诉你，我……我心仪得很，很心仪。

车大：好，好，你个重色轻友的家伙，吃着碗里的看着锅里的，你要是这样本少爷可跟你没完……你不能去。

柳大：我就要去。

车大：你不能去。

柳大：我就要……

两人动手拉拽，正要动手打，突然不吵了，看见顾秀才也骑马过来了，也夹了个包，下马要进府。

车大：哥，哥，先别打了，不光咱俩来了，又来了一位。

柳大：还有他啊？是吗？快，快走！

眼看着顾秀才进去了，两人松手，跑着赶上。

沈府中堂，车、柳、顾三人同给沈翰林行礼。

车、柳、顾：学生给恩师行礼。

沈翰林：快起，快起。孟子说人生之恶，好为人师。其实老夫退休在家，实在是不愿再招什么门生以壮门面了。你们三个例外，例外，都很杰出，诗文也好，来，请坐，请坐。

车、柳、顾：谢老师。

沈翰林：怎么三个人同来了？是约了的，还是各自来的？有什么事吗？

柳大：我们是各自来的。恩师恩重如山，学生实在想不仅拜于门下，进而想列于门内，早晚侍奉，日日聆听教诲，乃是学生之大幸。这是学生的诗集，请恩师指教。

沈翰林：列于门内，早晚侍奉，有这话吗？哈，老夫倒是听出来了，你有善意能直说，很好，很好。诗集我收下了。车贤侄呢？

车大：晚生与柳兄意思一样。话不多说了，这是学生的诗集。

沈翰林有些高兴：噢，也有诗集送上啊？好，很好，你们都很用功啊。顾贤侄，你该不也是这意思吧？

顾秀才：学生……原只想以诗而请教，现在看这趋势，岂甘落于人后，这是学生的诗集，请老师定夺，也请小姐验看。

沈翰林：嗯，好，好！今天是什么日子啊，没想到小女还是蛮抢手的呢。好，好，诗集都放下，你们今天实在很捧老夫的场啊。不过话说回来了，女儿只有一个，夫婿呢也只能招一个，到时只能三取其一，早知多养几个女儿也好。嗯，好，好，散了吧，散了。

沈府回廊。一个小条案上，三本诗集都摊开了。沈翰林看看这个，看看那个，这个摆在左边，那个摆在右边地忙着。旁边有仆人打扇。

沈翰林：嗯，嗯，妙，妙……翻页。

仆人上来赶快翻页。沈翰林读了一遍，又把书的顺序调来调去，这是挑女婿呢。一会儿这个第一，一会儿那个上峰。正挑着，香儿、婉娥远远地赶来了。

婉娥：爹，还以为出了什么事了呢，让女儿那么急地来了，你却在看书。

沈翰林：可不是出了事了嘛，大事。

婉娥：什么大事啊？

沈翰林：你的终身大事啊，这事情还小吗？

婉娥明白，害羞：爹，哪儿有当爹的跟女儿开这种玩笑的？

沈翰林：这可不是开玩笑，有的人想开还开不了，想笑还笑不起来呢。婉儿，爹早说过了姻缘得碰，爹早几年不是不急着给你找人家，是时机不到。这不时机一到，一来就来三个，还个个杰出得不得了，恨不能有三个女儿可嫁呢。

香儿：老爷，您选了谁？

沈翰林：就是选不出来才叫你们快来呀，好歹拿拿主意啊。

婉娥说客气话：但凭爹爹做主就是了，这种事女儿怎好多嘴。

沈翰林：话不是这么说，回头主我拿了，怨也来了。你又不是不懂诗，你也看看。

香儿：诗这东西又不能当饭煮了吃，还得人好。

沈翰林：话也不是这么说，我看诗好人就好，哎，这个柳五柳的诗的确不错啊。

香儿、婉娥：什么？他？

书馆内，谢英桌上桌下地找自己的诗集。

谢英：哎，这东西倒是去了哪儿呢？偷金、偷银的有，没有听说有偷诗的啊。那可真是件雅事了。真丢了啊？哎，偷我的诗干什么呀，又不能当饭吃？

沈府回廊。沈翰林：车尚公的诗很怪，别看人长得粗糙了一些，诗却写得香艳，偶有闺怨之情露出，实在有意思得很。这顾秀才嘛，诗如其人堂堂正正，倒是老实有余，灵气不足。

婉娥：依爹爹的意思，这顾秀才该排第几呀？

沈翰林：依着爹也就给他排二、三名之间吧。

香儿：老爷，我们想给他排第一行不行？

沈翰林：那不行，爹不同意，那太勉强了。

婉娥：诗集这东西可以借，可以抄，可以偷取，可以剽窃，不作数，公平还该当面应对才是啊。

沈翰林：哎，是啊，爹开过文章会了，爹考过他们了，大概情景也差不多啊。婉儿你这是有成见吧，这可不好。

香儿：我们小姐的意思是……

婉娥：香儿不用你代说了，爹爹既然这事说开了，你又愿听我的主意，女儿那就斗胆再说一句。女儿想让他们三个人再考一次，既是女儿出嫁，那这次就女儿出题，女儿监考。诗您来选，话不多说，当场第一的，不管是谁，女儿嫁他如何？

沈翰林：婉儿，还有这必要吗？你这是有一点儿不相信爹了。

婉娥：不是这话。

沈翰林：婉儿你自小没了娘，爹当娘当爹地给你养大了，什么都依你，这次爹要是不依你呢？

婉娥：宁可不嫁。

沈翰林：气话。你不嫁，做爹的还担不起那闲话呢。香儿，带小姐下去。

香儿：小姐，咱走吧。

婉娥：不管如何，听爹爹一句话。

沈翰林：这是逼我呢。好，惯了十几年了，不妨再惯你一回，这事再不依你，我岂不成老糊涂了，依你。

婉娥：谢爹爹了。

书馆院中，柳五柳一本书盖在头上睡得正香，车大跑了进来。

车大：柳哥，柳哥，还有闲心睡啊，得着信儿了吗？

柳大书不拿下依旧盖着脸：什么信儿啊，一惊一乍的。

车大：你还有心思睡啊？又下帖子了。

柳大：翰林府？

车大：可不是吗。这娶媳妇比考状元还难，又要开文章会了。

柳大慢慢把书拿开：开就开吧，你我怕谁。

车大：倒是也不怕，但终归不是个事啊，我是怕露了底了。你真行，干坏事比干好事还坦然呢，你就真不怕露了底？

此话倒把柳大提醒了。

柳大：我不怕，哥哥我想了想，这媳妇还是尽着你吧。哥去应个景，不跟你争了。

车大：啊，那敢情好，不愧是个当哥哥的。

柳大：明天我就找媒人，上你们家取八字去。

车大：真要娶我妹妹啊？

柳大：怎么，后悔了？

车大：不……不是，我妹妹的事，我能当一半家。回头我找好了时机，什么时候见媒人，我给你个准信。

柳大：车贤弟，哥哥我那边可是让了，这边你要再不乐意，咱们这亲上做亲可做不了了，那就仇上加仇了。

车大：哎，我明白，你放心，妹夫啊一定让你当上。

说着话，谢英出来，还在找东西。

谢英：柳兄、车兄，看见我的一册诗集了吗？

两人赶快回答：没有，没见。

酒馆外，女扮男装的婉娥在街对面着急等着去探虚实的香儿，香儿从酒馆里跑出来了。

香儿：小姐，人不在。

婉娥：哎，他怎么不来了呢？

香儿：小姐啊，依我看，他爱来不来。他要真不参加文章会了，就证明心里没你。一个心里没你的人，就是跟你没缘，一个跟你没缘的人，你为他着什么急啊？咱回去吧。

婉娥：不，再等会儿。

香儿：小姐，你这是？

婉娥：香儿，你懂什么呀，他……他心里越没我，我心里越放不下他呀。相思这东西，不就是这样的吗？

香儿：这……这真是让人不懂了。小姐你别哭啊。行，我再去别家问问啊。

香儿还说呢，婉娥一眼看见街对面顾秀才正往酒馆门去，婉娥高兴了。

婉娥：香儿别找了，我看见他进去了。

香儿：是啊，哪儿呢，哪儿呢？真的进去了？

婉娥：没看错，真进去了。

香儿：行，那咱走吧。

婉娥：别急，你看我这脸上的粉是不是掉了？

香儿：谁叫你哭来着。

婉娥：都是你招的。

香儿：我招的，我哪儿有那么大的本事？

两人往酒馆中跑去。

车府闺房内，车大正在说服车静英。

车大：妹妹，哥哥我也是一辈子没疼你了，好容易疼你一回，你还不给哥这个机会吗？

说着又要哭。

车静英：哥，你别说了，父母不在，我不听你的，那不就坏了礼数了吗？你既然说了，妹妹我只有应下来了。

车大：哎，这就对了，柳大那人啊不会错。

车静英：错不错的还不是嫁鸡随鸡，嫁狗随狗？但有一点你得应我。

车大：漫说一点了，十点八点也行，妹妹你说。

车静英：妹妹我虽不是男儿，但读了十几年的书，所选之人美丑不论，但一定要读过书的。

车大：那是一点儿问题都没有，你是我的亲妹妹，我能拿这事玩笑吗？读过书，读得好着呢。

车静英：好，那妹妹我也效法翰林家的规矩，虽没有三个人，就一个人，我也要考考他。只考一次，在咱家。

车大：什么？也要考啊？好，这回够柳大折腾的，好，考，考。我回头跟他说去。

酒馆内，婉娥正急着劝顾秀才。

婉娥：这位仁兄，一回是撞，二回是碰，三回该是有缘了吧？

顾秀才还是生气：谁知道你是不是总在这儿等我啊。

香儿：哎，你怎么不懂人事啊？相公咱走，别理他了，让他那张愁脸愁死。

婉娥：好，就算没缘，哎，问你句闲话总可以吧。

顾秀才：讲。

婉娥：你给人的感觉，怎么总像是这世界欠了你无数债似的，你到底活得怎么不好了？来，讲讲。

顾秀才：这位贤弟，我来问你，人一生最苦恼的事情是什么？

婉娥：那要因人而异了，要是那个乞丐，大概吃不饱是他最苦恼的。

顾秀才：我最苦恼的事是与小人为伍……你不想与他们在一起吧，可偏偏每次都要挤在一起，与小人为伍是消耗生命。

婉娥：生活就是这样，你可以躲啊。

顾秀才：想好了，这次要躲。

婉娥：躲什么？

顾秀才：这次沈家再让我与那两个呆子比什么诗文，我不去了，躲。

婉娥：哎，这回可不能躲。

顾秀才：为什么？这事好像跟你没关系吧？

香儿自语：这下好了，想挑的不去了，不想要的全来了。

婉娥：这位仁兄，不是什么有关系没关系的事，你考文章跟我有什么关系，但你这次不去，想想上次的沉冤还能不能洗，还有没有机会来洗？

顾秀才：没有。

婉娥：沉冤不能洗，自己无法正名尚是小事，什么人将得利？

顾秀才：那两个呆子。

婉娥：为逞一时之气，不顾自己的名声已是不智，进而使小人赢得虚名，致乾坤之倒转。你是一个求道之人，不顾是非，你算什么读书人？你如不去，那沈府的小姐就要在你所说的两个呆子之中选一个，那将使花容失色，明珠暗投，玉山倾倒，那你算什么有情人？没想到仁兄你表面看玉树临风，内里是个无情无义、无道无智的小人。安儿会钞，咱走。

顾秀才：这……这位贤弟，且慢。

婉娥：还有什么话说。

顾秀才：再问一句，你是沈府的什么人？

香儿：别问，问清了心里是个病。小二，结账。反正你不去了。

顾秀才：谁说我不去？我……我去定了，我若不去那沈家小姐岂不真的要花容失色了？来，贤弟别走，干一杯。

婉娥：为什么干杯？

顾秀才：为你的一席话。

香儿：瞧见没有，有时啊人不能劝，只能骂，光说好话不行。

两人一高兴，拿起杯来一碰一饮。

香儿：相公少喝。

说书人：哎，这个古代人呀谈情说爱也怪麻烦的，见不着面，芸芸众生里边随便抓一个，结婚那天才能看见。对了错了没有比较，嫁过了才知道。所以考考是对的，谈恋爱变成考恋爱，也对啊，那人要是语言无味，岂不面目可憎？有考试就有作弊，没用，一时过去，一世过不去。再说了，你以为除了你一双眼睛，再没人可以看见了，眼睛很多啊，扎得你身上痛，呀好痛！

五

说书人：哎，故事要大收底了，那位讲话，嗨，看来看去还不是善有善报，恶有恶报，有什么看头？话是不错，倘若善没有善报，恶没有恶报，这世界还有什么意思，日子还有什么活头？古人说莫以善小而不为，莫以恶小而为之，所谓善莫大焉，一心向善这世界才光明，才活得敞亮对不对？别看那些下定决心做坏人的家伙有一时之逞，到时必有报应。不说了，看故事，除了故事外，还得嚼嚼味道啊。

书馆内，谢英正专心地弹古琴，柳大狂奔而来。

柳大：谢先生，谢先生，停会儿，停会儿。

谢英：什么事？

柳大手乱脚乱：待会儿您可在书馆待着别走。

谢英：有何贵干？

柳大：考试，作诗，还像上回一样，柳安拿了题目跑回来，您给作一首，然后交给他送我交账，你人可坐好了，别出去啊。喏，这是一块银子，您先收着，回头事成还有重谢。

谢英：此番几人比试？

柳大：就我一人，就我一人。

谢英：一人与谁比？

柳大：咳，这回不比了，我要娶车家的小姐，他哥传过话来了，非要今天考我，这天底下的女人也不都怎么了，动不动就要考，考自己的夫婿有什么意思呀？

谢英：车家是否有个钱妈？

柳大：哎，有啊有啊，你怎么知道的？

谢英：来过。

柳大：什么？来过啊？什么事？

谢英：问你。

柳大：什么，问我？

谢英：把我当成了你，我说我不是柳大她们不信。

柳大：是啊，他们以为你是我对吧？这个好，要不，要不索性你代我去考吧，到时入洞房换成我就行了，怎么样？

谢英：没兴趣。

柳大：哟，好大口气，对车家小姐没兴趣，谢先生，我看您是读书读糊涂了。

谢英：车府有个丫鬟倒是很好，实在是红颜知己，难求，难求。

柳大：你这个人也怪，小姐不喜欢，爱丫头。放心，只要车小姐嫁给我了，丫头归你，待会儿好好写诗啊。好了，不说了，我赶快去换衣服了。

谢英弹琴以寄心声。

车府通闺房的长廊，柳大抱了个笔砚包跟在车大的后边。

柳大：兄弟，兄弟，柳安不让跟进来这可怎么好啊？

车大：你放心，这不有我在呢嘛，待会儿一出了题，我就给你传出去，诗来了我再给你传过来。放心，你的事还不就是我的事儿嘛。

柳大：兄弟，我怎么想尿尿啊？

车大：吓的，没关系，憋会儿就到了，放心啊，全交给我了。

说话两人已经走到一个小亭子里，上边有灯，桌上有灯，一张桌子摆在正中。柳大没辙，如受审一样坐了上去。黑暗中钱妈的声音响起。

钱妈：是柳相公吗？

柳大：在下柳五柳。

钱妈出现：看好了，三炷香点在这儿了。三炷香过后交卷，小姐的题已出了，就在这儿。大少爷，大少爷。

车大：哎，来了，来了。

钱妈：麻烦您给传过去。

车大：哎，这得我来，别人传咱也不放心啊，是吧，我传。

接过题，跑到亭子跟前，打开了给柳大看。

车大小声：什么题？

柳大：樱桃花。

车大：什么？

柳大：樱桃花。

车大：怎么出了这么个题呀？樱桃花，也真难为你了。

柳大：你管出了什么题呢，快走呀。

车府闺房内，车静英与钱妈在房中看着。

车静英：哥哥跟他说什么呢？

钱妈：说不了正经话吧。

车静英：钱妈，他们不会合起来作弊吧？

钱妈：怎么可能呢，那不等于你哥哥合着伙地卖你了吗？咱大少爷不至于这样吧。

车静英：那倒是我做妹妹的冤枉他了。

钱妈：你这么一说，我倒觉着未准了，看看。

车府大门外街上。柳安冲出大门，在街上飞跑。

书馆内，柳安喘着气说：谢先生，您快点儿，就三炷香的工夫，您晚了那边就该收卷了。

谢英看了看题，在纸上一挥而就：你看见车家有个丫鬟了吗？

柳安：没有，听说车府的人都是美艳无比的。

谢英：真的啊？这就对了，快把这首诗给他送去。

柳安：给谁送啊？

谢英：给他，啊，自然是你家少爷了，快去快去吧。

第三炷香灭了。

钱妈：三炷香过，请大少爷收卷子了。

车大：哎，来了。

车大赶回来，走进小亭子，擦汗，拿出刚得的诗稿。

车大故意大声：仁兄，写好了？

柳大故意折了一纸给车大：见笑，见笑，勉强应付了。

车大拿起来，故意展示一下，收入袖中。

车大：散场了，柳兄您先走一步吧，静候佳音，静候佳音。

柳大起身走了：多多指教，多多指教。

书馆门外。先是一只公鸡叫，然后是一只愤怒的手在拍门，砰砰大响。

柳大：开门，开门，柳安快开门。

柳安睡眼惺忪开门：来了，来了，哟，爷这么早。

柳大推门而入。

柳大：谢先生可在？

柳安：正读书呢。

柳大推开柳安往里冲去。

书馆内。柳大气势汹汹进来，谢英闭目打坐。

柳大砰把那诗摔在桌上：谢英，你……你欺人太甚！你……你这不是耍老子吗？好，你耍老子，老子不要你了，收拾东西给我滚。

谢英：滚字用得不雅，东西早就收拾好了，等你来告辞。

柳大：你……你他妈的真是故意的呀，你早就有准备是吧？

谢英：不故意怎对得起读过的圣人书，怎对得起几乎陷入火坑的车家小姐？

柳大：你……你个假圣人，上次为什么帮我作弊？

谢英：文章之会本为好玩，没想你真就以此欺世盗名了，谢某人做了一次已深后悔，帮你作弊就是帮你欺世。这次乃婚姻大事岂可再帮你害人家小姐。道义所在，只能如此，告辞，告辞。

柳大：滚。

谢英昂然而走：不送，不送。

车府闺房内。钱妈：小姐，你先别光自己生气啊，他怎么写的，你告诉我，也让我生生气。

车静英：第一句还说的是樱桃，“浅浅花开料峭风”，第二句就不对了，说“小姐难敌丫头工”，这明着还想着那个没影儿的英儿呢。第三句更明了，“柳大诗文先生作”，第四句连我都捎上了，“留心旁人结子红”。说是提醒我，实在不像是在看笑话吗？钱妈这不气死人了？

钱妈：果然是那小子写的，去书馆找他去。

车静英：钱妈，找人家干吗？人家没错，咱自己哥哥连妹子的婚姻大事都能联手作弊，咱……咱还有什么脸去找人家？

钱妈：不找他，不找他，那我……我找你那哥哥算账去。

车静英：钱妈妈。

钱妈冲出闺房：你别拦着我，这口气我非出了不可，总得找个人出气啊。

街上，谢英正背了行李走，一把被人拉住了，一看是车大。

谢英：哎，大街上你不可乱动手，动了手你要吃亏。

说着，扇子一耍，摆了个架势。

车大：不动，不动，动什么手啊？你看看你，我是礼贤下士，在这儿等了你半天了。

谢英：有何贵干？

车大：柳大不要你了吧？我早就算出来了，他呀总觉得他聪明。他不要你了，我请你啊，上我们家去如何？

谢英：车府？

车大：对呀，车府。

谢英：做什么？

车大：还当先生啊。

谢英：教谁？

车大：教我啊。

谢英：不教。

车大：哎，你等等，你等等，听我说。

谢英：不教，不教。

车大：不教不教，那你要教谁？说。

谢英：车府吗？

车大：对。

谢英：如蒙抬爱，教个叫英儿的丫鬟，在下十分情愿。

车大变脸：丫鬟，英儿，哪儿来的……噢，你小子看着是个书生，心还挺活泛的啊，丫鬟英儿……好，好，就让你教英儿，走。

谢英：一言为定。

车大：骗你干吗？

谢英：好，请前边带路。

进车府后，车大一直在前，躲躲闪闪地领谢英走。

谢英觉得也太长了，左拐右拐的：英儿姑娘在哪儿？英儿姑娘在哪儿？

车大：瞧你这英儿、英儿叫得亲热劲儿的。快到了，快到了，她一个丫鬟哪能住前院啊，总要住得偏一些才对是不是？快到了。

车大手一指一间破柴房。

车大：看见了吗？就在那儿呢。

说完话一让，谢英上前。车大顺手拿了一根顶门杠，藏于背后，跟上了：英儿，先生来看你了。英儿，给你请了个先生……进去吧，不碍的，谢先生，您进吧。

骗谢英进草房。

谢英：英儿小姐，小生谢英不期而造访，唐突之处，请多原谅。

话说着人进去了。前脚刚进门，后边车大一推，人一下子黑咕隆咚地滚进去了，后边门哗地关上了。门外，车大顶门杠一顶，大锁链子一拉，铜锁锁上。谢英爬起来，狼狈冲向门口，门已推不开了。

谢英：车大，你要干什么？

车大：干什么？好好给我待着，跟你说这间屋子可偏僻，你喊也没用，没人听得见。我呢关你不为别的，你的诗文好，你给柳大争过第一呀，他不识你，我认你呀。听好了，回头你给我作首诗，争了第一，沈家小姐夺到手了，我一是放你，二会谢你。

谢英：你们还是读书人吗？怎……怎么如此无耻！

车大：说对了，跟你说啊，应也得应，不应也得应，不答应饿死你。

谢英：放我出去，放我出去！

车大不理，钥匙当着他面，扔在了房顶上。

车大：告诉你啊，不按我说的办，有你的好。行了，想你的英儿姑娘去吧。丫鬟英儿，我们家没这个人啊。

边说边走远了。

沈府大门口，长号齐鸣。车大、柳大、顾大从三个不同的方向走成一排向沈府大门而去，到了沈府门口一起抱拳。

管事高声：三位相公请啊。

三位相公谁也不让谁，并排进大门。

沈府中堂。纸笔墨砚一一摆好了。阁子内今天装成了一个碧纱橱，沈小姐隐约在内。香儿将香放在条案上。

香儿：几位相公听好了，有想方便的现在可以去，有饿了的现在就吃，待会儿题一出，一炷香一烧起来，是着完了交卷。

一听不能出去了，车大、柳大汗一下出来了。顾秀才看着香儿眼熟。

香儿小声：别看我，看题。

车大：出……出恭也不行吗？我……我可以拿恭签。

柳大：肚子饿了吃点心也不成吗？我一饿就昏。

香儿：可以，沈安打开西暖阁子给两位相公看。

西暖阁屏风拉开，一个恭桶，一桌点心。

香儿：我家小姐怕二位跑来跑去误事，耽误作诗，一应准备齐了，两位看好了，有地方。好，出题了，几位相公听好了，再作《绿牡丹》一首，与前首要绝不相同。好，香我点了。

砰，火镰一下把香点上了。车大用纸擦汗，柳大用扇子扇脖子。碧纱橱内，沈小姐静静看着。顾秀才静静研墨，闭目而思。

车府后花园柴房外，谢英在门里乱喊。

谢英：哎，有人吗？有人吗？快放我出去，快放我出去！

假山后钱妈一个头先露出，又缩回，车静英头露出也缩回。钱妈、车静英手拉手出来，柴房暂时没声。两人刚一出来，突然谢英的声音又来了，两人吓得又回。

谢英：快放我出去！再不放我……我唱歌了。怒发冲冠，凭栏处，潇潇雨歇……

山石后，钱妈吓得闭眼，拉着车静英。

钱妈：小姐……咱……咱家里什么时候关了个疯子啊？

车静英也吓得够呛：不知道，不知道。

钱妈：听，还唱呢。

车静英：听见了，倒是没走什么调。

钱妈：听着声音也有点儿熟啊。

谢英：英儿姑娘，你在哪里？英儿？

车静英：哎，听这声音怎么熟啊，谢公子？

钱妈：对，是谢公子，怎么疯了，关咱家了？快瞅瞅去。

两人从假山石前冲出来，往柴房而去。

谢英：呀，真把你们唱来了。英儿，钱妈妈，小生这厢有礼了。

钱妈：别礼了，隔着门呢，看不见看不见。你怎么跑这儿来了？

谢英：一言难尽，实在是被车大诓来要在下做他的枪手，在下不应，他……他就给我关在这儿了。

钱妈：哟，你可够容易上当的，他说什么事，一诓还就把你诓来了？

谢英：他……他说答应我做英儿小姐的先生。

钱妈：啊呸，就你那点儿心眼儿还当我们英儿小姐的先生呢，也不闭上眼好好想想我们英儿小姐答应不答应。

车静英一直静观，此时也急了：钱妈妈，闲话不说了，快，快想办法把谢公子放出来吧。

钱妈：对，对，放人，放人。钥匙呢？

谢英：啊，英儿小姐，你也在吗？这……这就对了。钥匙在……在草房顶上呢，我看见车大扔上去的。对，快放我出去吧，一会儿他该派人来了。

沈府后园厕所，车安着急地从树上跳了下来。

车安急得又爬上围墙，手搭凉棚看：哎，这么半天了，怎么还不来呀？

沈府大门口，柳安拎着食盒着急地走来走去，后边跟着个老学究夹着个笔砚包。

老学究：哎，我说这题怎么还没传出来呀？倒是让不让我作了？

柳安：别急，您别急，一会儿就出来了，别急……哎，这位爷，我们爷怎么还不饿啊？

门子：我哪儿知道啊，没传你我可不能让你进去。去，远着点儿。

沈府中堂。只有顾秀才一个人在写诗，那两个桌子空了。

西暖阁屏风后，车大坐在马桶上举了个恭签。柳大坐在桌子前，往嘴里塞着点心。

车大小声：哥哥哎，没想到他们跟咱玩儿这一出。

柳大：兄弟，这回顾秀才乐了。

车大：这小姐比她爹还鬼。

柳大：不鬼还不是让咱们骗了，这可是终身大事。

大堂上，香一股烟灭了。

香儿：交卷了。

顾秀才恭敬交卷。

香儿又冲屏风后喊：交卷了。

车大：哎，我肚子疼。

柳大：哎哟，我牙疼。

香儿：车相公，柳相公，那就收白卷了，白卷收了，爱哪儿疼哪儿疼去吧，散场。

两人一人捂着肚子，一个捧着牙出来，一直哎哟。

顾秀才：哎，姑娘，你可是？

香儿：是什么？看出来了，你说是就是吧。

顾秀才：是啊，那可真妙了。

车府后花园柴房前，钱妈、车静英找了根大竿子在够钥匙，谢英从门缝里竭力往外看。

钱妈：低点儿，低点儿，再低点儿。哎，够着了，够着了。

车小姐也不管不顾了，稀里哗啦地把钥匙拿了下来，去开门。

谢英高兴：英儿，英儿，一看你呀就是个做下人的出身，就是比那些当小姐的能干。

这话一出，车静英进去的钥匙又拔出来了。

车静英生气回身走：钱妈妈，您来吧，我不管了。

钱妈：哎，这是怎么了？好小子，又说错话了吧，得，都要放了你又多嘴，我也不管了。

谢英：哎，英儿姑娘，钱妈。

钱妈：别喊了，你个书呆子，你说错了什么，好好想想。

谢英：钱妈，救命，想不出来。

钱妈：我家小姐就那么不像小姐？

谢英：那不是您说的吗？她是丫鬟叫英儿。

钱妈也走：真实诚，给你个棒槌就认真，我说的你不会看？得，我也不管了，你自己想想吧。

谢英：钱妈，英儿小姐，我……我错了。

钱妈：多关你会儿，好好想想。

街上，柳大、车大边走边吵。

车大：哎，出了这事，你也不能怪我啊。要恨，恨咱自己，谁叫咱不争气的。

柳大：车大你说得对，要是我会恨自己呀，我早就不在这世上活了，我尿泡尿自己早浸死了，这事本来就怨你。

车大：哎，怨东南西北中发财，也怨不着我啊。

柳大：要不是你妹子也要考什么试，现在我……我也许就成了新郎了。就是你害得让我现眼。车大啊车大，今天我要去你家。

车大忙拦：你去我家干吗？我家里就一个妹妹，你要干吗？

柳大：我要迎娶，就今天，我要娶你妹妹。

车大：不行，不行。

两人撕扯，柳大推倒车大。

柳大：不行也得行，我不能两不沾着，我这回是霸王硬上弓了。

夺下路上一辆车，飞快绝尘而去，车大爬起追。

车府正门砰地大开。柳大推开门往里闯，后边车大头流了血，喘着气喊。

车大：拦住他，拦住他！

柳大疾步往里冲。

车大：让小姐躲躲，妹子，妹子，快躲躲，拦住他呀！

车府回廊，车大一把抓住柳大。

车大：柳兄，我可就这么一个妹妹，你要惹急了我，我跟你拼命。

柳大跟车大打了起来，打得很笨，但很结实。

车大：妹子哎，来了疯子了，快躲躲，快躲躲！柳大来抢亲了，快躲，快躲啊！

车大挨了一拳。

车府闺房内，车静英正生气愣神儿，传来车大声音：妹子，柳大来抢亲了，快躲！

钱妈原在瞌睡，一激灵：什么？来抢亲了？反了！

钱妈冲出屋去。车静英一下紧张起来。

钱妈马上冲了回来：不好了，小姐快跑，那个柳大来抢亲了，快跑，快跑！

车静英一听柳大，镇静下来：光天化日之下，他敢！

钱妈：哎哟，他疯了，还管什么光天化日。这亏咱可吃不起，快躲，听妈妈的，快！

两人在屋里乱转。

车静英：钱妈，咱往哪儿跑啊？

钱妈一拍头：先往后园跑，快！小姐快，晚了来不及了！

沈府中堂。一派平安，香烧着，茶沏着。沈翰林读罢了顾秀才的考卷。

沈翰林：好啊，婉儿还是你心细，否则老夫真的就被人蒙了。老夫被人蒙了尚不可怕，真要是再赔个女儿就是天大的笑话了。婉儿，那我们就选顾秀才吧。

婉娥不好意思，但高兴：女儿的事，但凭爹爹做主。

沈翰林：爹可不敢做这个主，还得要你点头啊。

婉娥：爹爹说了算吧。

香儿：老爷，小姐这话您还听不出来？我们小姐说让您做主啊，就是点头答应了。

沈翰林：还是香儿悟得快。好，就选顾秀才了，此乃我之金龟婿也。

用笔在诗稿上画了个红圈。

车府后花园，柳大急红了眼，抢着个棒子，头也破了，疯了一样地找人，找到了后花园草屋了。

车大还在后边追：柳大，那屋关的是谢先生，我妹妹跑了，你再找也没用，不信你就进屋看看。

柳大来到草屋门口：我……我就是不信。关门，关了门，我砸。

砰一棒子，锁落地，柳大一脚踹进门。

门里一点儿动静都没有。柳大有点儿犹豫，里边很黑，柳大往暗中走，眼不习惯，刚一睁眼睛，一下，两下，啪啪，头上狠狠地挨了两砖头，被打昏在地，正倒在门口。门外的车大看见大吃一惊。

草屋门口，一只拿砖的手先伸出，然后是拎着砖头的钱妈出来，含着气，架着自己，轻轻地砖一扔，拍拍手，整整头发衣服，昂然走出。

车大惊呆了：钱妈，钱妈是您啊？

钱妈：除了我还有谁？

车大：我妹妹呢？

钱妈：你还知道有个妹妹呀，告诉你，跑了！

车大：跑了？和谁？

钱妈：当然和谢先生了，还能有谁？

车大：得，到底找着人家了。跑吧，跑了好。

沈府中堂，谢英、顾秀才都见过礼了，正与沈翰林分宾主坐下，聊天。

沈翰林：你们吴中俊才诗文录，老夫读过了，真是俊才啊，为乡里争光。好，年轻有为，后生可畏。

谢英：谢恩师夸奖。

沈翰林：谢贤侄，听说上次文章会第一名的诗也是你写的？

谢英：实在不该，实在不该，为虎作伥，为虎作伥。

沈翰林：也是老夫多事，反让小人逞一时之狂了。静英在这里你放心，我们沈家与车家原就是世交。静英在这儿，就如在家中一样了。她来得正好，也可以与婉儿朝夕相处啊。她自小没有了父母，老夫就认她做个干女儿吧。

谢英下座跪，高兴得不得了：多谢恩师，小生与静英小姐之事还望恩师做主。

沈翰林：好啊，好啊，老夫我不嫁是不嫁，这一嫁就要嫁两个闺女了。喜上加喜，喜上加喜啊。

街边茶馆，车大、柳大都各自绑了绷带坐在街边上晒太阳。

柳大：好好的咱们两个打什么？

车大：怨你。

柳大：怨我。这下可好了，你怨我，我怨你，倒是便宜了谢先生、顾秀才了。

车大：想起来咽不下这口气。

柳大：总该想个办法才好。

车大：有什么办法，文章不如人家，长得好像也差些。

柳大：啊呸，上不了台面的狗屎。好歹我们也是印过书、出过书的，怎么会才貌都输给人家，那我们在这个世界上还活个什么劲儿？

话刚说完，看一辆车拉着他们印的书在街上走过。两人看见了，都惊喜。

车大：啊，那不是咱们的书吗？

柳大：哎，真是咱们的书哎。

两人站起，一瘸一拐冲去。

车大：站下，站下，老板站下。

柳大：老板站下，等等。

车老板赶快拉住车：吁，吁，二位相公有何吩咐？

车大想招人看：哎，这位老板问一声，车上拉的是什么呀？

有人围上来。

车老板：回二位相公，拉的是书。

柳大：拉的是什么书啊？

车老板：是神州双杰诗词歌赋精选。

车大：啊？是吗？嗯，好书啊，谁写的？

车老板：两个人合写的，一个叫柳五柳，一个叫车尚公。

柳大：哈哈，果然是神州双杰，神州双杰名震神州啊。

车大：好兄弟，这一车书都是你买的？

车老板：都是，都是。

围观的人更多了。

柳大故意喊给人家听：买这么多书干吗呀？

车老板起车要走：二位相公不问也罢。驾。

车大：哎，等等，问，一定要问，一定要问。

车老板：那……那我就不妨实话实说了。这书印了很多，一本也卖不出去，现在堆在库房，老板愁得不得了，又怕着火又怕烂了，只有便宜卖了。

车大：便宜卖了，有多便宜？

车老板：比草纸还便宜，所以我买回家当草纸卖。说实话，当草纸都不愿用。

柳大：什么？

车老板：人家说印了字了，揩屁股都不干净，容易沾墨，糟蹋纸啊，真是糟蹋纸啊。

众人：糟蹋纸，糟蹋纸，作孽啊。

车大再也忍不住，上去一把把车翻了，书都掉在地上，堆了一堆。

柳大：连草纸都不如，我……我叫你不如。这几天背透了！

柳大抢过一个人的烟荷包，砰，把火镰一打，点着了一本书，往书堆里一扔。大火着起来了，人群散开，车大、柳大严肃地看着。

车老板：两位相公，这是我花了钱的，是我花了钱的，你们得赔啊。

柳大：赔，赔你到茅坑里去蹲着。

柳大：兄弟，这书一烧哥哥我倒是烧出些主意来了。

沈府闺房内，婉娥一看车静英来了，高兴得不得了，拿出衣裳来给车静英穿，车静英穿好了给婉娥看。

婉娥：呀，这身我还没穿过呢，就像给你做的一样，真合适哎。香儿，快把镜子拿高点儿给英姐照照。

车静英高兴中有忧伤：娥妹，你待我这么好，那我可就不嫁了。

婉娥：行啊，咱们俩相伴着过吧，我也不嫁了。你没忘吧，那天在酒馆，你扮了个男装，妹子我也扮了个男装，谈得多投机啊。不嫁了。

车静英：是啊，你不嫁可不行，顾秀才要恨死我了。

婉娥：让他恨，正想治治他的傲气呢。

香儿：可不是嘛，吹笛子、打扇子从来不拿正眼看人。英小姐，你那谢先生人可好？听说文才可高了呢。

车静英：他傲倒是不傲，只是有点儿傻。

香儿：傻多好啊，好欺负。

婉娥：去，光想着欺负人。英姐，你就在这儿住下吧，什么时候出阁了什么时候走。

车静英：娥妹，说句实在话，姐姐我现在就是想走都没地方去，有家不能回。我那哥哥真是死不争气，要不你当我的嫂子有多好，咱们……

婉娥：姐姐，咱不说他们了，咱说高兴的事，不说他们了。

沈府大门口，车大、柳大带伤从一个方向来，谢英、顾秀才从另一方向来，两拨人相见。

车大：哥，不是冤家不聚头，打吧。

柳大：慢，咱办咱的事，他办他的事，咱自己把自己打伤了，哪儿还有力气跟他们打，兄弟扎好了架势进府。

四个人都拿着架子进府门。

沈府中堂。已分宾主坐下了。

沈翰林看着车、柳二人：车贤侄、柳贤侄，你们怎么像是从战场上下来的兵啊？

柳大：回恩师，我与车贤弟除了习文之外，也常习武，前日实战不想互有所伤，让恩师见笑了。

沈翰林：笑我倒笑不出来，可老夫听说的似与你二人讲的不太一样啊。

车大：市井流言不足为信。

沈翰林：市井传你二人的话的确很多，老夫现在是一句也不信了。今天来有什么事儿吗？

柳大：恩师，今天我二人来特为来求亲。

沈翰林：求亲？我这儿现在可没什么亲可求了。

柳大：恩师，五柳礼聘车家小姐，车贤弟在这儿，他已答应了。所谓父母不在长兄如父，车贤弟已经把静英小姐许给了五柳，所以五柳想请小姐回家。

车大：恩师，尚公虽无大才，小才还是有的，想请恩师做主将婉娥小姐许配给晚生，晚生这边有礼了。

两人一点儿不客气。

沈翰林早已生气了：免，免，起来，快起来，你们的礼老夫可不敢受。哼，你们两个人倒有一比。

车大、柳大：比作何来?

沈翰林：西瓜皮擦屁股——没完没了！跟你们说上次文章会是婉娥选婿，她自己出的题，你二位是交了白卷的。第一次文章会你们两人是作弊，将老夫蒙了的。现在据我所知，车小姐已然心许了谢先生。事已至此，你们还在痴心妄想，这不仅是可笑了，实在可恼了。送客!

柳大：等等，恩师所言有道理，但在您这里开文章会，第一也好，第二也罢，于功名利禄毫无关系。再过三月府中乡试，那才是真正的比试。我与车贤弟想好了，婚姻大事，当仁不让。谢先生也好，顾先生也好，大家都来，看谁先中了功名才可当选。乡试出题评卷总比您的文章会来得公平吧，望恩师成全。

沈翰林：我不管，我现在只有两个女儿，你们与我说没用，得与这两位相公商量。

顾秀才傲劲儿又上来了：恩师，顾某毫无所惧，愿陪两位一直考进京去。有什么了不起，比就比。

谢英以为不然，考进京大概青春都会考没有了：这样吧，既然两位依旧有些雄心，我与顾兄也正好想下场一试，那就定为乡试之后看喜报先后而定吧。

沈翰林：好，既然你两位有这样的把握，我也就算再给你们两人一次机会，不管怎么说毕竟世家，那就乡试之后见分晓。好，散了，送客。

管事：送客。

沈府闺房。钱妈坐着瞌睡打呼噜。车静英与婉娥在各做女红，听见钱妈的呼噜，两人相视一笑。车静英下座拿了块毯子给钱妈盖上。

钱妈的呼噜一下不响了：我没睡着，不用管我。

车静英：知道您没睡着，是怕您凉着了。

回座还没坐下，香儿人未到声音先到了。

香儿：不好了，不好了!

钱妈腾地起来：怎么了？怎么了？他姓柳的再要来，这回可就不光是砖头了，我……我抄剪子扎。

婉娥：香儿，怎么了，这么大惊小怪的？

香儿：二位小姐可不好了，刚才，车、柳两位相公来到府上说了，这亲事啊，不能就这么算了，要等乡试之后，看谁先中了，谁来迎娶。

婉娥：痴人说梦，天下也不能光他们说了算啊，还有爹和那两位相公呢。

香儿：是啊，坏就坏在那两位了，尤其是我姐夫顾秀才，他自恃才高，人家话还没说完呢就应了，说什么比就比。

婉娥：怎么这事也乱应啊，香儿，这……这顾灿看来是……

钱妈：该好好收拾了，回头我教你几招，别看妈妈我老了，招可多呢。

车静英：钱妈，您……

钱妈：怕什么呀，都是亲姐妹似的了，是不是？沈小姐，听妈妈的没错。

车静英：娥妹，我看不怕，应了好，应了好。应了顾秀才、谢先生许会更发奋读书呢。

婉娥：可那两个人要是真中了……

车静英：中……别人不知道，就我那哥哥，让他带着书进去抄，都未必能抄中了。那个柳大也如是，官家考试他们怎么会中？绝对中不了。

钱妈：放心吧，沈小姐，真到了那天，相公们接报子得功名，咱们后边准备好了凤冠霞帔，高高兴兴地结婚入洞房，这才叫个双喜临门呢。双喜临门，太好了！

繁花楼内，车大、柳大二人大眼瞪小眼地相互看着。

车大：哥哥哎，咱一准儿地考不过他们呀，这回作弊可不好作了，是官家啊。

柳大：是啊，这回算是脸又要丢了。可我想，咱就不能……哎，有了。

车大：有了，怎么办？

柳大：哎有了，有了好主意，就这么办。

车大：怎么办？您倒跟我说说啊。

柳大：怎么办？不是说了谁先来报谁先娶嘛，咱们在报子上下功夫不就得了，到时生米煮成熟饭。场里中不了没关系，咱洞房里中了不就行了吗？

车大：我还是听不明白，咱中不了，哪儿来的报子报喜啊？

柳大：你他妈的真是一个棒槌，别管了，听我的吧。

说书人画外音：哎，正路走不通走邪路，这车大、柳大呀也实在是憨大，弊越作越大，从考场里边作到考场外边来了。这样的主意也只有歪人能想得出来。

车大在街上找流浪汉。柳大在让木匠做喜报的牌子。车大在训练几个叫花子送报喊报。柳大在监督人做报帖。两个人高兴地试穿新郎装。

沈府张灯结彩，大门两边有仪仗。钱妈、香儿里里外外地张罗着。

钱妈：哎，听好了啊，待会儿报子一来就放炮啊，可别误了。

香儿：你们这一放炮啊，我们后边就听见了，一听见，就好往外迎啊。哎，你们几个吩咐几个丫头，新人只要一出来，就撒花啊、枣啊、栗子、花生什么的，都撒，可别误了啊。

钱妈：老爷呢，老爷呢？这日子口，老爷是嫁两个闺女，到时候新人一牵手，他一人坐在中间带着两家呢。

香儿：钱妈，回头您也得坐上边去。

钱妈：我不坐。

香儿：您一定得坐，车小姐说了，您从今往后就跟亲妈一样呢。

钱妈：话倒不错，亲妈也未准能当到我这份儿上。快，都站好了啊，香儿咱后边看看去。

两人拉手高兴走。

离沈府有段距离的一胡同外，站着一队举着喜报的木头牌子、穿着官衣的歪瓜裂枣的报喜的报子和早把新郎衣服穿上了的车大、柳大。

车大：哥哥，我……我怎么有点儿心虚啊？这么行吗？

柳大：你把那个吗去了，把心放在肚子里，今天就是咱成亲的好日子。别的过了今天就都不是事儿了。

一流浪汉来报：二位爷，翰林府仪仗队都布置停当了，就等接报子了。

柳大：那两个相公在不在？

流浪汉：不在。

柳大：好，是时候了。弟兄们吹打起来，娶亲去。

一帮子歪瓜裂枣的人打起喜报牌，吹打起来出街。

车大：柳哥，你先行。

柳大：哪有这么个理呀，待会儿你就是我的大舅哥了，你先吧。

两人上马。

沈府闺房内，噼里啪啦的鞭炮声、乐器声、大锣声传来了。车静英、婉娥早已装扮好了，一听炮响高兴。钱妈、香儿飞快地冲了进来。

钱妈：怎么说来就来了，这可真够快的，高中了，高中了，双喜，双喜！快着，盖头，盖头，都盖上。

香儿：小姐，你的手别抖，拉着我咱走。

两位新人盖上了盖头，跟着出。

沈府中堂已成喜堂。爆竹声惊醒了打瞌睡的沈翰林。

沈翰林：年轻人毕竟气盛，说考就考上了。沈安，沈安啊，快扶我出大门迎报子，没听炮都响了吗？

沈安赶快来扶沈翰林。

沈府大门外，一派花红柳绿，炮仗，撒花，热闹无比。从仪仗的两侧，两队报子出现，两队报子站在了仪仗八字形的中间，大锣响着，长号吹着。

大门中两位新娘被人扶着出来了，花红一撒热闹非凡。沈翰林高高兴兴跟着出来，一把太师椅一摆坐在了中间，一坐下全场安静了。

报子甲出列向前：报！喜报！

报子乙出列向前：报！喜报！

报子甲、乙同时：吴兴府乡试，报吴兴车尚公中第十二名，报吴兴柳五柳中第十八名，特此喜报啊！

这一报出全场更静了，沈翰林、钱妈、香儿等都大惊。两位小姐就要站不住了，被人扶住。报子报完了，刚静一会儿场，车大从东，柳大从西，各骑一马，新郎打扮出现了，两人十分得意，挥手。他那方的乐器又响了，府这边仪仗没钱妈指示，都安静着。

车大、柳大两人会合到中间下马。两人下马后冲府中一揖，同时向府门而来。钱妈、香儿、沈翰林都想不出主意，不知如何是好。两个新娘盖头盖着，这时两人倒是坚强了。突然车静英扯下自己的盖头。

车静英：柳五柳你休想，我至死不嫁！

婉娥也扯下自己的盖头：车尚公你也别想，我也不嫁！

两个新郎一愣，趁此机会，钱妈反应过来了。

钱妈：老爷、小姐都给我退回府，这事有假，关府门啊！

香儿：快，喜报有假，关门！

这一堆人风一般地卷进门去了，独独钱妈挡在门口，哐，门关上了。

香儿一喊有假，车尚公就想跑，柳大一把拉住他。

柳大：车贤弟，一不做二不休，事到如今只有拼个鱼死网破了。弟兄们冲进府去抢人，有赏。

一帮子叫花子扮的人都扔了牌子、锣啊什么的，往上就冲。

沈府的仪仗一看，也急了。

钱妈：好小子，又要动粗啊，给我打！

台阶下两边的人打起来，钱妈抢过一个旗子挥着打。

沈府大门内，香儿、两个小姐、沈翰林都急着从门缝往外看。

香儿：好，打！老爷、小姐别怕啊，他们冲不进来。

突然两个小姐都站起来，流泪了。

沈翰林：别哭，别哭，你们这一哭爹可没主意了。

婉娥：也不知……也不知他们到底考上了没有。

香儿自己也哭：小姐可别哭了，考不上咱也不嫁，大不了翻墙逃了，别哭。

府门哐哐直摇。

车静英抓了几支竹竿：急死人了，干爹、婉娥、香儿，来，一个人拿一支，人要真进来了，咱们拼了！

沈翰林：对，对，拼了！

突然又听见更响的炮声，咚，咚，鼓乐声响。几个人急急地冲向大门，扒门缝看。

沈府大门外，两拨人被更大的鞭炮和鼓乐声惊得住了手。钱妈从太师椅后钻出。谢英由东，顾秀才由西，两人大红新郎服跨马而出，身上十字交叉披红戴花。后边挎刀的军士、仪仗报子跟住了。

报子：闲人散开，苏州府报。

全场静，钱妈回头敲门。

钱妈：开门，开门，这回真的姑爷来了。

门吱的一声开了，沈翰林、香儿、两位新娘出来。

报子：报，喜报，吴兴谢英，高中乡试头名解元！

哗，一片花红、鼓乐。

报子：报，喜报，吴兴顾灿，高中乡试三名桂榜！

哗，又是一片花红、鼓乐。

两新娘高兴扭捏，两新郎下马。车大、柳大混在人群中，帽子摘了想溜。突然一军官出列。

军官：奉吴兴府命，兹有本县书生柳五柳、车尚公网罗闲汉，假作官差报子，冒充中举，特将一干人等当场抓捕。

军士出，流浪汉等想逃，全被抓住。柳大、车大穿着新郎装被抓走。

钱妈：哎呀，好险，要不是老太太我这身功夫还在，真的又让他们骗了。两位新郎官，你们再晚一步新人就给抢走了。

谢英、顾灿：多谢钱妈妈。

钱妈：不用谢，回头多敬我酒就成了。来，喜乐奏起，花红撒起，迎新人了！

喜乐花红撒一片，两新郎拉着红绸牵新娘入府门。

沈府中堂，新郎、新娘相牵而入，一片热闹。

司仪：吉时已到，一拜天地，二拜父母，夫妻对拜，入洞房了。

两对新人拜天地、拜父母时，钱妈被香儿推向正中。夫妻对拜都是男的赶快跪，女的扭捏，相牵入洞房，一片红火。

监牢内，车大、柳大各关一间，在急急地吃窝头。

说书人：哎，看出来了吧，故事要讲完了，话呢想说，怕你以为我在说教，不说也罢，让他们俩说吧。哎，窝头好吃吗？哎，问你呢。

车大：哥哥哎。

柳大：兄弟，你说。

车大：从赌钱抽老千到现在蹲笆篱子吃窝头，我算明白了一件事。

柳大：是啊，说给哥听听。

车大：这作弊呀，不是个事儿。

柳大：怎么说呢？

车大：还用我说吗？这不作着作着就坐进来了，人家那儿可洞房花烛夜呢。

柳大：咱们这儿窝头就咸菜呢。兄弟哎，出去哥哥我改。

车大：我也改。我要不改，我妹妹她指定了不认我了。

柳大：说得是，你想当我大舅哥总没当成，咱俩没缘。

车大：是，没缘。要是有你这么个妹夫啊，那我算是崴了。

图书在版编目(CIP)数据

爱情宝典 / 邹静之著. -- 北京 : 中国文史出版社，2021.3

(中国专业作家作品典藏文库. 邹静之卷)

ISBN 978-7-5205-2447-6

Ⅰ. ①爱… Ⅱ. ①邹… Ⅲ. ①电视文学剧本-中国-当代 Ⅳ. ①I235.2

中国版本图书馆 CIP 数据核字(2020)第 209466 号

责任编辑：牟国煜　薛未未

出版发行：中国文史出版社
社　　址：北京市海淀区西八里庄路 69 号院　邮编：100142
电　　话：010-81136606　81136602　81136603（发行部）
传　　真：010-81136655
印　　装：北京新华印刷有限公司
经　　销：全国新华书店
开　　本：720×1020　1/16
印　　张：26.75　　字数：479 千字
版　　次：2021 年 3 月第 1 版
印　　次：2021 年 3 月第 1 次印刷
定　　价：78.00 元